POUR NERYS

DE TA MAMIE QUI T'AIME -

2 MARS 2021 BON ANNIVERSAIRE -

Et si on se parlait ?

Merci d’être à nos côtés !

119 — 24h APPEL GRATUIT 7j/7 — ALLÔ ENFANCE EN DANGER

MEMOIRE TRAUMATIQUE ET VICTIMOLOGIE

L’Enfant Bleu — enfance maltraitée

LA VOIX DE L’ENFANT — Notre combat, c’est leur avenir

La Génération Qui Parle

Uman Arts Company

MoiAussiAmnésie — Site dédié aux victimes d’amnésie traumatique suite à des violences sexuelles

ATRE — POUR LA PROTECTION DE L’ENFANT EN DANGER

innocence en DANGER

Et si on se parlait ?

Le petit livre pour aider les enfants à parler de tout, sans tabou !

Textes : **Andréa Bescond**
Illustrations : **Mathieu Tucker**

HarperCollins

HARPERCOLLINS FRANCE
83-85, boulevard Vincent-Auriol, 75646 PARIS CEDEX 13
Tél. : 01 42 16 63 63
www.harpercollins.fr

ISBN 979-10-3390-763- 3

En 2014, j'ai écrit un spectacle inspiré de mon enfance, *Les Chatouilles ou La Danse de la colère*, l'histoire d'une petite fille qui subit des violences sexuelles. Dans le spectacle, elle s'appelle Odette, elle devient une femme et se reconstruit petit à petit en révélant ce passé traumatisant.
J'ai joué près de 400 représentations, j'ai rencontré des personnes victimes, comme moi. Je n'imaginais pas que nous étions si nombreux, si nombreuses.
J'ai pris ce fléau en pleine figure : un enfant sur cinq est victime de violences sexuelles d'après le Conseil de l'Europe. Moi qui pensais ma douleur unique, je me suis rendu compte que nous étions beaucoup à la partager. Mais beaucoup, aussi, à vouloir faire quelque chose. Grâce à ce spectacle, j'ai pu rencontrer des personnes extraordinaires qui œuvrent chaque jour contre la pédocriminalité et les violences familiales : Martine Brousse et son association « La Voix de l'enfant » qui n'a pas hésité à soutenir *Les Chatouilles* en 2014 ; Sébastien Boueilh et son association « Colosse aux pieds d'argile » qui fait un travail extraordinaire de prévention auprès des jeunes ; le Dr Violaine Guérin et son association « Stop aux Violences Sexuelles » qui met en place des plateformes d'écoute et des ateliers d'escrime pour faire parler le corps ; le Dr Muriel Salmona, son association « Mémoire traumatique » et son enseignement autour des mécanismes psychologiques engendrés par les violences ; Anne Lucie Domange Viscardi et son blog « La génération qui parle » ; Mié Kohiyama et son association « Moi Aussi Amnésie » ; Sarah Abitbol et son ouvrage *Un si long silence* ; Adélaïde Bon et son ouvrage *La Petite Fille sur la banquise*, Flavie Flament et son ouvrage *La Consolation*... Pour ne citer qu'eux car nous sommes nombreux, aujourd'hui, à témoigner de ces enfances brisées par la violence.
J'ai tellement appris par le biais de ces rencontres, j'ai grandi aussi et je me suis demandé comment protéger mes propres enfants.
Je ne suis pas la seule à m'interroger : de plus en plus d'adultes se questionnent sur la manière de parler aux enfants de la violence et surtout de la prévenir ! De plus en plus d'adultes ont envie de bousculer les tabous, mais ont peur de mal dire, de mal faire. Cela m'a donné l'envie d'écrire un ouvrage ludique et joyeux qui ouvrirait le dialogue entre les petits et les grands. J'ai donc demandé à Mathieu Tucker de se joindre à moi pour créer cet outil de parole et de partage. Nous espérons de tout cœur qu'il permettra aux enfants de s'exprimer et aux adultes, de les informer.
« Et si on se parlait ? » est notre petite pierre à l'édifice du combat contre les violences.

Un enfant informé est un enfant plus fort.
Un enfant respecté est un enfant plus fort.
Un enfant écouté est un enfant plus fort.

Andréa Bescond

INTÉGRITÉ
AMOUR
DROITS
ÉGALITÉ

Salut !
Nous sommes des enfants qui avons entre 7 et 10 ans, comme toi ! Nous aimerions te confier nos histoires...

Quand on est à l'école primaire, on commence à se poser pas mal de questions : sur notre corps, sur notre place dans la famille, sur notre rapport aux autres. On commence aussi à avoir nos propres opinions et à le faire savoir ! D'une année sur l'autre, on change énormément et on vit plein d'expériences nouvelles ! Des expériences heureuses. Des expériences malheureuses, aussi.

On se rend compte que certains secrets nous font du mal et qu'il est difficile de les révéler.

Sache que tu n'es pas seul(e). Il y a des adultes autour de toi qui peuvent répondre à tes questions et t'aider.

Nous nous appelons...

Nous te souhaitons une bonne lecture !
Et n’oublie pas d’attraper ton dictionnaire pour résoudre les défis-dico.

SOMMAIRE

Je te parle des droits de l'enfant

LILA
8 ans

Ce sont tes droits, les miens
et aussi ceux de tous
les enfants du monde!

Je m'appelle Lila, j'ai huit ans. Pour mon anniversaire, ma mamie m'a offert un dictionnaire et je me suis intéressée au sens du mot **ENFANT**.

Tu savais, toi, que le mot *enfant* vient du latin *infans* qui signifie :

« celui qui ne parle pas » !

J'ai trouvé ça injuste !

La parole de l'enfant est importante ! Elle lui permet d'exprimer **ses idées** et **ses sentiments**. On doit en tenir compte, la respecter, exactement comme on le fait avec celle des adultes.

C'est seulement depuis 1989, grâce à l'adoption de la Convention internationale des droits de l'enfant, que le terme *enfant* (ou *mineur*) a été défini plus précisément : « …tout être humain âgé de moins de dix-huit ans… »

Le savais-tu ?

La Convention internationale des droits de l'enfant, c'est un texte signé par 195 pays qui se sont engagés à reconnaître et à protéger les droits des enfants.

« *L'enfant est un être humain qui a des droits et une dignité.* »

Les droits, c'est un ensemble de règles
qui **consistent à te protéger**.
Le droit d'aller à l'école,
le droit d'être respecté,
le droit d'être protégé de la faim
et de la maladie,
le droit d'être ENTENDU !

Sais-tu ce que c'est,
la dignité ?
Ça veut dire qu'**une personne humaine ne doit jamais être traitée comme un objet**.

On doit la respecter.

L'enfant est un être jeune et vulnérable.

L'enfant est en pleine croissance, il est **en devenir**.
Il n'a pas les moyens de se protéger seul.
Ça veut dire que c'est aux adultes de le protéger :
l'adulte est responsable de l'enfant, il a le devoir d'être bienveillant envers lui et de l'aider à bien grandir.

Défi-dico

Comme Lila, prends ton dictionnaire et cherche la définition des mots « **responsable** » et « **bienveillant** ».

Je suis contente d'avoir trouvé toutes ces définitions dans le dictionnaire ! **Ce sont des valeurs essentielles à nos vies d'enfants**.
Ces valeurs nous aideront à devenir, à notre tour, des adultes **bienveillants et responsables** !

Je dois filer car j'aimerais lire ces définitions à voix haute en classe pour que les autres enfants soient au courant de leurs droits…
Tu peux faire de même si tu en as envie !

Vrai ou faux ?

- Les enfants sont responsables des adultes.
- Les adultes sont responsables des enfants.
- La Convention internationale des droits de l'enfant date de 1789.

Je te parle de l'importance de l'intimité

TINA
9 ans et demi

Je te parle de mon corps
et mes confidences t'aideront
à mieux comprendre le tien!

Je m'appelle Tina, j'ai presque 10 ans, j'ai un frère de 12 ans, Lino... Ça fait longtemps que chacun de nous a sa propre intimité. Ça signifie que, l'un comme l'autre, on peut avoir notre **jardin secret** et ne pas montrer notre corps si on n'en a pas envie.

Par exemple, nos parents nous ont fait remarquer qu'il fallait fermer la porte quand on va aux toilettes ou quand on prend notre douche.

Ce n'est pas pour nous cacher, mais c'est NOTRE corps ! NOTRE intimité doit être respectée.

Pour prendre soin de son corps, il est important de bien le connaître. Nos parents nous ont expliqué que le corps d'une **fille** et celui d'un **garçon** sont différents, et que chacun a **le droit de découvrir son corps en toute intimité**.

Ce sont les parties intimes.

Moi, j'ai le droit de regarder et de toucher mes parties intimes pour les découvrir et les comprendre, mais je n'ai pas le droit de toucher celles des autres, et les autres n'ont pas le droit de toucher les miennes.
Et pour toi, c'est pareil !

TES parties intimes t'appartiennent, c'est TON intégrité !

Si un jour quelqu'un touche tes parties intimes, parles-en à un adulte en qui tu as confiance. Tu peux aussi appeler le 119, c'est un numéro d'urgence exprès pour toi ! Des personnes bienveillantes t'aideront !

Défi-dico

Prends ton dictionnaire et cherche la définition du mot « **intégrité** » pour en savoir plus sur cette notion super importante !

Quand on est un enfant, notre corps,
notre cerveau sont en train de se développer…
Les enfants ont besoin que leur intégrité soit préservée

Est-ce que tu savais tout ça?

En as-tu déjà parlé
à tes parents,
à tes amis,
à tes frères et sœurs ou
à des adultes de confiance?

Tu as le droit
de poser des questions
et d'obtenir des réponses!

Excuse-moi,
je voudrais
prendre ma douche,
je vais dans
la salle de bain
et je ferme la porte !

À plus tard !

Vrai ou faux ?

- Un être humain est considéré comme un enfant jusqu'à l'âge de 18 ans.
- Personne n'a le droit de caresser tes parties intimes, à part toi.
- On laisse la porte ouverte quand on va aux toilettes.

On te parle des agressions sexuelles

MATHILDE ET LÉO
7 ans

On voudrait te parler de
deux choses très graves:
la pédocriminalité et l'inceste.

Nous nous appelons Mathilde et Léo, nous sommes jumeaux et nous venons d'avoir 7 ans.
Depuis toujours, nous partageons nos jeux et nos secrets.

Il y a autour de nous des adultes bienveillants qui nous aiment. D'habitude, on leur dit tout. Mais, en ce moment, **nous avons un secret qui nous rend très tristes**.

qu'un adulte de notre famille
nous demande de garder.

Cet adulte, **nous l'aimons beaucoup**.
Pourtant, il nous oblige à faire des choses avec notre corps, avec nos parties intimes et les siennes.

Nous ne comprenons pas, car nous savons que **personne n'a le droit de toucher** à notre vulve, notre pénis ou notre anus. À part le médecin si ça fait mal ou que ça démange, et toujours en présence d'un autre adulte.

L'adulte qui nous fait du mal nous dit que c'est un secret, rien qu'entre nous trois, qu'il fait ça pour nous faire plaisir. Mais nous savons bien que c'est faux.

Nous pleurons en cachette, **nous nous sentons sales et coupables**. Pourtant, **ce n'est pas de notre faute**, nous ne sommes pas responsables. Nous sommes des enfants, **c'est à l'adulte de bien se comporter** et de nous respecter.

Quand il nous fait ça, nous n'arrivons pas à parler, à crier, à courir : nous sommes dans un état de **sidération**.
Ça veut dire qu'on se sent **comme paralysés**,
comme si nous n'étions plus vraiment nous-mêmes.

Cet adulte fait des choses qui sont **interdites** et punies par la loi.

C'est ce qu'on appelle

UNE AGRESSION SEXUELLE.

Et, quand ces agressions sont faites par un membre de la famille, on appelle ça : « l'inceste ».

Défi-dico

Prends ton dictionnaire et cherche la définition du mot « **agression** ».

Nous voulons en parler,
mais nous avons **peur**.
Qu'en penses-tu ?

Est-ce que
nous devrions
le dire à
un adulte de
notre entourage
en qui nous
avons confiance
et qui pourra
nous venir en aide ?

Oui,
tu as raison,
il faut le dire !

Les agressions sexuelles, **c'est très grave**.
Aucun adulte, aucun enfant n'a le droit de te faire subir ça,
c'est un crime !

Celui qui commet ce crime est malade et doit être soigné.

Si quelqu'un t'agresse sexuellement ou même physiquement, il est important de le dire.

Si tu ne sais pas trop à qui en parler, tu peux appeler **le numéro d'urgence 119**. **Quelqu'un te répondra et t'aidera**.

Tu peux aussi t'adresser à la police ou à la gendarmerie : ils t'écouteront et te protégeront.

Allez, à plus tard ! Nous devons parler de ce secret à un adulte responsable qui nous protégera.

Promets-nous d'en parler, toi aussi, si quelqu'un te fait du mal ! C'est important !

Vrai ou faux ?

- Les agressions sexuelles sont interdites par la loi.
- Il faut garder pour soi un secret qui rend malheureux.
- Les adultes ont le devoir de protéger les enfants.

?

Je te parle de de la violence ordinaire

LOUIS
9 ans

Je te parle de
la violence que
je subis à la maison.

Je m'appelle Louis, je vais passer en CM2, je suis assez grand et, parfois, **j'utilise ma force contre mes camarades dans la cour de récré**.

Je suis le chef de la bande car ils ont tous un peu peur quand je m'approche d'eux.

Je sens bien que ce n'est pas un bon comportement, mais **c'est plus fort que moi** !

À la maison, ça se passe comme ça aussi : si mes parents sont fatigués et que je les énerve, ils me donnent une gifle, même plusieurs parfois… Et quand ils sont **très fâchés contre moi** je dois rester face au mur pendant de longs moments.

Je ne peux pas **m'exprimer**, toute ma colère reste à l'intérieur de moi. Je me sens humilié, je n'ai pas le droit de **pleurer**,

sinon mes parents

me disent que

je suis un nul !

Alors je me défoule
dans la cour de l'école,
**et ce sont les autres
que je rends malheureux**.

Je n'arrive pas à me contrôler !

C'est injuste, car je sens bien que **j'ai bon cœur**.

Je suis amoureux d'Aïssa, qui est dans ma classe.
Elle est belle, intelligente, drôle… elle s'exprime bien.
Elle est merveilleuse, Aïssa !
Mais c'est stupide, je n'arrête pas de l'embêter, juste parce que **je ne sais pas comment lui montrer que je l'aime**.

Un jour, après la cantine, je courais avec des copains dans la cour, je suis passé derrière elle et j'ai tiré sa capuche. **Je ne me suis pas rendu compte de ma force**, elle est tombée par terre, elle a eu mal.

Quand elle s'est relevée, elle était très en colère, elle a hurlé :
– J'en ai marre ! Marre ! Marre que tu sois méchant !

J'étais totalement figé, je ne pouvais plus bouger.
J'avais envie de lui dire :
– Non ! Je ne suis pas méchant !

J'ai fondu en larmes. Aïssa a été très surprise et m'a tout de suite **réconforté** :

— *Excuse-moi, Louis, j'ai dit ça parce que j'étais en colère. Mais ce n'est pas vrai.*

Les copains se moquaient de moi :

— *Il pleure comme une fille !*

Aïssa a crié :

— *Stop !* ***Les garçons ont le droit de pleurer, ils ont une sensibilité !*** *C'est nul, tous ces clichés ! Vous ne voyez pas que Louis est malheureux ?*

Défi-dico

Prends ton dictionnaire et cherche la définition du mot « **sensibilité** » pour en savoir plus sur cette qualité qui va aussi bien aux filles qu'aux garçons !

Aïssa et moi, nous sommes restés seuls tous les deux.

Je lui ai d'abord dit à quel point j'étais **désolé** de lui avoir fait mal, **et puis j'ai eu envie de lui parler, de me confier à elle** : je lui ai raconté ce qui se passe à la maison.

J'aime beaucoup mes parents, mais je suis malheureux parce qu'ils sont souvent **violents avec moi**.

Aïssa m'a écouté attentivement, elle m'a regardé dans les yeux et elle m'a dit :

— *Tes parents n'ont pas le droit de faire ça !* ***Il y a une loi qui a été votée en 2019 pour interdire aux parents d'exercer leur autorité avec violence.***

On en a beaucoup discuté dans ma famille ! Tu devrais parler à d'autres adultes de ce qui se passe chez toi, ils pourront vous aider, tes parents et toi, pour que tout le monde se sente mieux.

J'ai pris une grande respiration et j'ai tout raconté à la maîtresse. Elle en a parlé à mes parents, sans les juger, mais en leur disant qu'il fallait trouver des solutions pour que je grandisse dans une atmosphère bienveillante, sans violence.

Depuis, nous suivons une **thérapie familiale** : dorénavant, **mes parents expriment leur autorité avec un dialogue, je me sens aimé, respecté et, du coup, tout va beaucoup mieux dans ma vie !**

Avec Aïssa, nous sommes devenus de grands amis, je l'aime toujours autant et je crois qu'elle aussi, m'aime beaucoup ! **Quel bonheur** !

Les violences
éducatives et ordinaires,
ça rend malheureux
et c'est **interdit par la loi**
depuis le 11 juillet 2019.

Cette loi « anti-fessée »,
comme on l'appelle,
précise que **l'autorité parentale**
doit s'exercer **sans violences**
physiques ni psychologiques.

LOI

DÉCRET.

ARTICLE 1er

« Les enfants ont le droit à une éducation sans violence. Aucun des titulaires de l'autorité parentale n'a le droit d'user de violence physique, d'infliger des punitions corporelles ou châtiments corporels, des souffrances morales ou toute autre forme d'humiliation envers son enfant. »

Le savais-tu ?

La Suède est le premier pays à avoir interdit la fessée, en 1979. En 2019, la France est devenue le 55e pays du monde à interdire les violences éducatives ordinaires.

Si tu subis des violences,
sache que ce n'est pas normal :
les adultes ont le devoir d'être bienveillants envers toi.

Comme moi, tu peux en parler à **un adulte de confiance** : ton maître ou ta maîtresse, ton docteur et même la police ou la gendarmerie.

Tu peux également appeler **le 119**, c'est un numéro d'urgence exprès pour toi.

Des personnes t'aideront et apporteront des solutions aux adultes violents autour de toi pour te protéger et qu'eux aussi, aillent mieux.

Sans violence,

Allez, à plus tard, je retrouve mes parents, nous allons chez **le psychothérapeute** qui nous aide à nous sentir mieux et à être heureux en famille !

Vrai ou faux ?

- Les parents ont le droit de taper leurs enfants si c'est « pour leur bien ».
- Les violences éducatives sont interdites par la loi.
- Les adultes ont le devoir d'éduquer leurs enfants sans violence, avec respect.

Je te parle du harcèlement et du racisme

HAKIM
10 ans

Je te parle de ce qui
nous est arrivé à l'école,
à mon copain David et à moi.

Je m'appelle Hakim, j'ai 10 ans (bientôt 11 !), je vais passer au collège, j'ai de bonnes notes à l'école, franchement, je suis content !

J'aime bien l'école, j'apprends plein de choses et en plus

je suis à côté de mon copain David.

David, lui, il galère un peu en classe, alors je l'aide !
Le maître voit bien que je lui donne un coup de main, mais il trouve que c'est une bonne chose car David progresse, ça lui donne **confiance en lui** !

Le maître dit que c'est important de pouvoir compter les uns sur les autres, que la vie, ce n'est pas une compétition et que l'essentiel, c'est d'être heureux !

Il est vraiment cool, ce maître !

Par contre, dans la cour, **c'est vraiment l'enfer** ! Il y a deux gars qui n'arrêtent pas de nous taper, David et moi. Ils nous disent qu'on est moches parce qu'on a la peau foncée… ils nous traitent de tous les noms…
On en a **MARRE** !
Quand les adultes ne nous surveillent pas ou qu'ils sont occupés, ils nous donnent des coups de pied et des claques, en criant :

Tu vois ce que je veux dire ?

C'est horrible, ça nous rend malheureux.

David et moi, **on n'aime pas la violence, on ne la comprend pas**. Alors on a décidé d'en parler au maître, à nos parents et à la directrice de l'école parce qu'ils peuvent

nous aider

et **nous sortir de cette situation**.

Ma voisine Stella, qui est au collège, dit que **ce qu'on subit, ça s'appelle du racisme et du harcèlement ! Et que c'est interdit !**

Défi-dico

Prends ton dictionnaire et cherche la définition des mots « **racisme** » et « **harcèlement** ».

Elle le sait car **elle aussi**, elle a vécu du harcèlement l'année dernière : d'autres ados se moquaient d'elle. Ils l'insultaient, par SMS ou sur Internet.
Elle était très malheureuse.
Stella en a parlé à sa mère qui est intervenue auprès des responsables du collège. Ils ont prévenu la police parce que **le harcèlement, comme le racisme, c'est puni par la loi !**

Ça s'est arrêté et, aujourd'hui, **Stella va beaucoup mieux**. Elle a des amis autour d'elle **qui l'aiment et qui la respectent**.

Quant à David et moi, nous avons été **soulagés** car notre maître a **expliqué à toute la classe que tous les êtres humains sont égaux**. Il nous a appris que notre ancêtre l'*homo sapiens* est apparu en Afrique et que la couleur de la peau dépend seulement de la dose de **mélanine** qu'on a dans le corps !

La mélanine, c'est le pigment qui teinte la peau. L'être humain a plein de couleurs de peau, de textures de cheveux, de formes de corps et de visages différents... Un peu comme les nuances d'une palette de peinture. **Et c'est tellement plus beau et plus joyeux que si on était tous pareils !**

Le maître a aussi rappelé que le harcèlement rend malheureux et que **la violence est interdite, à l'école comme à la maison ou dans la rue !**
Il nous a conseillé de venir le voir si on subissait du harcèlement, et a dit qu'il serait toujours là pour nous aider ! Il a même accroché un panneau dans la classe :

Ça t'est déjà arrivé, à toi, qu'on te harcèle ?
N'oublie pas : pour sortir de cette situation, **il faut en parler aux adultes, ils ont le devoir d'agir pour que ça s'arrête !**
L'**amitié** et le **respect** sont indispensables pour bien grandir et être heureux.

Bon, j'y vais ! On a des devoirs de maths à faire avec David et, cette fois, c'est moi qui n'ai pas tout compris aux exercices ! Alors au boulot !

Vrai ou faux ?

- La violence par les mots est autorisée, mais pas la violence physique.
- Le harcèlement et le racisme sont interdits par la loi.
- Quand on est victime de harcèlement, il vaut mieux garder le secret et essayer de s'en sortir tout seul.

?

Et voilà ! Tu as fini de lire nos témoignages.

Tu sais que, si tu ne comprends pas certaines choses, tu peux poser des questions aux adultes autour de toi.

Si tes parents n'arrivent pas à répondre ou si tu préfères t'adresser à quelqu'un d'autre, tu peux parler à ton maître ou à ta maîtresse, à ton docteur ou à d'autres adultes en qui tu as confiance.

C'est important de communiquer dans la vie !

Tu as compris qu'il y avait des choses interdites, comme les agressions sexuelles : ce qu'on appelle la pédocriminalité quand c'est fait par un adulte extérieur à la famille ou l'inceste quand c'est fait par quelqu'un de la famille.

Personne n'a le droit de te faire du mal, ni physiquement, ni psychologiquement, ni sexuellement !

Pour être heureux et pouvoir vivre ensemble, les êtres humains doivent se traiter avec **respect**.

Les numéros d’écoute ou d’urgence

119 • *ALLÔ ENFANCE EN DANGER*
Pour signaler des **violences psychologiques, physiques et sexuelles sur mineurs** mais aussi : racket, négligences, mineurs en errance, délaissement, cyberharcèlement, contenus choquants, dérives sectaires, exposition aux violences conjugales, jeux dangereux, fugues, conflits parentaux.

17 • *POLICE SECOURS*
Pour toute **situation mettant en danger la sécurité des personnes** et des biens, par exemple pour signaler un vol, une agression ou une personne en danger.

3020 • *NON AU HARCÈLEMENT* (n° vert)
Quand on est **victime, auteur ou témoin de harcèlement physique ou moral**.

01 40 35 36 55 • *SOS RACISME*
Quand on est **victime de menaces, violences, injures et discriminations à caractère racial**.

0 806 23 10 63 • *CRIAVS*
Les Centres Ressources pour les Intervenants auprès des Auteurs de Violences Sexuelles (CRIAVS) sont des **structures qui peuvent apporter de l’aide aux adultes sexuellement attirés par des enfants**.

Remerciements

Merci Mathieu Tucker, mon partenaire aka « Part », merci pour ton talent, ton écoute, tes questionnements, ta disponibilité, quelle chance de travailler à tes côtés !
Cet ouvrage n'aurait pas vu le jour sans la ténacité de Sabrina Arab, qui, dès les premières idées en flou, y a cru. Sabrina, tu as porté ce projet, tu l'as défendu, tu l'as fait naître, tu as invité la douce Sandrine Girard à nous rejoindre. Sandrine, et tes si précieuses relectures, ton expérience de l'édition jeunesse et ta si grande sensibilité !
Merci à mes trois compagnons, merci pour votre travail, votre temps, votre conviction.
Merci à HarperCollins de nous avoir fait confiance.
Merci à toutes les personnes que j'ai rencontrées à l'issue des représentations du spectacle ou des projections du film *Les Chatouilles*, merci pour vos questions, vos enseignements.
Merci à ma famille, elle se reconnaîtra.
Merci à l'homme de ma vie, Éric Métayer, pour ses encouragements constants, son écoute, notre amour immense et réciproque.
Merci à mes enfants, Juno et Anton, dont le regard me pousse à essayer d'être une meilleure personne chaque jour.
Merci de m'avoir choisie comme maman, mes chéris, vous êtes mon plus grand bonheur.
Merci à ceux qui préservent l'innocence de l'enfance, qui se questionnent tous les jours pour être à la hauteur, merci à ceux qui se rendent compte qu'une enfance heureuse est le socle d'une vie !
Et enfin... Merci, les enfants, de nous apprendre la valeur de l'existence.
Vous êtes précieux.

Andréa Bescond

Quand Andréa m'a proposé de travailler avec elle sur ce projet, j'ai tout de suite été emballé, car c'est une thématique qui me tient à cœur et qui est encore trop peu abordée, notamment dans la littérature jeunesse.
Merci à toi Andréa, de m'avoir donné ta confiance et l'espace nécessaire pour créer ensemble ce beau projet qui est si important à défendre !
Ton talent, ton écoute, ta personnalité et ta persévérance m'ont entouré à chaque étape du projet et ont permis qu'il puisse voir le jour.
Merci aussi à Sandrine Girard, Sabrina Arab et HarperCollins d'avoir cru en ce projet et de l'avoir soutenu. Cette collaboration a été un réel plaisir et un enrichissement personnel à tous niveaux. Merci à Stéphanie Caillol et Guillaume Sentou de m'avoir permis de rencontrer Andréa Bescond.
Merci également à tous mes proches, pour leurs conseils et leur soutien, tout particulièrement celui de ma compagne, qui m'aide à avancer chaque jour.
En espérant que ce livre puisse être un appui éducatif et un soutien pour les générations à venir.

Mathieu Tucker

Achevé d'imprimer en février 2021 par Laballery.
Dépôt légal dans le mois suivant la parution.
N° d'impression : 101638

acabus

Agnes Christofferson

Elsas Stern

Ein Holocaust-Drama

acabus

Christofferson, Agnes: Elsas Stern, Hamburg, acabus Verlag 2018

2. korrigierte Auflage
ISBN: 978-3-86282-310-9

Dieses Buch ist auch als eBook erhältlich und kann über den Handel oder den Verlag bezogen werden.
PDF-eBook: ISBN 978-3-86282-311-6
ePub-eBook: ISBN 978-3-86282-312-3

Lektorat: Elisabeth Hofmann, acabus Verlag
Cover: © Jieshan Kong und Marta Czerwinski, acabus Verlag
Covermotive: http://pixabay.com/

Bibliografische Information der Deutschen Nationalbibliothek:
Die Deutsche Nationalbibliothek verzeichnet diese Publikation in der Deutschen Nationalbibliografie; detaillierte bibliografische Daten sind im Internet über http://dnb.d-nb.de abrufbar.

Der acabus Verlag ist ein Imprint der Diplomica Verlag GmbH, Hermannstal 119k, 22119 Hamburg.

„Auschwitz war ein solch schrecklicher Ort,

dass Gott beschloss, nicht dort zu sein."

Eine Holocaust-Überlebende

Prolog

Mai, 1947

Liebste Hanna,

es ist viel passiert seit meinem letzten Brief. Ich bin in Amerika angekommen und Tante Viktoria und Onkel Emeram haben mich herzlich aufgenommen. In New York habe ich ein neues Zuhause gefunden und mich bereits gut eingelebt. Auch dir würde New York gefallen! Es ist so, wie wir es uns vorgestellt haben: riesig und voller Leben. Du könntest hier Medizin studieren. So wie du es immer wolltest.

Ich muss gestehen, dass ich ein wenig nervös war, denn immerhin eilte mir ein gewisser Ruf voraus; ich bin unverheiratet und habe ein Baby. Du weißt ja, was die Leute in unserer Gemeinde von solchen Mädchen hielten. Doch Onkel und Tante zeigten Verständnis. Mein „Verlobter" war schließlich in den Kriegswirren durch die Hand der Nazis umgekommen; solch ein Schicksalsschlag sollte gewiss niemanden ereilen. Hier habe ich ein gottgefälliges Zuhause gefunden und Tante sagt, durch harte Arbeit und ein anständiges Leben würde ich Vergebung für meine Sünden finden. Ich werde also eine wunderbare Chance erhalten, mich „reinzuwaschen". Mein Geheimnis ist somit sicher.

Apropos Geheimnis, Salome gedeiht prächtig. Obwohl wir eine sehr schwere Zeit hinter uns haben, verläuft ihre Entwicklung normal. Sie hat blondes Haar und ein bezauberndes Puppengesicht. Tante hat sie unter ihre Fittiche genommen, damit ich wieder auf die Kunstschule kann. Sie ist unglaublich gut mit Kindern. Kaum zu glauben, dass sie selber nie Kinder hatte. Um so mehr sehe ich Salome als ein Geschenk Gottes. Ich muss mich ihrer ganz sicher nicht schämen! Ich bereue nichts. Auch bereue ich nicht, dass ich Salomes Geheimnis um ihre Herkunft für mich behalte.

Hanna, es gibt einen Grund, weshalb ich dir ausgerechnet jetzt schreibe. Es ist etwas Wunderbares passiert. Ich habe mich verlobt und werde im Sommer heiraten! Ist das denn zu glauben?

Du wirst nie erraten, wer mein Verlobter ist. Es ist Jared Aronsohn, der Sohn des Anwalts, der Vaters Vermögen in Amerika verwaltet. Unglaublich! Er ist drei Jahre älter als ich und Jurastudent. Er wird Anwalt, genau wie sein Vater. Wir sind uns 1945 begegnet und es ist mir ein Rätsel, weshalb er sich in mich verliebt hat. Ich habe ein Baby und bin immer noch viel zu dürr. Jared sagt, er liebt Kinder über alles und noch mehr liebt er magere Frauen. Offenbar gibt es Kräfte auf der Erde, die wir nie verstehen werden.

Nachdem sich unsere Verlobung herumgesprochen hat, sehen mich die Leute nun ganz anders. Sie sind noch höflicher und zuvorkommender zu mir.

Meine zukünftigen Schwiegereltern sind sehr wohlhabend und angesehen. Sie sind noch vermögender, als wir es waren! Und genau das bringt ein paar Probleme mit sich. Meine zukünftige Schwiegermutter Mona ist eine sehr gottesfürchtige und traditionsgebundene Frau. Offenbar gibt die Identität von Salomes Vater Anlass zu allerhand Spekulationen. Ich habe sie schon flüstern hören, ich sei eine Hure! Befleckt wäre ich und ihres Sohnes nicht würdig! Sie sagte auch, sie habe ihren Sohn nicht zu einem gottesfürchtigen, achtbaren und tugendhaften Menschen herangezogen, damit er eine dahergelaufene, deutsche Hure heiratet.

Das beunruhigt mich. So viel Zorn ist nicht gut für uns. Gewiss wird sie mich bald besser kennenlernen. Vielleicht wird sie mich sogar mögen? Ich bin keine Hure. Wir beide wissen das. Und Jared weiß es auch. Ich habe ihm mein Geheimnis anvertraut. Er war schockiert, dennoch ist er in Bezug auf unsere Zukunft zuversichtlich.

Nun gut, ich werde diesen Brief jetzt beenden. Die Sonne scheint so schön, deshalb will ich mit Salome in den Park gehen. Wir haben nämlich einen wunderbaren Park direkt vor der Tür – den Central Park. Er ist riesig! So einen Park hast du ganz sicher noch nie gesehen!

Du würdest es hier genauso lieben wie ich!

Herzlichst
Deine Schwester Elsa

1

New York, Frühjahr 1979
Samstag

Dem Mann, der unser Leben gänzlich erschüttern sollte, begegneten wir in einem Restaurant. Es geschah an einem jener Tage, an denen das Leben ruhig und in geregelten Bahnen verlief; ein gewöhnlicher Samstag mit einem gewöhnlichen Tagesablauf und den üblichen Pflichten. Ich war fünfundzwanzig Jahre alt, Single und verbrachte meinen freien Tag damit, meine Kleidung von der Reinigung abzuholen, mein Auto zu waschen und mit meiner älteren Schwester Salome zu telefonieren.

Am Abend führte ich meine Mum zum Essen aus. Das war zu unserem kleinen Ritual geworden.

Seitdem mein Vater vor zwei Jahren infolge eines Herzinfarktes verstorben war, ging meine Mum so gut wie nie aus. Ich wünschte mir so sehr, dass sie für eine Weile der Trauer entfliehen konnte, und lud sie hin und wieder zum Essen ein.

Ich kannte ihre Vorliebe für Salate, Meeresfrüchte und vollmundige Rotweine, daher hatte ich das Restaurant persönlich für sie ausgewählt.

Das *Elektrics* war ein modernes, italienisches Lokal mit einem gemütlichen Ambiente. Wir saßen an einem winzigen Zweiertisch und versuchten, eine angenehme Zeit miteinander zu verbringen. Das war nicht leicht, denn meine Mum war oft etwas forsch, was eine angenehme Unterhaltung mit ihr verkomplizierte.

Ich wurde in eine eigenartige Familie hineingeboren. Meine Mum war Jahrgang 1925 und wuchs im antisemitischen Deutschland auf. 1944 floh sie mit meiner neugeborenen Schwester Salome nach Amerika. Dabei verlor sie ihre Familie komplett aus den Augen. Ihr Schicksal blieb offen und ungeklärt. Die Vergangenheit meiner Mutter war für mich im Grunde ein einziges Geheimnis. Fakt war: alle hatten Oma, Opa, Onkel, Tanten. Nur wir hatten niemanden – jedenfalls fast niemanden.

Als ich noch ganz klein war, hatte ich angenommen, die Familienverhältnisse wären ganz normal. Als ich älter wurde, begann ich zu begreifen, dass unsere Familie etwas anders war. Wir waren eine Familie mit wenig Verwandtschaft, aber dafür mit vielen Familiengeheimnissen.

Meine Mum, Elsa Aronsohn, beobachtete, wie die Barkeeperin zwei große Biergläser vollzapfte und sie routiniert über die Theke schob. Dabei beugte sich die junge Frau so vor, dass die beiden Männer an der Bar einen Blick in den Ausschnitt ihrer Bluse erhaschen konnten.

„Das ist doch scheußlich. Die glaubt wohl, wenn man ein bisschen Fleisch zeigt, kriegt man mehr Trinkgeld", entrüstete sich meine Mum provokativ laut.

Ich spürte, wie die Röte von meinen Wangen sich bis hin zu meiner Stirn und über meinen Nacken zog, und war froh, dass der Raum nur schwach beleuchtet war.

Das war typisch meine Mutter. Sie war seit jeher Hausfrau, Mutter und die Ehefrau eines erfolgreichen Anwalts gewesen. Ein wenig weltfremd in meinen Augen. Sie lebte in ihrem eigenen kleinen Kokon, aus dem sie voller Misstrauen und übertriebener Wachsamkeit auf die Welt schauen konnte. Mum und Dad hatten 1947 geheiratet, zu einer Zeit, da Frauen keine anderen Interessen hatten, als den besten Braten herzurichten und die beste Methode zu finden, Flecken aus Polstern und Kleidung zu entfernen.

Falls meine Mutter mein nervöses Lächeln bemerkt hatte, zeigte sie es nicht. Stattdessen griff sie nach ihrem Weinglas. In ihrem eleganten Kostüm und mit ihrer kupferroten, perfekt sitzenden Elizabeth-Taylor-Frisur wirkte sie ein wenig fehl am Platz in dem neuen In-Restaurant. Es wurde vorwiegend von jüngeren Leuten besucht. Von Leuten, die nicht so viel Wert auf Etikette legten wie meine Mum. Selbst in der Art, wie sie das Weinglas hielt, erkannte ich noch etwas von der Eleganz, zu der ihre Eltern sie erzogen hatten.

„Lass gut sein, Mum. Du kannst die Welt eh nicht verbessern", sagte ich. „Achte gar nicht auf sie. Lass uns einfach den Abend genießen."

Mum wandte den Blick ab und ließ ihn über die dunklen Bodendielen gleiten. „Ach Liebes, du hast ja so recht", sagte sie, stieß ein gepresstes Lachen hervor und griff nach der Speisekarte. Aus ihrer Handtasche klaubte sie ihre Lesebrille und setzte sie auf. Während sie die Speisekarte las, überlegte ich, wie ich ihr beibringen sollte, dass Laura, meine bisherige Mitbewohnerin, ausgezogen war und ich nun die große, übertrieben teure Wohnung gegen ein winziges, schäbiges Einzimmerapartment tauschen musste.

Ich promovierte in amerikanischer Literatur und arbeitete als Bibliothekarin, doch die Bezahlung war nicht die beste. Seit Lauras Umzug waren schon zwei Wochen vergangen, und irgendwann würde ich meiner Mum reinen Wein einschenken müssen. Spätestens dann, wenn der Umzug anstand. Sie hatte meine Flucht aus dem Elternhaus von Anfang an mit Skepsis betrachtet. Ich hatte ja ein gut ausgestattetes Kinderzimmer im Dachgeschoss meines Elternhauses auf Long Island. Meine Mutter würde sich jetzt noch mehr Sorgen machen, wenn sie hörte, dass ich nun allein in der Wohnung lebte. Ich glaubte, ihr wäre wohler, wenn ich mehr von meiner Halbschwester hätte.

Salome war zehn Jahre älter als ich und lebte bis zu ihrer Heirat in unserem Elternhaus. Sie war fast dreiundzwanzig, als sie heiratete. Ihren Mann Anton hatte sie an der Uni kennengelernt. Anton war zwei Jahre älter und stammte aus einem guten Elternhaus. Er führte sie in vornehme Restaurants und fuhr mit ihr in den Urlaub. Kurz nach ihrem Abschluss war sie schwanger, dann verheiratet. Nun verheiratet verwandelte sich Salome bereits nach kurzer Zeit in einen völlig anderen Menschen. Scheinbar über Nacht mutierte sie zu unserer Mum: zu einer geradlinigen, gut organisierten Familienmanagerin. Anton war mittlerweile ein sehr erfolgreicher Schönheitschirurg und die beiden lebten in Saus und Braus.

„Was willst du bestellen?“, fragte ich.

Meine Mutter schaute nachdenklich drein. „Ich weiß noch nicht“, murmelte sie.

„Lass dir ruhig Zeit.“ Ich hatte es nicht eilig und wollte den Abend mit ihr in Ruhe genießen.

Ein älterer Herr drängte sich zwischen den Gästen an die Theke. Er war Mitte sechzig, sehr groß, ein wenig zu dünn, mit halblangem meliertem Haar. Da er mit dem Rücken zu mir stand, konnte ich seine Gesichtszüge nur schwer erkennen.

Er trug einen teuer aussehenden Anzug und hatte eine junge Blondine an seiner Seite. Die junge Frau strich eine Haarsträhne hinter ihr linkes Ohr, sodass man einen teuren Diamantohrring und ihr hübsches Profil erkennen konnte. Ich überlegte, ob die Blondine seine Tochter oder seine Geliebte war. Beides wäre möglich gewesen.

Meine Mum legte die Speisekarte auf den Tisch. „Sieht so aus, als hätte ich mich entschieden", verkündete sie, als wäre sie die große Gewinnerin des Abends.

„Was hast du ausgewählt?", fragte ich neugierig.

„Ich nehme den großen Salat."

„Nur einen Salat?"

„Findest du das nicht richtig?" Sie sah mich stirnrunzelnd an.

„Wenn du schon so fragst, nein", räumte ich ein. „Bestell dir etwas Richtiges zu essen."

„Ab einem bestimmten Alter muss man auf seine Figur achten, Schätzchen." Sie beäugte mich ernst, doch sie schien es nicht ernst zu meinen. Meine Mutter war Mitte fünfzig, eine dynamische und attraktive Frau. Sie musste sich ganz sicher keine Probleme um ihre Figur machen. Ich lächelte und schwieg. Manchmal war Schweigen die bessere Antwort.

„Ich mochte deine Haare lang", sagte sie plötzlich aus dem Kontext gegriffen. Sie spielte auf meine neue Frisur an.

Ich strich mir ein paar kastanienbraune Wellen hinters Ohr. Vor ein paar Tagen ließ ich meine hüftlangen, aalglatten Haare schulterlang schneiden und föhnte sie nun zu einer wundervollen Außenrolle. „Meine Haare sind doch nicht kurz!", wandte ich ein. „Außerdem ist die Frisur momentan todschick. Mit der Zeit gehen ist immer gut."

Mum verzog die Lippen zu einem kleinen, kühlen Lächeln. „Nun ja, irgendwann ist es wohl Zeit für eine Veränderung. Auch wenn die Veränderung einem nicht schmeichelt."

Ich beschloss, diese Anspielung zu überhören. So war meine Mutter eben. Nicht böse. Sie konnte ihre Gefühle noch nie besonders gut ausdrücken. Ich war mir sicher, dass ihr die neue Frisur super gefiel. Sie wusste es nur noch nicht.

Im hinteren Bereich des Lokals saß eine Gruppe junger Leute, die sich scheinbar Witze erzählte. Jeweils nach einer kurzen

Pause folgte eine laute Lachsalve. Die Art, wie sie lachten, war durchaus typisch für jemanden, der sich über etwas Lustiges amüsierte. Einer der jungen Leute gab der Kellnerin das Zeichen, eine neue Runde zu bringen.

„Zu meiner Zeit hatten wir noch Manieren", murmelte meine Mutter, der die feuchtfröhliche Gruppe bereits aufgefallen war. Das war wieder ganz typisch meine Mum. Während die anderen lachten und sich unterhielten, zog sie sich in ihren Kokon zurück. Eine richtige Spaßbremse konnte sie sein.

„Willst du mir erzählen, dass die Jugend früher anders war?", fragte ich mit hochgezogenen Augenbrauen. „Gab es damals keine Frauen mit tiefen Ausschnitten? Waren die Leute nicht lustig?" Meine Güte, man konnte sich aber auch anstellen!

Mum lächelte. Ein verschmitztes, angedeutetes Grinsen umspielte ihre Mundwinkel. „Gab es schon", sagte sie. „Die hatten aber bessere Manieren."

Wieder erfüllte ein kräftiges Lachen den Raum. „Sie haben doch nur etwas Spaß", meinte ich.

Meine Mutter setzte ihre Lesebrille wieder ab und steckte sie in die Handtasche. „Sie könnten sich aber auch etwas leiser amüsieren. Ich meine, wir sind schließlich nicht auf einer Studentenparty."

„Auf einer Beerdigung sind wir aber auch nicht. Wir sind bald in den achtziger Jahren. Man muss mit der Zeit gehen."

Mums spitzer Blick blieb an meinem Gesicht hängen. „Hast du dich auch schon entschieden, Liebes? Weißt du, was du essen möchtest? Ich habe schrecklichen Hunger. Tut mir leid, dass ich ein solcher Plagegeist bin, aber ich habe seit heute Mittag nichts gegessen. Du weißt doch, wie ich bin, wenn ich hungrig bin." Sie sagte es mit einem derart süßen Lächeln, dass ich nur mit Mühe entscheiden konnte, ob sie ernsthaft verärgert war oder nicht.

„Unausstehlich?", fragte ich. Ich trank einen großen Schluck Wein und spürte, wie er in der Kehle brannte. Seitdem ich denken konnte, war unser Kühlschrank vollgepackt mit Essen. Ich kannte ihre Reaktion auf Hunger nur zu gut.

„Unausstehlich, misslaunig und brummig", fügte meine Mum hinzu.

„Bösartig?", hörte ich mich sagen, so zaghaft, dass ich meine eigene Stimme kaum erkannte.

„Moment mal!", rief Mum und hob protestierend die Hände. „Jetzt übertreibst du aber! Ich kann Hunger einfach nicht leiden. Mein Blutzucker sinkt und ..."

Ich schenkte ihr ein Lächeln. „Ich wollte dich bloß ärgern, denn du magst meine Frisur nicht."

„So ist das auch nicht. Ich finde sie ganz in Ordnung. Ich mochte deine Haare lang einfach lieber. Was nimmst du nun?"

„Ich nehme die Pizza."

„Pizza? Ist ja kein Wunder, dass du an meinem Salat etwas auszusetzen hast." Meine Mum drehte sich nach der Kellnerin um. „Hast du das gesehen? Die hat uns gesehen und ist sofort weitergelaufen."

Ich rollte mit den Augen. Dieses extreme Misstrauen ging mir gehörig auf den Geist. Ich grinste ein wenig boshaft. „Ja genau", murmelte ich. „Sie hat uns gesehen und ist sofort weitergelaufen. Das ist bestimmt eine Verschwörung."

„Jetzt spinnst du aber!", meinte meine Mum. Sie ließ den Blick durch den Raum gleiten, ohne irgendwo zu verharren, bis sie schließlich an dem älteren Mann mit der jungen Blondine hängen blieb. Er hatte sich umgedreht, um nach einem leeren Tisch Ausschau zu halten. Mir fielen sofort seine beinahe stechend blauen Augen auf, die sich kurz mit dem Blick meiner Mutter kreuzten. Er hatte ein aristokratisches, gut geschnittenes Gesicht. Für sein Alter sah er noch sehr gut aus. Er wirkte wie ein reicher Unternehmer und so malte ich mir aus, dass die Blondine an seiner Seite seine Frau war. Eine Tochter aus gutem Hause oder eine reiche Erbin mit Vaterkomplex. Solchen Paaren begegnete ich häufig.

Am Tisch wurde es auf einmal bedrückend still und ich merkte, dass Mum den Atem anhielt. Ihr war die Farbe aus dem Gesicht gewichen und ihre Hände zitterten.

„Mum?", fragte ich erschrocken. Aber sie antwortete nicht. Statt einer Antwort hörte ich nur einen erstickten Laut. Ihr Gesicht war vollkommen versteinert, während sie den älteren Mann anstarrte, der sich inzwischen wieder der Blondine zugewandt hatte. „Mum?" Wieder keine Antwort. Während der

Raum sich mit neuen Gästen füllte, schaute ich mich Hilfe suchend nach einer Bedienung um. „Alles in Ordnung?"

Wie in Trance wies sie mit dem Kopf auf den Mann. Inzwischen hatte er einen leeren Tisch für seine Begleitung und sich entdeckt. Die Blondine hakte sich bei ihm ein, dann verließen sie die Theke.

„Mum, was hast du bloß?" Der Gesichtsausdruck meiner Mum verriet, dass sie gedanklich weit abgeschweift war. Sie nahm mich überhaupt nicht mehr wahr. Ihr Geist schien in einer anderen Sphäre zu weilen. Sie hatte scheinbar Probleme zu verstehen, was genau ich eigentlich von ihr wollte. Sie klimperte ein paarmal mehr als üblich mit den Wimpern. Dann, nachdem sie mich wirr angeschaut hatte, verdrehte sie die Augen, sank in sich zusammen und rutschte vom Stuhl. Erst nach ein paar Sekunden begriff ich, dass sie zusammengebrochen war.

2

Seit Stunden hatte ich das Krankenzimmer nicht mehr verlassen. Obwohl der Arzt mir kaum Hoffnungen machte, dass meine Mum heute Nacht noch einmal zu klarem Bewusstsein kommen würde, rührte ich mich nicht vom Fleck. Das sei sehr unwahrscheinlich, hatte er mir erklärt, aufgrund des Schockzustandes und den Beruhigungsmitteln. Ich konnte mich nicht mit dem Gedanken abfinden, dass sich meine Mum in dieser Lage befand. Der Arzt diagnostizierte einen seelischen Zusammenbruch infolge einer extremen psychischen Belastung.

Ein seelischer Zusammenbruch!

Die Vorstellung war unerträglich!

Meine Tränen unterdrückte ich, denn ich musste stark bleiben. So saß ich sprachlos neben Mum am Bett und beobachtete ihr kreideweißes Gesicht.

Als die Nachtschwester mit einem Infusionsbeutel auftauchte, blickte ich überrascht auf. „Machen Sie sich keine Sorgen. Diese Infusion sorgt dafür, dass sie genug Flüssigkeit bekommt", sagte sie. Lange Minuten vergingen, während sie die Infusion vorbereitete. „Am Ende des Korridors steht ein Automat. Da können Sie sich einen Kaffee holen", meinte sie freundlich.

Draußen hatte es angefangen zu regnen und zu stürmen. „Danke, aber ich warte erst auf meine Schwester. Sie müsste jede Sekunde auftauchen", erwiderte ich. Es war nach zehn Uhr und der Mondschein ergoss sich durch die Fenster. Ich wusste nicht genau, wann ich Salome angerufen hatte. Seit der Geschichte mit Mum hatte ich jegliches Zeitgefühl verloren. Sekunden vergingen wie Minuten. Minuten vergingen wie Stunden. Ich hatte das Gefühl, dass die Welt aufgehört hatte, sich zu drehen.

Ich war nicht ausgesprochen abergläubisch und auch nicht religiös, denn Mum hielt sich nicht besonders an die Traditionen und Gebote des jüdischen Glaubens. Nun fragte ich mich, ob ich anfangen sollte zu beten. Obgleich, wie ich ironisch feststellte, es gar nicht funktioniert hätte. Vom Beten verstand ich nichts.

Als die Schwester gegangen war, entdeckte ich Salome auf dem Flur. Wie immer war ich von ihrer Andersartigkeit beeindruckt. Mit ihrem hoch toupierten blonden Haar, den blauen

Augen und dem herzförmigen Gesicht hätte sie sich nicht stärker von mir unterscheiden können. Inmitten unserer Familie wirkte Salome wie ein Exot. Sie schlug scheinbar nach ihrem Vater, dem mysteriösen Mann, von dem Mum nie sprach. Sie trug ein sündhaft teures maßgeschneidertes Kostüm, das ihrer Figur schmeichelte. In ihrem Schrank hing nur exklusive Garderobe, die eine schöne Stange Geld gekostet haben musste.

Als Salome Mum und mich im Zimmer entdeckte, kam sie sofort angerannt. „Oh Gott! Wie geht es ihr?", erkundigte sie sich. Sie streichelte über Mums Stirn und strich ihr ein paar Strähnen aus dem Gesicht.

Ich ließ die Schultern hängen. „Im Moment schläft sie. Sie hat ein leichtes Beruhigungsmittel bekommen."

Salome zuckte zusammen. Ängstlich musterte sie mein Gesicht. „Wird sie wieder?"

Während dröhnender Donner den Himmel erschütterte und die Reflexion der Blitze durch die Fenster zuckte, versuchte ich, mich an das Gespräch mit dem Arzt zu erinnern. „Das kann keiner wirklich sagen", sagte ich. „Wir müssen bis morgen warten."

Salome reagierte mit tröstendem und mitfühlendem Kopfnicken. „Und das alles wegen des Mannes im Lokal?", fragte sie heiser.

Ich blickte zu dem regennassen Fenster rüber. „Ja. Es ist passiert, nachdem sie ihn gesehen hatte. Zuerst ist sie zusammengebrochen. Als ich sie danach nach Hause fahren wollte, fing sie an zu zittern und wirres Zeug zu reden, da habe ich beschlossen, sie ins Krankenhaus zu fahren. Ich … ich dachte, sie hätte vielleicht einen Schlaganfall." In der Scheibe sah ich, wie Salomes Augen vor Interesse aufflackerten.

„Wer zum Teufel war der Kerl?", fragte sie eine Spur zu laut.

„Diese Frage kann ich nicht beantworten. Sie hat es mir nicht gesagt."

Salome berührte das goldene Medaillon an ihrem Hals und nestelte an der Kette. Diese Kette hatte ich in *Harper's Bazaar* gesehen. Sie kostete fast eintausend Dollar. „Bist du sicher, dass sie nichts erwähnt hat?"

Ich drehte mich um und betrachtete Salomes Gesicht. Die Blitze spiegelten sich in ihren Augen und schienen in ihnen aufzuflammen. „Natürlich bin ich mir sicher."

Salome dachte einen Moment lang nach. Sie war wie benommen.

„Wie viel weißt du über Mums Vergangenheit?", fragte ich.

Salomes trübe Augen huschten prüfend über mein Gesicht. „Nicht viel. Weshalb fragst du?"

„Vielleicht hat der Mann aus dem Lokal etwas damit zu tun?" Mir wurde fast übel bei dem Gedanken. „Er war schon älter. Hat sie dir etwas über ihre Kindheit erzählt?"

„Nicht viel. Ich weiß ganz sicher nicht mehr als du." Ihr schönes Gesicht zog sich in Falten.

„Hat sie jemals über deinen leiblichen Vater gesprochen?"

„Ich habe nie nach ihm gefragt, Leni. Ich habe unseren Vater geliebt, das weißt du."

Ich nickte. Natürlich. Das hatte sie.

„Du glaubst doch nicht etwa, dass der Mann aus dem Lokal etwas mit meinem leiblichen Vater zu tun hatte?!" Salome klang entsetzt. Ich stellte fest, dass sich ihre Hände zu Fäusten ballten. Diese Reaktion legte mir nahe, dass Salome nicht gut auf das Thema zu sprechen war.

War das nicht typisch für unsere Familie? Scheinbar war Schweigen die beste Medizin!

„Nein. Doch vielleicht besteht ein Bezug zu Mums Vergangenheit. Du weißt ja selber, wie geheimnisvoll sie immer tut", bemerkte ich leise.

Es herrschte auf einmal eine Totenstille. Salomes Augen wurden groß. „Das ist nicht dein Ernst!", sagte sie.

„Überleg doch! Das alles ergibt durchaus einen Sinn", setzte ich an. „Hast du dir denn nie Gedanken darüber gemacht, weshalb sie immer so beharrlich schweigt ..."

„Jetzt spinnst du aber! Du bist genauso paranoid wie Mum!"

Ich starrte sie bockig an. „Hat Mum dir etwas von ihrer Flucht aus Deutschland erzählt?"

Salome zog eine ihrer dünnen, akkurat gezupften Augenbrauen hoch. „Sie spricht nicht gerne über dieses Thema. Das weißt du. Bei mir hat sie keine Ausnahme gemacht."

Ich schwieg. Es war eine unausgesprochene Abmachung in unserer Familie, nicht in der Vergangenheit zu rühren. Mums Kindheit war tabu. Wie die Büchse der Pandora, die man nicht öffnen durfte.

Ein gellender Donner dröhnte laut in den Krankenhausfluren und den Zimmern. Das Licht flackerte kurz auf und dann stellte ich zu meiner Überraschung fest, dass Mum in ihrem Bett aufrecht saß und uns anstarrte. Ihr Atem ging laut.

„Mum?", fragte Salome und setzte sich auf die Bettkante.

„Wer bist du?" Ihre Stimme, so dünn, drohte jeden Augenblick zu zerreißen.

Salome schossen Tränen in die Augen.

„Ich bin Salome."

Verwirrung. „Kenne ich dich?"

„Ich bin Salome. Deine älteste Tochter."

Im gedämpften Licht wirkten Mums Augen glasig und trüb wie die Augen einer uralten Frau. „Du bist nicht meine Tochter."

Salome blinzelte verblüfft. „Aber natürlich bin ich deine Tochter." Sie senkte traurig den Blick. „Sag so etwas nicht."

„Du bist nicht mein Kind", beharrte Mum. „Ich kann keine Kinder bekommen."

Ängstlich musterte ich Mums Gesicht. „Was redest du da für einen Unsinn? Natürlich kannst du Kinder bekommen. Du hast doch Salome und mich. Es gibt Fotos, auf denen du mit mir schwanger bist." Ich spürte einen riesigen Kloß im Hals und Tränen in den Augen. „Mum?", sagte ich sanft und nahm ihre Hand. „Es wird dir bald besser gehen."

Mums Lippen zitterten. Sie konzentrierte sich und versuchte, den Sinn der Worte zu verstehen. „Leni. Meine Leni", sagte Mum dünn. „Wo ist Elli? Ist sie hier?"

Ich blinzelte verblüfft. Aus dem Augenwinkel sah ich, wie Salome zusammenzuckte. „Wer ist Elli?", fragte ich, da ich den Eindruck bekam, dass Salome etwas wusste. Sie schüttelte den Kopf. Anscheinend hatte sie doch keine Ahnung, wer Elli war. „Nein, Mum. Sie ist nicht hier", sagte ich leise. „Elli ist nicht hier."

„Nein. Nein. Natürlich nicht. Ich erinnere mich wieder. Sie hat sich für das Frauenkommando entschieden."

„Ja. Natürlich“, meinte ich verständnisvoll. Trotz ihres wirren Geredes wollte ich ihr nicht widersprechen oder nachhaken, um sie nicht aufzuregen.

„Ja, das hat sie. Sie hat Hanna und mich einfach verlassen“, sagte sie mit qualvoll rauer Stimme, dann glitt ihr Oberkörper wieder nach hinten. Sie schloss die Augen und begann ruhig zu atmen.

Salome, welche die Szene in einer lautlosen Starre beobachtet hatte, schien die Situation nur mit Mühe auszuhalten. Ich bemerkte ihre Nervosität. Ihre Nasenflügel weiteten sich und ihr Körper war angespannt. „Ist sie schon den ganzen Abend so?“

Ich blickte Salome unglücklich an. „Ich habe ja gesagt, ihr geht es nicht gut. Sie redet schon den ganzen Abend solchen Unsinn.“

Schließlich hielt Salome es nicht mehr aus. „Es ist schlimmer, als ich dachte“, meinte sie. „Sie ist ja völlig verwirrt!“ Sie erhob sich energisch. „Ich muss einen Arzt sprechen. Bleib bei ihr“, wies sie mich an und eilte durch die Tür. In der Luft blieb nur noch der Duft ihres teuren Parfüms hängen.

Ich zog ein Taschentuch aus meiner Handtasche und wischte meiner Mum vorsichtig die Schweißperlen von der Stirn. „Wer war bloß der Mann im Lokal?“, fragte ich leise. Mit angespannter Miene versuchte ich, ihr abgezehrtes Antlitz zu ignorieren. Sie hatte blasse Wangen und Schatten unter ihren Augen. Ich konnte mich nicht daran erinnern, sie je so gesehen zu haben. Meine Mum war eine Frau, die stets die Fassung bewahrte. Sie weinte auch nicht leicht; selbst nach dem plötzlichen Tod meines Vaters war sie die Ruhe selbst gewesen. „Tut mir leid, dass dir das passiert ist“, flüsterte ich. „Morgen, das wirst du sehen, wird alles besser.“ Ich krümmte die Finger und presste sie zu Fäusten zusammen, bis sich meine Fingernägel in die Handflächen bohrten. „Du wirst schon sehen. Alles wird gut.“

„Ich kenne ihn“, sagte Mum plötzlich.

Ich zuckte zusammen, denn ich hatte angenommen, dass sie wieder schlief. Ich zögerte. „Wie bitte?“

„Der Mann im Lokal. Sein Name ist Erich Hauser.“ Ihr Blick war total benommen.

Mir wurde schwindelig. „Woher kennst du ihn?“

„Aus Auschwitz.“

„Aus Auschwitz?"

Sie drehte ihr Gesicht dem Fenster zu und schaute eine Weile dem Gewitterlicht zu. „Da waren Stacheldrahtzäune, hohe Wachtürme und SS-Wachen, Sträflinge in schäbiger Kleidung, kahle Köpfe, Leichenberge, Gestank, Krankheit und Tod."

„Schsch … du musst nicht weiterreden. Ruh dich aus."

Sie packte mich plötzlich am Arm. Ihre Hand war klamm und kalt. „Sie haben mir alle meine Sachen genommen", zischte sie.

„Nein. Deine Sachen sind noch hier."

Meine Mum blickte mich mit starrem Blick an. „Sind sie nicht! Die haben sie gestohlen. Meine Fotos. Meinen Schmuck. Alles. Und dann haben sie mir so Zeug in den Bauch gespritzt. Lass nicht zu, dass sie es noch einmal tun. Versprich es mir."

„Niemand wird dir irgendein Zeug in den Bauch spritzen", erwiderte ich geduldig.

„Du musst auf mich aufpassen."

„Das sind die Medikamente, Mum. Die machen dich benommen im Kopf."

„Leni, ich bin so müde. Ich mache kurz die Augen zu. Sag Salome nichts", flüsterte sie. „Erwähne Auschwitz nicht vor Salome."

„Wie meinst du das?"

„Es regt sie nur unnötig auf. Sie wird weinen …"

„Sie wird weinen?" Eiseskälte kroch mir den Rücken hinunter. Es stand wohl schlimmer um meine Mum, als ich dachte. „Hab keine Angst, Mum. Salome geht es gut", beruhigte ich sie.

Ihr Griff löste sich und sie versank wieder in einen tiefen Schlaf.

Als Salome wieder zurückkehrte, war es still und friedlich im Zimmer. Mum lag entspannt da, ihre Gesichtszüge unverkrampft und die Wangen rosig.

3

Sonntag

Schweißgebadet erwachte ich. Ich schaute auf den Wecker und fragte mich, wie lange ich geschlafen hatte, als ich Schritte auf der Treppe hörte, die zu meiner Wohnung führten. Dann klingelte es schon an der Tür. Ich schoss aus dem Bett hoch, hüllte mich fest in meinen blauen Frotteebademantel, ging zur Wohnungstür und schob die Sicherheitskette zurück. Wie gewohnt klemmte die Haustür, und als ich sie endlich quietschend aufgestemmt hatte, sah ich mich Salome gegenüber. Wie immer sah sie perfekt aus: perfektes Make-up, perfekte Frisur, perfektes Outfit. Kurzum: Sie sah aus wie einem Katalog entsprungen.

„Was machst du denn hier?" Ich kreischte beinahe. Salome ließ sich so gut wie nie in meiner Wohnung blicken. Geschweige denn um eine so frühe Uhrzeit.

„Es gibt etwas, worüber ich mit dir sprechen muss …", sagte sie, ohne auch nur einmal zu blinzeln.

Der würzige Duft ihres Parfüms schoss mir in die Nase. „Wirklich?" Ich warf ihr einen fragenden Blick zu. Wir beide hatten noch nie etwas zu bereden. Ich war praktisch noch ein Kind gewesen, als Salome geheiratet hatte. Angesichts unserer gegensätzlichen Wesen und des Altersunterschieds war die Zuneigung, die wir füreinander empfanden, eher freundschaftlicher als geschwisterlicher Art. Wir waren nie besonders schwesterlich zueinander. „Geht es um Mum?", riet ich.

Salome nickte kurz. „Lässt du mich rein?"

Ich lächelte gezwungen und ließ sie eintreten. „Willst du einen Kaffee?", fragte ich.

„Ja. Bitte." Als Salome ins Wohnzimmer trat und die Umzugskartons bemerkte, runzelte sie die Stirn. „Ziehst du aus?"

„Warum?" Ich brauchte eine Weile, um zu begreifen, was sie meinte. „Ach! Die Kartons", sagte ich. „Laura, meine Mitbewohnerin, ist ausgezogen."

„Verstehe", murmelte Salome. Sie ahnte wohl, dass ich mir die Wohnung alleine nicht leisten konnte.

„Ich habe schon etwas Neues gefunden", eröffnete ich und räumte die Teller vom Vorabend weg und stellte sie in die Spüle. „Ein kleines Apartment, nur ein paar Blocks von hier." Ich nannte ihr die Adresse und sah, wie sich Salomes Stirn in Falten zog. Sie wusste wohl, dass es nicht unbedingt die beste Gegend war. Auch wenn mir selbst diese Tatsache bewusst war, hatte ich das Gefühl, mich rechtfertigen zu müssen. „Die neue Wohnung ist natürlich nicht so schön wie diese, aber etwas anderes ist momentan nicht drin."

Obwohl die Küche recht groß war, herrschte hier ziemlicher Platzmangel, denn jeder Zentimeter freier Boden wurde als Stellraum für Kartons genutzt. Salome setzte sich an den Küchentisch, der nun anständig aussah. Ich ging zur Anrichte und schaltete die Kaffeemaschine ein. „Es ist nicht viel Milch da; ich hab noch nicht eingekauft", sagte ich, nachdem ich einen Blick in den Kühlschrank geworfen hatte.

„Kein Problem. Ich trink den Kaffee auch schwarz", meinte sie.

Als ich ihr die Kaffeetasse gab, fiel mir auf, wie wohlgeformt und gepflegt ihre Hände waren. Es waren die Hände einer Frau, die noch nie arbeiten musste.

„Du hast bestimmt große Angst um Mum", sagte Salome steif.

Ich nickte stumm. „Das kannst du wohl sagen."

Salome seufzte und verzog gequält das Gesicht. „Ich will dich nicht lange aufhalten. Ich habe etwas für dich." Sie griff in ihre Tasche und holte ein Päckchen raus, das sie auf den Tisch fallen ließ. „Das dürfte dich interessieren."

„Was ist darin?", fragte ich.

„Mums Tagebuch. Ich denke, es ist an der Zeit, es dir zu geben."

„Was?"

„Das Tagebuch unserer Mutter ist in dem Umschlag", sagte sie so langsam, als würde sie mit einem geisteskranken Kind sprechen. „Ich denke, es ist an der Zeit, es dir zu geben."

„Aber, ich wusste gar nicht, dass Mum Tagebuch schrieb ...", begann ich.

„Es ist schon lange her."

In meinem Kopf drehte sich alles. „Wieso gibst du es mir?"

Salome schaute mich direkt an. „Weil es etwas gibt, das du über unsere Familie wissen musst."

Ich konnte nicht anders, als Salome blöd anzustarren. „Wie meinst du das?"

„In dem Tagebuch ist die ganze Geschichte unserer Mutter aufgeschrieben. Ich habe versprochen, es dir zu geben, wenn ihr etwas zustoßen sollte."

Ich griff nach dem Päckchen; es lag bleischwer in meinen Händen. „Ihr ist nichts zugestoßen. So wie du das sagst, klingt es, als wäre ihr Schicksal besiegelt."

„Vertrau mir einfach. Der richtige Zeitpunkt ist da."

Ich zerriss die Verpackung. Auf Salomes Gesicht lag plötzlich ein Schatten. „Wenn du das Tagebuch gelesen hast, wird nichts mehr so sein wie vorher."

Ich hielt inne. „Wie meinst du das?"

„Es ist nicht einfach zu erklären. Du musst das Buch lesen."

Ich holte das Tagebuch unserer Mutter hervor und mir fiel sofort der große gelbe Sechsstern auf, der auf dem Umschlag klebte. Er war aus Stoff und fühlte sich rau an.

Salomes Gesicht verriet den inneren Kampf, den sie mit sich selbst ausfocht. „Es ist Mums Stern", sagte sie. „Ihr Davidstern. Ab 1941 musste man ihn sichtbar auf der linken Brustseite des Kleidungsstücks fest aufgenäht tragen. Alle Juden ab dem sechsten Lebensjahr mussten den gelben Stern tragen."

Bei diesen Worten wurde mir eiskalt. „Sie hat ihn behalten?", hörte ich mich verwundert, fast angeekelt, fragen.

„Ja, den hat sie behalten. Nur eines hat sie nicht behalten: ihre Nummer."

„Was für eine Nummer?", fragte ich perplex. Erst jetzt bemerkte ich ihr abgespanntes und ungeduldiges Gesicht.

„Na, ihre Nummer", murmelte Salome beinahe gereizt. Laut sagte sie: „Ihre KZ-Nummer, die auf ihren Unterarm eintätowiert war. Dort, wo sie jetzt die große Narbe hat." Ich wusste sofort, von welcher Narbe sie sprach. Sie war etwa sechs Zentimeter lang und meistens unter Blusenärmeln versteckt. Mum versteckte sie, um nicht darauf angesprochen zu werden. Es war ihr unangenehm.

Erschrocken sah ich Salome an. „Nein. Nein. Dort hatte sie sich verbrannt“, widersprach ich. Einmal hatte ich sie als Kind danach gefragt. Es blieb bei dem einen Mal, denn meine Mum hatte mir unmissverständlich klargemacht, dass ich sie nie wieder auf diese Narbe ansprechen sollte. In der Stille, die nun einsetzte, sah ich meine Mutter wieder vor mir, wie sie ihre Narbe eifrig verdeckte.

„Nein, Leni. Sie hat uns nie die Wahrheit gesagt.“ Ihre Worte klangen hölzern, da sie es nicht gewohnt war, mit mir zu diskutieren.

Ich sah Salome an, die irgendwie fremdartig in meiner Küche wirkte. „Was redest du da?“

Salome zog scharf die Luft ein. „Ich weiß, was Mum uns stets erzählt hat. Davon, wie ihre Familie von Nazis verfolgt worden ist. Davon, wie sie bei einem Bekannten untergetaucht sind. Von der Schwangerschaft, die sie lange verborgen halten musste. Davon, wie sie nach Amerika geflohen sind. Doch das stimmt nicht ganz. Sie hat sich nur eine schöne Geschichte zurechtgelegt.“ Der scharfe, missbilligende Ton in ihrer Stimme war nicht zu überhören.

Herausfordernd begegnete ich ihrem Blick. „Was meinst du damit?“

In Salomes Gesicht trat ein seltsamer Gesichtsausdruck. Zuerst Verwirrung, Befangenheit und dann Resignation. „Unserer Mutter und ihrer Familie ist es nie gelungen, vor dem Kriegsende nach Amerika zu fliehen.“ Bei diesen Worten wurde mir schwindelig.

„Wie bitte?“ Ich musterte Salome, als sei sie ein befremdliches Fundstück in einer Vitrine im Museum.

Sie räusperte sich, zuerst gedämpft, dann noch einmal lauter. „Während ihrer Flucht 1944 wurden sie verraten, gefangen genommen und nach Auschwitz deportiert.“

Einen Moment lang war es vollkommen still. Ich ließ die vergangenen Stunden wie im Schnelldurchlauf vor meinem inneren Auge abspulen. Die Zeit im Krankenhaus. Die wirren Worte meiner Mutter. Die Begegnung mit dem Mann im Lokal.

„Oh mein Gott“, sagte ich erschüttert. Tränen brannten in meinen Augen. Ich holte tief Luft und schüttelte verwirrt den Kopf.

„Sie wurde schwanger nach Auschwitz geschickt?! Wieso hat sie nie erzählt, dass sie in Auschwitz war?“ Meine Stimme bebte.

„Sie musste es geheim halten.“

„Sie musste es geheim halten?“ Nun verstand ich gar nichts mehr.

Sie lächelte mich unschuldig an. „Sie tat es, um mich zu schützen, Leni. Sie tat es, um unsere Familie zu schützen.“

Ich hob fragend die Augenbrauen. „Weshalb?“

Salome sah mich fest an, bevor sie fortfuhr. Ihr Blick durchbohrte mich. „Weil ich nicht ihre Tochter bin. Mum war 1944 nie mit mir schwanger gewesen.“ Ich starrte sie mit offenem Mund an und war unfähig, etwas zu sagen. „Zu dem Zeitpunkt erwartete sie kein Kind.“

Mir wurde kurz schwarz vor Augen. Das würde ja bedeuten, dass Salome nicht meine Schwester war! Das würde bedeuten, dass Mum mich angelogen hatte!

„Unsere Mutter tat alles, um zu verhindern, dass dieses Geheimnis ans Tageslicht kommt.“

Ich sagte nichts. Meine Augen waren weit geöffnet, mein Blick war verwirrt. Es herrschte eine angespannte Stille. „Das ist ein böser Scherz“, brachte ich endlich heraus.

Wie aus der Pistole geschossen kam Salomes Antwort: „Nein. Das ist kein böser Scherz.“

„Wer bist du dann?“

„Ich bin ein Findelkind aus Auschwitz. Dort wurde ich vermutlich geboren.“

„Vermutlich?“ Eiseskälte kroch mir den Rücken hoch.

Salome sah mir so fest in die Augen, dass mich ihr Blick fast durchbohrte. „Meine leiblichen Eltern sind tot. Niemand weiß es.“

„Das kann nicht sein!“ Ich schrie beinahe.

„Doch. So ist es.“

„Das würde bedeuten, dass mein Leben eine Lüge ist. Ihr habt mich die ganze Zeit belogen.“

„Ich verstehe, dass du verärgert bist, aber ...“

„Wie konntet ihr es mir die ganze Zeit verheimlichen?“

„Mum wollte es dir ja sagen, aber sie hat sich nicht getraut. Und ich habe überlegt, es dir zu erzählen.“

„Aber ihr habt es nicht getan!“ Verwirrt wünschte ich mir, Salome wäre nie vorbeigekommen. „Fünfundzwanzig Jahre lang habt ihr mich belogen!“

„Das ist Mums Ding. Ich wollte mich da nicht einmischen. Ich hab dich lieb, Leni. Und es spielt keine Rolle. Ihr seid meine Familie.“

„Was ist mit dem Rest von Mums Familie passiert? Was ist mit ihnen geschehen? Wieso weiß niemand von deiner Herkunft?“

Salome holte tief Atem. „Das erfährst du alles aus dem Tagebuch. Deswegen sollst du es ja lesen.“

Mir war schwindlig. „Du hast mich auch im Krankenhaus belogen.“ Ich konnte spüren, wie mein Gesicht knallrot anlief. „Du wusstest ganz genau, was mit Mum los war! Woher der Zusammenbruch kam!“

„Es tut mir leid, Leni. Es war nicht leicht für mich, es dir zu verheimlichen.“

Frustriert starrte ich sie an. „Du … du hast mir auch noch das Gefühl gegeben, ich sei ein Idiot. Ich kam mir wie ein Blödmann vor und dabei … und dabei … ich glaub, ich muss kotzen …“ Mein Magen verkrampfte sich und ich merkte, wie mir der Inhalt hochkam. Ich stieß Salome zur Seite, rannte an ihr vorbei und schaffte es rechtzeitig ins Bad. Ich schloss die Augen und lehnte meine Stirn auf die Kloschüssel. Ich rührte mich nicht. Ich konnte nicht.

„Ich wünschte, ich könnte etwas tun, um dir zu helfen“, hörte ich Salomes Stimme hinter mir. Ich zuckte die Achseln und konnte nichts sagen. Ich hatte nur das Gefühl, dass ich mich nie wieder von der Kloschüssel würde lösen können.

4

Elsas Tagebuch

Hallo, ich bin Elsa.

Das hier ist das erste Tagebuch, das ich schreibe, und ich habe keine Ahnung, wie man so was macht. Während ich die Worte niederschreibe, bin ich eine reife Frau, habe zwei wunderbare Töchter und einen fabelhaften Mann.

Warum schreibe ich dieses Buch überhaupt?

Schlimme Dinge sind geschehen und das Tagebuch soll mir dabei helfen, sie zu verarbeiten. Sie sind vor einer halben Ewigkeit passiert und ich habe das Gefühl, dass sie immer tiefer in der Vergangenheit versinken. Wenn ich mich nicht beeile und sie aufschreibe, werden sie für immer verschwinden. Das wäre schlimm, denn so werden die Menschen nie mein Geheimnis erfahren. Sie werden nie erfahren, dass ich in Auschwitz war. Ich brauche Aufzeichnungen darüber, was dort mit den Menschen geschah. Nur so kann ich die Erfahrungen und das Geheimnis zu einem späteren Zeitpunkt an meine Kinder weitergeben. Und an die Welt.

Ich werde nur das schreiben, an das ich mich besonders gut erinnere, denn ich will bei der Wahrheit bleiben. Verschwommene Erinnerungen könnten nur die Wahrheit trüben.

Vielleicht wäre es gut, wenn ich mit dem Juli 1944 beginne. Unser Leben wurde zwar schon Jahre zuvor auf den Kopf gestellt, doch dazu müsste ich in das Jahr 1933 zurückschweifen – zu der Machtergreifung der Nationalsozialisten unter Adolf Hitler. Ich will niemanden mit Einzelheiten aus meiner Jugend langweilen. In dieser Zeit ist so viel passiert, dass ein Leben nicht ausreichen würde, um alles niederzuschreiben.

Der Judenhass schlug wie ein Virus um sich. Er drang in die Köpfe der Menschen und vergiftete sie. Der Juli 1944 war von einer besonderen Bedeutung für meine Familie. Bis dahin war es uns wie durch ein Wunder gelungen, uns vor den Nazis zu verstecken. Nicht alle Menschen wurden vom Judenhass-Virus angesteckt. Manche waren dagegen immun und wir waren von Glück gesegnet, solche Menschen wie Klaus von Bergmann zu kennen. Er war ein ehemaliger Kriegska-

merad meines Vaters, der uns bei sich aufnahm. Von Bergmann hatte alles, was man sich wünschen konnte: ein prächtiges Anwesen in einem Waldstück, Geld, Einfluss und ein Kind – die zwanzigjährige Paula, die in Wien studierte.

Während fast unsere gesamte Verwandtschaft bereits deportiert worden war, sorgte er für uns, wie ein Vater für seine Kinder. Mit uns meine ich meinen Vater Samuel Goldberg, meine Mutter Auguste und meine jüngere Schwester Hanna. Im Juli 1944, als sich das alles zugetragen hat, war ich achtzehn Jahre alt und versteckte mich mit meiner Familie bereits seit über einem Jahr vor den Nazis. In diesem Sommer trafen meine Eltern eine folgenschwere Entscheidung.

Am besten fange ich jetzt einfach mal an.

Sonntag, 16. Juli 1944: Elsa spürte, dass etwas Schicksalhaftes in der Luft lag. Kaum hatte sie das Wohnzimmer betreten, fühlte sie die Veränderung wie einen kalten Windhauch. Eine düstere Vorahnung überkam sie.

„Die Nazis sind gefährlich", hörte sie ihren Vater sagen. „Ich sehe keinen Sinn darin, länger zu warten."

Samuel Goldberg war fünfzig Jahre alt und ein großer, drahtiger Mann mit einem energischen, kantigen Gesicht, das von seinem dunklen, kaum zu bändigenden Haar noch betont wurde. Hier und da war sein Haar von grauen Strähnen durchzogen, was Elsa zu früh erschien, viel zu früh. Er war ein jung gebliebener Mann voller Elan und Enthusiasmus. Willensstark. Und er hatte einen wunderbaren Humor. Er war das Gegenteil von Elsas Mutter, die eher nüchtern und prüde war. Doch wie hieß es so schön: „Gegensätze ziehen sich an".

„Dir ist doch klar, dass es nicht so einfach ist …", erwiderte Klaus von Bergmann. Er verstummte augenblicklich, als er Elsa bemerkte. Er behandelte sie immer noch wie ein Kind. Elsa zögerte einen Augenblick. Sie betrachtete ihren Vater, ihre Mutter und Bergmann.

Klaus von Bergmann war wie immer adrett gekleidet: gestärktes, weißes Hemd, Seidenkrawatte und Weste. Er wirkte nicht mehr so jung, da sein Haar schütter und grauer und sein Gesicht faltiger wurde. Von Bergmann war geschieden, und Elsa fragte sich, ob er je wieder eine Frau finden würde.

Von Bergmanns Gesicht zeigte einen Ausdruck erzwungener Freundlichkeit. Was er wohl zu bedeuten hatte? Elsa kannte Klaus von Bergmann nicht besonders gut. Obwohl er ihre Familie vor der Deportation gerettet hatte und sie sich seit knapp einem Jahr auf seinem Anwesen versteckten, sind sie sich nie besonders nahegekommen. Das Haus war so riesig, dass sie sich kaum über den Weg liefen.

Elsa wusste es noch, als wäre es gestern gewesen. Als sie von einer Freundin nach Hause kam, wunderte sie sich, als ihre Mutter im Wohnzimmer stand und Sachen aus dem Schrank in große Koffer packte.

„Was machst du da?", fragte sie. Ihre Mutter schüttelte den Kopf. Sie sah aus, als wollte sie etwas sagen, überlegte es sich dann aber anders. „Was ist los?", hakte Elsa nach.

„Wir verlassen Berlin", sagte sie kurz angebunden.

„Wir verlassen Berlin? Und wohin gehen wir?"

Ihre Mutter schaute auf. Ihre Augen waren geröteter als sonst; sie hatte geweint.

„Du weißt, wie gefährlich es für uns Juden mittlerweile ist?"

„Ja, natürlich", sagte Elsa und nickte. Juden mussten den gelben Stern auf der Kleidung tragen. Es gab Unterrichtsverbot für jüdische Schüler. Juden erhielten keine Fleisch- und Milchmarken. Juden mussten ihre Wohnungen kennzeichnen. Juden wurde die deutsche Staatsangehörigkeit entzogen. Juden durften keine Straßenbahn und kein Auto fahren. Und die Liste der Regeln und Verbote ging endlos so weiter.

„Wir können nicht mehr länger hierbleiben."

Elsa wollte zu einer Antwort ansetzen, aber dann wurde ihr klar, dass sie nichts entgegenzusetzen hatte. Immer mehr Familien wurden „ausgesiedelt". Sogar ihre halbe Verwandtschaft: Großeltern, Tanten und Cousinen. Seit der Ausweisung vor einem halben Jahr fehlte jegliches Lebenszeichen. Ganz sicher waren auch sie bald an der Reihe.

„Verstehe. Und wohin gehen wir?"

Elsas Mutter seufzte und schaute sich im Zimmer um. Sie ahnte, dass sie es nie wiedersehen würde. „Kennst du noch die Familie von Bergmann?"

Elsa musste kurz nachdenken. Klaus von Bergmann war ein alter Freund ihres Vaters. Er hatte mit ihm im Ersten Weltkrieg gedient; ihr Vater hatte ihm das Leben gerettet. Elsa erinnerte sich, dass er aus einer sehr einflussreichen und wohlhabenden Familie stammte.

„Wir werden auf dem Landsitz der von Bergmanns untertauchen. Du musst dir wirklich keine Gedanken machen, Elsa. Dort sind wir vor der Staatspolizei sicher."

Elsa dachte darüber nach und runzelte die Stirn. *Das Ganze wird sicher ein großes Desaster,* dachte sie. Was sollte sie schon auf dem Land? Dort stank es nach Mist und Vieh.

„Was denn?", fragte ihre Mutter, die in Elsas Gesicht wie in einem Buch lesen konnte.

„Ich hab nichts", log Elsa. „Es kommt alles nur so plötzlich."

„Ja. Natürlich", sagte sie und nickte. „Pack jetzt deine Sachen! Fürs Erste nimm nur das, was du wirklich brauchst."

Elsa war in eine mittelständische Kaufmannsfamilie hineingeboren worden und hatte in einem Haus in einer schicken Gegend Berlins gewohnt. Elsas Mutter hatte lediglich die Aufgabe, alle Rädchen des Familienlebens gut zu schmieren - und ihrer Mutter waren gut geölte Rädchen heilig. Sie war sehr bodenständig und eher einfach gestrickt. Obwohl Elsas Familie nicht besonders religiös war, hatte es sich ihre Mutter zur Aufgabe gemacht, die Töchter zu Tugend und Keuschheit zu erziehen. Es schien ihr eine Offenbarung zu sein, ihren Töchtern eine anständige Erziehung zuteilwerden zu lassen.

Elsa war unsicher, was sie damit anfangen sollte. Von einem war sie überzeugt: Das Leben hatte mehr zu bieten als Tugend und Keuschheit. So behielt sie mit klopfendem Herzen für sich, dass sie sich mit Jungs traf und Zigaretten rauchte. Gott bewahre, hätte ihre Mutter davon erfahren!

Konnte das Leben nicht so weitergehen?

Ihrem anfänglichen Widerwillen zum Trotz entpuppte sich der Landsitz von Klaus Bergmann als kleines Paradies. Sie lebten abgeschottet von dem Krieg und Elsa merkte, dass sie Zigaretten und Jungs gar nicht so doll vermisste. Hier konnte sie ohne den gelben Stern rumlaufen, und wegen ihrer roten Haare und der grünen Augen ahnte niemand von ihrer Herkunft.

Früher hatte sie sich über das rote Haar geärgert, doch nun war sie froh, dass ihre Mutter ihr die Haarfarbe vererbt hatte. Auch wenn Auguste Goldberg nicht ganz so rotes Haar hatte – eher Kastanienbraun –, war auf den ersten Blick zu erkennen, woher Elsas Haarfarbe kam.

Auguste Goldberg nippte an ihrem Kaffee und schaute aus dem Fenster, als Elsa das Wohnzimmer betrat. Ein blasses, ungeschminktes Gesicht, nicht schön, nicht hässlich. Die großen haselnussbraunen Augen wirkten verträumt. Die widerspenstigen braunroten Locken waren hochgesteckt und gebändigt. Das Sommerkleid war nicht modern aber adrett. Sie gab sich kühl, als ob sie das Gespräch nicht interessierte.

„Störe ich?", fragte Elsa.

„Nein. Es ist sogar gut, dass du hier bist", erwiderte ihr Vater. Er schaute zu Klaus und seine Züge wurden weicher. „Es gibt etwas, was du wissen musst."

Solche Sätze machten Elsa jedes Mal Angst. Meist hatten sie nichts Gutes zu bedeuten. Die Vorstellung, ihre Familie könne erneut in Gefahr sein, war ihr unerträglich.

„Die Nazis werden immer gefährlicher und wir werden uns nicht ewig vor ihnen verstecken können."

Elsa nickte, obwohl sie sich nicht besonders für politische Diskussionen interessierte. Sie glaubte, nur vage zu verstehen, was die Nazis taten und wie sie Deutschland zu einem besseren Land machen wollten. Sie wollten Juden umsiedeln, um mehr Arbeitsplätze zu schaffen.

„Deine Schwester Hanna muss wieder zur Schule. Du musst weiterstudieren", fuhr ihr Vater mit seinen Ausführungen fort.

„Gehen wir zurück nach Berlin?", fragte Elsa verwundert.

Mutter lächelte kühl. „Das hat er nicht gemeint." Elsa spürte, dass sie etwas ganz Dummes gefragt hatte und errötete auf der Stelle. „Was dann?"

Ihre Mutter betrachtete sie mit diesem rätselhaften, kühlen Lächeln. „Er meint eine Ausreise nach Amerika."

Elsa runzelte die Stirn und fragte: „Nach Amerika? Sind wir denn wirklich in solch einer Gefahr?"

Ihr Vater blickte sie seltsam an. Nach längerem Schweigen sagte er: „In einer größeren, als du dir vorstellen kannst."

„Wir müssen fliehen!", meinte ihre Mutter.

Erst langsam nahmen die Sätze Gestalt in Elsas Kopf an. „Fliehen?", wiederholte sie.

„Hitler gibt nicht eher Ruhe, bis Deutschland judenrein ist", hörte sie Klaus sagen. „Mit den Nazis kann man nicht verhandeln."

„In Amerika können wir neu anfangen. Ich habe einen Cousin in New York und er hat uns seine Unterstützung angeboten", erwiderte ihr Vater geduldig.

„Aber wir können nicht nach Amerika reisen. Wir haben doch keine Papiere!", rutschte es Elsa heraus. Und wieder merkte sie, dass sie etwas Dummes gesagt hatte. Die Erwachsenen versteiften sich unwillkürlich.

In diesem Augenblick kam Hanna nach unten. Sie war vierzehn, wirkte aber älter. Sie hatte die kastanienbraunen Haare ihrer Mutter, bernsteinfarbene Augen und Sommersprossen auf der Nase. Sie war dürr und ohne vorzeigbare Rundungen. Zudem war sie ungewöhnlich groß und ihre Schritte erinnerten eher an einen Storch als an ein junges Mädchen.

Früher hatten die Schwestern oft miteinander gespielt, aber das war vorbei. In letzter Zeit tat Hanna so, als wäre sie total erwachsen und reif. Dabei war sie in Wirklichkeit total albern und kindisch. „Über was unterhaltet ihr euch?", wollte Hanna von ihrer Mutter wissen.

„Über Politik, mein Schatz."

„Politik?" Hanna war ihre Abneigung deutlich anzuhören.

Ihr Vater blickte sie liebevoll an. „Das würde dich nur langweilen."

Hanna tat so, als müsste sie gründlich nachdenken, dann nickte sie. Unterdessen gab Klaus Elsa zu verstehen, dass sie Hanna nichts erzählen sollte. Elsa hätte beinahe laut gejubelt; die Erwachsenen teilten ein Geheimnis mit ihr. Das konnte nur eines bedeuten: Sie war kein Kind mehr!

Samuel Goldberg sah seine beiden Töchter an. „Geht doch ein wenig schwimmen. Das Wetter ist doch so schön", sagte er weich.

Das ist typisch Vater, dachte Elsa. Wenn es etwas Wichtiges zu besprechen gab, schickte er sie hinaus. Elsa hatte keine Lust,

Hannas Babysitter zu spielen. Sie überlegte, ob sie etwas sagen sollte. Andererseits hatte der Tag so sonnig begonnen, da konnte sie eine Abkühlung gebrauchen.

Die Mädchen hatten sich umgezogen und trugen nun Badeanzüge unter ihren Kleidern. Elsa trug ebenso wie Hanna ein geblümtes Kleid, das ein ganzes Stück über dem Knie endete. Auguste hatte sie aus einem Stoff genäht und die beiden Mädchen wirkten wie Zwillinge. Vor dem Spiegel im Flur setzten sie ihre Sommerhüte auf. Elsa zog ihren so kess nach vorne, dass sie so fesch und mondän wie ein Filmstar aussah. In Hannas Augen sah sie richtig anmutig aus. Elsa war groß und besaß die Figur, Frisur und Ausstrahlung einer Rita Hayworth.

Als Elsa an ihrem Kleid rumzupfte, verdrehte Hanna die Augen. Wofür Elsa wohl so viel Aufwand betrieb, fragte sie sich. Weit und breit gab es keine Jungs und ins Dorf gingen sie so gut wie nie. Klaus hielt es für zu gefährlich; nur ab und zu gingen sie auch nach draußen - in den Wald oder zum Bach. Das Land war Klaus von Bergmanns Privatbesitz, nur selten verirrten sich Fremde hierhin.

Hanna war es jedenfalls egal, wie ihre Kleidung saß. Sie warf ihre dicken Zöpfe über die Schultern, schnappte sich Decke und Handtuch und eilte als Erste hinaus.

Nach einem zehnminütigen Fußmarsch erreichten sie den großen Bach. Klaus' Anwesen war von dichtem Wald umringt. Mit mächtigen Laubbäumen und hohen Farnen. Von einem Hügel aus blickte man auf ein grünes, gedeihendes Tal und saftige Kuhweiden hinab.

Gute vier Kilometer weiter ragte ein kleines Dorf auf. Der Anblick war so friedlich und idyllisch, dass Elsa für einen Augenblick vergaß, dass da draußen ein Krieg tobte. Nichts hier deute auf Zerstörung und Vernichtung hin und der Ort sah nicht so aus, als würden dort Juden verschwinden. Elsa wusste jedoch, dass das nicht der Fall war. Im ganzen Land verschwanden Juden.

Am Bach leuchteten die Steine grüngolden im Sonnenlicht. Lachend riss Hanna sich die Schuhe von den Füßen und lief froh gestimmt auf den dichten, weichen Rasen. Das Wasser war selbstverständlich noch viel zu kalt und zum Schwimmen war es eigentlich zu flach. Um sich abzukühlen, reichte es jedoch allemal.

Elsa breitete ihre Decke aus, streifte ihr Kleid ab und legte sich in die Sonne. Sie schloss die Augen und versuchte, sich zu entspannen. Alles, was sie wollte, war ein wenig ruhen und über die Reise nach Amerika nachzudenken. Sie genoss es, die Sonne im Gesicht zu spüren. Ein kräftiger Wind fegte über das Ufer und kühlte angenehm. Eigentlich mochte sie es, braun zu sein, musste aber bei ihrer sehr empfindlichen, zu Sonnenbrand neigenden Haut äußerst gut aufpassen. Wieso konnte sie nicht so eine Haut haben wie Papa? Er wurde braun wie ein Inder.

„Über was habt ihr euch wirklich unterhalten?", erkundigte sich Hanna mit schneidender Stimme. „Es war etwas Wichtiges, nicht wahr?" Elsa schlug augenblicklich die Augen auf. Hanna stand direkt über ihr und warf einen großen Schatten auf ihren Körper. Sie schnitt eine Grimasse und ihre Augen wirkten fast unnatürlich groß.

„Nicht jetzt, du Nervensäge", sage Elsa, doch ihre Stimme klang weich. Die Hitze machte sie müde und träge. In Hannas Gesicht zeigte sich ein Ausdruck verkrampfter Ruhe. Elsa kannte diese Miene; das war typisch für Hanna, wenn sie sich über etwas ärgerte.

Sie kreuzte die Arme vor der Brust. „Erzähl schon!"

Elsa erwiderte nichts. Sie presste die Lippen so fest aufeinander, dass sie zu einem weißen Strich wurden. Sie kämpfte mit sich selbst. Einerseits wollte sie unbedingt von dem Gespräch erzählen. Anderseits wollte sie die Erwachsenen nicht enttäuschen.

„Ich habe Papa von Amerika reden hören", sagte Hanna.

Es war, als wäre ein Bann gebrochen. Elsa fragte vorsichtig: „Na gut, du Kröte, kannst du ein Geheimnis für dich behalten?"

„Aber natürlich!", erwiderte Hanna ein wenig schroff.

„Hanna ..." Elsa bemühte sich, verständlich zu klingen. „Das Leben in Deutschland ist nicht mehr schön." Ihre Kiefer begannen zu mahlen. „Deswegen möchte Papa mit uns nach Amerika gehen. Nach New York."

Hanna sah sie mit offenem Mund an. Das hatte sie nicht erwartet. „Amerika?"

„Du brauchst keine Angst zu haben ...“, begann Elsa und straffte die Schultern.

„Angst?“, schrie Hanna. „Ich finde es wunderbar!“

Ein trüber Ausdruck trat in Elsas Augen und sie verzog verbittert den Mund. „Du findest es wunderbar? Dir ist wohl nicht klar, dass wir in Amerika komplett neu anfangen müssen!“

„Nein. Dir ist etwas nicht klar. Kein anderes Land besitzt die Macht, uns das zu ermöglichen, was Deutschland uns geraubt hat. Ich ... ich werde Medizin studieren und du kannst weiter auf die Kunsthochschule gehen.“

Nun war es an Elsa Hanna mit offenem Mund anzustarren. Woher hatte ein vierzehnjähriges Mädchen bloß so viel Weisheit? Elsa unterdrückte ein Seufzen. War Hanna womöglich reifer und klüger, als sie dachte? Hatte sie sich so in ihr getäuscht?

Sie nickte und schloss die Augen. „Du willst Medizin studieren?“, fragte sie leise.

„Ja. Ich möchte Ärztin werden.“

„Das finde ich gut.“ Als Juden noch studieren durften, war Elsa auf eine Kunsthochschule gegangen. Sie hatte vorgehabt, Kunstlehrerin zu werden. Elsa hatte zwei Hobbys: Zeichnen und Tanzen. Ihre Eltern ließen für beides so viel Geld ausgeben, wie sie brauchte. Sie unterstützten sie, wo sie konnten. Bis der gelbe Stern kam. Die Aussicht, ein Studium abzuschließen, war, wie es ihr inzwischen schien, utopisch. „Du kannst Menschen helfen.“

„Ja. Und in Amerika gibt es sehr viele Menschen.“

„Stimmt.“

„Papa kann in Amerika wieder einen Laden eröffnen“, bemerkte Hanna klug.

Bevor die jüdischen Geschäfte boykottiert wurden, hatte ihr Vater einen florierenden Pelzladen besessen. Das Geschäft lief sehr gut. Damen aus ganz Deutschland pilgerten dahin, um die auserlesenen, extravaganten Pelzmäntel, Capes und Hüte zu kaufen. Die meisten Frauen waren Stammkundinnen, die Elsa und Hanna sehr gut kannten. Zum Missfallen der Familie hatten sich die Kundinnen zu glühenden Sympathisanten des Nationalsozialismus entwickelt und bald darauf blieb der Laden leer. Ihr Vater leistete dennoch hervorragende Arbeit und

Hanna zweifelte nicht daran, dass er auch in Amerika Erfolg haben könnte.

Sie malte sich laut aus, dass sie in einer Villa am Meer wohnen würden. Kundinnen aus ganz Amerika würden ihren Vater kennen und Elsa hätte reiche Verehrer. „Vielleicht heiratest du sogar einen amerikanischen Filmstar." Es klang ein bisschen neidisch. Elsa guckte sie verblüfft an. Dann brachen sie in Gelächter aus. Vielleicht war die Abreise nach Amerika keine so schlechte Idee, dachte Elsa. Allmählich schien sie Gefallen an der Vorstellung zu finden.

Elsa und Hanna blieben noch lange am Wasser. Emsig schmiedeten sie Pläne für Amerika. Dabei ahnten sie nicht, dass es ihre letzten gemeinsamen, schönen Augenblicke sein sollten.

5

Dienstag, 8. August 1944: Als Elsa an diesem Morgen aufwachte, spürte sie augenblicklich, dass dicke Luft zwischen ihren Eltern herrschte. Normalerweise stritten sich ihre Eltern nur selten, doch in den letzten Wochen krachte es immer öfter zwischen den beiden. Besonders peinlich war es, wenn Klaus dabei war.

Elsa kannte den Grund für die neu aufgetretenen Streitigkeiten: die Flucht nach Amerika. Es erwies sich als äußerst schwierig, an gefälschte Papiere zu kommen. Ihre Mutter hielt das ganze Unterfangen für zu gefährlich, doch ihr Vater sah keine andere Lösung. Elsas Mutter war der Ansicht, dass es klüger wäre, bis zum Kriegsende bei Klaus zu verharren. Sie hielt es für sicherer. Bis jetzt schöpfte keiner Verdacht. Viele Großstädter flohen vor den Bomben zu ihrer Verwandtschaft aufs Land. Neue Gesichter im Dorf waren nichts Ungewöhnliches. Zudem waren Klaus' Hausangestellte verschwiegen und überhaupt froh darüber, eine gut bezahlte und sichere Arbeitsstelle zu haben.

Ihrem Vater dagegen machte die exzessive Säuberung durch die Nazis Sorgen. Immer mehr versteckte Juden wurden verraten oder flogen durch Unachtsamkeit auf. Die Bevölkerung war wachsam und überaus aufmerksam. „Ich wache jeden Tag auf und frage mich, ob es heute vorbei sein kann!", brummte ihr Vater. Er stand am Küchenfenster und seine nachdrückliche, angespannte Miene sagte mehr als Worte.

„Der Krieg ist bald vorbei", wandte ihre Mutter ein. Sie war dabei, den Frühstückstisch zu decken. Dabei stellte sie das Geschirr so energisch ab, dass es bei jeder Bewegung laut krachte.

„Was macht das schon, wenn uns die Nazis finden!", konterte ihr Vater, wobei seine Miene immer düsterer wurde.

Elsa seufzte. Das war jetzt schon das zweite Mal in dieser Woche, dass ihre Eltern sich stritten. Da sie keine Lust hatte, zwischen die Fronten zu geraten, schlich sie leise die Treppe herunter und stahl sich hinaus.

Draußen begrüßte sie die Sonne. Sie war allein. Hanna schlief noch, die Hausangestellten hatten an diesem Tag frei und Klaus war unterwegs. Sein Auto stand nicht in der Einfahrt, und das Tor war weit geöffnet. Die angenehme Stille, die sie umgab, wurde nur von den Wortfetzen ihrer Eltern durchbrochen.

Elsa war der Appetit auf Frühstück vergangen und sie beschloss, zum Bach zu gehen. In letzter Zeit hielt sie sich dort oft auf. Dort konnte sie in Ruhe nachdenken oder Bilder malen. Sie malte so viel, dass Klaus Probleme hatte, neues Zeichenpapier zu besorgen.

Am Bach war es schattig. Erst gegen Mittag drang die Sonne durch die Bäume. Es war jedoch warm genug, um das Wetter zu genießen. Elsa setzte sich auf den weichen Rasen und lehnte sich gegen den Baum. Sie holte tief Luft und blickte auf das Wasser hinaus, auf dem in der Ferne Blätter tanzten. Die verschwommenen Umrisse hochgewachsener, in Reih und Glied stehender graugrüner Tannen ragten auf dem Hügel in die Höhe. Ob es in Amerika auch solche schönen Orte gab?, fragte sie sich.

Sie schloss die Augen und spürte eine zarte Brise auf der Haut. Sie wusste, dass dieses Wetter nicht lange anhalten würde; im Radio hatten sie Regen angesagt. Das würde bedeuten, dass sie mit Hanna und ihren Eltern im Haus hocken müsste. Dazu hatte sie allerdings keine besondere Lust. In letzter Zeit waren alle schlecht gelaunt. Sie öffnete grimmig die Augen und sah sich plötzlich Auge in Auge mit einem jungen Schäferhund. Elsa zuckte zusammen und rutschte zurück. Mit dem Kopf stieß sie gegen den Baum. Sie mochte kaum ihren Augen trauen. Wo kam der Hund so plötzlich her?

„Hallo." Die Stimme kam von hinten.

Elsa drehte sich panisch um und sah einen attraktiven jungen Mann geschmeidig in großen Sätzen den Abhang hinunterstürmen. Sie war wie gelähmt. Ihr Kopf befahl ihr zu fliehen, doch ihre Beine wollten nicht gehorchen. Sie starrte ihn an, unfähig, etwas zu sagen. Der junge Mann mochte Anfang zwanzig sein. Seine Züge wirkten weich und freundlich; ein schönes Gesicht mit himmelblauen Augen. Unter der Mütze stahlen sich einige blonde Haare hervor. Er trug eine hochgekrempelte Hose und ein lockeres Hemd. Offensichtlich hatte Elsa einen Bauernjungen vor sich.

„Wotan hat dich wohl erschreckt", bemerkte der Junge. Er steckte die Hände in seine Taschen und betrachtete sie prüfend.

Er sollte einfach nur gehen, aber er blieb stehen. Elsa schwieg und fühlte sich wie eine Idiotin.

„Du bist offensichtlich ziemlich verängstigt." Er blinzelte gegen die Sonne.

Elsa zögerte. Was sollte sie bloß sagen? „Ich habe nur niemanden erwartet. Das hier ist Privatbesitz", hörte sie sich sagen.

Der Junge schenkte Elsa ein breites Lächeln „Sieh mal einer an. Du kannst also doch sprechen."

Elsas Miene verfinsterte sich. „Du hast mich durchschaut." Sie schüttelte den Kopf. „Natürlich kann ich sprechen."

„Schön. Ich war mir nur nicht sicher. Du hast so komisch ausgesehen." Er musterte sie mit seinen hellen, lächelnden Augen. „Es tut mir leid, dass ich dich gestört habe. Wotan ist wieder abgehauen. Ich bin ihm nur nachgelaufen."

Elsa begriff, dass der Junge den Hund meinte, der immer noch vor ihren Füßen saß. Sie nickte stumm.

„Der kleine Teufel", sagte er mit einem grimmigen Lächeln.

Elsa entspannte sich etwas. Sie beugte sich vor, um den Hund zu streicheln. „Hallo Wotan", sagte sie sanft. Sie kicherte, als der Hund ihr die Hand ableckte. „Er mag mich."

„Im Grunde mag er jeden", sagte der Junge. „Nur Juden nicht."

Elsa musste sich beherrschen, nicht die Hand wegzuziehen. „Ach, wirklich?" Sie versuchte, so ruhig wie möglich zu klingen.

Er zuckte die Achseln. „Ja, wirklich. Er ist auf Juden abgerichtet. Er kann sie riechen."

„Ach so." Ihr Herz raste. Sie war sich sicher, dass sie kreidebleich geworden war. „Er kann Juden riechen? Wie?" Sie war ernsthaft interessiert.

Rochen Juden anders?

Sie schwieg einen Augenblick und wartete ab, was er über den Hund noch zu berichten hatte.

Der Junge schüttelte den Kopf. „Das würdest du nicht verstehen."

„Was macht er, wenn er einen Juden riecht?"

Der Junge räusperte sich, vielleicht weil er nicht wusste, was er darauf erwidern sollte. Doch dann sagte er: „Er knurrt. Dann geht er auf den Juden los."

Mit leicht geöffnetem Mund und angehaltenem Atem beobachtete sie Wotan. Doch scheinbar hatte er nicht vor, sie zu zerfleischen. Wie beiläufig zog sie ihre Hand zurück, doch der Hund ließ nicht locker. Er sprang auf ihren Schoss und fing an, ihr das Gesicht abzulecken.

Der Junge schaute sie eine Weile sinnend und bewundernd an. „Mir scheint, als hättest du einen neuen Freund. Das macht er nicht bei jedem."

Für einen winzigen Augenblick kam ihre Welt wieder ins Gleichgewicht. Aber die nächste Frage ließ sie erneut aus den Fugen geraten.

„Wie heißt du?"

Eiskalte Finger schienen Elsas Herz zu umklammern. Sie zögerte. „Elsa", sagte sie ruhig. Sie senkte den Blick auf ihre Hände und bemerkte, wie ihre Finger zitterten.

Der Junge sah sie fragend an. „Wohnst du hier?"

„Ich wohne in Berlin, doch wir wurden ausgebombt und nun wohnen wir bei Onkel Klaus", erklärte sie. Das alles hatten Klaus und ihre Eltern erfunden, aber in ihren Ohren klang es so überzeugend, dass sie es beinahe selbst geglaubt hätte.

Ein neugieriger Blick traf sie. „Klaus von Bergmann?", fragte der Junge erstaunt.

Elsa begann zu schwitzen. Glaubte er ihr etwa nicht? Sie zwang sich, ihm in die Augen zu schauen. „Genau der Klaus", sagte sie mit einem zuckersüßen Lächeln.

„Ich dachte, der wäre tot."

„Ach! Wo denn!" Stieß Elsa aus. Sie war erstaunt wie besonnen und gefasst sie klang.

„Dann lebt der alte Kauz noch?"

„Heute Morgen tat er es noch."

Der Junge war zuerst sprachlos, musste dann aber lachen. „Ich heiße übrigens Erik."

„Hallo Erik."

„Ich bin auf Heimaturlaub hier."

Es herrschte gespannte Stille. Elsa blinzelte. „Dann bist du Soldat?"

Es vergingen einige Sekunden, bevor Erik antwortete. „Ja. Aber kein gewöhnlicher Soldat."

Erneutes Schweigen. „Wie meinst du das?" Verwirrt wünschte sich Elsa, sie hätte den Jungen nie getroffen. Sie roch Ärger. Es stank bestialisch danach.

„Das kann ich dir nicht sagen. Wenn ich es täte, müsste ich dich umbringen." Elsa begriff erst Sekunden später, dass Erik scherzte. Verkrampft lächelte sie. Ihr war zum Heulen zumute. Sie wollte sich einfach nur noch in Luft auflösen.

Erik lächelte unwillkürlich. „Über meine Arbeit darf ich wirklich nicht reden. Sei mir nicht böse."

„Vom Krieg habe ich eh die Schnauze voll", sagte Elsa wahrheitsgemäß.

Lachend warf Erik den Kopf in den Nacken. „Ja, das glaube ich dir. Darüber musst du dir aber dein hübsches Köpfchen nicht zerbrechen. Krieg ist Männersache." Elsa zuckte innerlich ein bisschen zusammen. Hat er sie gerade hübsch genannt? Sie versuchte, es zu ignorieren. Es konnte unmöglich sein, dass ein Nazi mit einer Jüdin flirtete!

„Bald ist der Krieg gewonnen, dann wird alles gut." Es klang, als ob er wirklich daran glaubte.

„Sicher", murmelte Elsa. Klaus von Bergmann hatte das Gegenteil behauptet, und Elsa glaubte ihm.

„Entschuldige, ich hab dich schon viel zu lange aufgehalten. Ich glaube, ich gehe jetzt besser", sagte Erik. Er druckste herum und wusste nicht, was er sagen sollte. „Sollen wir uns, sagen wir, morgen treffen?", fragte er rasch. Einen Moment machte Elsa einen verwirrten Eindruck. Dann räusperte sie sich und nahm sich zusammen. „Nein. Das geht leider nicht."

Erik gab sich alle Mühe, nicht enttäuscht zu klingen. „Ach so", murmelte er. „Tja. Das ist aber schade. Es gibt so wenige interessante Leute hier."

Elsa dachte genauso und nickte.

„Wenn du willst, rede ich mit deinem Onkel. Ich kann sehr überzeugend sein."

Elsa erstarrte. „Wie bitte?"

Plötzlich waren ihre Handflächen schweißfeucht. Sie wischte sie an ihrem Kleid ab und straffte den Rücken.

„Selbstverständlich verstehe ich deine Situation."

Elsa begriff schlagartig und beinahe hätte sie laut gelacht. Ihre „Verwandtschaft" mit Klaus von Bergmann machte sie zu einem Mädchen aus gutem Hause. Erik ging wohl davon aus, dass er sich Klaus und ihren Eltern förmlich vorstellen müsste. Er dachte, das sei der Grund für Elsas Befangenheit! Sie schüttelte sich innerlich. Die ganze Geschichte schien aus dem Ruder zu laufen! Natürlich durfte niemand erfahren, dass sie Erik getroffen hatte! Die Konsequenzen wären alles andere als schön. Die Ausflüge könnte sie vorerst vergessen.

Ihr Magen verkrampfte sich. Bei dem Gedanken, mit ihrer Familie im Haus festzusitzen, wurde ihr übel. Und so antwortete Elsa äußerst vorsichtig auf Eriks Vorschlag: „Das ist nicht nötig. Meine Eltern sind nicht streng."

Erik strahlte. „Dann treffen wir uns morgen? Sagen wir, um die gleiche Zeit?"

„Nun, ich denke, das ist in Ordnung", sagte Elsa leise.

Erik zwinkerte ihr zu. „Siehst du? Ich sagte es doch. Ich kann ziemlich überzeugend sein." Er pfiff Wotan zurück. Der Hund gehorchte brav und die beiden machten sich wieder auf den Weg. Elsa sah den beiden nach, unfähig, sich zu rühren. Und jetzt klopfte Elsas Herz plötzlich so heftig, als schlüge es direkt gegen ihre Rippen.

„Ist dir schlecht?", fragte plötzlich eine Stimme. „Du bist ganz grün."

Elsa, deren Nerven eh schon zum Zerreißen gespannt waren, fuhr zusammen. „Hanna?!" Aus weit aufgerissenen Augen sah sie ihre Schwester an. Das kleine Gör hatte sich einfach so an sie herangeschlichen.

Hanna wirkte überrascht. „Ich wusste gar nicht, dass du so schreckhaft bist. Mutter schickt mich. Sie macht sich Sorgen, weil du nicht zum Frühstück erschienen bist."

Mit angehaltenem Atem spähte Elsa in die Richtung, in die Erik verschwunden war und atmete erleichtert auf, als sie merkte, dass er nicht mehr in Sichtweite war. Sie unterdrückte einen Seufzer.

Hanna wirkte ungeduldig. „Kommst du? Ich möchte keinen Ärger bekommen.“

Träge erhob sich Elsa. Erst, als sie Hanna nach Hause folgte, wurde ihr ihre Dummheit bewusst.

Doch da war es schon zu spät.

6

Mittwoch, 9. August 1944: Elsa war es gelungen, für das Treffen mit Erik rechtzeitig aufzustehen. Was nicht selbstverständlich war, da Hanna sie in der Nacht auf Trab gehalten hatte. Plötzlich, mitten in der Nacht, hatte sie an Elsas Bett gestanden und geflüstert: „Elsa, wach auf! Etwas stimmt nicht mit mir."

„Schlaf weiter", hatte Elsa schlaftrunken erwidert. Sie hatte versucht, wieder einzudösen, doch es war ihr nicht gelungen, denn Hanna hatte zu jammern angefangen.

„Ich blute stark."

Elsa spürte, wie Hanna Tränen in die Augen schossen. Nun war sie hellwach. „Was meinst du damit? Hast du dich verletzt?" Sie knipste die Tischlampe an.

„Ich ... ich weiß es nicht. Ich hatte so starke Bauchschmerzen. Ich bin aufgewacht und da war Blut ... im Höschen."

Elsa nickte wortlos und ließ sich wieder aufs Kissen fallen.

„Muss ich jetzt sterben?", fragte Hanna leise.

„Nein. Musst du nicht", murmelte Elsa in ihr Kissen hinein.

Hanna setzte sich ans Fußende des Bettes und Elsa spürte, wie ihre kleine Schwester sie beobachtete. „Woher weißt du das?", fragte sie erwartungsvoll.

Elsa ließ ihren Blick durch das kleine, dämmrige Zimmer wandern, ohne den Kopf von dem riesigen Daunenkopfkissen zu heben. „Weil ich jeden Monat die gleichen Beschwerden habe. Und ich lebe noch." Sie sollte wahrscheinlich aufstehen und Hanna eine Stoffbinde geben.

„Du meinst ..."

„Ja, du Dummliesel. Du hast gerade deine Periode bekommen."

Hanna atmete erleichtert auf. Sie war wohl froh, dass sie nicht sterben musste. „Und was mache ich nun?"

Elsa stöhnte leise. Sie musste wohl aufstehen und Hanna eine Binde holen. Schlimmer noch! Ihr erklären, wie sie die Binde benutzen musste!

Was für ein Desaster!

Elsa stand auf. Im Herrenhaus war es immer ein bisschen kühl und sie fror meist. Jedoch war es noch nicht kalt genug für ein Kaminfeuer, und so wickelte sich Elsa in eine Decke, ehe sie zum Schrank tapste.

Nachdem sie Hanna versorgt hatte, konnte sie nicht mehr einschlafen. Es dauerte gut eine Stunde, bis sie wieder einnickte.

Für das Treffen mit Erik hatte sie ein schlichtes, ärmelloses grünes Kleid angezogen, das ihre schlanke Linie bedeckte und nicht zu sehr zur Geltung brachte. Passend dazu trug sie Schuhe mit Absatz, die ihre Waden ein wenig dick machten. Sie wollte Erik nicht zu sehr gefallen. Das Problem war, dass er sich durchaus in sie verlieben konnte. Das wollte Elsa auf keinen Fall zulassen.

Auf dem Weg zum Bach ging sie ihre Geschichte durch. Sie hatte vor, zu erzählen, sie hätte einen Verlobten. Einen Verlobten an der Front. Ihr war ganz und gar nicht wohl. Das ungute Gefühl in ihrem Magen hielt an, weil sie an ihr bevorstehendes Gespräch mit Erik denken musste.

Sie musste ihn aber loswerden. Schnell.

Außer Atem kam sie am Bach an und traute ihren Augen nicht. Erik hatte ein Picknick vorbereitet. Eine karierte Decke lag auf dem Rasen. Saubere Gläser, poliertes Besteck, Porzellanteller, belegte Brote und Limonade standen bereit.

Erik trug ein gestärktes Hemd und eine adrette Hose; dabei glänzten seine blonden schick frisierten Haare im Sonnenlicht. Er hatte sich für sie richtig ins Zeug gelegt. Anscheinend hatte der Junge Geschmack und Elsa musste sich eingestehen, dass sie ihn recht attraktiv fand.

Erik ergriff als Erster das Wort. „Wie ich sehe, ist mir die Überraschung gelungen."

Elsa rang nach einer Antwort. So schwer, wie es ihr bei diesem Anblick auch fiel, musste sie sich zwingen, sich auf die Tatsachen zu konzentrieren. Sie war eine untergetauchte Jüdin und Erik ein Nazi. Für sie beide konnte es keine gemeinsame Zukunft geben!

„Das kannst du wohl laut sagen", erwiderte sie so lässig wie möglich. Vor Nervosität war ihr Mund jedoch ganz trocken.

„Ich hoffe, ich habe dich nicht zu sehr überrumpelt", fragte er schalkhaft, wobei auch ein Ton wirklicher Neugier in seiner Stimme lag.

Elsa versuchte, ihre Gefühle so gut wie möglich unter Kontrolle zu bekommen. Wäre dies eine andere Zeit, hätte sie sich sicherlich sofort in Erik verliebt. Er schien ein richtig lieber Kerl zu sein.

Eriks Lippen verzogen sich zu einem flüchtigen Lächeln. „Setz dich doch."

Jetzt erst fiel Elsa auf, dass sie wie angewurzelt dastand und wie eine Idiotin starrte. Wie auf Befehl kauerte sie sich auf die Decke. Ihr Bauch kribbelte leicht. „Danke", ihre Stimme war kaum ein Flüstern. Ihr Blick blieb auf den Broten hängen. Sie waren mit Wurst, Käse und Salat belegt. „Die sehen lecker aus."

Erik schwieg. Sie wollte den Blick heben, um den Ausdruck auf seinem Gesicht sehen zu können, aber sie traute sich nicht. Was, wenn er ihre wahren Gefühle durchschaute?

„Absolut richtig. Aber sie sehen nicht nur lecker aus. Sie schmecken auch so", sagte Erik.

„Da bin ich ja beruhigt", erwiderte Elsa und Erik musste lauthals lachen. Sein Gelächter hallte in die Ferne hinaus.

Scheinbar ohne darüber nachzudenken, sagte er: „Ich finde dich gut."

Elsa biss die Zähne zusammen. Wie war sie bloß in diese Situation geraten? Sie schluckte und versuchte, das Thema zu wechseln: „Hast du die Brote selbst belegt?", fragte sie und zwang sich zu einem Lächeln.

Erik zog eine Augenbraue hoch, was ihn noch attraktiver machte. „Wenn du es genau wissen willst, nein. Das habe ich unserer Magd überlassen."

Bei diesen Worten zuckte Elsa innerlich zusammen. Ihre Augen weiteten sich. „Hast du ihr von unserem Treffen erzählt?" Das Lächeln auf Eriks Gesicht erstarb. Er blinzelte und schüttelte verwundert den Kopf. „Meiner Magd? Ich bin ihr doch keine Rechenschaft schuldig."

Innerlich atmete Elsa erleichtert auf.

„Willst du Limonade?", fragte Erik schnell.

Elsa nickte.

Er schenkte erst ihr, dann sich ein. Sie aßen schweigend zwei Brote – die wirklich lecker waren – und tranken aus ihren Gläsern.

„Erzähl ein wenig über dich", sagte Erik unvermittelt, nachdem er sein Brot vertilgt hatte. „Wie alt bist du?"

Elsa zögerte. Wie viel konnte sie ihm erzählen? Was könnte verdächtig sein? „Ich bin achtzehn und du?"

„Ich bin dreiundzwanzig. Ich bin Einzelkind und wenn ich auf Heimaturlaub bin, besuche ich meine Eltern."

„Wird's dir hier nicht langweilig?"

„Doch, schon."

„Was machst du so?", fragte Elsa und lenkte das Gespräch so auf ein unverfängliches Thema.

„Was ich so mache?"

„Um die Zeit totzuschlagen?"

„Och, dies und das. Ich streife oft durch die Wälder und halte Ausschau nach hübschen Mädchen." Er sagte das gar nicht spöttisch, doch Elsa wusste, dass es neckisch gemeint war.

„Was machst du, um die Zeit totzuschlagen?", erkundigte er sich.

„Ich zeichne", antwortete sie prompt.

„Du zeichnest? Ich habe noch nie jemanden kennengelernt, der richtig zeichnen konnte."

Elsa rang sich ein Lächeln ab. „Es gibt immer ein erstes Mal."

„Du musst mir unbedingt etwas von dir zeigen", äußerte er mit kaum verhohlener Begeisterung.

Elsa wollte nicht darauf antworten und wechselte geschickt das Thema. „Bist du hier geboren? Hier aufgewachsen und so?"

„Genau wie meine Eltern vor mir. Und meine Großeltern. Und meine Urgroßeltern", verkündete er stolz.

„Gefällt's dir hier?"

„Nicht besonders."

„Warum bist du dann auf Heimaturlaub hier?", wollte Elsa wissen, die ihre Neugier nicht mehr im Zaum halten konnte.

„Ich vermisse Deutschland ..." Erik biss sich sofort auf die Lippen. Scheinbar hatte er etwas gesagt, was er nicht hätte sagen sollen.

Elsa witterte eine Chance, mehr über seine Stellung bei der Armee zu erfahren.

„Du bist nicht in Deutschland stationiert?", fragte sie wie beiläufig.

Erik saß nun in der Zwickmühle. „Nein. Ich bin in Polen stationiert", sagte er schließlich.

Polen, dachte Elsa, *interessant.* „Ist es nicht schön dort?"

Erik zuckte mit den Schultern. „Polen ist ein ziemlich rückständiges Land. Jetzt bist du aber dran", sagte Erik, bevor Elsa weitere Fragen stellen konnte. „Was hast du gemacht, bevor du hierhergekommen bist? Was hast du in Berlin getrieben?"

Elsa zögerte erneut. Falls er ihr Zögern spürte, ließ er es sich nicht anmerken. „Ich habe Kunst studiert, aber nachdem wir ausgebombt wurden ..."

„Meine Frau müsste nicht studieren. Geschweige denn arbeiten", fiel Erik ihr ins Wort. Ein unergründlicher Ausdruck trat in seine Augen.

„Ach? Wirklich?", fragte Elsa, der die Idee, nur Hausfrau und Mutter zu sein, nicht besonders zusagte. „Mir macht es nichts aus zu arbeiten." Ihr war selbst nicht so recht klar, weshalb sie sich eigentlich auf das Thema einließ. So, wie sie es sagte, klang es wie eine Rechtfertigung.

„Meine zukünftige Frau hat so was nicht nötig. Es würde mich beschämen, meine Frau arbeiten zu lassen."

Elsa schloss daraus, dass er doch kein Bauernjunge war. Seine Familie musste wohlhabend sein. Sie wollte jedoch nicht nachhaken, da es unhöflich gewesen wäre. Genauso unhöflich wie mit Reichtum zu protzen.

„Verstehe. Das ist schön."

Was sagte sie da bloß? Der plötzlich aufkommende Wind blies ihr die Haare ins Gesicht und sie pustete eine widerspenstige Haarsträhne fort.

„Ich möchte viele Kinder." Erik sah sie eindringlich an, während er breit lächelte.

Das war ein eigenartiges Gespräch für die erste Verabredung, dachte Elsa. So mitteilsam waren die Jungs in Berlin nicht. Die meisten wollten nur ein wenig Spaß und gingen rasch zur Sache. Elsa hatte absolut keine Ahnung, wie es ihr überhaupt gelungen war, Jungfrau zu bleiben. Was vorehelichen Sex anging, war sie konservativ. Vielleicht war sie aber auch nur eine naive Romantikerin, denn sie wollte sich für ihren zukünftigen Ehemann aufsparen.

Die nächste Frage kam so unerwartet, dass sie nicht in der Lage war, zu antworten. „Und was ist mit dir? Willst du Kinder?" Ihr unsicheres Schweigen machte Erik neugierig. „Der Führer will, dass unsere Frauen möglichst viele Kinder kriegen. Du möchtest bestimmt auch welche."

Elsa schaute in die Ferne, betrachtete die Bäume und auf einmal spürte sie, wie sich ihr die Nackenhaare aufstellten. *Ja,* dachte sie, *ich schenke dem Führer viele jüdische Kinder. Da freut er sich.* In Wahrheit hatte Elsa noch nie über Kinder nachgedacht. Sicherlich wollte sie eines Tages welche, nur nicht jetzt. Jedenfalls wusste sie, was Erik hören wollte. „Natürlich will ich Kinder. Unbedingt", sagte sie, um eine sinnlose Debatte zu vermeiden.

Erik strahlte über beide Backen, was ihn noch attraktiver machte. „Genau deshalb finde ich dich gut. Du bist witzig und ehrlich. Ich wusste sofort, dass wir gut harmonieren."

Bildete Elsa sich das nur ein, oder nahm dieses Gespräch immer merkwürdigere Formen an?

„Gut aussehen tust du auch. Im Grunde bist du die schönste Frau, die ich je gesehen habe. Seit gestern gehst du mir nicht mehr aus dem Kopf."

Elsa senkte hastig den Blick. Sie wusste nicht recht, in welche Richtung sie schauen sollte. Doch so leicht ließ Erik sich nicht abwimmeln. Als er die Hand nach ihr ausstreckte, begriff sie, dass die Unterhaltung noch nicht zu Ende war. Er ergriff ihre schmale, zarte Hand. Sein Druck war warm und weich.

„Ich weiß, dass ich dich überrumple. Ich habe dich in Verlegenheit gebracht. Doch etwas möchte ich dir erklären", seine Stimme klang fest und weich zugleich. „Normalerweise bin ich nicht so forsch und sogar ein echter Gentleman. Doch mir bleibt keine Zeit für lange Gespräche und aufwendige Brautwerbung. Übermorgen fahre ich wieder zurück. Ich weiß, dass wir uns erst sehr kurz kennen. Ich möchte, dass du weißt, dass du die Frau bist, die ich mir vorstellen kann, zu heiraten."

Elsa sah ihn mit offenem Mund an und brachte keinen Laut heraus.

„Du bist schockiert", sagte er nüchtern. „Vermutlich wünschst du mich zum Teufel."

Elsa überlegte fieberhaft, was sie darauf erwidern sollte. Natürlich wünschte sie ihn zum Teufel. Sie konnte ihm ja schlecht die Wahrheit sagen; dass sie eine Jüdin war und kurz davor, nach Amerika zu fliehen. Übermorgen würde er in den Krieg zurückkehren, rief sich Elsa ins Gedächtnis und erinnerte sich rasch an ihren Plan. „Ich bin nicht schockiert", beruhigte sie ihn. Sie war selbst erstaunt, wie ruhig sie klang. „Ich bin nur so überrascht. Es gibt etwas über mich, was du wissen solltest."

Erik starrte sie an. „Du bist schon vergeben", sagte er steif.

Elsa nickte. „Ich habe einen Verlobten." Sie kreuzte die Arme über der Brust. Sie spürte eine zarte Brise auf der Haut und fröstelte.

Erik wirkte sichtlich frustriert. Ihre Worte hatten offenbar gesessen. „Aber natürlich! Das hätte ich gleich wissen müssen! So eine schöne Frau wie du … ich Idiot!"

„Du bist kein Idiot", sagte Elsa um ein Lächeln bemüht. Vorsichtig berührte sie seine Schulter. Seine Muskeln waren angespannt und hart. Mit einem Mal war sie von einer nervösen, rastlosen Energie erfüllt. „Ich bin der Idiot. Ich hätte es dir gleich sagen müssen." Wo kam das denn plötzlich her? Elsa erwischte sich dabei, wie sie Mitleid mit Erik empfand.

Er schüttelte den Kopf. „Nein. Du hast von meinen Gefühlen nichts geahnt. Du brauchst dich für nichts zu entschuldigen."

Elsa sah ihm in die Augen. Doch sie gaben nichts preis. „Ich verstehe, aber …" Ihr fehlten die Worte, doch sie hatte das Gefühl, etwas sagen zu müssen. Sie hatte ihn verletzt und das war ihr nicht egal. Wahrscheinlich war es ganz schön demütigend für ihn. Sie mochte Erik, denn eigentlich war er ihr, trotz seiner aufdringlichen Art, ganz sympathisch. In einer anderen Zeit wäre es ganz sicher nicht bei dieser einen Verabredung geblieben.

„Ich gehe jetzt lieber." Verlegen rieb er sich den Nacken.

Elsa blinzelte verwirrt und schien im ersten Moment keine Antwort darauf zu haben. „Ich werde auch gehen", erwiderte Elsa beiläufig.

Sie spürte, wie er sie musterte, und jetzt erst merkte sie, dass sie immer noch seine Schulter umklammert hielt. Hastig zog sie ihre Hand zurück und plötzlich sah sie, wie Eriks Hand nach vorne schnellte und sie am Arm packte. Wie angewurzelt blieb Elsa stehen, woraufhin Erik erstaunlich schnell ihre Taille umfing und sie an sich zog. Sein durchtrainierter Oberkörper presste sich augenblicklich an ihre Brust und sie hielt den Atem an. Die plötzliche Begierde, die sie für ihn empfand, trieb ihr die Schamesröte in die Wangen. Die körperliche Nähe war beinahe elektrisierend. Der glühende Ausdruck in Eriks Augen und der Duft seiner Haut raubten ihr die Sinne.

Mit einem kaum hörbaren Stöhnen legte er seine Lippen auf ihre und küsste sie sanft, beinahe zurückhaltend. Elsa sog zitternd den Atem ein. Sie besaß keine nennenswerte Erfahrung mit Männern, und als Eriks Hände nun über ihren ganzen Körper glitten und sich zielsicher unter das Kleid tasteten, verkrampfte sie sich. Eigentlich sollte sie ihn aufhalten, doch sie war wie paralysiert. Einerseits genoss sie die Situation und anderseits verabscheute sie sie. Tollkühn tasteten sich seine Hände zu ihrem BH. Als diese plötzlich ihre nackten Brüste liebkosten, kam sie schlagartig wieder zu sich. Das ging eindeutig zu weit! Ein wenig zu grob stieß sie Erik weg. Mit einem Mal war der Zauber um ihn verflogen.

„Es tut mir leid. Das dürfen wir nicht machen", stotterte sie, während sie ihr Kleid glatt strich.

Der durchdringende Blick, den Erik Elsa schenkte, jagte ihr ein wenig Angst ein. Es folgte ein kurzes Schweigen. Dann verflüchtigte sich der Unmut in seinen Augen. Seine Gesichtszüge wurden sanft und weich.

„In Ordnung." Er lächelte gequält. „Keine Bange. Ich will nichts tun, was du später bereust." Seine himmelblauen Augen ruhten unverwandt auf ihr, während er sich wieder fing. „Macht es dir etwas aus, ein Weilchen neben mir zu liegen?", fragte er. Nach einem Blick in seine Augen war Elsa klar, dass seine Seele Höllenqualen litt.

„Hmm. Klingt gut." Die Worte waren nicht einfach nur so dahingesagt. Elsa wollte unbedingt noch einen Moment bei Erik bleiben.

Sie legten sich auf den Rücken und starrten wortlos zum Himmel, dabei lauschte Elsa Eriks Atemzügen.

Er rutschte etwas näher zu ihr heran und legte seine Hand in ihre. „Darf ich?", fragte er. Elsa nickte.

Wie schön das war!

Elsa schloss die Augen. Wieso bloß war sie in diese Zeit hineingeboren worden?, fragte sie sich. Auf einmal überwältigte sie die Verzweiflung. Alles kam ihr so hoffnungslos vor. Langsam wurde ihr bewusst, wie real die Gefahr war, die von Erik ausging. Das Zusammensein mit ihm konnte ihre gesamte Familie in Gefahr bringen. Sie kam sich vor wie Julia in Shakespeares Drama. In diesem Fall hat sich jedoch nicht Romeo, ein Montague, unbemerkt auf ein Kostümfest der Capulets geschlichen, sondern Julia. Vielmehr hat sie sich auf das Kostümfest der Nazis - als germanische Amazone verkleidet - geschlichen.

Mit den Gedanken an Romeo und Julia schlief Elsa ein. Als sie wieder aufwachte, war es bereits Mittag und Erik war fort.

7

Donnerstag, 20. September 1944: Elsa wurde aus dem Schlaf gerissen. „Wach auf", ertönte ein dringliches Flüstern. „Wach auf, Elsa! Es ist so weit!" Die Stimme gehörte ihrer Mutter.

Ach ja, fiel Elsa ein, *etwas Wichtiges passiert heute.* Es war der Tag ihrer Flucht nach Amerika. Sie öffnete die Augen, rieb sich über das Gesicht und gähnte. Das Zimmer war noch dunkel, aber sie konnte trotzdem ihre Mutter erkennen, die über sie gebeugt auf sie heruntersah. Sie war angezogen und ihr Haar frisiert. Der zarte Duft ihres Parfüms strömte Elsa in die Nase.

„Zieh dich an und pack deine restlichen Sachen. Nach dem Frühstück brechen wir auf", ordnete sie an.

Elsa gähnte noch einmal. „Wie spät ist es eigentlich?"

„Viertel nach vier."

„Himmel!", sagte Elsa, obwohl sie wusste, weshalb sie so früh aufbrechen mussten. Gestern Abend hatten sie alles besprochen.

„Der direkte Weg zur dänischen Grenze ist zu gefährlich. Zu viel Staatspolizei und Soldaten. Ohne die gültigen Papiere ist es aussichtslos", hatte Klaus beim Abendessen erklärt. „Wir werden Schleichwege nehmen müssen, doch das wird uns einige Stunden kosten. Wir müssen so früh wie möglich aufbrechen." Vor ihnen auf dem Tisch lag eine ausgebreitete Landkarte mit Markierungen.

„Ja. Ist gut", murmelte ihr Vater, während er die Karte studierte. Er hatte sich entschieden, über Dänemark zu fliehen.

Klaus tippte mit dem Finger auf einen bestimmten Punkt. „Kurz vor der Grenze werde ich euch an Hans Weber übergeben. Er kennt einen wenig bewachten Übergang. Er bringt euch zu einem verlassenen Bauernhof. Dort wird euch ein Mittelsmann die Papiere übergeben. Die Papiere ermöglichen euch den Übergang über die dänische Grenze und eine Überfahrt nach England. Von dort aus sollte es leicht für euch sein, nach Amerika …"

„Kann man Weber wirklich trauen?", fiel ihre Mutter ihm ins Wort. Elsa nippte an ihrem Tee und beobachtete die Erwachsenen wachsam. Der Plan klang ja ziemlich einfach und recht unspektakulär.

Klaus nickte nur: „Ja. Weber macht das nicht zum ersten Mal. Er hat noch einen Juden dabei, Jakob Braun, einen jungen Studenten. Er wird mit euch reisen und sich als eurer Neffe ausgeben."

„Wir nehmen einen Fremden mit?", hörte sich Elsa entsetzt fragen und schämte sich dessen gleich wieder. Warum musste sie nur immer so ruppig sein? Sie bemerkte, dass ihre Mutter noch besorgter aussah. Es war unverkennbar: Ihr gefiel die Idee auch nicht.

Ihr Vater sah seine Frau und Tochter ernst an. „Wir müssen uns gegenseitig helfen. Nur so können wir den Krieg überleben."

„Natürlich Papa ... ", begann Elsa, hielt dann aber inne. Da gab es nichts zu diskutieren. Wenn Klaus von Bergmann nicht da gewesen wäre ... Himmel ... sie wollte gar nicht darüber nachdenken, was aus ihnen geworden wäre.

Hanna biss genüsslich in ihr Brot. „Nun mal ehrlich, Schwesterherz, manchmal bist du ziemlich egoistisch", sagte sie, doch dann spürte sie den missmutigen Blick ihrer Mutter auf sich ruhen und senkte beschämt den Blick.

Für einen Moment schwiegen alle.

„Jeder nimmt nur einen Koffer mit und ihr dürft nicht zu viele Sachen übereinander tragen. Ihr müsst so gewöhnlich wie möglich wirken."

„Wer ist der Mittelsmann, der uns die Papiere besorgt?", erkundigte sich ihr Vater.

Klaus sah ihn ernst an. „Das weiß ich leider nicht. Er ist ein Kontaktmann von Hans Weber. Er soll gut und sogar in der Lage sein, euch amerikanische Papiere zu besorgen. Jakob Braun wird euch eine große Unterstützung sein. Seine Eltern sind bereits seit 1939 in Amerika und er spricht fließend Englisch."

Ihr Vater nickte nur. „Ist klar", sagte er dann. „Wir müssen darauf vertrauen, dass alles gut geht."

„Nein", Klaus schaute nachdenklich auf die Karte, „beten wäre angebrachter."

Elsas Vater blieb reglos sitzen. „Ich bete nicht."

Jetzt runzelte Klaus von Bergmann die Stirn. „Du bist ein komischer Jude."

Elsa sah, wie es in dem Gesicht ihres Vaters arbeitete. Seine Stimme klang belegt, als er sagte: „Die komischen Juden mögen Nazis ganz besonders nicht."

Klaus lachte. „Vermutlich hast du recht, alter Freund."

Währenddessen schickte Elsas Mutter die Mädchen ins Bad. „Wascht euch ja gründlich", ermahnte sie. „Wer weiß, wann ihr das nächste Mal Seife und Wasser zu Gesicht bekommt." Obwohl sie es lapidar dahergesagt hatte, blieb der Satz Elsa lange in Erinnerung. Er erschien wie eine düstere Prophezeiung. Als hätte ihre Mutter damit ihr Schicksal heraufbeschworen.

Selbst jetzt, nachdem sie sich müde aus dem Bett gekämpft hatte, wusch sie sich noch einmal gründlich. Danach zog sie ihre besten Sachen an: ein figurbetontes Kleid, braune, glänzende Schuhe und eine Strickjacke.

Ihr Koffer lag offen auf dem Bett. Sie faltete gerade die letzten Kleidungsstücke zusammen, als ihre Mutter wieder ins Zimmer kam und sie zum Frühstück bat. In der Küche herrschte gespenstische Stille. Die Sorge und Anspannung war allen ins Gesicht geschrieben.

„Alles wird gut", hatte Samuel Goldberg gemurmelt, dabei konnte er keinem in die Augen sehen. Da wusste Elsa schon, dass nicht alles gut gehen würde.

Nach dem Frühstück sah Elsa zu, wie ihr Vater alles, was sie für die Reise benötigten, in Klaus' Wagen verstaute. Ihre ganze Existenz bestand aus nur vier Koffern!

Die Fahrt nach Dänemark war kein großes Abenteuer, denn alles verlief nach Plan. Nur zwei Mal mussten sie von der Straße in ein Waldstück ausweichen, weil sich ein verdächtiges Fahrzeug genähert hatte. Die Stunden vergingen in einem trüben Dunst. Die Mädchen waren müde und dösten immer wieder ein. Die Fahrt wurde nur durch kurze Essens- und Pinkelpausen unterbrochen.

Gegen Mittag schlief Elsa tief ein und wurde erst wach, als das Auto zwei Stunden später zum Stehen kam und ihre Mutter sie unsanft weckte. Im hellen Licht der Sonne erkannte sie einen Wagen und zwei fremde Gestalten. Eine trug einen altmodisch geschnittenen dunklen Anzug und gab, wie sie sich so schief zur Seite neigte, eine finstere Erscheinung ab. Die andere

Gestalt war hochgewachsen, spindeldürr und trug einen Koffer in der Hand.

Die Autotür wurde geöffnet und die dürre Gestalt musterte Elsa in aller Ruhe. Das Gesicht unter dem seitlich gescheitelten, kurzen braunen Haar war eher unscheinbar. „Hallo. Ich bin Jakob. Du musst Elsa sein."

Ohne mit der Wimper zu zucken, nickte Elsa. *Jakob?*, fragte sie sich verwirrt. Dann mussten sie schon in Grenznähe sein. Sie hatte jegliches Zeitgefühl verloren. Elsa beschattete ihre Augen gegen die Sonne. Der andere Mann war demnach Hans Weber. Jetzt sah Elsa auch, weshalb er gekrümmt lief: er hatte einen Buckel. Scheinbar behinderte ihn dieser stark beim Laufen, denn sein Gesicht war hochrot und der Haaransatz über seiner Stirn glänzte feucht.

Dann wurde es hektisch. Weber befahl ihnen, das Fahrzeug zu wechseln, und in Windeseile wurden die Koffer umgepackt. Webers Wagen war zwar etwas geräumiger, aber schließlich mussten sie jetzt zu sechst reinpassen. Der Abschied von Klaus war kurz, aber herzlich. Viel zu kurz, dachte Elsa, letztendlich hatte der Mann ihnen das Leben gerettet und dabei sein eigenes aufs Spiel gesetzt. Zum Schluss versprach ihr Vater, ihm aus Amerika zu schreiben.

Als Klaus kehrtmachte, fuhren sie Richtung Dänemark. Während der Fahrt erklärte Weber den Plan. Er wollte Elsas Familie in einer Scheune verstecken. Sie wurde als Lager für Weinfässer genutzt und bot ein perfektes Versteck. Dort würden sie verharren, bis der Mittelsmann mit den gefälschten Pässen kam. Nach der Übergabe stand ihnen der Weg über die dänische Grenze offen.

„Wird die Passkontrolle keinen Ärger machen?", erkundigte sich Elsas Vater.

„Nein", sagte Hans Weber. „Heute Abend ist nur ein Bursche an der Schranke. Er mag Juden zwar nicht, aber ihm ist egal, ob sie mit Gewalt oder freiwillig aus dem Land verschwinden. Er wird also keine Fragen stellen. Dafür habe ich schon gesorgt."

„Danke", sagte ihre Mutter aufrichtig.

Wie zwei gedämpfte Scheinwerfer richteten sich Hans Webers Augen auf sie. „Danken Sie nicht mir. Danken Sie Ihrem großzügigen Mann. Euch Juden mag ich auch nicht. Euer Geld ist mir aber willkommen." Er grinste breit, sodass eine Reihe fleckiger und schiefer Zähne sichtbar wurde. „Des einen Leid ist des anderen Freud. So sagt man doch?"

„Dennoch riskieren Sie Ihr Leben für uns", bemerkte Auguste Goldberg.

Weber schüttelte in gespielter Verwunderung den Kopf. „Tatsächlich? Sie wissen wohl nicht, was man sich im Krieg für Geld alles kaufen kann."

„Sie riskieren sehr viel", wiederholte Auguste.

„Ich denke, ich habe keine andere Wahl. Ich bin ein buckliger Krüppel. Wer gibt mir schon eine Anstellung? Mit euch Juden kann man schnelle Geschäfte machen. Ich meine, einmal abgesehen von der Tatsache, dass ich mich fast genauso darauf freue, euch loszuwerden wie unser Herr Hitler."

Eine dumpfe, aber hartnäckige Unruhe übermannte Elsa. Bisher hatte sie sich nie darüber Gedanken gemacht, wie viel ihr Vater für die Flucht bezahlt hatte. Es musste ein Vermögen sein! Es wäre doch gut möglich, dass Weber seine Abmachung gar nicht einhielt.

Doch das tat er.

Knapp eine Stunde später erreichten sie auf Schleichwegen, teils zu Fuß durchs Dickicht, den Bauernhof. Nachdem sie ein sicheres Versteck zwischen den Fässern bezogen hatten, verabschiedete sich Hans Weber und überließ sie ihrem Schicksal.

Es war dunkel, feucht und kalt in der Ecke, aber sie taten, was Weber ihnen geraten hatte, und so blieben sie in ihrem Versteck hocken. Weber hatte gesagt, sie müssten nur einen Moment warten und sich bloß ein wenig gedulden. Aus einem Moment wurden viele; sie kauerten zu fünft in dem Labyrinth aus Weinfässern und lauschten.

Elsa hatte jegliches Zeitgefühl verloren und konnte nicht mit Bestimmtheit sagen, wie lange sie schon warteten. Sie ging von zwei Stunden aus. Ihr taten vom vielen Hocken die Knie weh; sie fühlte sich wie zu Stein erstarrt, doch sie gab keinen Mucks von sich. Sie war ja kein kleines Kind mehr und sie wusste, dass es wichtig war, sich still zu verhalten. Der Mann mit den falschen Pässen würde ganz sicher gleich kommen, und dann würde der Reise nach Amerika nichts mehr im Weg stehen, hatte Elsas Mutter sie leise beruhigt.

Eine dumpfe, aber hartnäckige kleine Flamme der Unruhe loderte immer noch in ihrem Inneren. Die Befürchtung, etwas Unvorhersehbares würde sich ereignen, ließ Elsa nicht los. Sie fragte sich, ob dieses Gefühl ihrer eigenen Intuition entsprang oder ob es sein konnte, dass es durch die allgemeine Anspannung ausgelöst wurde. Sie alle waren hungrig und durstig, und die Warterei und Ungewissheit kratzten an ihren Nerven.

Jakob, der direkt hinter Elsa hockte, atmete schwer und sein Magen knurrte. Er hatte Beine wie eine Giraffe und sie waren ihm die ganze Zeit im Weg. Er versuchte, eine angenehmere Position einzunehmen, dabei gab er ihr einen Tritt. Daraufhin gab sie ihm einen leichten Stups. Dann spitzte sie die Ohren und wartete darauf, etwas zu hören. Jakob stupste zurück. Ihre Eltern hatten ihnen verboten, sich zu bewegen, aber das war ihm scheinbar egal. Ihre Mutter, die ein Stückchen vor ihr hockte, warf ihnen einen gereizten Blick zu, dabei presste sie Hanna an ihre Brust.

Ein Streifen Sonnenlicht, der zwischen zwei Fässern hindurchfiel, berührte Elsas Gesicht. Er fühlte sich warm und angenehm an und ließ sie den Hunger vergessen.

Die Geräusche in der Umgebung änderten sich schlagartig. Lautes Fußgetrappel durchbrach die Stille und brachte die Dielen zum Vibrieren. Elsa zauderte einen kurzen Augenblick und hielt den Atem an. Das Geräusch konnte unmöglich ein einzelner Mann verursachen. Auch ihr Vater schaute stutzig. Er runzelte die Stirn, dann gab er zu verstehen, dass sie ganz besonders still sein sollten.

„Da sind sie!" Eine Stimme ertönte ganz in der Nähe. Es war die Stimme des Mannes mit den falschen Papieren. Da war sich Elsa ganz sicher.

Die Fässer wurden rüde zur Seite geschoben und sie blinzelte überrascht ins Licht. Der Schrei, der aus ihrer Kehle drang, klang so befremdlich wie das, was sie sah. Der Mann mit den falschen Papieren war nicht alleine gekommen. Ein kleiner Trupp SS-Männer begleitete ihn.

„Sofort aufstehen!", brüllte einer der Soldaten. „Die Reise ist zu Ende." Gewehre und Pistolen wurden auf sie gerichtet. Hanna drückte sich ängstlich an ihre Mutter. Einer der Soldaten winkte Jakob zu. „Herkommen!", befahl er. Jakob erhob sich wie ein Schlafwandler. „Schneller!" Er packte Jakob am Oberarm, stieß ihn vor sich, setzte ihm die Pistole ins Genick und drückte ab.

8

New York, Frühjahr 1979
Montag

Als ich den letzten Kunden bedient hatte, waren nur noch wenige Leute im Lesesaal. Ich ließ den Blick über die übrigen Bibliotheksbesucher schweifen. Drei standen in der Schlange, fünf weitere standen an den Regalen. Meine Kollegin Joanne war soeben reingekommen, und ich konnte pünktlich Feierabend machen. Die Bibliothek befand sich in einem unscheinbaren zwanzigstöckigen Bürogebäude. Es war nie besonders viel los. An manchen Tagen war es geradezu geisterhaft still. Tagsüber war es nicht so schlimm. Abends allerdings herrschte im großen Lesesaal eine gruselige Atmosphäre. Die Bodendielen quietschten und der Wind pfiff zwischen den Wänden wie in einem Geisterhaus.

Ich sah auf die Uhr.

Zehn vor fünf. Zeit zum Gehen.

Ich fing an, den Schalter aufzuräumen und meine Sachen einzupacken.

„Hi, hast du einen Moment Zeit?", hörte ich plötzlich eine Stimme irgendwo über mir. Ich erschrak dermaßen, dass ich leise aufschrie und das Tagebuch meiner Mum fallen ließ, welches ich gerade in meine Tasche packen wollte. Ich hatte es mitgenommen, um in der Pause darin zu lesen.

Mit vor Schreck geweiteten Augen blickte ich auf und sah einen unverschämt attraktiven jungen Mann mit dichtem schwarzem Haar, das in seine beinahe schwarzen Augen fiel. Ich brauchte ein paar Sekunden, um ihn als meinen neuen Kollegen Jules Stiles zu identifizieren. Er war seit einer Woche bei uns und bis jetzt hatten wir nur vier Sätze gewechselt. Der große, stets gut gekleidete Mann hatte von Anfang an einen sympathischen Eindruck gemacht.

Er lächelte vorsichtig, schob sich seine etwas zu langen, dunklen Locken aus der Stirn und holte einen dicken Stapel Magazine hervor. Ich hatte absolut keine Ahnung, wie lange er schon an meinem Schalter stand, denn ich hatte ihn nicht kommen hören. Dieser unglaubliche Anblick verblüffte mich derart, dass ich wie angewurzelt stehen blieb.

„Sorry, ich wollte dich nicht erschrecken. Weißt du, wo ich die hier einsortieren muss?", fragte er. Bevor ich antworten konnte, bückte er sich nach dem runtergefallenen Tagebuch und übergab es mir. Ich sah, wie er den Blick rasch auf den Einband richtete und dann wieder abwandte.

Ein leises Schluchzen stieg in meiner Kehle auf und ich konnte nicht verhindern, dass mir ein erstickter Laut entfuhr. „Danke", murmelte ich. Als sich unsere Blicke begegneten, fielen mir seine dichten Wimpern auf. Das waren wahrscheinlich die längsten, dichtesten und dunkelsten Wimpern, die ich je gesehen hatte. Ich schob eine Haarsträhne hinters Ohr und bemühte mich, nicht zu verwirrt auszusehen. „Die Magazine kannst du ruhig auf den Lesetischen verteilen", sagte ich freundlich und lächelte etwas bemüht.

„Alles klar! Danke."

Ich ließ den Blick zum Fenster schweifen. Was sich darin spiegelte, gefiel mir nicht. Ich wirkte nun wirklich nicht wie eine Top-Businessfrau. Eine junge Frau mit dunklen Schatten unter den Augen blickte mir entgegen. Ich war nicht besonders groß, dafür schlank und trug anstatt eines Kostüms ein weit geschnittenes Tunikakleid, das meinen schmächtigen Körper noch magerer wirken ließ. Die braunen Kniestiefel ließen meine Beine ein wenig zu kurz erscheinen. Ich fand, dass ich heute mehr als sonst wie ein Kind und nicht wie eine fünfundzwanzigjährige Frau aussah.

Ich spürte Jules Blicke auf mich gerichtet und mein Mund wurde trocken, meine Handflächen feucht.

„Was ist das für ein Buch?", fragte er und sah auf den Einband. „Darf ich mal sehen?"

Ich atmete tief ein und setzte ein gezwungenes Lächeln auf. „Es ist ziemlich persönlich. Das ist das Tagebuch meiner Mutter."

Er zögerte, wenn auch nur kurz, ehe er sagte: „Und der Davidstern?"

Mein Magen fühlte sich an, als wäre er eine Klippe runtergestoßen worden. Ich atmete tief aus. Meine Wangen und Lippen blähten sich auf. „Das Ganze ist irgendwie kompliziert."

Er nickte, ohne den Blick vom Buch zu nehmen. Meine Schultern verspannten sich sofort und ich musste wohl eine Grimasse geschnitten haben, denn Jules entschuldigte sich augenblicklich. „Aha. Also … Tut mir leid." Er verzog das Gesicht und schüttelte den Kopf. „Manchmal bin ich ein Idiot."

Ich errötete. „Nein!", platzte es aus mir heraus. „Du bist doch kein Idiot! Deine Frage ist berechtigt. Meine Mutter war in Auschwitz."

Seine Augen wurden groß wie Untertassen. „Auschwitz? Das ist ein dickes Ding!"

„Bis vor ein paar Tagen wusste ich nichts davon", sagte ich betrübt.

„Sie ist also in Europa aufgewachsen?"

„Ja. In Deutschland. Viel mehr weiß ich auch nicht …"

„Viele Holocaustopfer erzählen nicht gerne davon."

„Du scheinst dich damit auszukennen", bemerkte ich interessiert.

„Ein guter Freund meines Vaters hat so einiges durchgemacht."

„Meiner Mum geht es nicht so gut. Sie hatte einen Nervenzusammenbruch", brach es aus mir heraus.

„Das tut mir leid", hörte ich Jules sagen und es klang sehr aufrichtig.

„Und sie hatte ein Geheimnis." Die Worte ließen sich nicht mehr bremsen.

„Wir alle haben Geheimnisse."

„Es ist aber ein verwirrendes Geheimnis." Ich verspürte so ein unbehagliches Gefühl in der Magengrube. „Ich habe eine zehn Jahre ältere Schwester. Doch nun habe ich erfahren, dass sie gar nicht meine Schwester ist. Das ist so konfus", hörte ich mich plötzlich sagen, ohne zu wissen, was über mich gekommen war.

Wie kam ich dazu, einem Fremden solche privaten Dinge anzuvertrauen? Und einem neuen Arbeitskollegen dazu. Das ging ihn ja wohl gar nichts an!

Jules blickte mich nachdenklich an. „Das ist wirklich ein verwirrendes Geheimnis. Wurde deine Schwester adoptiert?"

„Das weiß ich nicht", gestand ich.

Er presste die Lippen aufeinander. Seine Mundwinkel zuckten, dann beugte er sich vor, als hätte er etwas Wichtiges mitzuteilen. „Lass deiner Mutter Zeit", sagte er.

Ich biss mir auf die Zunge. „Ja. Das wird wohl das Beste sein." Ich warf einen Blick auf seine Uhr. Mist! Ich hatte gar nicht gemerkt, wie schnell die Zeit verflogen war. Ich wollte noch ins *Elektrics*, um dort weitere Nachforschungen anzustellen. Ich hoffte nämlich, dass der mysteriöse unbekannte Mann ein Stammgast war. Vielleicht begegnete ich ihm wieder. „Tja, ich muss los", stammelte ich und lächelte gezwungen.

„Selbstverständlich", antworte er. „Es war nett, dich besser kennengelernt zu haben." Er lächelte. Dabei ließ er eine Reihe weißer, ebenmäßiger Zähne sehen. Keine Frage, er hatte das Lächeln eines Filmstars. „Ich muss dann weiter. Magazine einsortieren und so." Und schon war er weg. Er sah nicht mehr, wie ich errötete. Ich packte meine Sachen zu Ende und verließ zehn Minuten später die Bibliothek.

Als ich mich auf den Weg machte, war auf den Straßen, Gott sei Dank, noch nicht viel los. Zum Glück streikte meine alte Klapperkiste nicht und so stieß ich die schwere Glastür des Restaurants pünktlich um halb sechs auf. Es war ziemlich voll. Unzählige Kellner huschten über den polierten Boden und trugen Essen an die voll besetzten Tische. Junge Leute umringten die Bar und die Musik spielte lauter als sonst.

Ich bahnte mir einen Weg durch die Menge und stellte mich an die Theke. Neben mir standen drei junge Frauen in leichten, todschicken Kleidchen. Sie sahen aus wie Models: groß, blond und wie aus dem Ei gepellt. Sie tranken Cocktails, lachten und versuchten, sich bei der lauten Musik zu unterhalten. Ich bestellte ein Glas Wasser, und während ich an meinem Glas nippte, suchte ich den Raum immer wieder nach dem Mann ab. Dabei ließ ich die Begegnung noch einmal gedanklich Revue passieren. Er war mit einer attraktiven Blondine unterwegs gewesen. Einer sehr jungen Blondine. Er schien reich zu sein. Für sein Alter war er attraktiv. Am meisten sind mir seine stechend blauen Augen in Erinnerung geblieben.

Was würde ich sagen, wenn er vor mir stünde?

Unwillkürlich bekam ich eine Gänsehaut. Was sollte ich ihm für Fragen stellen? Sollte ich einen wildfremden Mann nach Auschwitz fragen?

Eine halbe Stunde verstrich.

Eine Dreiviertelstunde verging.

Die ganze Idee war doch Blödsinn, gestand ich mir. Das Restaurant war viel zu voll. Mit Warten und Hoffen würde ich ganz sicher nichts erreichen.

Ich strich mir mein Kleid glatt und drehte mich zu der Barfrau um, wobei ich mir eine Haarsträhne hinters Ohr strich. „Kann ich Ihnen eine Frage stellen?", schrie ich zu ihr rüber.

„Klar. Nur zu." Sie lächelte mich freundlich und auch ein wenig belustigt an.

„Waren Sie Samstagabend auch hier? Hatten Sie Dienst?"

Sie taxierte mich und hob die Augenbrauen. „Nein. Tut mir leid. Worum geht es denn?", fragte sie interessiert.

Ich überlegte fieberhaft, wie ich mein Anliegen am besten formulieren konnte, ohne wie ein Stalker zu klingen: „Ähm ... offen gestanden suche ich jemanden."

„Aha", lautete ihr Kommentar.

„Es ist ein älterer Mann ..." Ganz ruhig und sachlich beschrieb ich ihn. „Vielleicht ist er ja ein Stammgast und Sie kennen ihn?", erklärte ich.

Sie stutzte, dann schrie sie zurück: „Nein. Ich kenne ihn leider nicht. Selbst wenn ich ihn kennen würde, könnte ich Ihnen keine Informationen geben." Sie hielt kurz inne und musterte mich. „Sind Sie von der Polizei?", fragte sie so kühl, dass ich rot wurde.

Ich schüttelte den Kopf und schlucke nervös.

„Aha", lautete wieder ihr Kommentar. Diesmal umspielte ein Lächeln ihre Mundwinkel. „Das habe ich mir schon gedacht. Wie ein Bulle sehen Sie nämlich nicht aus."

Ich griff in meine Tasche, holte eine Visitenkarte heraus und drückte sie der Kellnerin in die Hand. „Nur für den Fall, dass Ihnen doch noch etwas einfallen sollte. Sie scheinen wirklich sehr nett zu sein", sagte ich aufrichtig.

Sie schaute auf die Karte. „Ok. Ich kann Ihnen aber nichts versprechen."

„Ist nicht schlimm."

„Wieso suchen Sie diesen Mann?", fragte sie mit zusammengekniffenen Augen.

Ich errötete. Eine Hitzewelle durchflutete mich. „Das ist eine lange Geschichte."

„Es geht mich ja auch nichts an." Sie drehte sich wieder ihrer Arbeit zu. Ich beschloss, mir noch etwas zu essen zu bestellen und dann zu meiner Mutter ins Krankenhaus zu fahren. So blieb ich noch eine Weile sitzen. Meine Augen wanderten immer wieder zu der Eingangstür. Doch der Mann tauchte an diesem Abend nicht auf.

9

Elsa wurde wach und wusste zunächst nicht, wo sie war. Als sie versuchte, sich auf den Raum zu konzentrieren, verschwamm alles vor ihren Augen. Ihre Lider flatterten immer wieder, bevor sie die großen grünen Augen aufschlug, wieder schloss und erneut öffnete. Sie hatte das Gefühl, sehr, sehr lange geschlafen zu haben. Ihr Kopf pochte und ihre Gliedmaßen waren steif. Wie in Trance versuchte sie wie beiläufig, die unvertraute Umgebung zu sondieren. Sie lag in einem Krankenzimmer mit großen Fenstern und kahlen Wänden, ohne sich daran zu erinnern, wie sie hierhergekommen war. Sie trug ein hellblaues, sehr kurzes Nachthemd. Der Stoff bedeckte ihre Oberschenkel nur zur Hälfte.

Der Geruch nach Desinfektionsmittel lag in der Luft und Elsa spürte Panik in ihrer Brust aufsteigen. Der Geruch kam ihr erschreckend bekannt vor und ihre Angst war mit einem Mal wie Gift, das in jede Faser ihres Körpers vordrang. Sie bäumte sich kurz auf und sank zurück. Ihr Körper war wie gelähmt, und dann durchzuckte ein Gedanke ihren benebelten Verstand: Sie war zurück! Sie war wieder zurück in der verkehrten Welt! Das Paralleluniversum verschluckte sie erneut.

Erinnerungsfetzen fügten sich plötzlich zusammen: die klebrige rote Lache, in der sie erwacht war. Dieser metallische Gestank, den sie regelrecht schmecken konnte und den sie nie wieder würde vergessen können. Das Geräusch drehender Schlüssel in den Türen. Hämisch grinsende Ärzte. Sie musste raus! Sie konnte doch nicht zulassen, dass es erneut passierte.

Elsa kämpfte sich auf die Beine, doch als ihre Fußsohlen den Boden berührten, kippte sie zur Seite und prallte auf dem Boden auf. Der Aufprall schüttelte ihren ganzen Körper durch und sie hörte sich selbst ein Winseln ausstoßen. Der Aufschlag war so heftig, dass sie fast ohnmächtig wurde. In ihrem Kopf drehte sich alles, und beinahe hätte sie sich übergeben. Sie atmete tief durch, dann klammerte sie sich an die Bettkante und zog sich hoch. Seufzend wischte sie sich den Schweiß aus dem Gesicht. Einen Augenblick lang saß sie einfach da und genoss das Gefühl, sich wieder sicher in ihrem Bett zu befinden.

Sie wartete und beobachtete die Tür. Was, wenn sie verschlossen war? Ganz bestimmt war sie das, doch sie musste es riskieren. Ihre Beine waren immer noch wie Wackelpudding, doch diesmal knallte sie nicht auf den Boden. Langsam schwankte sie zu Tür; dabei hatte sie das Gefühl, als liefe alles in Zeitlupe ab. Sie versuchte, sich nur auf den Ausgang zu konzentrieren. Sie musste so schnell wie möglich dorthin. Als sich auf dem halben Weg die Tür öffnete, setzte ihr Herzschlag kurz aus. Einen Moment lang dachte sie sogar, ihr Herz würde für immer aufhören zu schlagen.

Eine Krankenschwester trat herein. Ihr Haar war wellig und braun, die Miene vollkommen unbewegt. Als ihr Blick auf Elsa fiel, blieb sie stehen und ihr ganzes Gesicht begann zu lächeln. „Ah, Mrs Aronsohn, wie schön, Sie sind wach." Sie blieb stehen und betrachtete Elsa interessiert, als wartete sie auf eine Reaktion ihrerseits. Elsa starrte sie an. Wieso war die Schwester so freundlich zu ihr? Es konnte sich nur um einen Trick handeln. Die Schwestern waren boshaft, das wusste sie.

Mit federnden Schritten kam die Krankenschwester auf sie zu. Elsa taumelte zurück in die hinterste Ecke des Zimmers neben das Bett und kauerte sich zusammen. Abrupt blieb die Krankenschwester stehen. „Warum verstecken Sie sich?"

Elsa wurde plötzlich kalt und sie konnte nicht aufhören zu zittern. „Was habt ihr mit mir vor?"

Die Schwester wartete ein paar Sekunden, hob fragend eine Augenbraue, dann sagte sie: „Wir möchten nur, dass es Ihnen besser geht."

„WAS habt ihr mit mir vor?" Sie rutsche so dicht wie möglich an die Wand.

„Sie hatten einen psychischen Zusammenbruch. Sie sind im St. Leonard Hospital, meine Liebe."

Elsa konnte ihre Worte zunächst nicht begreifen. „Wo bin ich?", fragte sie. Bestimmt war dies eine erneute Lüge.

„Sie sind im St. Leonard Hospital. Jetzt aber schnell wieder ins Bett, sonst erkälten Sie sich noch." Die Schwester lächelte Elsa nachsichtig an.

„Sie werden mir Gift in den Bauch spritzen. Ich will nach Hause." Sie spürte Tränen, die aber nicht kamen.

„Niemand wird Ihnen Gift in den Bauch spritzen, Mrs Aronsohn. Sie sind hier, weil Sie ein wenig Schlaf und Ruhe brauchen. Sie müssen sich entspannen."

„Sie lügen!", fuhr Elsa auf und merkte selbst, dass ihre Stimme schrill klang.

„Regen Sie sich nicht auf. Sonst müssen wir Sie ruhigstellen."

„Ich habe Ihnen nie etwas getan. Spritzen Sie mir bitte kein Gift!" Elsa hatte das Gefühl, als ob das Krankenhauszimmer zu schaukeln begann. Mit einer Hand krallte sie sich ans Bettgestell.

„Sie glauben ernsthaft, wir spritzen Ihnen Gift?" Erstaunt riss die Schwester die Augen auf. „Es handelt sich lediglich um ein leichtes Beruhigungsmittel, Liebes. Damit kann sich Ihr Verstand ein wenig erholen."

„Ich will Ihr Spiel nicht mehr mitspielen." Elsa rollte sich zu einem Embryo zusammen, schlug die Arme über ihren Kopf und fing an zu weinen. „Nein", keuchte sie. „Bitte!", flehte sie die nächsten zwei Minuten - ihre letzten zwei Minuten, hatte sie gedacht.

„Mrs Aronsohn, ich kann nicht sagen, wo diese Gedanken herkommen. Wir spielen kein Spiel mit Ihnen. Wir möchten helfen." Dann hörte Elsa die Schwester kommen. Ihre Hand schoss nach vorn und packte Elsas Arm so fest, dass es sich anfühlte, als wollte sie ihn ihr ausreißen.

Elsa riss den Kopf hoch und sah plötzlich Leni neben dem Bett stehen. Sie musste träumen. Sie zwinkerte überrascht, dann spürte sie einen Stich. Stück für Stück zog die Schwester Elsa näher zu sich. Elsa wollte nach ihr treten, doch ihre Beine funktionierten nicht mehr. Wie durch einen Nebel sah sie eine Spritze in der Kitteltasche der Schwester verschwinden.

„Sie werden jetzt schlafen. Danach wird Dr. Morten Sie sehen wollen", sagte sie und sah dabei triumphierend aus.

Dann war alles mit einem Mal seltsam unwirklich. Ihre Wahrnehmung zog sich wie ein klebriger Kaugummi. Einen Moment lang bewegte sie sich auf einem schmalen Pfad zwischen Traum und Wirklichkeit. Und dort war immer noch Leni. „Alles wird gut, Mum. Es wird dir bald besser gehen", sagte sie, dann war der Pfad zu Ende, und es war, als wäre sie in ein schwarzes Loch im Universum gefallen.

Ein Traum. Sie hatte nur geträumt. In Wirklichkeit war sie wieder achtzehn und lag in ihrem Bett, das Laken bis zum Kinn hochgezogen. Sie war krank und hatte Fieber. Alles war nur ein Fiebertraum, aber die Erleichterung darüber stellte sich nicht ein. Sie spürte ein unangenehmes Kribbeln an verschiedenen Stellen ihrer Haut und ein Brennen in ihren Lungen. Auf ihrer Stirn lag ein Schweißfilm und ihr Körper wurde von heftigem Schüttelfrost erfasst. Sie drehte den Kopf zur Seite; ihr Blick fiel auf eine Bahre und einen Arzt, der auf einem Beistelltisch seine Instrumente sortierte. Er war ein gut aussehender, blauäugiger Mann, der Elsa erschreckend bekannt vorkam.

Einem Impuls folgend wollte Elsa aufspringen, das Laken runterreißen und wegrennen, doch sie war zu schwach. Schon nachdem sie ihren Kopf gehoben hatte, war sie vor Erschöpfung wieder zurückgesunken. Sie blinzelte angestrengt ins Licht, doch das Bild blieb bruchstückhaft und verschwommen. Elsas Atem ging schneller, während sie krampfhaft versuchte, sich auf den Arzt zu konzentrieren. Was machte er in ihrem Kinderzimmer? Hatte ihre Mutter ihn rufen lassen? Aber wo war dann der Rest der Familie? Vater und Mutter, die sich um sie kümmerten?

Das Geräusch einer Tür, die geöffnet wurde, ließ sie ihren Kopf zur Seite drehen. Auf der anderen Seite des Raumes zeichneten sich die dunklen Umrisse einer kleinen Gestalt ab. Es war ein kleiner, nackter und ihr gänzlich unbekannter Junge. Als dieser sich umdrehte, konnte sie sein schönes, dunkelhäutiges Gesicht sehen. Er schien stark verunsichert, doch der Arzt lächelte ihn freundlich an und bat ihn, sich auf die Bahre zu legen.

„Entspann dich", sagte er mit einer tiefen, angenehmen Männerstimme. So sprach ein Vater mit einem kleinen Kind, das er trösten wollte.

Dann aber erkannte Elsa mit klopfendem Herzen ein langes Metallinstrument in seiner Hand und sie konnte nichts gegen die Tränen tun, die ihr in dem Moment über die Wangen liefen.

Das Grinsen des Arztes wurde breiter, dabei zeigte er eine Reihe gepflegter Zähne. „Keine Angst. Es handelt sich nur um eine Routineuntersuchung", sagte er mit einer Betonung, die Elsa überhaupt nicht gefallen wollte. Der Junge nickte. „Hast du Angst?", fragte der Arzt weiter. Erneut nickte der Junge. Der Arzt schaute ihn verständnisvoll an, dann beugte er sich nach vorne und legte eine Hand auf seine Schulter. „Das brauchst du nicht. Heute werde ich ein Mädchen aus dir machen. Das wird schön."

Elsa starrte den Doktor an, während ihr Verstand gleichzeitig versuchte zu begreifen, was sie gerade gehört hatte. Der Gesichtsausdruck des Arztes veränderte sich schlagartig, und Elsas Magen krampfte sich zusammen. Dann setzte sich der Doktor auf einen Schemel zwischen die Beine des Jungen, hob das lange Metallinstrument und stieß damit in seinen Unterkörper. Die Schreie des Jungen dröhnten in ihren Ohren. Sie dröhnten so lange, bis sie wieder in einen Fiebertraum sank.

10

23. September 1944: Es war schummerig ringsum. Durch die Ritzen der Waggonwände zeichnete sich nur ein schwaches, grau-gelbes Muster ab, hervorgerufen von dem bisschen Tageslicht, das sich seinen Weg hindurch erkämpfte. Es gab nicht viel Tageslicht, weil es anstelle von Fenstern nur kleine Luken gab. Einige junge Frauen waren auf die Schultern ihrer Ehemänner geklettert, um nach draußen schauen zu können. Dann und wann gaben sie Meldung über die Reiseroute, während der Zug Richtung Osten ratterte.

Wie spät es war, konnte Elsa nicht sagen. Sie registrierte nur ihre unbequeme, schmerzhafte Lage - eingepfercht in einem Viehwaggon mit dutzenden Menschen, die sich aneinander drängten. Es war unerträglich heiß und sie hatte das Gefühl zu ersticken. Die Waggons waren mit Stroh ausgelegt und in der Ecke stand ein Eimer für die Notdurft.

Die abgestandene, drückende Luft, der unbeschreibliche Gestank und das Gejammer erschöpfter Menschen bereiteten ihr Kopfschmerzen. Von dem langen Stehen fühlte sich ihr Körper an, als gehöre er nicht zu ihr. Arme und Beine waren bleischwer, ihr Mund war trocken und ihre Lippen klebten aufeinander. Ihre Zunge fühlte sich an wie ein Riesenstück Pappe. Sie hatte Durst, entsetzlichen Durst, und der Druck im Magen machte sie glauben, sie hätte seit Tagen nichts gegessen. Das letzte Mal, dass es etwas zu trinken gab, war Stunden her. SS-Soldaten hatten einen Eimer mit Wasser in den Waggon gestellt, doch dieser war schnell leer. Nachschub hatte es keinen gegeben.

Nach ihrem missglückten Fluchtversuch hatte man sie auf dem Bauernhof verhaftet, in Lastwagen gesteckt, in ein Sammellager gebracht und anschließend in die Viehwaggons gesteckt.

„Wo fahren wir eigentlich hin?", fragte Elsas Mutter träge. Ihre Stimme klang müde von der Hitze. So dünn, so unsicher. Wie ein Kind. Sie hustete trocken. Seit ein paar Stunden hustete sie beinahe ununterbrochen. Die Flucht, die Verhaftung und der Aufenthalt im Sammellager hatten an ihrer Gesundheit gezehrt. Elsas Mutter war eine zartbesaitete Frau, die noch nie

Armut und Elend erfahren hatte. Und nun hockte sie auf ihrem teuren Pelzmantel auf dem schmutzigen Boden.

„Sie schicken uns arbeiten", sagte eine Stimme von irgendwoher. Elsa musste den Hals recken, um die Person zu sehen, der die Stimme gehörte. Die Sprecherin war eine groß gewachsene, anmutige Frau. Sie war in ein elegantes Kleid gehüllt und trug einen Nerzmantel auf ihrem Arm und einen modischen Hut auf ihrer mondänen Frisur. Sie wirkte wie ein Filmstar. Trotz der strapazierenden, langen Reise sah sie wunderschön aus.

Ganz im Gegensatz zu Auguste Goldberg. Das schwache Tageslicht ließ einen gespenstischen Schimmer auf ihr Gesicht fallen. Sie wirkte erschöpft und um Jahre gealtert. Ein blasses, ungeschminktes Gesicht, nicht schön, nicht hässlich. Die großen haselnussbraunen Augen wirkten stumpf und glanzlos. Die widerspenstigen braunroten Locken hatten sich aus dem Dutt gelöst und wirkten ziemlich lieblos hochgesteckt. Sie trug ein wadenlanges Kleid aus Wolle. Nicht ganz modern, aber adrett.

„Sie schicken uns arbeiten, sagen Sie? In einem Viehwagen? Irgendwas stimmt nicht", sagte Elsas Vater. Er hatte Mantel und Hut ausgezogen. Unter seinen Achseln und am Rücken hatten sich Schweißflecken gebildet. Dabei war ihr Vater immer so ein gepflegter Mann.

Auguste Goldberg verzog das Gesicht und umfasste ihre lange Perlenhalskette. „Sie haben vor meinen Augen einen Jungen erschossen." Trotz der Hitze im Waggon erschauderte Elsa. Sie mochte nicht daran denken.

„Meinen Mann haben die auch erschossen", meldete sich eine ältere Frau zu Wort. Eine Weile herrschte Stille, dann sagte die elegante Dame: „Ihre Töchter bekommen bestimmt eine Stelle als Kindermädchen."

Zuerst hatte Elsa ihr widersprechen wollen, schließlich war Hanna erst vierzehn, aber sie hatte es nicht getan. Der Gedanke, dass Elsa mit Hanna als Kindermädchen arbeiten könnte, zauberte ihr ein Lächeln ins Gesicht. Sie hatte zwar keine Erfahrung mit Kindern, aber die Idee gefiel ihr. Sie lächelte Hanna an. „Hast du das gehört?", flüsterte sie ihr zu.

Hanna lächelte matt. „Hauptsache ich kann später Medizin studieren."

Auguste Goldberg nickte überrumpelt von der Erkenntnis, dass ihr kaum eine Wahl blieb, als den Worten dieser Frau zu glauben.

Eine der jungen Frauen, die auf den Schultern ihres Ehemannes hockte, drehte sich um und sagte: „Wir sind in Polen." Ein Raunen ging durch die Menge.

„Polen?", fragte irgendwer. „Was sollen wir in Polen?"

Für Elsa bedeutete Polen unzählige Stunden Fahrt. Unzählige Stunden, ohne zu essen und zu trinken. Unzählige Stunden ohne eine Toilette. Zum Glück meldeten sich seit Längerem Elsas natürliche Bedürfnisse nicht. Ansonsten müsste sie es machen wie die Frau neben ihr; einfach in eine Ecke gehen und ihre Notdurft in einen Eimer verrichten, während alle anderen ihr zusahen. Eine andere Möglichkeit gab es nicht, denn der Wagen verfügte über keine sanitären Anlagen.

Elsa war unsagbar müde. Sie hockte sich neben ihre Mutter, legte ihren Kopf auf deren Schulter und schlief augenblicklich ein.

Der Zug hielt an und die Türen wurden mit einem Mal aufgerissen. Ein grelles Scheinwerferlicht erhellte das Innere des Wagens und blendete die von der Fahrt geschwächten Menschen. Elsa wurde mit einem Mal wach. Ein eisiger Wind schlug ihr entgegen und die Kälte biss sich sofort durch den dicken Kleiderstoff an der verschwitzten Haut fest. Der kühle Zug war für einen Augenblick wie ein Segen und sie hörte sich gierig nach Luft schnappen. Ihre Mutter dagegen bekam einen heftigen Hustenanfall. Sie hustete, bis ihr Gesicht dunkelrot anlief.

„Aussteigen, schnell, schneller", brüllten Männer in gestreiften Anzügen. „Lasst das Gepäck im Waggon liegen, es wird euch nachgereicht."

Elsa, erschöpft und hungrig von der langen Reise, hielt Hannas Hand so fest wie möglich, während sie die verzweifelte Menschenmenge vorwärtstrieb. Als Erstes fiel ihr der süßliche Geruch auf. Die ganze Luft war voll davon; es war ein furchtbarer Geruch. Dann sah sie die vielen Baracken, die spitzen Stacheldrahtzäune und emporragenden Wachtürme. SS-Männer, die mit ihren Gewehren auf sie zielten. Wachen mit kläffenden Hunden, die an ihren Leinen zerrten.

SS-Wachen zerrten die noch verbliebenen Menschen aus den Waggons. „Los! Los! Los!“, brüllten sie. Männer wurden von Frauen getrennt, Kinder von Eltern. „Alles raus! Raus! Raus!“

Dann ging es ganz schnell.

Die Männer mussten sich auf einer Seite aufstellen, die Frauen auf der anderen. Elsas Vater wurde weggezerrt, er drehte sich noch um, um sich zu verabschieden, doch er wurde weitergetrieben und verschwand in der Menschenmenge.

Hanna drängte sich noch näher an Elsa. „Wo sind wir?“, fragte sie mit dünner Stimme.

Das schwache Licht aus den Barackenfenstern ließ sie an ein friedlich schlafendes Ferienlager denken. Doch weshalb stieg schwarzer Rauch aus dem riesigen Schlot?

Der Anblick ließ ihrer Mutter Tränen in die Augen schießen. „Hier sollen wir arbeiten?“

Ein riesiges Schild hing da: Auschwitz. Von Auschwitz hatte Elsa noch nie etwas gehört.

„Halt die Klappe“, schrie ein Wachmann und stieß Elsas Mutter mit dem Gewehrkolben an. Um sie herum wurde es immer lauter. Die Menschen aus dem Viehwagen fingen an, zu weinen und nach ihren fortgerissenen Familienmitgliedern zu rufen.

„Bewegung! Los“, brüllte nun ein SS-Mann und die Kolonne der Frauen, Babys und Kinder setzte sich in Bewegung. Elsa, Hanna und ihre Mutter gingen dicht aneinandergedrängt. Die Nacht war frostig. Es hatte ein wenig geschneit und überall lag schmutziger Schnee vermischt mit Schlamm. Elsa kam sich vor wie auf einem anderen Planeten. Das musste doch ein böser Traum sein. Solch einen Ort konnte es doch nicht geben. Erschöpft schluckte sie den Ekel herunter, den die Umgebung in ihr auslöste. Bestimmt würde sie bald aus ihrem Traum erwachen.

Die Marschkolonne kam plötzlich zum Stillstand. Ein Offizier musterte die Reihe, dann stellte er sich vor die Frauen und teilte sie neu ein. Der Daumen des SS-Mannes ging mal nach links und mal nach rechts. Ohne es wirklich zu registrieren, wurden sie in zwei getrennte Reihen aufstellt; die Reihe links bestand aus schwachen und alten Menschen, kleinen Kindern und Babys. Die rechte Reihe bestand aus arbeitsfähigen, kräftigen Frauen.

Unmittelbar darauf blieb der SS-Mann vor ihnen stehen. Dieser Mann machte einen gewinnenden Eindruck auf Elsa. Er war mittelgroß, von zarter Statur, hatte dunkles Haar und trug weiße Handschuhe. Er war ein auffallend schöner und adretter Mann.

Hanna verkroch sich ängstlich hinter Elsa. Der SS-Mann musterte die ganze Familie. Als Elsas Mutter plötzlich einen Hustenanfall bekam, packte er sie ohne ein Wort und zerrte sie fort auf die linke Seite. „Nein!", rief Elsa. „Nicht meine Mutter! Nein!" Ihre Stimme verlor sich inmitten von Chaos und Lärm.

Als er wieder vor ihr stand, sah er sie an. „Rotes Haar", rief er aus und griff nach einer Haarlocke. „Bist du Jüdin?" Elsa nickte. Der SS-Mann ließ das Haar durch seine Finger gleiten. „Interessant. Ist das deine Schwester?" Er berührte Hanna leicht an der Schulter.

„Ja", erwiderte Elsa.

„Wie alt ist sie?"

„Sie ist vierzehn."

„Sie ist sehr groß für ihr Alter. Kann sie arbeiten?"

„Ja. Natürlich. Sie ist sehr stark."

Plötzlich kam ein SS-Soldat angerannt. „Dr. Mengele, da sind Zwillinge", rief er.

„Gut. Ich sehe sie mir gleich an", sagte der SS-Arzt, dann wandte er sich wieder Elsa zu.

„Deine Schwester geht mit dir. Von heute an ist sie sechszehn. Das darfst du nicht vergessen!"

„Was ist mit meiner Mutter?", wollte Elsa wissen.

„Deine Mutter geht ins Erholungslager. Dort wird es ihr besser gehen", sagte der SS-Arzt liebenswürdig.

Auf einmal löste sich jemand aus der rechten Reihe und eilte in die Deckung der Waggons. Keine Sekunde später stürmten drei Schäferhunde aus der Dunkelheit und rannten der Ausreißerin mit gefletschten Zähnen und Schaum vor dem Mund hinterher. Kurz bevor sie den Waggon erreichen konnte, stolperte die Frau über ihre eigenen Beine und stürzte zu Boden. Der erste Hund schnappte zu, seine Zähne blitzten im Mondlicht, als er der Frau in die Kehle biss. Die Hand der Frau zuckte kurz, dann griff sie mit den Händen in den Schlund des Hundes. Schnell rollte sie sich zur Seite, riss sich hoch und sprintete weiter in Richtung der Waggons, doch aus der Dunkelheit kam ihr ein weiterer Schäferhund entgegengerannt. Die Frau blieb überrascht stehen. Ein Fehler! Die restliche Meute hatte sie bereits eingeholt und stürzte sich auf sie. Während der eine Schäferhund ihren Arm zerfleischte, versuchte der andere, an die Kehle zu gelangen. Diesmal hatte die Frau kein Glück.

Die SS-Leute lachten und wetteten, welcher Hund wohl am meisten fressen konnte. Es dauerte eine Weile, bis die Frau zum letzten Mal zuckte und starb.

Nun merkte Elsa, dass die gesamte rechte Reihe weg war. Die Frauen waren einfach weg. Fast so, als wären sie nie da gewesen.

„Weitergehen! Los! Los! Los", brüllten die Wachen erneut. „Da lang!"

Elsa und Hanna wurden mit vorwärtsgerieben in Richtung eines großen, gähnenden Tores. Gewaltige Metallbuchstaben zeichneten sich über dem riesigen Flügel ab: ARBEIT MACHT FREI. Was immer das heißen sollte. Ihnen blieb eh nichts anderes übrig, als mitzugehen. Wenn sie sich nicht schnell genug bewegten, schlugen sie die SS-Leute mit ihren Knüppeln.

Elsa hielt Hannas Hand ganz fest, um sie nicht zu verlieren. Die Straße hinter dem Tor nahm kein Ende. Sie marschierten vorbei an Reihen von gemauerten Ziegelsteinbaracken und Zäunen. Hinter den Zäunen standen Gestalten; Elsa wusste nicht, ob das Männer oder Frauen waren; alle trugen blau gestreifte Sträflingskleidung und hatten kahl geschorene Köpfe. Sie wirkten wie Verrückte aus einer Irrenanstalt.

Dann, als Elsa schon meinte bis ans Ende der Welt laufen zu müssen, wurden sie in eine Baracke gehetzt, in der augenblicklich unter lautem Getöse die Aufnahmeprozedur begann. Ihre Personalien wurden notiert und sie musste sämtliche persönlichen Gegenstände abgeben. Wie in Trance befolgte Elsa die Befehle. Sie war zu erschöpft und zu verängstigt, um zu widersprechen. Zudem war der Raum voller bewaffneter SS-Soldaten, die ihr eine Heidenangst einjagten.

Kurz darauf hieß es: „Ausziehen! Los, schnell! Alles herunter!"

Elsa meinte, sich verhört zu haben. Sie sollte sich ausziehen? Hier? Sie war keusch und vorbildlich erzogen worden. Sie genierte sich selbstverständlich und war schamhaft. Als sich auch die anderen Frauen nicht rührten, knallte eine Peitsche durch die Luft und jemand schrie schmerzerfüllt auf. „Na los! Bewegung! Der Nächste wird erschossen!"

Nun wurde es lauter und hektischer; die ersten Kleidungsstücke fielen auf den Boden. Hanna schaute zu Elsa und sie nickte. Ihnen blieb nichts anderes übrig, als sich bis auf die nackte Haut zu entkleiden. Zum ersten Mal seit zwei Jahren warf Elsa einen Blick auf Hannas Blöße. Es war ihr unangenehm. Hannas Brüste waren kleine Knospen und ihr Schamhaar noch ein feiner Flaum.

Anschließend mussten sie sich in einer Reihe aufstellen. Bei der nachfolgenden Prozedur wurde ihnen mit stumpfen Rasierern der Kopf geschoren und alle Körperhaare entfernt.

Die Frau, die vor Elsa dran war, flehte: „Nicht ganz kahl, bitte nicht ganz kahl." Doch all das Betteln half nicht.

Als Elsa an die Reihe kam, lag vor ihr ein Berg von schwarzen Haaren. Dann fielen auch ihre roten Locken in den dunklen Haufen, wobei eine SS-Frau bemerkte: „Ein Häufchen Bernstein und Kohle."

Die Sache mit den geschorenen Haaren war eigenartig. Auf einmal glichen sich die Frauen wie ein Ei dem anderen. Das Scheren schien ihnen die Identität und Weiblichkeit genommen zu haben. Die meisten waren nur noch entstellte, sehr unglückliche Figuren.

Elsa schaute sich nach Hanna um, doch sie fand sie nicht gleich. „Hanna, Hanna, wo bist du?", rief sie.

„Hier", sagte Hanna.

Elsa schaute in die Richtung, aus der sie die Stimme vernommen hatte, und entdeckte ihre Schwester direkt hinter sich. Hanna stand wohl schon die ganze Zeit dort. Elsa hatte sie nur nicht erkannt.

„Oh Gott, du siehst so anders aus! Das ist ja eigenartig, aber du siehst richtig gut aus", entfuhr es Elsa. Jetzt, da die widerspenstige braune Mähne weg war, kamen ihre vollkommenen Gesichtszüge zum Ausdruck. Sie war richtig hübsch.

„Wie sehe ich aus?", fragte Elsa ängstlich.

„Wie Papa, als er noch jung war."

„Ich sehe aus wie ein Junge?", rief sie entsetzt.

„Mach dir nichts draus. Haare wachsen wieder."

Alle Frauen wurden in den nächsten Raum gedrängt, um dort durch ungeheizte Duschräume getrieben zu werden. Hanna kreischte vor Schreck, als plötzlich eiskaltes Wasser aus den Duschköpfen herabstürzte. Sie geriet regelrecht in Panik.

Eine junge, groß gewachsene Frau flüsterte ihr zu: „Du darfst nicht schreien, sonst bringen sie dich um." Ihre großen, himmelblauen Augen schauten Hanna eindringlich an und Hanna verstummte augenblicklich.

Elsa fragte: „Wieso erzählst du so was?"

Im Laufschritt wurden sie weiter gehetzt und bekamen graue, sackartige Kleider und eine blau-gestreifte Jacke zugeworfen, nur ein Kleid, keine Unterwäsche, nicht einmal eine Unterhose, nichts. Die Kleider waren dreckig und bestanden aus grobem Stoff, der furchtbar auf der Haut scheuerte. Elsa musste sich sofort kratzen.

„Ich komme aus Buchenwald", sagte die junge Frau. Statt Schuhen wurden unbequeme Holzpantoffeln ausgegeben.

„Was ist Buchenwald?", fragte Elsa.

„Buchenwald ist ein Lager wie dieses", sagte die Frau. Ihr Haar war nicht so kurz geschoren wie ihres und Elsa beneidete sie darum. Ein paar feine, blonde Wellen umrahmten ihr Gesicht. Elsa zog die Holzpantoffeln an und zögerte. Sie konnte sich in den Pantoffeln nur mühevoll und unter Schmerzen bewegen.

„Was ist, Kleine? Gefallen dir die Schühchen nicht?", fragte plötzlich ein junger SS-Wachmann. Obwohl er seine Mütze tief ins Gesicht gezogen hatte, erspähte Elsa blonde Haare und schöne Gesichtszüge.

„Sie sind sehr unbequem", murmelte Elsa, die heimlich unter seine Mütze lugte, um sein Gesicht zu mustern. Vielleicht lag es an dem Hunger und der Erschöpfung, aber der junge SS-Mann kam ihr bekannt vor.

„Unbequem? Ach so", erwiderte der hübsche SS-Wachmann.

Elsa gab sich Mühe, den sarkastischen Unterton in der Stimme zu überhören. Sie versuchte immer noch, einen besseren Blick auf sein Gesicht zu erhaschen; in dem Moment hob er seinen Kopf und schaute Elsa und Hanna direkt an. Elsas Augen weiteten sich; das war richtig gespenstisch: Jetzt sah er wie Eriks Spiegelbild aus.

„Seid ihr verwandt?", fragte er ruhig und deutete auf Hanna.

Elsa war nicht ganz wohl bei der Sache, doch sie sagte: „Ja. Sie ist meine Schwester." Der Wachmann lächelte verschmitzt, wie ein kleiner Bengel beim Schabernack. Wie Erik. Wieso bloß hatte Elsa so ein mulmiges Gefühl im Magen?

„Ja. Es ist offensichtlich." Elsa staunte, dass ein so kurzer Satz so viel Gehässigkeit transportieren konnte. „Nun. Wenn die Schuhe so unbequem sind, dann willst du ganz sicher nicht, dass deine Schwester sie tragen muss." Elsa verstand nicht ganz und starrte den Wachmann an, als hätte er ihr soeben offenbart, dass die Erde flach und nicht rund war. „Ich nehme das Mal als ein Ja", sagte er. „Ich würde vorschlagen, dass wir die Schuhe deiner Schwester wegnehmen. Sie kann barfuß laufen." Hanna starrte ihn angstvoll und ungläubig an.

Elsa versuchte zu widersprechen: „Aber ... es ist kalt. Das können Sie nicht machen."

Er lächelte und schlug ihr dann mit der offenen Hand so hart ins Gesicht, dass sie hinfiel. Während sie sich aufrappelte, nahm der Wachmann Hanna die Schuhe weg. „Wie man sich täuschen kann", sagte er ruhig.

Elsa hielt sich eine zitternde Hand vor ihre rote Wange und wagte nicht, Widerworte zu geben.

„Ich kann alles tun. Hast du mich gehört? Ich möchte es dir nicht noch einmal erklären."

„Erik", hörte sie sich seinen Namen sagen. Sie hatte keine Ahnung, warum. Er kam einfach aus ihrem Mund, fühlte sich aber falsch an. Ganz falsch.

Das Gesicht des Wachmanns durchfuhr ein Zucken, als hätte er einen kurzen Schmerz gespürt. Das Lächeln auf den Lippen gefror. „Woher kennst du meinen Namen, du Judensau!"

Wie war das möglich? Elsa lächelte traurig. „Erkennst du mich nicht?" Bei ihrem Anblick empfand er scheinbar nichts. Natürlich erkannte er sie nicht. Sie war geschoren! Verändert! Elendig! Sehnsucht, Wut und Trauer stiegen in ihr auf. „Ich bin Elsa ..." Ihre Stimme brach. Mehr konnte sie nicht sagen.

Er beugte sich vor und sah ihr eine Weile wütend in die Augen. Sie rechnete damit, dass er sie noch einmal schlagen würde. Doch dann wandte er sich ab und verließ überstürzt das Gebäude.

„Du hast echt Schwein gehabt", flüsterte ihr die junge Frau zu. „Er hätte dich auch erschießen können. Oder deine Schwester."

Elsa konnte nicht glauben, dass sie Erik hier in Auschwitz wiedergesehen hatte! Sie hätte nie damit gerechnet, dass es dazu kommen würde. Oder, dass er sie schlagen und schikanieren würde.

Ich muss verrückt sein, dachte sie, als sie weitergetrieben wurden. Im angrenzenden Raum erhielten die Neuankömmlinge zwei Decken, eine Blechschüssel und einen Löffel.

„Gib gut auf deine Sachen acht. Neue bekommst du nicht", mahnte die junge Frau, doch Elsa hörte nur mit einem Ohr zu. „Vor allem ist die Schüssel zu allem gut: zum Essen, Waschen und Pinkeln. Wirst schon sehen."

Was ist bloß aus den Menschen geworden, dachte Elsa, während sie sich mit den anderen in eine lange Schlange stellte. Sie fühlte sich auf einmal schwach und zittrig. Der Gedanke daran, dass Erik ausgerechnet in Auschwitz arbeitete, versetzte ihr einen fürchterlichen Schock.

Als man Elsa plötzlich am Arm packte, um etwas darauf zu tätowieren, kam sie ruckartig zu sich. Verstört schaute sie zu, wie ein erhitzter stiftartiger Apparat in Tinte getaucht wurde und man ihr damit Punkt für Punkt eine Nummer einritzte.

Vor Schreck rührte sie sich nicht.

Sie war im Irrenhaus.

Als Elsa und Hanna die Prozedur hinter sich hatten, flüsterte die junge Frau ihnen zu, sie sollten bei ihr bleiben. Sie wüsste, wie man in dem Lager überlebte. Ihr Name war Elli. Sie war fünfundzwanzig Jahre alt, eine Deutsche, die mit einem Juden ein Techtelmechtel gehabt und somit gegen die „Rassenreinheit“ verstoßen hatte. Sie war genauso allein wie Elsa und Hanna. Elsa war dankbar für das Angebot. In der Tat war es wohl ihr allergrößtes Glück, das sie Elli getroffen hatte.

11

24. September 1944: Wie Vieh wurden sie nach draußen getrieben. Die Kälte drang durch die verschlissene Kleidung in jede Pore. Als sie das Gebäude hinter sich gelassen hatten, mussten sie sich in Fünferreihen aufstellen. Schüchtern, misstrauisch und benommen befolgten sie die Befehle. Elsa sah sich um. Der Platz wurde von unheimlich starken Lampen angestrahlt, so stark, dass sie das Gefühl hatte, sie wären zwei Sonnen. Sie sah nur noch geschorene, in Grau gehüllte, magere Gestalten, primitive Baracken, Schmutz, Schornsteine, aus denen dicke Rauchwolken aufstiegen, leere Gesichter, Stacheldraht und brüllende SS-Männer. Alles war grau, leblos und irgendwie bedrohlich. Hinzu kam diese grausame Kälte, der unerbittliche Durst und Hunger.

Das Lager war nichts anderes als ein riesiges, mit Stacheldraht eingezäuntes Gefängnis. Elsa wusste nur noch nicht, weshalb sie hier war. Niemand hatte es ihr erklärt und nichts auf der Welt konnte einen Menschen auf einen Ort wie diesen vorbereiten.

Dann begann das endlose und sinnlose Warten. Wie Statuen, vor Kälte starr, standen sie stramm und schweigend, ohne zu wissen, auf was sie warteten. Elsa wechselte mit Hanna abwechselnd die Schuhe. Einige Frauen machten schlapp. Erschöpft von der langen Reise und frierend konnten sie sich kaum auf den Beinen halten und wurden von anderen Frauen gestützt. Elsas Füße waren bereits taub, als ein SS-Offizier mit forschem Schritt auftauchte und die Reihen musterte.

„Wer müde ist, kann sich setzen", sagte er.

Wie auf Knopfdruck kauerte sich eine Frau aus der ersten Reihe hin. Drei andere wollten es ihr gleichtun, doch da griff der Offizier plötzlich nach seiner Pistole, richtete sie auf den Kopf der Frau und drückte ab. Der Knall war ohrenbetäubend. Mehrere Frauen fingen an zu kreischen, andere weinten.

„RUHE!", brüllte der Offizier. Innerhalb von Sekunden verstummten alle. Und dann, als wäre nichts passiert, begann der SS-Mann, die Frauen zu zählen. Mit einem Stab berührte er den Kopf der jeweils ersten Frau der Fünferreihen.

Oh Gott. War das ein Traum? Ein Albtraum? Die Frau war doch nicht tatsächlich erschossen worden! Das konnte doch nicht sein. Sie hatte sich doch nur ausruhen wollen. Das war doch kein Verbrechen!

Elsa zitterte am ganzen Körper. Sie hatte Angst und Durst. Unerträglichen Durst. Sie konnte an nichts anderes mehr denken als an einen Becher Wasser. Dazu mischte sich die Sehnsucht nach ihrer Mutter. Ging es ihr in dem Erholungslager gut? Wurde ihr Kopf auch geschoren?

„Hier kommen wir niemals lebend raus", flüsterte Elli ihr plötzlich zu.

Elsa traten Tränen in die Augen. „Wieso sagst du so etwas Gemeines?" Ein scharfer Schmerz durchfuhr plötzlich ihre linke Kopfseite, als sie ein Gewehrkolben traf. Kurz sah sie Sterne und ihr wurde schwindelig.

„Klappe halten, ihr Schweine!", drang eine kratzige Stimme in ihr Ohr. „Oder ihr werdet auch erschossen."

Elsa wagte es nicht, sich nach dem SS-Mann umzudrehen, der sie gerade geschlagen hatte. Es wollte ihr nicht in den Kopf, dass sie wirklich hier stand.

Nach dem Zählen ging es im Laufschritt weiter. SS-Frauen trieben sie weiter vorwärts. Als sie eine große Baracke erreichten, spürte Elsa ihre Füße nicht mehr und ihr Kopf tat von dem Schlag unglaublich weh.

Die primitive, düstere Baracke war bereits voll. Gefüllt mit Hunderten von Frauen und endlos langen Kojenreihen, so heruntergekommen, dass sie eher einem überdimensionalen Kaninchenstall glichen. Sie waren mit Strohsäcken, einem Kopfkissen mit Strohfüllung und zwei Decken ausgestattet.

Eine Gesichtermasse, schmutzig und mit Dreck verschmiert, schaute den Neuankömmlingen entgegen. Sechs Personen auf etwa zwei Quadratmetern; sie mussten alle auf einer Seite liegen, und wenn sich eine umdrehen wollte, mussten sich alle umdrehen, denn um auf dem Rücken zu liegen, war nicht genug Platz. Die Frauen lagen dann zusammengedrängt wie Sardinen in einer Büchse. Da die Fenster keine Scheiben hatten, herrschten Feuchtigkeit und Kälte in der Baracke. Die Frauen schienen sich in einem Zustand völliger Erschöpfung zu befinden.

Waren sie krank? War dies hier eine Krankenbaracke?

„Wo sind die Unterkünfte für die normalen Menschen?“, fragte eine Frau aus Elsas Transport. Die Frauen in den Kojen regten sich schläfrig.

„Hier gibt es keine normalen Menschen. Nur Juden und Halunken. Sucht euch einen Platz und haltet die Klappe“, erwiderte eine SS-Frau.

Platz? Elsa hielt es für einen schlechten Scherz. Was für Platz?

„Wo sind wir hier?“, fragte eine junge, bildhübsche Frau. Ihr Name war Frederika, sie war eine deutsche Jüdin und hatte sich genauso wie Elsas Familie vor den Nazis versteckt gehalten. Sie war mit Elsas Transport gekommen und die beiden hatten sich bereits im Waggon kennengelernt.

„Das hier ist das Lager Auschwitz“, erwiderte eine junge Russin aus der untersten Koje. In dem hellen Mondlicht wirkte sie blass, müde und abgekämpft.

Elsa wusste bereits, dass der Ort, an dem sie sich befanden, Auschwitz hieß, aber was für eine Art Lager sollte es überhaupt sein?

„Wo sind unsere Familien?“, erkundigte sich eine andere.

„Wisst ihr nicht, was Auschwitz ist?“, fragte jemand schlaftrunken. „Seht ihr die Schornsteine da draußen? Eure Familien gehen gerade durch den Kamin.“

„Kamin?“ Elsa begriff nicht.

„Dort verbrennen sie eure Familien. Sie werden vergast und dann verbrannt.“

Die Frau ist gestört, dachte Elsa, *die sind doch hier alle verrückt. Man kann doch keine Menschen vergasen! Der Rauch kommt wohl eher aus einer Fabrik.*

„Sie können unsere Familien nicht verbrennen. Wir sind doch Deutsche“, sagte Frederika.

Eine Frau lachte rau in der Dunkelheit. „Mein Vater war im Ersten Weltkrieg deutscher Soldat und hatte sogar Orden bekommen. Deutscher kann man nicht sein, und dennoch ging er durch den Kamin.“

Hanna rückte ganz nah an Elsa und flüsterte ihr zu: „Mutter ist doch im Erholungslager?“

Elsa nickte. „Natürlich ist sie das. Ganz sicher geht es ihr gut." Gewiss entsprach es der Wahrheit. Elsa glaubte dem SS-Arzt. Weshalb sollte er sie anlügen? Sie hatte keine Lust, sich über dieses Thema zu unterhalten. Niemand vergaste Menschen! Die waren doch alle verrückt! Alle miteinander! Im Augenblick hatte sie andere Sorgen. „Gibt es irgendwo im Lager Wasser? Bitte. Ich habe schrecklichen Durst", sagte sie. Oh Gott, dieser Durst! Sie konnte nicht mehr klar denken. Sie war so ausgetrocknet, dass ihre Lippen bereits begannen aufzuplatzen.

„Es gibt kein Wasser im Lager. Es gibt Ersatzkaffee in der Früh und Suppe am Abend. Wir trinken Wasser aus Pfützen", sagte die junge, blasse Russin.

„Es gibt kein Wasser?" Elsa konnte es nicht glauben.

„Wir haben einen kleinen Tümpel. Er ist faulig und stinkt, doch wenn du durstig genug bist, ist es dir egal", sagte eine Rumänin in unsicherem Deutsch. „Du darfst nur nicht zu viel davon trinken. Einige Mädchen sind richtig krank geworden, weil sie zu viel getrunken haben."

„Draußen vor dem Fenster ist eine Pfütze. Sie ist schmutzig und schlammig, aber halb so schlimm", flüsterte jemand aus der oberen Koje. Das klang nicht sehr verlockend, aber allemal besser, als zu verdursten.

Elsa ging zum Fenster rüber, lehnte sich raus und führte eine Handvoll Wasser an ihren Mund. Von der kotbraunen Färbung und dem unangenehmen Geruch drehte sich ihr der Magen um, doch sie war durstig genug, um das Wasser zu trinken. Sie entfernte den Schlamm und es war wirklich halb so schlimm. Genau genommen tat es ihr richtig gut und sie genoss die Feuchtigkeit auf ihren Lippen und in ihrer Kehle. Das Wasser löschte ein wenig ihren Durst und sie fühlte sich gleich viel besser. Die Frauen aus ihrem Transport taten es ihr gleich. Gierig machten sie sich über die kleine Pfütze her.

„Ihr solltet jetzt schlafen gehen. Bald müssen wir aufstehen. Um vier ist Appell", sagte die Rumänin mutlos und leise. „Die anderen wollen schlafen."

„Ich will aber nicht hier schlafen", flüsterte Hanna Elsa zu.

„Das müssen wir aber", meinte Elsa. Sehnsucht, Wut und Trauer stiegen in ihr auf. Wie konnte man menschliche Wesen so behandeln! Wie konnte man sie auf stinkenden, feuchten Strohsäcken schlafen lassen? Elsa musste sich regelrecht zwingen, in die Koje zu steigen. Sie war so feucht, dass ihr der faulige Geruch des Strohs sofort in die Nase stieg.

Mit Elli und Hanna hatte sie sich in einer Ecke verkrochen. Sie drängten sich dicht aneinander und ihre Wärme half ihnen ein bisschen, um sich vor der Kälte zu schützen. Die anderen Frauen schliefen in ihren Kleidern und Schuhen, also taten Hanna und Elsa es auch. Elsa war nicht davon überzeugt, dass sie einschlafen könnte, doch sie würde es versuchen. Die ungewohnte Härte der Schlafunterlage, die vielen fremden Körper, die extreme Kälte und der Hunger schienen das Einschlafen unmöglich zu machen.

Darüber hinaus bemerkte sie, wie sich etwas auf dem Fußboden bewegte. Es waren riesige Ratten, die über den Boden huschten. Elsa bemühte sich, nicht laut loszukreischen, denn sie wollte Hanna nicht erschrecken. Sie würde einfach geduldig sein und warten, bis ihr die Augen zufielen. Dabei versuchte sie, nicht an die Ratten zu denken; also lag sie reglos da, den Kopf gesenkt und die Augen geschlossen. Der nächste Morgen würde ganz sicher Klarheit bringen. Vielleicht lag hier nur eine Verwechslung vor. Ganz sicher gehörten sie und Hanna nicht hierher. Sie glaubte wirklich daran. Das passierte alles nicht wirklich.

Elsa fühlte sich wie Alice im Wunderland … oder vielmehr Alice im Grauenland. Es war, als wäre sie in ein tiefes Kaninchenloch gefallen und in einer verkehrten Welt herausgekommen.

Schließlich schlief sie doch noch ein. Doch es war nur ein kurzer und wenig erholsamer Schlaf.

12

Zum allerersten Mal waren sie allein ohne ihre Eltern, und das fühlte sich so seltsam an, wie in Trance zu sein. Sie ließen anstandslos den Morgenappell über sich ergehen. Geschlagene zwei Stunden mussten sie in der Kälte ausharren. Um vier Uhr wurden sie durch Trillerpfeifen geweckt, dann mussten sie hinaus zum Zählen. Daraufhin ging es in die Latrine. Dabei handelte es sich um eine lange, breite Bodenrille mit großen Löchern, über die man sich hocken musste. Man musste extrem aufpassen, dass man nicht ausrutschte und hineinfiel. Menschliche Exkremente klebten um die Löcher herum und der Geruch wurde schnell unerträglich.

Anschließend gab es Frühstück, oder was auch immer es sein sollte. Es gab Kaffee-Ersatz, der scheußlich schmeckte, und etwas, das wie ein Stück Lehm aussah.

„Was ist das?", fragte Elsa, als man ihr einen dunklen, gut sechs Zentimeter langen Klumpen in die Hand drückte.

„Das ist Brot", sagte Elli.

„Das soll Brot sein?", fragte Elsa ungläubig und betrachtete den Klumpen von allen Seiten.

„Es sieht aus wie ein Schlammbrocken."

„Das dürfen wir nicht essen. Es ist nicht koscher", meinte Hanna. Sie war erschöpft von der unruhigen, kurzen Nacht und dem langen Appellstehen am Morgen. Sie wirkte so klein und zerbrechlich. Ihr Rücken war schmal, die Schulterblätter zeichneten sich spitz unter dem Stoff ihres Kleides ab.

„Koscher?", lachte Elli plötzlich, doch es war kein freundliches Lachen. Es war spöttisch und hämisch. „Du solltest dir keine Gedanken darüber machen. Entweder du isst oder du stirbst. So einfach ist das!"

„Iss", mischte sich die blasse Russin ein. „Du kriegst nichts mehr bis zum Zählappell heute Abend."

Elsa bemerkte die langen Beine, die winzigen Brüste und die großen Augen des Mädchens. Sie waren definitiv das Attraktivste an ihr. Das übrige Gesicht war ziemlich unscheinbar, blass und spitz. Sie sah aus wie ein ausgehungerter Falke.

„Wenn ihr nicht esst, geht ihr durch den Kamin."

Hanna schossen Tränen in die Augen. „Ich werde das nicht essen", sagte sie und schmiss das Brot trotzig auf den dreckigen Boden. „Lieber verhungere ich!"

Augenblicklich stürzten sich mehrere Frauen aus den Kojen auf den dunklen Klumpen. Sie schubsten und stießen, als würden sie um einen Klumpen Gold kämpfen. Eine der Frauen bekam ihn letztendlich zwischen die Finger und stopfte ihn sich unverzüglich in den Mund.

Mit einem missgünstigen Blick taxierte die Russin Hanna. „Du bist ein dummes, dummes Mädchen", sagte sie und verschwand in ihrer Koje.

Elsa schaute den Frauen fassungslos zu. Sie bemühte sich zu vergessen, dass das Stück Brot vollkommen verdreckt gewesen war. Sie spürte, wie sich ihre Kehle zuschnürte. Wie sollte sie nur einen weiteren Tag an diesem schrecklichen Ort überleben?

Trotz des entsetzlichen Hungers brach sie ihr Brot in zwei Teile und gab Hanna ein Stück davon. „Iss es lieber", sagte sie nachdrücklich. „Du darfst nicht so zimperlich sein." Elsa machte den ersten Schritt und begann zu essen, doch schon nach dem ersten Bissen, musste sie würgen: Das Brot schmeckte wie feuchter Sand. *Man muss essen, um zu leben,* sagte sie sich. Sie schloss die Augen, atmete tief durch und vertilgte das restliche Brot.

Hanna zögerte dagegen überhaupt nicht mehr. Gierig verschlang sie das Brot und leckte sich anschließend die Finger ab. „Ich habe immer noch Hunger", sagte sie.

„Daran bist du selber schuld", meinte Frederika, die hübsche, deutsche Jüdin.

Nach dem Essen wurden sie von der Russin und ein paar anderen Frauen eingewiesen. Sie befanden sich im Quarantänelager von Auschwitz. Generell sollte dieses der Verbreitung von Infektionskrankheiten im Lager vorbeugen, doch daran glaubte keine der Frauen. Denn die notdürftige Ausstattung und Überfüllung der Baracken sowie Schmutz und keine Möglichkeit für körperliche Hygiene wirkten nicht gerade sehr vorbeugend gegen Krankheiten. Es tobte ein Kampf gegen Läuse und Wanzen und gegen die Kälte. Nein, das Quarantänelager diente ganz sicher nicht gegen die Verbreitung von Infektionskrankheiten. Vielmehr diente es dazu, die Frauen an die extremen Lagerbedingungen zu gewöhnen. Der Tagesablauf, so erzählten die Frauen, war immer gleich furchtbar. Am Ablauf änderte sich nichts. Um einundzwanzig Uhr herrschte absolute Nachtruhe. Nicht einmal zur Latrine durften sie.

„Wo können wir uns denn überhaupt waschen?", wollte Elsa wissen.

Die Russin erwiderte: „Einmal die Woche gehen wir in die Sauna. Dort können wir duschen."

„HA!", sagte eine andere. „Von wegen duschen! Ausziehen müssen wir uns schon in den Baracken und den Weg zum Bad und zurück müssen wir nackt laufen!"

„Und das Wasser ist kalt", fügte die Russin hinzu.

Bei dem Gedanken fröstelte es Elsa. „Dann gehe ich nicht duschen", sagte sie, doch Elli ermahnte sie zur gründlichen Körperhygiene. Akribische Hygiene bedeutete Gesundheit. Gesundheit bedeutete Überleben.

„Ihr müsst unter allen Umständen versuchen, gesund zu bleiben. Ihr müsst arbeitsfähig wirken. Lasst euch eurer Leid nicht ansehen", meinte sie. „In Buchenwald habe ich Menschen an Schmutz sterben sehen."

Elsa fragte sich, wie es wohl war, an Schmutz zu sterben. Herausfinden wollte sie es aber lieber nicht.

Und dann wurden die Neuankömmlinge in Beschlag genommen. In allen Ecken der Baracke, auf den verschiedenen Kojen-Etagen brach lautes Geplapper aus. Elsa hörte Ungarisch, Russisch, Polnisch, Französisch und Deutsch. Unzählige Frauen schwirrten um die Neuankömmlinge herum. Alle hofften, auf Verwandte zu treffen oder etwas Neues zu erfahren. Überall neugierige, erwartungsvolle Gesichter.

Wer bist du? Mit wem bist du hier? Wo bist du her? Aus welchem Ort? Deutschland? Kennst du die Rosenbaums aus Hannover? Nein? Kennst du vielleicht die Brauns? Du kommst aus Berlin? Hast du irgendetwas über die Alliierten gehört? Wir haben gehört, die Russen kommen näher. Ist der Krieg bald vorbei?

Elsa wusste nichts von alldem. Ihr Schädel brummte. Sie hatte noch nie etwas von der Familie Rosenbaum oder Braun gehört. Und sie wusste erst recht nicht, ob der Krieg bald vorbei sein würde. Sie wusste nur, dass sie schrecklichen Hunger litt.

Das Stückchen Brot reichte bei Weitem nicht. Elsa hatte noch nie Hunger leiden müssen.

Als plötzlich ein paar Kapos eintraten, wurde sie aus ihren Gedanken gerissen. Kapos, so hatte Elsa im Laufe des Tages erfahren, waren Häftlinge, die für die SS arbeiteten. Kapo zu sein hieß, selbst nicht arbeiten zu müssen, sondern über andere zu herrschen. Es handelte sich um Funktionshäftlinge, sorgfältig von der SS ausgewählt. Oftmals waren die Kapos brutaler als die SS-Wachen; sie nutzten ihre Stellung zum eigenen Vorteil aus oder quälten sogar ihre Mitgefangenen. Elsa nahm sich fest vor, vor ihnen auf der Hut zu sein.

Die Kapos gingen durch die endlos langen Kojenreihen. „Wir suchen Frauen für leichte Arbeit", rief einer der Aufseher. „Wir sind gekommen, um junge Willige in das Auschwitzkommando aufzunehmen. Für das Männerkommando."

Die Frauen fingen an, untereinander zu tuscheln. Was wollten sie? Was war ein Männerkommando? Erlaubte man sich einen Spaß mit ihnen?

Als keines der Mädchen sich rührte, verkündete der Kapo: „Für Freiwillige gibt es viel Brot und eine warme Unterkunft."

Ein Dutzend junger Frauen trat hastig nach vorne. Unter ihnen war auch die junge Russin. Auch die hübsche Frederika war schon im Begriff, nach vorne zu treten, doch da sagte ein Kapo: „Keine Juden. Juden sind ausgeschlossen." Frederika und zwei weitere junge Frauen traten sofort zurück.

Elsa schaute den Kapo misstrauisch an. Wieso waren Juden ausgeschlossen? Durften sie etwa keine leichte Arbeit verrichten?

Nun schauten sich die Kapos die willigen Mädchen an. Sie wirkten wie Raubtiere, die im Begriff waren, ihre Beute zu reißen. Sie schauten sich die Zähne, die Figur und das Gesicht genau an.

„Du nicht", sagte ein Kapo zu der jungen Russin und stieß sie nach hinten.

„Wieso nicht?", jammerte diese.

„Du bist zu dürr und nicht hübsch genug."

Was war das bloß für eine Arbeit?, fragte sich Elsa. Drei weitere Mädchen wurden ausgesondert. Zu den übrigen Mädchen sagte der Kapo: „Wisst ihr, worauf ihr euch einlasst?"

Die Mädchen verneinten. Da sagte der Kapo: „Diese Arbeit wird darauf beruhen, dass ihr mit Männern zu tun haben werdet. Außerdem müsst ihr euch einem Eingriff unterziehen, der euch für immer daran hindert, schwanger zu werden."

Kurz herrschte angespannte Stille. Niemand verstand etwas von dem, was die Kapos sagten.

„Ihr geht in einen Puff", kam dann die Erklärung. Was in diesem Augenblick geschah, war für Elsa undenkbar. Elli trat nach vorne.

„Was machst du da?!", entfuhr es Elsa.

„Wenn das die einzige Möglichkeit ist zu überleben, dann nehme ich sie wahr", erwiderte Elli ruhig.

„Aber hast du nicht gehört? Du musst dich einem Eingriff unterziehen. Er nimmt dir die Möglichkeit der Mutterschaft!"

Elli sagte: „Ach was, Mutter sein ... ich will Brot. Ich will leben."

„Elli! Geh nicht!", flehte Elsa. Doch Elli traf ihre Entscheidung. Sie ging mit den freiwilligen Frauen und verschwand durch die Tür. Elsa fragte sich in diesem Augenblick, was sie selbst bereit war, für etwas Brot zu opfern. Ihren Körper? Ihre Seele? Vielleicht sogar ihre eigene Schwester?

13

Auschwitz Männerlager: David Rosenzweig war es gewohnt, wach zu sein. Schlaf war Luxus für seine geschundene Seele. Und er war daran gewöhnt, der Müdigkeit, die in seinem Körper steckte, nicht nachzugeben. Sie als einen Teil des Alltags zu betrachten. Er war inzwischen drei Monate hier; das hatte ihn abgehärtet. In dieser Hinsicht war er bei seinem Überleben schon beachtlich weit gekommen. Die meiste Zeit in Auschwitz hatte er daran gearbeitet, auf der Hut zu sein, vorbereitet zu sein. Überleben erforderte einen wachen Geist. Das hatte er mit seinen dreiundzwanzig Jahren gelernt.

David Rosenzweig hatte das schlimmste Los gezogen, das es nur gab. Er gehörte dem Sonderkommando an. Einer Gruppe von jüdischen Häftlingen, die gezwungen wurde, die grauenvollsten Arbeiten, die nur irgendjemand auf der Welt verrichten musste, auszuführen: Menschen, die für die Gaskammer bestimmt wurden, zu empfangen, sie zu beruhigen, ihnen beim Auskleiden behilflich zu sein, um später ihre Leichen aus der Gaskammer zu holen, ihnen die Goldzähne auszureißen, die Haare abzuschneiden und sie schließlich zu verbrennen. Alle Mitglieder des Sonderkommandos wurden gezwungen, die Opfer zu belügen und zu täuschen. Sie mussten den Häftlingen erzählen, dass sie nach dem Entlausungsprozess etwas zu essen bekämen und ihre Familien wiedertreffen würden.

Doch die Wahrheit sah so aus: Ausziehen, vergasen und verbrennen!

Währenddessen spielte die Häftlingskapelle heitere Lieder.

Wenn David Rosenzweig abends die Augen schloss und es um ihn herum ganz still war, dann sah er sie wieder vor sich. Ihre verängstigten Gesichter, nackte Körper, fragende Blicke. Wie die Frau vom letzten Abend. Eine Jüdin Ende dreißig … nicht hübsch, nicht hässlich, adrett. Mit rotbraunen, widerspenstigen Locken und einem teuren Pelzmantel. Er konnte es sich nicht erklären, weshalb ausgerechnet sie ihm in Erinnerung geblieben war. Vielleicht war es Davids Auge für Details, das ihm im Nachhinein dabei half.

Sie kam zusammen mit Hunderten anderer: jüdische Kinder, Frauen, Säuglinge und ältere Leute, die man von der Rampe direkt in die Krematorien führte.

Die Mitglieder des Sonderkommandos unterwiesen die Neuankömmlinge: „Dieser Desinfizierungsvorgang ist sehr wichtig für Sie und Ihre Aufnahme. Je schneller Sie sich entkleiden, desto schneller kann er durchgeführt werden und desto schneller sind Sie wieder mit Ihren Familien vereint! Merken Sie sich die Nummer des Hakens, auf dem Sie Ihre Kleidung aufgehängt haben. Nachdem Sie geduscht haben, müssen Sie Ihre Kleidung wiederfinden. Binden Sie Ihre Schuhe an den Schnürsenkeln zusammen, damit sie nicht verloren gehen."

Und dann hörte er die Stimme der Frau: „Ich soll ins Erholungslager", sagte sie heiser. Dann packte sie ihn am Arm und hielt ihn fest.

„Ja. Hier sind Sie richtig, meine Dame", erwiderte David. Den Worten folgte ein Lächeln. „Doch zuerst müssen wir Sie sauber bekommen." Der Schmerz schnürte ihm die Luft zu. „Ziehen Sie Ihre Sachen aus, hängen Sie sie an den Haken und merken Sie sich die Nummer, damit Sie Ihre Sachen später schneller wiederfinden", wiederholte er mechanisch.

Er merkte, dass die Worte eine große Angst in ihr hervorgerufen hatten. Ihre Augen glühten regelrecht vor Angst. Sie ahnte wohl, was sie erwartete, wenn sie die Duschräume betrat. David hatte schon oft daran gedacht, den Gefangenen zu sagen, dass sie gleich getötet werden würden. Doch was hätte das gebracht? Sie waren vollkommen wehrlos und konnten absolut nichts machen. Welchen Sinn hätte es gehabt, sie in Angst und Schrecken zu versetzen?

„Wie heißt du, mein Junge?", flüsterte die Frau.

„David, meine Dame."

Die Frau hustete kurz. „Das ist ein schöner Name." Die Anspannung in ihrem Gesicht ging in ein schwaches Lächeln über.

Er lächelte scheu zurück, wandte den Blick ab und widmete sich einer alten Frau.

„Ich habe zwei Mädchen, David. Elsa, die Ältere, ist etwas jünger als du", hörte er die Frau sagen. „Sie sind nicht hier. Man hat uns getrennt." Als er ihr einen Blick zuwarf, hatte sie bereits ihr Kleid abgelegt. „Wird man sie auch hierherschicken?", fragte sie verzweifelt und hartnäckig. David schüttelte etwas zu heftig den Kopf. „Sie dürfen also leben?", hakte die Frau nach. David dachte daran, ihr zu sagen, dass die Gefangenen wie Fliegen in Auschwitz starben. Doch welchen Sinn hätte es gehabt, der Frau die Hoffnung zu nehmen? Er nickte, und in ihrem Blick konnte man einen Hauch von Erleichterung lesen. „Danke, David", hatte die Frau geflüstert. „Danke für alles." David sah sie nicht direkt an, als sie die Gaskammer betrat, doch aus den Augenwinkeln bemerkte er, dass sie erhobenen Hauptes hineinging. Die Hoffnung nahm ihr die Angst vorm Sterben.

„Hey, willst du Wodka?" Das war Janusz, der mit einer vollen Wodkaflasche hantierte und ihn aus seinen düsteren Gedanken riss. Es war später Nachmittag und Zeit für die „Hofrunde". Die Häftlinge durften vor die Baracken, um dort „frische Luft" zu schnappen. Wobei man hier nicht wirklich von frischer Luft sprechen konnte. Der schreckliche Gestank nach Menschenfleisch vom Krematorium bedeckte Auschwitz. Der ganze Ort stank wie eine riesige Leichenkammer.

Die „Hofrunde" war einer der Vorteile, wenn man im Sonderkommando war. Überhaupt lebten die Sonderkommando-Häftlinge unter besseren Bedingungen als andere Insassen. Sie hatten anständiges Essen, schliefen auf vernünftigen Strohmatratzen und konnten normale Kleidung tragen. Zusätzlich hatten sie ein Bad und Toiletten im Block.

Janusz war Pole, Anfang dreißig und Arzt. Allerdings war er nicht in Davids Block; nur hin und wieder durfte er hin, um die Häftlinge zu begutachten. Er fungierte als Arzt, Pfleger und Psychiater. Er war ein politischer Häftling und dank seiner benötigten medizinischen Fähigkeiten konnte er sich in den Lagerzonen nahezu frei bewegen. Er genoss eine gewisse Immunität, was ihn für die Sonderkommando-Häftlinge unschätzbar machte, denn der Kontakt zu anderen Auschwitz-Häftlingen war untersagt. Das Sonderkommando war isoliert, und zwar deshalb, damit die anderen Häftlinge nicht die Wahrheit darüber erfuhren, was in den Krematorien vor sich ging. Janusz war nicht nur Arzt, sondern Mittelsmann. Er schmuggelte Medikamente, Ware und Nachrichten für Familienangehörige.

David schüttelte den Kopf. „Nein. Danke." Janusz setzte sich neben ihn auf die Bank und nahm einen Schluck aus der Wodkaflasche. Seine langen, schmalen Beine streckte er genüsslich aus. Überhaupt war er sehr groß gewachsen und hager.

Sie verharrten eine Weile lang schweigend, jeder in die eigenen Gedanken versunken. Janusz' Stimme war es, die die Stille schließlich durchbrach: „Ich habe die Informationen, die du haben wolltest", sagte er behutsam.

David meinte, sich verhört zu haben. „Wie bitte?"

„Ich habe die Informationen, die du haben wolltest", wiederholte Janusz.

„Rosa? Hast du Rosa etwa gefunden?"

Janusz seufzte. Und wieder das gleiche traurige Lied von Rosa. David und seine schwangere Frau waren bei der Ankunft in Auschwitz getrennt worden. Seitdem fehlte von Rosa jede Spur und nun spukte sie wie ein Geist in Davids Seele. Anscheinend konnte sich der junge Mann nicht eingestehen, was mit seiner Frau geschehen war. Er brauchte noch etwas Zeit.

Janusz schüttelte den Kopf und sah David vielsagend an. „Deine Schwester ist hier. Gestern Nacht ist sie mit dem Transport angekommen."

„Frederika ist hier? Bist du sicher?"

„Frederika Rosenzweig. Das ist doch ihr Name?"

„Ja", antwortete David schnell.

„Ich sollte Frauen für Dr. Hauser aussortieren. Wir haben nur ungefähr eine Minute lang geredet. Ich habe ihr gesagt, dass du sie suchst."

David wurde speiübel. Der Name Dr. Hauser war wie ein Stigma. Der deutsche Arzt arbeitete in dem berüchtigten Block 10. Wenn es stimmte, was Janusz sagte, dann war es besser, nicht in Block 10 zu landen.

„Dr. Mengele näht Zwillinge aneinander, um zu sehen, ob aus ihnen siamesische Zwillinge werden. Junge Mädchen werden ohne Narkose sterilisiert. Ihnen werden die Eierstöcke herausgenommen, und danach in einer Lösung in Gläsern neben ihr Bett gestellt. Die ahnungslosen Mädchen wissen oft nicht, dass es ihre Eierstöcke sind", hatte Janusz eines Tages erzählt. „Was Dr. Hauser treibt, willst du gar nicht wissen."

David schüttelte sich innerlich. „Ist Frederika in Sicherheit? Du hast sie doch nicht an den Schlächter verschenkt?"

Janusz schüttelte heftig den Kopf. „Nein. Natürlich nicht, mein guter Freund. Sie ist in der Quarantäne."

„Wann kann ich sie sehen?"

Janusz seufzte verdrossen. „Ich brauche Zeit, mein guter Freund."

„Wann?"

„Ganz ruhig. Ich bin doch nicht der Weihnachtsmann."

„Wann?", drängte David weiter. Janusz fuhr mit der Hand über seine blonden, kurz geschorenen Haare. „Ich lasse mir etwas einfallen. Ich kann sie nicht in meiner Hosentasche hier reinschmuggeln."

„Jetzt brauche ich einen Schluck", meinte David und nahm Janusz die Flasche ab.

„Trink so viel, wie du willst, mein guter Freund. Der Alkohol bringt dich nicht um. Die Deutschen tun es."

„Ist das ein ärztlicher Rat?"

Janusz nickte, dann sah er David lange an. „Mich werden sie ganz sicher umbringen. Ich sehe zu viel. Ich weiß zu viel."

David trank. Frederika war vermutlich seine letzte noch lebende Verwandte. Er musste sie sehen! Er musste sie beschützen!

14

New York, Frühjahr 1979
Dienstag

Er sagte, sein Name sei Jack Morrison, doch es interessierte mich nicht sonderlich. Er war nur einer von vielen Kandidaten für meine Wohnung. Seine Stimme war leise und ein wenig mädchenhaft, obwohl er einen festen Händedruck hatte und mir direkt in die Augen sah. Er war etwa Mitte vierzig und, nach seinem Designeranzug und manikürten Fingernägeln zu urteilen, vermögend. Zumindest sah er aus, als könnte er sich die Wohnung leisten.

„Das ist eine wirklich schöne Wohnung", sagte er eifrig nickend, während seine Blicke bewundernd zwischen dem ausgepolsterten Sofa, dem großen Sessel, den riesigen Fenstern und dem hellen Holzboden hin und her wanderten. „Meine Frau wird die Wohnung lieben. Sie ist perfekt. Sie ist absolut perfekt."

Ich verzog den Mund zu einem ungeheuer breiten Lächeln. „Das freut mich zu hören", sagte ich. „Die Schlafzimmer gehen übrigens nach hinten hinaus." Ich öffnete die große Schiebetür zum Flur, der zu den Schlafzimmern und dem Bad führte.

„Weshalb ziehen Sie aus?", fragte er plötzlich. Er wirkte ernsthaft neugierig, was ich sehr liebenswert fand. Gleichzeitig hatte die Frage etwas Hintergründiges. Vermutlich wollte er nur wissen, ob es an der Wohnung einen Haken gab. Sein durchdringender Blick bohrte sich tief in meine bernsteinfarbenen Augen. Ich hatte seine Frage mit einem nervösen Lächeln erwidert.

„Es sind finanzielle Gründe", gestand ich. In dem hellen Nachmittagslicht, das durch die großen Fensterfronten fiel, tanzten kleine Staubkörnchen wie Hunderte winziger Sterne.

Jack Morrison lächelte scheinbar zufrieden. Vermutlich war er froh, dass es in der Wohnung keine Kakerlaken oder Poltergeister gab. „Ich dachte, Sie arbeiten für einen Verlag", meinte er. Offenbar ging er davon aus, dass ich gut verdiente; eine moderne Karrierefrau, die alles haben konnte. Doch da hatte er mich wohl missverstanden.

„Mit Büchern arbeite ich schon, aber nicht in einem Verlag. Ich bin Bibliothekarin."

„Verdient man als Bibliothekarin denn nicht gut?"

„Sie sind offensichtlich noch nicht lange in New York", sagte ich.

Er lachte. „Da haben Sie aber ins Schwarze getroffen. Meine Frau und ich kommen aus einem Vorort." Er ging zum Fenster und starrte auf die breite, von diversen Fahrzeugen gesäumte Straße. „Es ist ziemlich ruhig für eine Durchfahrtsstraße", stellte er fest.

„Ja. Für Leute, die es gerne laut mögen, ist die Wohnung einfach nichts", scherzte ich. Jack Morrison lachte und der Klang erfüllte den Raum.

„Ich würde morgen gerne mit meiner Frau vorbeikommen. Passt es Ihnen?"

Ich griff nach meinem Terminkalender. „Um fünf Uhr?", fragte ich.

„Passt wunderbar."

Da klopfte es an der Tür. Ich schaute auf die Armbanduhr. Das musste der nächste Besichtigungstermin sein. Ich ärgerte mich ein wenig, weil er viel zu früh dran war. Da ich Jack Morrison zur Tür begleiten musste, blieb mir nichts anderes übrig, als den verfrühten Besucher reinzubitten.

Als ich die Tür öffnete, staunte ich nicht schlecht. Auf der anderen Seite der Schwelle stand Jules. Er trug legere Jeans und ein Hemd. Ich musterte ihn fasziniert und unsicher, ob er auch real war, doch die unvermittelte Eindringlichkeit seines Blickes bestätigte mir seine Existenz. Er musterte mich und Jack Morrison, als wären wir ein exotisches Tierexemplar. Er sah in uns vermutlich ein Pärchen; eine junge, attraktive Frau mit einem alternden Playboy. Zum Glück bestätigte Jack Morrison noch einmal den Termin, bevor er zum Fahrstuhl eilte.

„Das ist eine wirklich schöne Überraschung", stammelte ich. „Bist du auch wegen der Wohnungsbesichtigung hier?" Die Worte plätscherten zaghaft über meine Lippen und ich kam mir vor wie eine Idiotin.

Kurz sah er mich verständnislos an, dann sagte er: „Nein. Ich wollte dir etwas vorbeibringen, Leni."

Jetzt war es an mir, ihn verständnislos anzusehen. „Woher weißt du, wo ich wohne?"

„Das war nicht schwer. Ich habe in den Personalakten gestöbert."

„Wirklich?", wunderte ich mich.

„Gestern in der Bibliothek hast du nämlich etwas verloren", sagte er ruhig. „Und da wir in der restlichen Woche keinen Dienst zusammen haben, dachte ich mir, ich bringe es dir vorbei."

Ich runzelte die Stirn. „Es ist mir gar nicht aufgefallen, dass ich etwas verloren habe. Ich vermisse nichts."

„Du hast vermutlich nicht gewusst, dass du es besitzt", erklärte er.

„Aha", gab ich wenig geistreich von mir.

Er streckte seine Hand aus und übergab mir eine alte Schwarz-Weiß-Fotografie. „Das ist aus dem Tagebuch deiner Mutter rausgefallen."

„Verstehe ... und danke."

„Keine Ursache."

Ich schaute mir das Foto an. Darauf war ein junges Mädchen abgebildet. Es war vielleicht achtzehn oder neunzehn Jahre alt, mit geschorenen Haaren, in einem blau-weiß gestreiften Nachthemd auf einem Krankenhausbett. Ich hatte den Eindruck, dass sie sehr krank war. Hinter ihr stand ein junger Arzt mit sehr schönen Augen und grinste stolz in die Kamera. Etwas an ihm kam mir bekannt vor.

„Ist das Mädchen deine Mutter?" Jetzt war Jules' Neugier geweckt. Eine logische Schlussfolgerung ließ diese Vermutung zu, doch in diesem abgemagerten Mädchen konnte ich meine Mutter beim besten Willen nicht erkennen.

„Davon gehe ich aus", sagte ich. *Wenn sie das ist, dann war sie damals wirklich nicht schwanger,* dachte ich. Ich warf einen erneuten Blick auf das Foto und versuchte, einen Babybauch unter dem Kittel zu entdecken. War der Kittel womöglich groß genug, um eine Schwangerschaft zu verbergen? Ich musste mich damit abfinden, dass Salome die Wahrheit gesagt hatte. Ich musste mich damit abfinden, dass mein Leben eine Lüge war.

„Oh Gott, sie sieht einfach schrecklich aus", hörte ich mich sagen.

„Ja. So wie die meisten KZ-Häftlinge. Es muss schrecklich gewesen sein."

Mir fiel der weiche Unterton in seiner Stimme auf. Ich fand das sehr rührend. Ich verspürte plötzlich das überwältigende Bedürfnis, ihn zu umarmen.

Er blieb einige Sekunden lang stumm, bevor er sagte: „Schön dich wiedergesehen zu haben. Ich sollte mich langsam auf den Weg machen."

Er war schon im Begriff zu gehen, als es aus mir herausplatzte: „Möchtest du vielleicht auf einen Kaffee reinkommen? Eine Einladung zum Kaffee ist doch das Mindeste, was ich tun kann." In Wahrheit wollte ich nicht, dass er so plötzlich ging.

Er schien genau das erwartet zu haben und entblößte lächelnd seine makellosen, weißen Zähne. „Kaffee klingt gut."

Was zum Teufel hatte mich da überhaupt geritten, fragte ich mich, als er mir tatsächlich in die Wohnung folgte. War es wirklich eine gute Idee, einen attraktiven Kollegen in meine Wohnung zu lassen? Wie ein typischer Frauenheld und Schürzenjäger sah er jedenfalls nicht aus, dachte ich bei mir. Doch die Mädels in der Bibliothek schwärmten geradezu von ihm.

Ich wies mit der Hand auf das Sofa, und er ließ sich tief in das weiche Rückenpolster sinken. Ich legte das alte Foto auf den Tisch und ging in die Küche.

„Du ziehst also aus?", rief er mir hinterher.

„Ja", rief ich zurück.

„Du ziehst mit Sicherheit zu deinem Freund."

Ich verkniff mir ein Lächeln. „Oh Gott, nein. Ich bin nicht in festen Händen", sagte ich. „Ich ziehe nur ein paar Blocks weiter. Wie nimmst du den Kaffee?"

„Mit Milch und zwei Stücken Zucker", erwiderte er.

Ich goss uns beiden einen Becher Kaffee ein, ging ins Wohnzimmer, stellte die Tassen auf dem Couchtisch ab und setzte mich auf die Kante des Sofas. „Danke, dass du mir das Foto gebracht hast."

„Kein Problem." Er verzog den Mund zu einem ungeheuer breiten, leicht dümmlichen Lächeln. „Das habe ich gerne gemacht."

„Du hättest nicht extra kommen müssen."

Er verzog das Gesicht. „Ich hab nichts Besseres zu tun gehabt", sagte er, dann lächelte er verschwörerisch. „Der Kaffee ist echt gut."

Ich nahm einen großen Schluck. „Das freut mich zu hören. Es ist das Einzige, was ich kochen kann", gestand ich, und eine leichte Röte stieg mir ins Gesicht.

Ein listiges Lächeln umspielte seine Mundwinkel. „Dann muss ich dir wohl mal meine Kochkünste demonstrieren."

Ein kleiner, angenehmer Schauer lief mir über den Rücken und mein Blick huschte kurz zu dem alten Foto. Der Arzt hinter dem mageren Mädchen schien mich regelrecht anzugrinsen. Beim zweiten Blick kam mir sein Gesicht noch vertrauter vor.

Vielleicht, dachte ich, *habe ich schon mal ein ähnliches Gesicht gesehen. Oder der Arzt auf dem Foto sieht einem Schauspieler ähnlich.*

„Du kannst kochen? Jetzt bin ich echt beeindruckt", sagte ich, während ich das Gesicht des Arztes genauer studierte.

Jules lachte. „Zumindest bin ich in der Küche kein hoffnungsloser Fall. Ich kann es dir gerne zeigen. Wie wäre es mit Samstagabend?"

Mir wurde heiß und kalt, dann merkte ich, wie mir die Röte ins Gesicht schoss. Es dauerte eine Weile, bis ich meine Stimme wiederfand. „Ist das eine offizielle Einladung?"

„Ja."

„So was wie ein Date?"

„Nein. Nur ein Essen."

„Gut. Ich fange nichts mit Arbeitskollegen an."

„Gut. Ich fange auch nichts mit *Arbeitskollegen* an. Das ist meine goldene Regel." Ich musste lachen und ich weiß noch, wie ich dachte, dass es nett war, jemanden um mich zu haben, der mich zum Lachen brachte.

„Was sagst du?"

„Ich weiß nicht ..."

„Warte nicht zu lange mit der Antwort ..." Doch ich hörte Jules nicht mehr zu. Auf einmal machte es in meinem Gehirn ganz laut Klick, und mir wurde schlagartig bewusst, wer der Mann auf dem Foto war. Um ein Haar wäre mir die Tasse aus den Händen geglitten.

„Wow! Ich hatte nicht die Absicht, dich zu überrumpeln", setzte Jules an. „Ich habe manchmal so eine direkte Art. Das kommt nicht immer gut an …"

Während ich behutsam und für einen Moment gedankenverloren mit einem Finger über das Foto strich, sagte ich: „Das hat nichts mit deiner Einladung zu tun. Es hat etwas mit dem Mann auf dem Foto zu tun. Ich kenne ihn."

Auf einmal hatte ich Jules vollste Aufmerksamkeit. Er rutschte vor bis auf die Sofakante. „Wer ist er?", fragte er äußerst interessiert.

Ich schaute Jules direkt in die Augen, als ich sagte: „Sein Name ist Erich Hauser. Neulich habe ich ihn in einem Restaurant gesehen."

Jules betrachtete mich mit hochgezogenen Brauen. „Bist du ganz sicher?"

„Er war der Grund für den Nervenzusammenbruch meiner Mutter."

Jules kniff die Augen zusammen. „Schon der Name ist mir irgendwie unheimlich. Sie hat ihn also wiedererkannt?" Er klang verblüfft und interessiert zugleich.

„So ist es."

„Er hat sie allerdings nicht erkannt, oder?"

Ich tippte mit dem Zeigefinger auf das magere Mädchen. Wenn sie damals so ausgesehen hat, dann würde nicht einmal ihre eigene Mutter sie wiedererkennen.

Als hätte Jules meine Gedanken gelesen, sagte er genau in diesem Augenblick: „Ich kenne deine Mutter zwar nicht, aber ich glaube, nicht einmal sie selbst würde sich wiedererkennen."

„Ja. Damit liegst du goldrichtig."

Es folgte ein langes Schweigen. Ich schaute zum Spiegel rüber und betrachtete mein schmales Gesicht. Mein rotbraunes Haar war mit einem breiten, orangefarbenen Kopftuch zurückgebunden, das meinem Hautton schmeichelte. Ich versuchte, Ähnlichkeiten mit dem Mädchen auf dem Foto zu finden, doch obwohl ich meiner Mum sehr ähnlich sah, gelang es mir nicht. Das Mädchen war viel zu mager und knochig, um irgendeine Gemeinsamkeit zu entdecken.

„Du solltest mit deiner Mutter reden", sagte Jules.

Der Satz brachte ein gequältes Flüstern aus mir hervor: „Momentan ist es nicht möglich. Ihr geht es viel zu schlecht."

Er blinzelte. „Verstehe. Der Unbekannte scheint eine Lawine losgetreten zu haben. Was hast du nun vor?", fragte er.

Stirnrunzelnd dachte ich über seine Frage nach und starrte dabei zum Fenster. Sonnenlicht fiel auf meinen grünen Teppich und hob das blasse Muster hervor. Es war ein Blumenmuster, das mir vorher nie aufgefallen war. „Ich werde mit meiner Schwester reden." Ich hätte meinen Kaffeebecher gerne in einem Zug leer getrunken, um das Unbehagen loszuwerden, das sich in meinem Magen zusammengezogen hatte.

15

Mittwoch

Meine Schicht fing erst spät nachmittags an. Vormittags machte ich mich auf den Weg zu Salome. Auf den Straßen war einiges los, und ich brauchte eine Ewigkeit, bis ich aus New York raus war. Eine weitere Ewigkeit brauchte ich, bis ich bei ihr ankam. Mein Ziel war Malloy, ein kleiner Ort vor New York. Gefühlt wohnte Salome am Ende der Welt, und meine Beine waren steif von der langen Fahrt. In Wirklichkeit lag Malloy nur eine Stunde entfernt.

Am Ortseingangsschild von Malloy trat ich aufs Gas und beschleunigte. Die Hauptstraße vor mir lag wie ausgestorben da und wurde auf beiden Seiten von kleinen zweistöckigen Häusern gesäumt. Sie waren aus Holz und weiß gestrichen. Von Leben, wie ich es kannte, war weit und breit nichts zu sehen. Malloy war ein gutbürgerliches Städtchen mit Privatschulen und Kindergärten. Die Leute, die hier wohnten, waren Ärzte, Anwälte oder Architekten. Eine Stadt voller reicher Pinkel, wie meine verstorbene Patentante Dimitra so schön sagte. Dimitra war Mums alte Freundin. Was seltsam erschien, denn Dimitra hätte ihre Mutter sein können. Auf die Frage, woher sich die beiden kannten, bekam ich nur eine ausweichende Antwort, mit der ich nicht viel anfangen konnte. Aber das war ja typisch für unsere Familie.

So unterschiedlich die zwei Frauen auch waren, zusammen waren sie ein super Team. Dimitra verbrachte stets die Feiertage bei uns. Die meiste Zeit waren die beiden in der Küche verschwunden und zauberten gemeinsam köstliche Gerichte.

Dimitra war Griechin und kinderlos, doch sie liebte Salome und mich über alles und verbrachte viel Zeit mit uns Mädchen. Sie starb an Krebs, als ich elf Jahre alt war, und da brach die Welt für mich zusammen. Dimitra war einer der herzlichsten und lebensfrohsten Menschen, die ich je kennengelernt hatte. Ich erinnerte mich gerne an die Ausflüge in den Zoo und die Vergnügungsparks. Da meine Mutter Angst vor Menschenmengen hatte und mein Vater viel arbeiten musste, übernahm

Tante Dimitra die Ausflüge. Wenn Dimitra nicht da gewesen wäre, hätte ich wahrscheinlich nie einen Zoo oder einen Vergnügungspark besucht.

Als mein grüner Pick-up am Ende der Hauptstraße über den Feldweg auf einen Hügel hinaufholperte, schaute ich aus zusammengekniffenen Augen zu der großen, weißen viktorianischen Villa meiner Schwester. Ich folgte dem Pfad, lenkte das Auto an die Bordsteinkante, schaltete den Motor aus und lief die letzten Meter zum Haus hinauf. Die hinter Efeu versteckte Pforte quietschte, als ich sie öffnete. Dann flog ein aufgeschreckter Vogel über meinen Kopf und ich zuckte zusammen.

Das Haus war ein Gebäude mit Sprossenfenstern und einer überdachten Eingangsveranda, an dessen Balustrade Glyzinien hochrankten. Es hatte elf Zimmer, hohe Decken, eine protzige Treppe und glatt polierte Holzdielen, in denen man sich spiegeln konnte. Bei einer Haushaltshilfe war das kein Wunder, dachte ich neidisch.

Ich eilte die großen Treppen rauf und klingelte. Die halb geschlossenen Vorhänge vermittelten den Eindruck eines verlassenen Hauses; es stand auch kein Auto in der großen Einfahrt. Doch ich wusste, dass Salome da war. Ihr Auto stand meistens in der Garage und die Vorhänge waren immer halb geschlossen.

Irgendwo drinnen hörte ich Geklirr und Gemurmel und dann ein spürbares Vibrieren der Holzdielen. „Ich mache auf, Mami!", hörte ich die Stimme meiner siebenjährigen Nichte Leonie. Dann öffnete sich auch schon die Tür und ein blondes, verschlafenes Mädchen in einem rosa Plüschpyjama blickte zu mir rauf. „Hallo Tante Leni!", sagte Leonie und gähnte. Ihre sonst so riesigen blauen Augen schienen vor Müdigkeit zusammengeschrumpft.

„Du hast dich heute aber besonders hübsch gemacht", witzelte ich und betrat das große Foyer. „Hast du heute keine Schule?" Ich blickte auf die Uhr. Es war bereits halb zehn.

Leonie seufzte leidend. „Ich bin krank und kann nicht in die Schule."

Mit gespieltem Entsetzen trat ich ein paar Schritte zurück. „Nicht, dass wir uns falsch verstehen: Du hast doch nichts Ansteckendes, oder? Pest? Cholera? Pocken?"

Leonie schaute mich ernst an. „Das weiß ich nicht." In dem Moment erschien Salome und wies Leonie an, ins Bett zu gehen. Widerwillig gehorchte sie und schlich die große Treppe rauf.

Salome trug einen eleganten, wallenden Morgenmantel und wirkte, genau wie ihre Tochter, schlaftrunken. Offenbar hatte sie gerade ein Schläfchen gehalten. Ganz erstaunt schaute sie mich an. „Leni? Was machst du denn hier?"

Ich hätte hier nicht einfach so reinplatzen sollen, dachte ich mit schlechtem Gewissen. Ich zögerte. „Ich muss mit dir über Mum sprechen", sagte ich schließlich. Der Satz hinterließ einen sauren Geschmack auf meiner Zunge. Wie eine grässliche Übelkeit.

Sie quittierte meine Bemerkung mit einem genervten Schnauben. „Wir haben bereits über sie gesprochen." Sie warf einen unbehaglichen Blick über die Schulter zum Wohnzimmer. „Du möchtest sicherlich reinkommen", murmelte sie. Ich nickte. Der Geschmack der Übelkeit wurde stärker.

Während Salome ins Wohnzimmer eilte, blieb ich einige Sekunden im Flur stehen und betrachtete den Nippes und alte Familienfotos auf der Kommode. Eine graue Katze huschte an mir vorbei und ignorierte mich dabei vollkommen. Fast so, als wollte sie mich nicht stören. Auf einem Foto entdeckte ich Mum. Sie war sehr schlank, groß gewachsen, ebenmäßig gebaut, und ihr Haar war ziemlich kurz geschnitten. Ihre Augen waren tiefer, als sie bei einer Frau Anfang zwanzig sein sollten, und sie wirkte sehr traurig.

Im Wohnzimmer fühlte ich mich - wie immer - umzingelt, denn um mich herum standen schwere viktorianische Möbel, die verschwenderisch mit Plüsch und Schonbezügen ausgestattet waren. Man spürte sofort, dass hier Leute lebten, die gern Geld ausgaben.

An der östlichen Wand befanden sich ein großer Kamin und bodentiefe Fenster, die auf einen großen, gepflegten Garten zeigten. Auf dem Sofa lagen ein Kissen und eine zurückgeschlagene Decke. Auf dem altmodischen Beistelltisch standen eine angebrochene Flasche Scotch und ein halb volles Glas.

Ich glaubte, den Blick im Nacken förmlich spüren zu können, und drehte mich um. „Das habe ich nur genommen, weil mich Leonie die halbe Nacht wach gehalten hat. Sie hatte schlimme

Ohrenschmerzen", sagte Salome direkt hinter mir, als wäre sie mir Rechenschaft schuldig. „Ich konnte nicht einschlafen."

Ich nickte.

„Ich wollte gerade Tee machen. Möchtest du auch einen?" In ihrer Stimme klang unverkennbar eine leichte Gereiztheit mit. Offenbar hatte ich sie auf dem falschen Fuß erwischt.

„Tee wäre wunderbar", sagte ich und zwang mich zu einem Lächeln. Salome verschwand in der Küche, und ich schloss daraus, dass ihre Haushaltshilfe freihatte. „Hast du vielleicht ein paar Kekse? Ich habe seit dem Frühstück nichts mehr gegessen und ich sterbe vor Hunger", schrie ich hinterher, dann ließ ich mich aufs Sofa fallen und wartete geduldig, bis Salome mit der dampfenden Teekanne und einem Teller Keksen kam.

Schweigend goss sie uns Tee ein und setzte sich in den großen Ohrensessel. „Du hättest heute nicht herkommen sollen", sagte sie. „Es ist ein ziemlich blöder Zeitpunkt."

„Ich ..." Ich räusperte mich, bevor ich erneut ansetzte. „Ich hätte wohl anrufen sollen."

„Das wäre schön gewesen. Leonie und ich hatten eine schlimme Nacht. Anton ist auf einer mehrtägigen Tagung, Joshua kommt bald aus der Schule zurück und ich erreiche meine Haushaltshilfe nicht." Es war schon komisch, dass meine Schwester ohne Hilfe so hoffnungslos überfordert war. „Gott sei Dank macht unser Kinderarzt Hausbesuche, sonst wäre ich vollkommen aufgeschmissen."

„Was hat Leonie?"

„Mittelohrentzündung. Sie hat was bekommen und nun geht es ihr ein wenig besser."

Mittelohrentzündungen kannte ich aus meiner eigenen Kindheit. Das waren üble Schmerzen und Leonie tat mir aufrichtig leid.

Salome blickte mich erschöpft an. „Wegen Sonntag tut es mir leid. Geht es dir gut?"

Ich musste daran denken, wie rührend sich Salome am Sonntag um mich gekümmert hatte. Sie hatte mich ins Bett gebracht und eine Hühnersuppe für mich gekocht. „Alles in Ordnung. Versteh mich nicht falsch, es ist nur ... ich hab noch nie ... erfahren müssen, dass mein Leben auf einer Lüge aufgebaut ist."

„Wir kriegen das hin. Zwischen uns wird sich nichts ändern." Sie klang, als würde sie gleich anfangen zu weinen.

„Klar."

Salome schloss erschöpft die Augen. Kurz schien es, als wäre sie eingenickt. Ich machte Anstalten aufzustehen. „Ich kann morgen wiederkommen", sagte ich verständnisvoll.

„Das ist kein Problem." Salome öffnete die Augen und gab mir zu verstehen, dass ich mich wieder setzen sollte. „Jetzt bist du ja hier. Schieß los. Weswegen bist du gekommen?"

„In Mums Tagebuch habe ich ein Foto gefunden. Ein Foto aus dem KZ", begann ich. Ich holte es aus meiner Tasche und präsentierte es ihr. Ich entdeckte so etwas wie Erwartung in ihrem Blick.

„Du bist den ganzen weiten Weg gekommen, um mir das Foto zu zeigen? Ich kenne es bereits."

Ich spürte, wie sich meine Kehle zuschnürte. „Siehst du den Mann auf dem Foto?"

„Natürlich", sagte sie ruhig. „Ich bin müde, nicht blind."

„Das ist der Mann aus dem Restaurant."

Ich sah, wie Salome die Farbe aus dem Gesicht wich. „Scheiße. Das ist wohl ein Witz", murmelte sie.

Ich blickte auf und versuchte, Salomes Miene zu deuten. Ich holte tief Luft. „Leider nein."

Zwischen Salomes schön geschwungenen Augenbrauen bildete sich eine steile Sorgenfalte. „Das kann nicht sein! Solche Zufälle gibt es nicht!"

„Scheinbar doch."

„Wir müssen versuchen, ihn zu finden, Leni."

„Hast du je versucht, deine richtigen Eltern zu finden", hörte ich mich plötzlich fragen und wusste nicht, wie ich dazu kam. Manchmal war mein Mundwerk schneller als mein Verstand.

Salome wurde blass.

„Alles in Ordnung?", fragte ich. Ihre Hände zitterten. „Das hätte ich dich nicht fragen sollen", entschuldigte ich mich. „Manchmal bin ich so ein Esel."

Salome nickte. „Ja. Manchmal." Sie erhob sich von dem Sessel, ging zu dem Beistelltisch und goss sich etwas Scotch nach.

„Es tut mir leid", sagte ich so zaghaft, dass ich meine eigene Stimme kaum erkannte.

Salome kippte den Scotch herunter und ließ den Blick zu dem großen Fenster schweifen. „Ja. Ich habe versucht, meine richtigen Eltern zu finden", sagte sie leise. „Die Suche war ergebnislos. Mum weiß nichts über meine leibliche Mutter und die Frage nach ihr brachte sie an den Rand eines Nervenzusammenbruchs."

„Das tut mir leid."

„Das spielt keine Rolle, Leni. Nicht für mich. Ich habe ein wunderbares Leben. Eine tolle Familie."

„Wie kam Mum dazu, dich als Baby einfach so zu behalten?" Das war wieder so eine Situation. Mein Mundwerk war schneller als mein Verstand. Im Wohnzimmer wurde es bedrückend still und ich merkte, dass ich mit meiner Frage zu weit gegangen war. Langsam drehte sich Salome zu mir um. Ihr Gesicht schien auf einmal um Jahre gealtert. Trotz der Wärme im Raum erschauderte ich.

„Du solltest jetzt lieber gehen."

„Verstehe." Ich nickte. Obwohl ich Salome mein ganzes Leben lang kannte, fühlte ich mich in ihrer Gegenwart plötzlich befangen. So ein direktes Gespräch mit ihr war eine neue, ungewohnte Erfahrung. Mir war aber klar, dass Salome es nicht böse mit mir meinte. Dennoch entschuldigte ich mich bei ihr. „Ich wollte dir nicht zu nahe treten."

Salome brachte ein schwaches Lächeln zustande. „Ich bin nur müde und genervt." Plötzlich verspürte ich den Wunsch, sie zu umarmen. Sie wirkte so klein und verletzlich. Was sie aber nicht war. Salome war eine der selbstbewusstesten Frauen, die ich kannte. Als Teenager gab ich gerne mit ihr an. Sie gehörte nun wirklich nicht zu den Frauen, die man aus Mitleid umarmte.

Also griff ich nach meiner Handtasche und verabschiedete mich. „Ich rufe dich an."

16

6. Oktober 1944: Heute hatte sich Elsa zum ersten Mal selbst gesehen. An jenem kalten Morgen herrschte reges Durcheinander, denn die Frauen wurden wieder zum Arbeitskommando außerhalb des Lagers eingeteilt. Seit vier Tagen arbeiteten sie nun in einer Kiesgrube. Das bedeute Schwerstarbeit: Die Frauen mussten große Loren mit Kies füllen, Schaufel für Schaufel; zwölf Stunden lang wuchteten sie Kies in große Kippkarren.

Am Mittag hatten sie eine halbe Stunde Pause und bekamen eine warme Mahlzeit: eine unappetitliche Suppe, die viel Wasser, aber kaum Fleisch oder Gemüse enthielt. Oft fanden die Frauen Würmer, Stofffetzen oder Dreck in der Suppe, doch der Hunger war stark genug, um sie dennoch zu essen.

Die Arbeit draußen in der Kälte im Matsch verlangte viel ab und die Häftlinge kehrten völlig ausgelaugt ins Lager zurück. Ihre Kleidung war dreckig, stank und war zerschlissen. Waschmöglichkeiten hatten sie nicht. Die Frauen nutzten praktisch jede Pfütze, um sich ein wenig zu säubern oder daraus zu trinken. Gegen Krankheiten und Läuse half es aber nicht. Viele Frauen litten an Durchfall und anderen entsetzlichen Infektionskrankheiten.

Vor allem Hanna stieß an ihre psychischen und physischen Grenzen. Sie war körperlich einfach zu schwach für diese Art von Arbeit und den Schikanen der Wärter wehrlos ausgeliefert. Wenn man für einen Atemzug mit der Arbeit innehielt, wurde man mit der Peitsche gescheucht. Wer vor Schmerz aufschrie, bekam eine weitere Tracht Prügel. Auch Elsa hatte nicht viel Erfahrung mit körperlicher Arbeit. Noch vor Kurzem war sie durch Schulkorridore gelaufen, hatte heimlich Zigaretten auf dem Klo geraucht und sich mit Freundinnen getroffen.

Freundinnen.

Wie seltsam dieses Wort auf einmal klang. Elsa hatte zwei gute Freundinnen besessen: Marie Weber und Gesine Lehmann.

Gesine war Jüdin und wurde ein Jahr zuvor, 1943, mit ihrer Familie „ausgesiedelt". Elsa hatte nie wieder von ihr gehört.

Marie hatte sich nach dem gelben Stern Elsa gegenüber erstaunlich loyal verhalten. Vielleicht hatte sie erkannt, dass etwas Unrechtes in Deutschland vorging und es tat ihr wirklich leid. Bis zu Elsas Untertauchen hatten die beiden Kontakt. Natürlich fanden ihre Treffen in aller Heimlichkeit statt. Marie war beim Bund Deutscher Mädel und konnte es nicht riskieren, mit einer Jüdin gesehen zu werden. Sie war das Idealbild einer arischen Frau: groß, blond und blauäugig.

„Mir ist es eigentlich gleich, ob du Jüdin bist", sagte Marie einmal bei ihren heimlichen Treffen. Sie hatten sich in einer kleinen Gasse versteckt und rauchten Zigaretten. „Du warst mir immer schon die liebste Freundin. Ich verstehe auch nicht, was sie alle gegen Juden haben. Schau dich nur an. Was soll an dir falsch oder böse sein? Deutsche sind doch viel schlimmer, weil sie andere triezen."

Elsa schaute zur Seite und konzentrierte sich so stark sie konnte darauf, nicht in Tränen auszubrechen. Die Schikanen der letzten Monate hatten sie ziemlich mitgenommen. Ihr Vater durfte seinen Pelzladen nicht mehr betreiben und sie lebten von Erspartem.

„Du bist so lieb", würgte Elsa hervor und schniefte laut. „So nett war schon lange keiner mehr zu mir."

„Ach, komm schon! Selbstmitleid beeindruckt mich gar nicht! Lass dir einen anderen Spruch einfallen."

„Gib mir lieber noch eine Zigarette", schniefte Elsa.

Sie wechselten das Thema und Marie erzählte ihr vom BDM und dass sie ihn eigentlich hasste. „Was wird uns dort schon beigebracht?", klagte sie. „Wir Frauen sollen für die Familie da sein und möglichst viele Kinder bekommen. Eine Bildung bräuchten wir nicht. Was ist so toll daran?" Die Abscheu auf ihrem Gesicht wuchs mit jedem Moment. Elsa schwieg und hörte ihr zu. „Halte das deutsche Blut rein. HA! Ein Onkel von mir wohnt in einem kleinen österreichischen Bergdorf. Dort halten sie das Blut auch rein. Das Ergebnis sind lauter schwachsinnige Kinder!" Sie schwieg einen Moment. „Weißt du was? Lieber hätte ich so ein schwarzes Baby."

„Spinnst du?! Dafür kannst du erschossen werden!"

„Ich weiß gar nicht, was du hast. Die sind total hübsch."

Elsa wollte nicht streiten, denn sie ahnte, dass es ihr letztes Treffen mit Marie sein sollte. Somit wechselte sie wieder das Thema. Den Rest ihres gemeinsamen Tages unterhielten sich die Mädchen über Filme und berühmte Schauspieler.

An jenem Morgen, an dem Elsa ihr Spiegelbild sah, teilte man die Frauen in Gruppen auf, eine nach der anderen, die einen nach links, die anderen nach rechts. Ein paar Lastwagen kamen holpernd auf sie zugefahren, und während sie geduldig darauf warteten, dass sie langsam vorbeifuhren, fiel Elsas Blick auf die Glasscheibe der Fahrerkabine. Und sie sah ihr Spiegelbild. Zuerst hielt sie die Erscheinung für eine alte Frau, die auf dem Beifahrersitz saß, doch als das Spiegelbild von Hanna neben ihr erschien, begriff sie, dass in der Kabine niemand außer dem Fahrer saß. Es war solch ein schockierender Anblick, dass Elsa kurz die Luft anhielt. Sie war nicht wiederzuerkennen: Ihr Gesicht war eingefallen, die vor Kälte geröteten Ohren und Nase wirkten riesig. Um ihre rissigen, trockenen Lippen hatten sich Pusteln gebildet und ließen sie aussehen, als hätte ihr ein Blinder die Lippen angemalt. Die roten Haare hatten wieder zu wachsen begonnen und standen widerspenstig ab.

„Ich sehe schrecklich aus", murmelte sie.

„Und ich blute", flüsterte Hanna verzweifelt.

Da sah Elsa, dass Hanna Blut am Bein hinunterlief. Es war ein breiter Blutstrom auf der Innenseite ihrer Wade. Kurz wurde sie panisch, doch dann begriff sie, dass Hanna ihre Periode bekommen hatte. Und nun stand Hanna zum zweiten Mal verzweifelt vor ihr. Nur dass Elsa diesmal keine Binde für sie hatte.

„Was soll ich machen, Elsa?", fragte sie verzweifelt. „Ich sterbe gleich vor Scham." Sie errötete heftig.

„Wir treiben irgendwo einen Stofffetzen auf. Versprochen", gelobte Elsa. Hanna schien ein wenig erleichtert. Letztendlich war es ihnen auch gelungen, Schuhe für sie aufzutreiben. Da sollte der Stofffetzen ein Kinderspiel sein. Man musste eben Leute kennen, um auch mal irgendwie etwas organisieren – das hieß stehlen – und tauschen zu können. Elsa war mittlerweile sehr gut darin.

Viele gehörten einer Gruppe an, doch Elsa fand, dass es besser und günstiger war, auf eigene Faust etwas zu tun. In der Not war man eh sich selbst der Nächste, und es gab genug Häftlinge, die sich gegenseitig in den Rücken fielen. Sie klauten sich gegenseitig das Essen oder verschafften sich einen Vorteil, indem sie ihre Mithäftlinge bei den Kapos verpetzten. Da war eine Frau aus Rumänien gewesen, die bei der Selektion ihre Schwangerschaft verbergen konnte. Ihre Freude war jedoch nur von kurzer Dauer. Eine Mitgefangene hatte die Schwangerschaft spitz bekommen und die Rumänin für zwei Stück Brot verraten. Die Rumänin wurde abgeholt und ward nie wieder gesehen.

Dass Elsa überhaupt mit Hanna zusammen sein konnte, war eine Besonderheit. Daher beschlossen sie, ganz besonders auf sich aufzupassen. Keine von ihnen sollte die andere verraten. Ginge es um Leben oder Tod.

Es wurde hektisch um sie herum. „Los! Los! Marschieren!", riefen die Kapos, als die Laster den Weg freigaben.

„Marschieren!", bellten die Kapos. Die erste Reihe setzte sich in Bewegung und die anderen folgten nach. Elsa war froh über ein wenig Bewegung. Die frühe Morgenluft war eisig und ein kalter Wind blies durch den dünnen Stoff. Sie mussten im Gleichschritt und im Takt der Musik des Lagerorchesters marschieren. Es ging an einer Reihe Baracken vorbei auf das Lagertor zu. Als in entgegengesetzter Richtung Kinder an ihnen vorbeigingen – jedes von ihnen hielt ein großes Stück Brot in den Händen –, sagte Hanna: „Ach, wie ich sie beneide! Schau dir diese großen Stücke Brot an!"

Auch Elsa lief das Wasser im Mund zusammen und sie wurde regelrecht böse auf die Kleinen, weil sie genug zu essen hatten, und sie immer hungrig war.

„Ob sie aus dem Erholungslager kommen?", fragte Hanna.

„Erholungslager?", ätzte eine Kapo, die das Gespräch offenbar mitgehört hatte. Es war eine stämmige Russin mit einem Stock in der Hand. Die großen blauen Augen in dem offenen Gesicht strahlten Hanna und Elsa amüsiert an. Die Russin hatte tiefe Lachfalten in den Augenwinkeln und vor Kälte gerötete Wangen. „Hier gibt es kein Erholungslager, du Trottel. Ihr seid zum Sterben und zu eurer Vernichtung hierher gekommen. Die Kinder gehen ins Gas! Oder man wirft sie gleich lebendig ins Feuer."

Maria, eine Italienerin, vielleicht Mitte vierzig, mischte sich ein. „Das sein doch kleine Kinder! Sie nix können keine Kinder in Gas schicken."

„Genau", sagte Hanna, „sie gehen ins Erholungslager. Unsere Mutter ist auch dort."

Die Kapo zuckte mit den Schultern. „Was schert's mich!" Sie ließ den Stock einmal durch die Luft sausen, dann eilte sie nach vorne, um die vordere Reihe anzutreiben.

Elsa musste sich dazu zwingen weiterzugehen. Ihre Beine hatten sich in Wackelpudding verwandelt und in ihrem Kopf drehte sich alles. Das alles war nicht real, sagte sie sich. Das alles passierte nur hier in der verkehrten Welt. Sie sah zu dem rauchenden Schornstein im Lager; dort gab es immer Stichflammen und schwarzen Ruß. Doch ihre Mutter lebte noch und man schickte die kleinen Kinder nicht in die Gaskammer. Ganz recht!

Mit vor Wut zitternder Stimme sagte Hanna: „Sie lügt!"

Elsa versuchte, ihre eigene Stimme ruhig und sanft klingen zu lassen. „Natürlich", erwiderte sie. „Natürlich tut sie das. Sie will uns nur ärgern."

„Nein. Sie sagt die Wahrheit", meldete sich Frederika zu Wort. Obwohl ihr Gesicht mit Dreck und Blut verschmiert war, war sie immer noch sehr hübsch. Gestern hatte sie eine Tracht Prügel einstecken müssen, weil sie sich kurz mit einem jungen Mann unterhalten hatte. Wie sich herausstellte, handelte es sich um ihren Bruder David, den sie seit einem Jahr nicht gesehen hatte. „David haben sie zum Sonderkommando geschickt."

„Sonderkommando?", fragte eine Frau neben Elsa. Ihr Name war Theresa.

Ein dunkler Schatten huschte über Frederikas Gesicht. Von einer auf die andere Sekunde war sie um Jahre gealtert. „Die Deutschen befehlen ihnen, die Leichen aus der Gaskammer herauszuholen und in die Verbrennungsöfen zu tragen. David sagt, es werden ganze Familien vergast, besonders Kinder, Alte und Kranke. Es sind Hunderte am Tag. Niemand wird ins Erholungslager geschickt."

Mit stumpfem Entsetzen begriff Elsa die Lage. An solch einem schrecklichen Ort wie diesem gab es gewiss kein Erholungslager. Der Rauch kam tatsächlich aus einer Fabrik, aus einer Vernichtungsfabrik. Wie konnte sie so dumm und naiv gewesen sein?

„Nur die Arbeitsfähigen lassen die am Leben", fügte Frederika hinzu.

„Wie geht so was? Wie können die Nazis so viele Menschen umbringen? Wieso wehren sich die Menschen nicht?", fragte Theresa.

„Mein Bruder sagt, dass die nix davon wissen. Ihnen wird gesagt, dass sie duschen gehen. In Auskleideräumen befiehlt man den Gefangenen, sich für das angebliche Duschen nackt auszuziehen. Dann werden sie in eine Kammer getrieben und die Türen verschlossen. Durch kleine Öffnungsklappen in den Decken werfen SS-Soldaten dann ‚Zyklon-B' hinein, das zu giftigem Gas verdampft. David sagt, vor Entsetzen fangen die Menschen an zu schreien und drängen in Richtung der verschlossenen Türen. In ihrer hilflosen Panik trampeln sie sich gegenseitig nieder. Klettern übereinander. Dann verwandeln sich die Schreie der Sterbenden in ein Röcheln und verstummen schließlich ganz. Das dauert etwa zwanzig Minuten."

„Zwanzig Minuten?!", fragte Theresa entsetzt, dann mussten sie ihr Gespräch unterbrechen, weil sich ein SS-Soldat näherte.

Elsa ließ den Blick nach unten sinken und marschierte brav weiter durch das Tor an den Wiesen und Feldern vorbei. Nur ein einziger Gedanke ging ihr durch den Kopf: Ihre Mutter lebte nicht mehr und sie hatte keinen Abschied von ihr nehmen können. Auch nicht von ihrem Vater. Das letzte Mal hatte sie ihn gesehen, als sie an der Rampe gestanden hatten. Nun begriff sie, dass dort entschieden wurde, wer leben oder sterben sollte. Vermutlich würde sie ihren Vater nie wiedersehen.

Ihre Hand presste sich verschwitzt in Hannas. Die Handfläche ihrer Schwester war voller Schwielen und Blessuren. Sie drückte sie sanft und sagte: „Wir beide werden es schon schaffen. Wir tun es für Mama und Papa." Da spürte Elsa, wie etwas von hinten gegen ihre Schulter prallte. Sie wurde zur Seite geworfen und wusste sofort, dass etwas nicht stimmte.

Maria und Theresa drängten sich an ihr vorbei und rannten einfach los in Richtung Wald. Aufruhr machte sich unter den Häftlingen breit, dann rannten weitere Frauen hinterher. Elsa runzelte die Stirn im Versuch zu verstehen, was sie da sah.

Die Frauen flohen!

Sie flohen aus dem KZ und sie hatten ihre Flucht geplant. Der Fluchtplan setzte voraus, dass sie weit genug vom Lager entfernt waren, um in die Wälder zu flüchten.

Der Anblick war so absonderlich, dass Elsa sich nicht rühren konnte. Andere Häftlinge blickten sich dagegen verstohlen an: Sollen wir es wagen?, sagten ihre Blicke. Bald darauf hallten die ersten Schüsse. Die Gewehrkugeln sausten wütend durch die Luft und die Flüchtlinge fielen wie Dominosteine nacheinander um. Andere Frauen schrien. Zehn Schüsse ertönten. In die Beine, Schultern, den Hals und Hinterkopf. Maria und Theresa hatte es gleich erwischt. Denjenigen, die sich noch auf den Beinen halten konnten, wurde ein sauberer Kopfschuss verpasst.

Panik machte sich breit, denn die SS-Wachen zielten auf alles, was sich bewegte. Und dann hörte Elsa plötzlich ein Zischen, als würde jemand laut durch die Zähne pfeifen, und etwas sauste direkt unter ihrem Haaransatz vorbei. Sie wurde herumgerissen und kippte zur Seite. Das Geräusch und die plötzliche Feuchtigkeit an der Schulter ließen sie den Kopf wie ein aufgeschreckter Hund schütteln. Blut floss ihr über die Stirn und in die Augen. Elsa war verwirrt. Ihre weit aufgerissenen Augen blinzelten gegen den unaufhörlichen Blutstrom an. Die Welt vor ihrem Blickfeld verschwamm. Die Gesichter, die auf sie herabstarrten, waren wie groteske Masken.

Jemand packte sie am Arm und zog mit aller Kraft, schleifte sie weiter mit sich fort. Sie entfernten sie scheinbar von der Gruppe. Elsa reckte ihre Arme nach Hanna. Sie allein zurückzulassen, war unerträglich. Sie hatte Angst, dass sie ihre Schwester nie wiedersehen würde, denn sie war davon überzeugt, man wollte sie erschießen. Das passierte eben mit Häftlingen, die nicht arbeiten konnten. Vorgestern war ein paar Meter von Elsa entfernt eine ältere Frau zusammengebrochen. Anstatt sich nach ihrem Befinden zu erkundigen, zog eine SS-Wache ihre

Pistole und schoss ihr in den Kopf. Nun erwartete Elsa dasselbe Schicksal, vermutete sie.

Irgendwo hörte sie jemanden brüllen: „Los! Bringt sie ins Krankenrevier, sie hat einen Streifschuss am Kopf abbekommen!"

„Die ist doch total kaputt", erwiderte eine andere Stimme. „Erschieß sie um Himmels willen."

„Nein. Sie kann arbeiten. Sie sollen sie im Krankenrevier verbinden. Ab morgen arbeitet sie wieder." Jemand packte sie und zerrte sie mit sich fort. Ihr blieb nichts anderes übrig als mitzugehen. Sie hob den Arm, um sich das Blut aus den Augen zu wischen, damit sie erkennen konnte, wo sie war. Sie erkannte, dass sie sich wieder im Lager befand, ohne zu wissen, wie sie dort hingekommen war. Sie konnte sich gar nicht daran erinnern, gelaufen zu sein.

Ihr gelang es, einen Blick auf ihren Retter zu werfen. Der Mann kam ihr von irgendwoher bekannt vor. Es war Erik! Wieso hatte ausgerechnet er ihr das Leben gerettet? Hatte er Mitleid mit ihr gehabt? Er hätte sie erschießen können und keiner hätte nachgefragt.

„Danke, Erik", flüsterte sie. „Danke."

17

7. Oktober 1944: Der Lärm einer gewaltigen Explosion riss Elsa aus dem Schlaf. Alarmsirenen heulten, Hunde bellten, Schüsse fielen. Elsa setzte sich so hastig auf, dass sie fast ohnmächtig wurde. In ihrem Kopf spürte sie einen dumpfen Schmerz und beinahe hätte sie sich übergeben. Ihr Körper war vor Kälte steif und ihre Beine fühlten sich taub an. Mit weit aufgerissenen Augen überprüfte sie ihre Umgebung und die Erinnerungsfetzen fügten sich langsam zusammen.

Ein Unfall!

War es ein Unfall gewesen?

Nein, sie war angeschossen worden, als man auf die fliehenden Frauen gezielt hatte. Sie war vor Schwäche und Schmerz zusammengebrochen, nachdem ihr ein polnischer Pfleger den Kopf verbunden hatte. Es war ein hochgewachsener Mann gewesen, mit einer aufrechten und stolzen Haltung, als wollte er einem starken Sturm trotzen. Seine blonden Haare waren kurz geschoren und seine hellblauen Augen wachsam. Er hatte ein hübsches Profil und trug einen blütenweißen Kittel, der hier irgendwie deplatziert wirkte.

„Ich bin Janusz", hatte er ihr zugeflüstert, „und du musst schnell gesund werden, hörst du? Du musst gesund werden, sonst schicken sie dich durch den Kamin." Janusz hatte Elsa in die Koje geschleppt und sie mit einer schmutzigen Decke zugedeckt. „Morgen sollst du wieder arbeiten, also schlaf dich gründlich aus." Dann war er verschwunden.

Elsa glaubte an eine Halluzination. So viele freundliche Worte hatte sie seit einer Ewigkeit nicht mehr gehört. Was kümmerte es die Leute im Lager schon, wie es ihr ging. Vor allem den Deutschen war egal, was mit ihr passierte.

Nun war sie in der Krankenbaracke. Von den dreistöckigen Betten leuchteten ein Dutzend erschöpfter Augenpaare auf und bleiche, ausgezehrte Gesichter erschienen in der Dämmerung. Obwohl dies eine Unterkunft für Kranke war, waren die Frauen genauso staubig, schmutzig, rasiert und voller Läuse wie Elsa.

Eine schwache Stimme, die von Husten unterbrochen wurde, sagte: „Habt ihr die Kanonen gehört? Das sind bestimmt die

Russen. Der Krieg ist ganz sicher bald zu Ende. Bis Weihnachten ist alles vorbei."

Das hörte Elsa nun schon seit ihrer Ankunft. Gerüchte kursierten, dass die Russen im Anmarsch wären.

„Das sagt jedenfalls Janusz. Und Janusz hat die Zeitung gelesen."

Die Stimme gehörte einer jungen Frau. Sie hatte eine fahle Gesichtsfarbe und einen apathischen, stumpfen Blick. Es musste ihr sehr schlecht gehen, doch so sahen die meisten Gesichter in der Krankenbaracke aus. Wer hier lag, kam in den meisten Fällen nicht mehr heraus.

Die Krankenbaracke war gefürchtet, denn die Nazis gaben den Patienten nur wenige Tage zur Genesung. Wer sich nicht erholte, wurde selektiert.

Mit einer hastigen Bewegung tauchte Elsa ihre Hand unter die Bettdecke und strich über ihre Beine. Womöglich waren ihre Beine gar nicht taub vor Kälte! Waren sie etwa gelähmt? Sie spürte, wie eine dumpfe Panik in ihr zu brodeln begann. Ihre Beine waren nackt und blau vor Kälte, doch gelähmt waren sie nicht. Elsa bewegte die Zehen und die Füße und atmete vor Erleichterung aus. Es fühlte sich alles unversehrt an. Jetzt musste ihre Kopfwunde nur noch schnell heilen, dann wäre sie bald wieder auf den Beinen.

„Ja. Weihnachten werden wir wieder zu Hause sein. Wir werden essen, schlafen und am warmen Ofen liegen", sagte eine dünne, röchelnde Stimme aus der unteren Koje.

Wenn die Frau atmete, dann pfiff ihre Lunge. Elsa konnte ihr Gesicht nicht sehen, aber sie stellte sie sich sterbenskrank vor. In den unteren Kojen lagen hauptsächlich hoffnungslose Fälle. Dunkelheit, Gestank und Fäulnis machten ihnen nichts mehr aus, denn sie waren sterbende menschliche Skelette.

Der Gestank der Klo-Tonne drang Elsa in die Nase und der Gedanke an einen Eimer erschien ihr wie ein Traum. Zu den Latrinen wurden sie gewöhnlich unter Bewachung in Gruppen geführt, und nachts war das Verlassen der Baracke gänzlich untersagt. Auf Toilette gehen zu können, wann man wollte, war reiner Luxus! Das waren eben die Vorzüge einer Krankenbaracke.

„Wenn ich raus bin", malte sich die sterbenskranke Frau aus, „werde ich eine ganze Badewanne mit Essen füllen. Und ich werde nur essen, essen und essen."

Essen.

Elsa hatte nur noch eine vage Erinnerung daran. Eine vage Erinnerung an die Zeit vor Auschwitz. An die Zeit, als es Essen noch in Überfluss gab. Die Erinnerung trieb ihr die Tränen in die Augen.

Sie musste plötzlich an ihren Vater denken. Wie sie im Sommer im Bach fischten und jeden Abend frischen Fisch zu Abend gegessen hatten. Aber das Bild war wie ein Traum.

Sie sah sich am Ufer hocken; aus der Ferne hörte sie Hannas Lachen und Kreischen. Sie stand knietief im Wasser und versuchte, die kleinen Fische mit bloßen Händen zu fangen. Ihr Vater saß mit hochgekrempelten Hosenbeinen da und schaute zu. Der warme Wind umspielte seine sonnengebräunten Beine. Die Haut ihres Vaters wurde in der Sonne dunkel. So dunkel wie bei einem Inder, erinnerte sie sich.

„So wird das nichts mit unseren Fischen", bemerkte Elsas Vater. „Hanna vergrault alle."

Elsas Mutter, die sich in den Schatten in Sicherheit gebracht hatte, trug ihr selbst genähtes Sommerkleid. Ihr Haar war züchtig hochgesteckt. Elsa hätte sich für ihre Mutter so gerne einen modischen Haarschnitt gewünscht. „Dann essen wir eben keinen Fisch", sagte sie. „Ich kann keinen Fisch mehr sehen."

Ein seliges Lächeln glitt über das Gesicht ihres Vaters. „Du kannst den Fisch ja auch mit geschlossenen Augen zubereiten."

Elsa sah genau vor sich, wie ihre Mutter ein sauertöpfisches Gesicht machte.

„Du bist ein echter Komiker. Du solltest lieber still sein und mir etwas Vernünftiges zum Abendessen jagen", sagte sie eingeschnappt.

Elsas Vater sah ihre Mutter an, als könnte er sein Glück nicht fassen, sie geheiratet zu haben.

So war die Zeit damals gewesen. Sie jammerten über das Essen, als gäbe es nichts Wichtigeres auf der Welt. Elsa schüttelte sich bei dieser Erinnerung. Was hätte Elsa jetzt für frischen Fisch gegeben!

Draußen ertönte eine neue Gewehrsalve. Kurz wurde es still in der Baracke.

„Was hast du für Neuigkeiten gehört?" Ein Kopf erschien aus der Koje rechts neben Elsa und ein eingesunkenes, graues Augenpaar schaute sie eindringlich an. Ihr fiel auf, dass das Gesicht besonders traurig und unglücklich war.

Elsa atmete tief durch und legte die Hände zusammen, als wollte sie beten. Leise sagte sie: „Die Russen sind zweihundert Kilometer entfernt." Das hatte sie irgendwo aufgeschnappt.

„Dann stimmt es also, was Janusz gesagt hat." Die Frau mit dem besonders traurigen Gesicht setzte sich auf. Elsa fiel der angeschwollene Bauch auf und sie fragte sich augenblicklich, wie die Frau es geschafft hatte, so fett zu werden. „Dennoch werden wir verrecken", zischte sie. Einen Moment lang belauerte sie Elsa regungslos mit zusammengekniffenen Augen. „Wir alle werden verrecken!"

Ein erregtes Murmeln ging durch die Kojen. „Halt die Klappe!", brummte jemand.

Im fahlen Licht glitten die Augen der unglücklichen Frau über Elsa hinweg - gleichgültig. „Ich werde auf jeden Fall verrecken."

„Was ist los?", erkundigte sich jemand aus der letzten Koje.

„Lotti wird verrecken, meint sie."

„Kann sie etwas leiser verrecken. Mein Schädel platzt gleich."

„Man muss sich damit abfinden. Die verreckt doch schon seit einer Woche."

Eine Woche? Eine Woche und sie wurde noch nicht selektiert? War die Krankenbaracke doch nicht so schlimm, wie alle sagten? Eine Woche im Bett! Wie herrlich! Ob man Elsa auch eine Woche ließe? Seit der Ankunft hatte sie keine Gelegenheit zur Erholung gehabt.

„Wenn das da draußen wirklich die Russen sind, dann verreckt keiner mehr", sagte die Frau mit dem Husten.

„Mein Baby schon", sagte Lotti und strich sich über den Bauch. „Es rührt sich schon seit einer Weile nicht mehr."

Erschüttert dachte Elsa: *Baby?* Die Frau war nicht fett! Sie war schwanger! Schwangere Frauen bekamen in der Regel keine Sonderbehandlung. Sie mussten in den schmutzigen Baracken entbinden; die anderen Frauen konnten ihnen nicht im Geringsten helfen, denn sie verfügten über gar nichts. Die Babys starben oft kurz nach der Geburt oder wurden vor den Augen der Mütter von den SS-Leuten umgebracht.

„Sei nicht dumm. Das Baby schläft nur."

„Seit gestern schon? Das Baby ist ganz sicher tot. Und wenn es tot ist, will ich auch nicht mehr leben."

„Im wievielten Monat bist du?", fragte Elsa, die sich plötzlich wie auf einem anderen Planeten vorkam.

„Seit heute im achten", antwortete Lotti.

„Wieso hat man dich nicht zur Abtreibung gezwungen", wunderte sich Elsa.

„Niemand hat's gemerkt. Ich konnte die Schwangerschaft verbergen. Ich habe Decken gerissen, um mir den Bauch wegzubinden." Sie hielt kurz inne. „Vergasen wollen sie mich auch nicht", spottete sie boshaft. „Dabei wäre es vielleicht das Beste."

„Hör auf zu jammern! Sei lieber froh! Dein Baby wird nicht in einer schmutzigen Baracke zu Welt kommen", sagte die Stimme aus der hinteren Koje.

„Dafür bekommen Dr. Mengele oder Dr. Hauser mein Baby in die Finger. Genau wie die ganzen Zwillinge ", murrte Lotti.

Bei dem Namen Mengele überkam Elsa Wut. Sie spüre, wie sie in ihren Körper kroch - eine giftige, böse Schlange. Dieser Teufel hatte ihre Mutter ins Gas geschickt! Dieser Mann, der zunächst einen gewinnenden Eindruck auf sie gemacht hatte, war skrupellos und ein Lügner!

„Was Mengele wohl mit den ganzen Zwillingen treibt?", sagte die Frau mit dem Husten.

„Er sammelt sie genauso wie Babys", brummte Lotti.

„Er sammelt Kinder?", fragte Elsa. Mittlerweile wunderte sie nichts mehr in Auschwitz. „Wozu?"

„Achtung!", flüsterte die Frau aus der untersten Koje. Ihre Lungen pfiffen wie ein Wasserkessel. „Da kommt jemand." Sofort legten sich alle hin, kniffen sich ein wenig in die Wangen, damit sie rosig und gesund wirkten, und zogen die Decken bis zu den Nasen, als wäre nichts gewesen. Elsa beschloss, dasselbe zu tun. Und dort, in der Dämmerung der Baracke, hörte sie Schritte, als jemand den Schlafraum betrat. Dann schoss ihr ein köstlicher Duft in die Nase. Der Geruch kam ihr durchaus bekannt vor, doch sie wollte es zunächst nicht glauben. Nicht hier, mitten im Verderben. Hier wo es nach Tod und Verwesung roch. Sie roch tatsächlich Parfüm! Nun kam sie sich noch mehr wie auf einem anderen Planeten vor. Unvermittelt musste sie an ihre Mutter denken, die immer zu besonderen Anlässen einen Hauch Parfüm aufgetragen hatte. Schlagartig stützte sie sich auf die Ellenbogen und entdeckte zwei Gestalten, die durch die Kojenreihen huschten.

„Elsa. Hey, Elsa. Bist du hier?", rief jemand.

Es kam Elsa so absurd vor, dass sie nicht wagte zu antworten.

„Kennt ihr jemanden namens Elsa? Sie hat eine Kopfwunde und wurde gestern eingeliefert."

Erstaunt riss Elsa die Augen auf. Die Stimme kannte sie doch! „Elli?", fragte sie erstaunt. „Bist du es?"

„Ja. Ich bin es. Und Hanna." Und da stand sie vor der Koje, wie eine Madonnenerscheinung, und Elsa meinte, Ginger Rogers vor sich zu haben. Sie war erstaunt, wie gepflegt und sauber Elli war und was für schöne Kleidung sie trug. Sie war nicht in Lumpen gekleidet wie alle anderen im Lager. Elli trug ein hellblaues hübsches Kleid, dazu eine passende Haarschleife und schicke Stiefeletten. Ihr blondes Haar lag in schönen Wellen und ihre Lippen waren rot geschminkt. Sie wirkte wahrhaftig wie ein amerikanischer Filmstar.

„Wie toll du aussiehst!" Elsa war begeistert.

Elli lächelte geschmeichelt und strich sich mit einer eleganten Bewegung die Haare zurecht. „Ich habe viele Privilegien", sagte sie verlegen und schwieg sofort. Elsa merkte, dass es Elli unangenehm war, über ihre Arbeit zu sprechen. Sie wollte niemandem auf die Nase binden, dass sie bei den Huren war.

„Was machst du hier überhaupt?", fragte Elsa, um das Thema zu wechseln.

„Dich besuchen. Was sonst?", antwortete Elli. Hinter ihr trat Hanna vor, die über beide Backen strahlte, als sie Elsa sah. Es war das aufrichtigste Lächeln, das Elsa seit langer Zeit gesehen hatte.

„Aber die Wachen!", bemerkte Elsa entsetzt. „Wenn man euch hier findet, bekommt ihr Ärger!"

„Mach dir keine Sorgen", sagte Hanna, kletterte zu Elsa hoch und schlüpfte unter ihre Decke. „Es gab einen Häftlingsaufstand und dabei ist das Krematorium explodiert", erzählte sie begeistert. Für einen kurzen Augenblick war sie wieder ein vierzehnjähriges, unbekümmertes Mädchen. Die großen bernsteinfarbenen Augen in dem offenen Gesicht strahlten Elsa amüsiert an. „Glaub mir! Die Wachen haben im Moment Besseres zu tun, als sich um uns zu kümmern. Niemandem wird auffallen, dass wir hier sind."

„Es sind nicht die Russen?", fragte Lotti entgeistert.

„Nein", antwortete Elli.

„Dann krepieren wir doch noch." Sie schüttelte resigniert den Kopf.

„Na gut", schimpfte die Stimme aus der hinteren Koje, „dann krepierst du eben! Wenn du dumm genug bist, dir ein Baby machen zu lassen, dann hast du es auch nicht anders verdient."

„Ich krepiere nicht!", sagte die Frau mit dem Husten. „Morgen will ich wieder zur Arbeit. Ich will nicht auf die nächste Selektion warten."

„Eigentlich sollte ich heute wieder zur Arbeit", bemerkte Elsa.

„Sei doch froh", sagte Hanna, „du kannst noch einen Tag im Bett bleiben. Es ist sauberer als unseres."

Elli reichte Elsa ein Päckchen und flüsterte, sie solle es heimlich öffnen. Natürlich sah Elsa sofort nach, was im Päckchen war: zwei Scheiben Wurst, eine Kartoffel, zwei Scheiben Brot und ein halbes Dutzend Zigaretten, ein begehrtes Tauschgut im Lager. Ach was! Nicht nur begehrt. Zigaretten waren in Auschwitz wie Gold oder Diamanten. Sie waren die einzige Währung, die jeder anerkannte. Elsa machte große Augen. Diese ausgefuchste Elli! Minutenlang starrte Elsa das Päckchen an und war unfähig, etwas zu sagen. Als Elsa endlich Dankesworte fand, war Elli nicht mehr da. Elsa traten Tränen in die Augen. Wie konnte sie Elli nur jemals danken?

18

Männerlager, 12. Oktober 1944: Nachdem die Stimmen in der Gaskammer verstummt waren, machte sich das Sonderkommando daran, das Hab und Gut der Opfer zu durchsuchen und zu sortieren. Anfangs - an seinen ersten Arbeitstagen - verspürte David Rosenzweig einen entsetzlichen Schauer, der ihm durch die Glieder fuhr. Denn er wusste, dass es einer Grabschändung gleichkam. Das, was er miterlebte, versetzte ihn in Schockstarre; innerhalb von zwanzig Minuten wurden ganze Familien ausgelöscht; was blieb, waren ihre ganz persönlichen Sachen. Fotos, Briefe, Schmuck. Es waren Beweise. Erdrückende Beweise, die allesamt für ein großes Verbrechen an der Menschlichkeit sprachen. Und er war dabei, sie zu durchsuchen, zu sortieren und verschwinden zu lassen. Wie oft hatte er schon etwas mitgehen lassen? Einen Ring, eine Kette oder Zigaretten.

„Die toten Juden brauchen die Sachen nicht mehr und die Deutschen lassen uns freie Hand", hatte ihm Marek, ein polnischer Mitgefangener, am ersten Tag erklärt. „Du kannst sie tauschen. Wenn du etwas zum Tauschen hast, überlebst du."

Und das tat David auch. Das Organisieren von Wertsachen beim Ausräumen des Auskleideraums erwies sich als lebensnotwendig. *Weißt du, wozu du noch fähig bist?*, hatte er sich oft gefragt. *Ahnst du es auch nur ansatzweise? Du lügst die Menschen an, bringst die Leute in die Gaskammer, siehst zu, wie sie sterben, und stiehlst ihre Sachen. Wozu bist du noch fähig?*

Er dachte oft an den schicksalhaften Tag, als er eines Morgens deutsche Offiziere näher kommen sah. Sie befahlen dem Kapo, die Männer zusammenzurufen, dann musste jeder von ihnen angeben, welchen Beruf er ausüben könne. Man sagte ihnen, sie bekämen Arbeit. Sie suchten Tischler, Elektriker, Ingenieure. David hatte in Mannheim in einer Bank gearbeitet, doch er war jung und kräftig und wurde ausgewählt. Er hoffte, dass man ihn vielleicht in die Zentralsauna zum Arbeiten stecken würde. Dort war man im Warmen und die Arbeit nicht schwer.

Aber die Wirklichkeit sah ganz anders aus. Die Offiziere wählten Personen für das Sonderkommando aus, doch das erfuhr David erst, als man ihn zur Arbeit ins Krematorium brachte. Dort sah er zum ersten Mal das Grauen und den Tod; er sah die vergasten Toten, die vor der Gaskammer lagen. Nach dem ersten Tag stand er so unter Schock, dass er sich beinahe zu Tode gesoffen hätte.

Doch Janusz hatte ihn retten können. „Versuch bloß nicht, dich umzubringen! Das ist dumm! Dumm und egoistisch!", schimpfte er. „Du musst leben. Du musst weiterleben, um den Menschen zu erzählen, was hier passiert ist! Wir sind Zeugen eines in der Geschichte einmaligen Vorgangs. Wir müssen die Geschichte weitererzählen."

Doch ein Stück von ihm war gestorben. Abgestorben.

Die meisten Mitglieder des Sonderkommandos wurden nach vier Monaten „ersetzt". Weil sie die Wahrheit kannten, drohte ihnen, sobald sie von der SS nicht mehr gebraucht wurden, der Erschießungstod. Offiziell hieß es, Auschwitz sei ein Familien- und Arbeitslager. Die Nazis wollten verhindern, dass nach Ende des Krieges irgendeiner am Leben war, der die ganze Geschichte erzählen konnte. Man könnte es wohl als Spurenbeseitigung bezeichnen.

„Aber so leicht werde ich es ihnen nicht machen, so leicht nicht", sagte sich David nach dem Gespräch mit Janusz.

„Willst du lieber allein sein, oder was?", dröhnte eine Stimme, die ihn aus den Gedanken riss. Ein SS-Mann stand breitbeinig da und beobachtete aufmerksam, wie David über einem roten Koffer hockte. Der Koffer hatte einer jungen Frau gehört. Sie hatte ein Faible für schöne Unterwäsche gehabt, und David merkte, wie er ein Seidenhöschen in der Hand hielt und es anstarrte.

Dem SS-Mann war es nicht entgangen. Er taxierte die Unterwäsche wie ein Raubvogel seine Beute. „Willst du es anprobieren?" Der SS-Mann lächelte hämisch.

David errötete leicht. „Nein. Natürlich nicht!" Beinahe hätte er geschrien. „Ich … ich habe eine Schwester … und eine Frau."

„Die werden bei der Kälte mehr brauchen als ein Seidenhöschen, dummer Jude!" Er hielt kurz inne, bevor er sich vorbeugte und flüsterte: „Ich sag dir was: Du überlässt mir die Höschen, dann gehst du zu Marek. Der hat einen Koffer mit Kleidern und Pullovern."

David gaffte den SS-Offizier an. Wozu brauchte der Mann Seidenhöschen? Er war ledig, hatte niemanden, dem er Wäsche schenken konnte.

Hastig stopfte sich der SS-Mann die Taschen mit der Seidenunterwäsche voll. „Zu keinem ein Wort, sonst bist du ein toter Jude!", fauchte er.

David wunderte gar nichts mehr in Auschwitz. Hier taten sich menschliche Abgründe auf, die dem Teufel persönlich Konkurrenz machten.

Er ging zu Marek rüber. „Was tust du eigentlich hier?", wunderte sich David. Marek gehörte nämlich der Gruppe an, die die Leichen aus der Gaskammer holte. Eine grauenhafte Arbeit. Wenn man die Tür der Gaskammer öffnete, sah man markerschütternde Bilder. Viele Menschen waren im Stehen gestorben. Einer neben dem anderen, die Köpfe geneigt. Alles war voller Exkremente, Blut und Erbrochenem. Die Toten klebten aneinander, man konnte sie kaum voneinander lösen. Manche waren zerkratzt oder zerbissen, anderen quollen die Augen aus den Höhlen, weil ihnen das Gas den Sauerstoff zum Atmen entzogen hatte.

„Wir haben einen Neuen", gab Marek zurück, „da habe ich mich verdrückt." Marek war kein Freund von langen Reden. Er erledigte seine Arbeit still und gewissenhaft.

„Einen Neuen? Was ist das für einer?"

Marek schüttelte den Inhalt des Koffers auf den Boden. „Die haben uns einen Pelzhändler geschickt." Mareks Ton ließ die Schlussfolgerung zu, dass der Neue nicht viel taugte. „Der ist vor Kurzem mit seiner Frau und zwei Töchtern angekommen."

David ließ seinen Blick über die Kleider wandern - dicke Frauenkleidung. Wunderbar! Die Größe passte auch in etwa. Seine Mädels würden aber Augen machen! Für Rosa hatte er mittlerweile eine schöne Kleidersammlung angehäuft. Ganz sicher würde er sie bald wiedersehen. Schließlich hatte er auch Frederika wiedergefunden.

„Wie ist der Neue so?", fragte David, während er zwei Pullover und Strümpfe unter die Jacke stopfte. Der SS-Mann schaute großzügig weg.

Marek fand zwischen den Sachen eine Zigarettenschachtel, die er mit David teilte. Bevor David in Auschwitz gelandet war, hat er nicht geraucht, aber er hat es sich von den anderen abgeguckt. Nun qualmte er, als hätte er sein ganzes Leben lang nichts anderes gemacht. Zigaretten und Alkohol waren Zeitverkürzer, ein heiliges Ritual, das seine Tage versüßte. Ein ständiges Kämpfen um Kippen, das war eines der Hauptprobleme hier in Auschwitz, doch David saß sozusagen an der Quelle. Hier gab es immer Nachschub.

„Samuel Goldberg? Der wird keinen Monat durchhalten. Die Arbeit in den Gruben bekommt ihm nicht gut", sagte Marek trocken.

David verstand. Die Arbeit dort war besonders hart. Weil die Kapazität der Öfen nicht ausreichte, verbrannte man die Toten draußen in den Gruben auf Scheiterhaufen. Eine anstrengende Prozedur. Die Leichen musste man so in die Gräben werfen, dass das Feuer nicht gelöscht wurde. Wenn die Leichen zu eng zusammenlagen, konnte keine Luft zwischen ihnen zirkulieren, sodass das Feuer jederzeit erlöschen konnte. Das hätte die SS-Männer wütend gemacht und die Wachleute an den Gruben waren besonders erbarmungslos. Einmal hatte David gesehen, wie ein SS-Mann ein kleines Kind lebendig ins Feuer geworfen hatte. Der SS-Mann – das wusste David – hatte selbst Kinder. Es gab Männer, die aufgrund der Gruben den Verstand verloren. So etwas konnte man nicht einfach wegstecken.

„Ich habe genug von Auschwitz", flüsterte Marek.

Seine Wortwahl ließ David aufblicken. „Was willst du machen? Den Job kündigen?"

Mareks Blick wanderte neben den Koffer zu dem SS-Mann an der Tür. Er war durch ein Gespräch abgelenkt. „Ich werde fliehen."

„Hast du die SS und die geladenen Stacheldrahtzäune vergessen?", fragte David und räusperte sich.

Marek zuckte unbekümmert mit den Schultern. „Ich habe einen Plan."

„Es gibt nur einen Ausweg: Durch den Schornstein", bemerkte David.

„Der Plan ist narrensicher. Ich werde nicht nur fliehen, ich werde rausspazieren", raunte Marek und fuhr sich mit einer Hand durch die schwarzen Haare, die hier und da von ein paar silbernen Strähnen durchzogen waren.

„Jetzt machst du mich aber neugierig. Also, was hast du vor?"

„Ich kenne jemanden, der mir eine SS-Uniform und ein Motorrad besorgen kann."

„Kannst du dem trauen?"

„Ja. Und ich möchte dich gerne dabeihaben", verkündete Marek.

David zog eine Augenbraue hoch und sah ihn eine Weile stumm an. „Mich?", fragte er dann.

„Ja. Ich brauche jemanden, der gut Deutsch spricht. Wenn ich meinen Mund aufmache, merken die gleich, dass ich Pole bin."

David schluckte und schüttelte den Kopf. „Ohne Rosa und Frederika gehe ich nirgendwohin."

Marek hielt inne und tat so, als hätte er etwas an den Ohren. „Rosa? Rosa sagst du? Sei nicht dumm! Deine Frau ist längst ...", begann er, doch David schnitt ihm das Wort ab.

„Nein! Das weißt du doch gar nicht! Solange ich keine Gewissheit habe, gehe ich nirgendwohin."

Marek beäugte ihn argwöhnisch. „Du bist der dümmste Jude, der mir untergekommen ist. Deine Frau war schwanger. So viel Schwein hat sie nicht gehabt. Du arbeitest im Sonderkommando, mein lieber Freund. Belüg dich nicht selbst!"

„Ich bleibe." Er streifte mit der Hand durch die lichter werdenden, dunklen Haare. „Ich werde Frederika beschützen und auf Rosa warten."

„Stur bist du auch noch", brummte Marek.

Doch das war David egal. Niemals würde er seine Mädels im Stich lassen. Nur mit seiner Hilfe hatten sie die Chance zu überleben.

19

New York, Frühjahr 1979
Donnerstag

Ich machte etwas früher Feierabend und fuhr nach Long Island, um Mums Sachen zu waschen und ein paar neue zu holen. Beim ersten Mal hatte Salome das erledigt, doch ich wusste, wie sehr sie momentan unter Stress stand, und wollte sie ein wenig entlasten.

Beinahe hätte ich die Einfahrt übersehen. Mitten auf der Straße machte ich eine Vollbremsung, dann legte ich den Rückwärtsgang ein und fuhr rückwärts an der Auffahrt vorbei, um dann vorwärts einzuparken.

Als ich ausstieg, schlug mir kühle Luft entgegen. Die Heizung im Wagen hatte ich auf dreiundzwanzig Grad gestellt, draußen mussten es aber achtzehn sein. Durch das Zuschlagen der Autotür wurden ein paar Möwen aufgescheucht, die dann am Himmel kreisten und unter dem Dachsims Schutz suchten.

Der Wind wurde stärker und ich warf mir eine Strickjacke über. Ich fand die kalte, klare Luft faszinierend. Mir kam es vor, als würde ich puren Sauerstoff tanken. Salome dagegen hatte das Klima auf Long Island schon immer verflucht. Ihr war grundsätzlich kalt und der Wind blies ihr zu stark. Wenn sie Mum besuchte, verkroch sie sich aufs Sofa unter eine warme Decke. Ich dagegen genoss die schöne Aussicht im Wintergarten.

Das Haus meiner Eltern war im eleganten Queen-Anne-Stil erbaut. Die Türen, Zargen und Treppengeländer waren aus Echtholz gefertigt. Es hatte mehrere Spitzdächer, große Erkerfenster und eine reich verzierte Holzfassade. Hinter dem Haus lag der Rosengarten, den meine Mum hegte und pflegte, als gäbe es nichts anderes auf der Welt.

Seit dem Tod meines Vaters hatte sie sich der Rosenzucht gewidmet und sie hatte eine wirklich glückliche Hand für diese Blumen. Dort, wo früher unser Baumhaus gestanden hatte, befand sich ein großes Rosenbeet und in einer Ecke stand eine Sitzbank. Während der Wind die Wellen auf den weißen Sandstrand peitschte, konnte man im Garten sitzen und die Rosen bewundern. Die bunte Mischung gab einen angenehmen Kontrast zu den eintönigen Dünen.

Als ich die Haustür öffnete, schoss mir der Geruch von Politur und Meer entgegen. Die Sonne drang durch die großen Eckfenster und ließ die Innenräume geradezu erstrahlen. Das Haus vermittelte Ruhe und Wärme und es gab nichts, was man verändern musste, denn meine Mum besaß einen exzellenten Geschmack. In dem geräumigen Wohnzimmer standen ein Kachelofen und ein Klavier. Ein blaues Sofa und blaue Sessel waren farblich auf den hellen Teppich abgestimmt. Alles war genau so, wie es immer war - und doch war es anders. Meine Mum war nicht hier.

Plötzlich spürte ich eine heftige Sehnsucht nach ihr, so, als bemerkte ich ihr Fehlen zum ersten Mal. Mir war zum Heulen zumute. Das Haus war immer voller Leben gewesen. Eine Tür ging auf, eine andere ging zu. Mum gab Zeichenunterricht und ihre Künste waren gefragt. Sogar in der Zeitung wurde darüber berichtet. Irgendeiner war immer im Haus, und in einem Haus wie diesem waren ruhige Minuten selten. Ich konnte mich nicht daran erinnern, wann das Haus das letzte Mal so leer gewesen war.

Ich betrat das Wohnzimmer und öffnete die Fenster. Dann schüttelte ich die Kissen auf dem Sofa auf und überprüfte die Post. Anschließend lief ich in Mums Schlafzimmer und suchte frische Unterwäsche, Mums Lieblingsblusen und Hosen raus. Sie war eine Frau, die stets auf ihr Äußeres achtete. Auf jeden Fall hatte ich daran gedacht, was sie am liebsten trug, damit sie sich in ihrer Haut wohlfühlte.

Als ich in das oberste Regal nach Mums Lieblingshalstuch griff, fiel eine Schachtel vor meine Füße; der Deckel klappte auf und Salomes alte Babysachen fielen heraus. Es waren ein aufwendig gestricktes Jäckchen, Hose, Pullover, Mütze und Handschuhe mit osteuropäischen Mustern.

Als ich die Sachen aufhob, bemerkte ich, dass sich zwischen den Sachen alte Fotos, Postkarten und Briefe befanden. Die Postkarten waren von Tante Dimitra. Sie stammten aus verschiedenen Urlauben. Die Fotos waren alte Schwarz-Weiß-

Aufnahmen. Eines davon zeigte Mum und Dad mit einem Kinderwagen. Es wurde im Central Park geschossen.

Das zweite Bild zeigte Tante Dimitra auf einem Pferd. An die Szene erinnerte ich mich. Das war unser gemeinsamer Ausflug auf eine Pferderanch gewesen. Tante Dimitra hatte panische Angst vor Pferden, doch sie ließ sich von uns Mädchen dazu überreden, auf einen Gaul zu steigen, was sehr witzig war. Dimitra war der einzige Mensch auf der Welt, der sich auf dem Rücken eines Pferdes beinahe in die Hose machte. Bei der Erinnerung an die verängstigte, panische Dimitra musste ich schmunzeln. Schon komisch, sie hatte mehr Angst vor dem Pferd als vor dem Krebs.

Das dritte Foto zeigte eine vierköpfige Familie: Vater, Mutter, zwei Töchter. Stolz und würdig posierten sie vor einer arrangierten Kulisse. Ich versuchte, jede Einzelheit aufzusaugen. Der Vater hatte dunkles, nicht zu bändigendes Haar, ein markantes Kinn und ungewöhnlich sinnliche Lippen für einen Mann. Unter dem maßgeschneiderten Anzug sah ich deutlich seinen sehnigen Hals. Die Mutter - nicht umwerfend schön, aber sehr elegant, perfekt gekleidet in ein dunkles Kleid und Pelzstola - hatte lange Wimpern, hohe Wangenknochen, helles Haar und traurige Augen. Selbst bei der stumpfen Qualität des Fotos erkannte ich den Kummer darin.

Die Mädchen hatten lange, helle Zöpfe und gleiche Kleider. Wäre der Altersunterschied nicht gewesen, hätte man sie für Zwillinge halten können. Ich drehte das Bild um, auf der Suche nach einem Kommentar, und auf der Rückseite stand ein Datum:

Berlin, 1937. Elsas zwölfter Geburtstag.

Wie seltsam. Ich kannte das Familienalbum in- und auswendig, doch diese Fotos gehörten nicht dazu. Zum ersten Mal sah ich meine Großeltern und meine Tante Hanna! Wie hübsch die Familie gewesen ist. Komisch. So hatte ich sie mir immer vorgestellt, die perfekte Familie. Aber jetzt, da ich die Gesichter dieser Fremden betrachtete, empfand ich es als schmerzlich. Auf einmal waren sie real und keine Gespenster meiner Fantasie mehr. Ich legte die Bilder in die Schachtel zurück und faltete einen der Briefe auf.

April, 1954

Liebste Hanna,

trotz der langen Schreibpause will ich dich auf dem Laufenden halten. Ich bin glücklich verheiratet. Jared ist ein erfolgreicher Anwalt, ich eine fähige Hausfrau, und wir haben ein Haus auf Long Island. Jetzt halt dich fest! Das Haus steht direkt am Strand! Ein Haus am Strand, so wie du und ich es uns immer erträumt haben! Ich weiß doch, wie sehr du das Meer geliebt hast. Ich habe das Haus für dich gekauft, Schwesterherz.

Salome ist jetzt neun Jahre alt und ein wunderbares Mädchen. Sie ist clever, hübsch und diszipliniert. Obwohl wir uns äußerlich überhaupt nicht ähneln, fragt niemand mehr nach ihrer Herkunft. Jared hat sie offiziell adoptiert und Salome ist total vernarrt in ihn.

Ich habe wunderbare Neuigkeiten. Ich erwarte ein Kind! Es gleicht einem Wunder! Wie du weißt, hätte ich seit Auschwitz überhaupt gar keine Kinder bekommen können. Ich habe dir bereits geschrieben, was die dort mit mir gemacht haben. Es ist nicht leicht, über diese Dinge zu sprechen und ich möchte es am liebsten ganz vermeiden, wenn es denn irgendwie geht.

Selbstverständlich wurde ich nicht auf natürlichem Wege schwanger. Vor allem wegen des letzten Eingriffs in Auschwitz ist es schwer für mich, zu empfangen. Jared und ich hatten uns so sehr ein gemeinsames Kind gewünscht, dass wir eine namhafte Fruchtbarkeitsklinik in England aufgesucht haben.

Dabei musste ich mich drei Operationen unterziehen. Der Grund dafür waren Wucherungen, Verklebungen und Narben an meinen inneren weiblichen Organen. Da ich ansonsten zeugungsfähig war, bestand eine winzige Chance auf eine Schwangerschaft. Wegen der Erinnerungen an Auschwitz waren diese Eingriffe die reinste Folter für mich. Wie du weißt, habe ich seitdem eine panische Angst vor Ärzten. Nur der Gedanke an ein eigenes Kind ließ mich nicht verrückt werden.

Wie sehr ich mich darauf freue, diese kleine Seele zu hegen und reifen zu lassen! Das ist das zweite Geschenk Gottes. Es ist mir ein Rätsel, wie die Ärzte dies überhaupt geschafft haben. Leider wird es nur bei diesem einen Kind bleiben. Ein neuer Eingriff wäre zu risikoreich, behaupten die Ärzte.

Wenn es ein Mädchen wird, werde ich sie Leni nennen, nach unserer Großmutter. Jared ist von dem Namen begeistert.

Habe ich dir schon von Mona erzählt? Ich glaube, Mona weiß jetzt, dass ich keine „Hure" bin. Ich nehme an, dass Jared ihr von meinen Leiden erzählt hat. Sie ist nämlich viel netter zu mir.

Das waren die freudigen Nachrichten. Nun habe ich eine traurige. Wie du vielleicht schon weißt, ist Onkel Emeram gestorben. Somit bin ich als Einzige aus unserer Familie übrig geblieben. Tante Viktoria ist an Alzheimer erkrankt und befindet sich in einem Pflegeheim. Abgesehen von Jared, Dimitra und meinen Schwiegereltern ist sie die Einzige, die von Salomes Geheimnis weiß. Ich habe es ihr erst nach Ausbruch der Krankheit erzählt. So gehe ich auf Nummer sicher. Ich kann nicht riskieren, dass die ganze Welt die Wahrheit erfährt. Vielleicht gibt es noch Zeugen. Schließlich habe ich nicht als Einzige Auschwitz überlebt.

Ich schreibe dir bald wieder, liebste und teuerste Schwester.

Deine Elsa

Mir wurde schwindelig. Mein ganzer Körper verkrampfte sich. Stocksteif saß ich da und versuchte zu atmen, obwohl mir die Luft plötzlich wie dicker Rauch erschien. Ich wusste nicht, was mich mehr verstörte: die Tatsache, dass ich das Ergebnis einer künstlichen Befruchtung war, oder dass Mum Briefe an Hanna geschrieben hatte. Sie war eindeutig nicht der Mensch, für den ich sie hielt. Sie war ein Mensch, den ich neu entdecken musste. Ich wünschte, ich hätte diesen Brief nie gelesen!

Eilig steckte ich die Fotos und die Briefe zurück in die Schachtel und stellte sie auf ihren Platz. Mühsam stand ich auf. Ich empfand eine Beklommenheit, die mir buchstäblich durch Mark und Bein ging. Mich erfüllte Trauer und das Gefühl der Einsamkeit.

Schritte im Flur holten mich aus meinen Gedanken zurück. Ich sprang auf die Beine und suchte automatisch das Zimmer nach etwas ab, mit dem ich mich im Notfall verteidigen konnte. Ich war gerade dabei, nach der Tischlampe zu greifen, als Salomes Kopf in der Tür erschien.

„Was machst du denn hier?" Ich schrie und rang gleichzeitig nach Luft.

„Ich suche dich." Ihre Stimme klang überrascht.

„Du hast mich zu Tode erschreckt!"

„Tut mir leid. Ich rufe schon seit fünf Minuten nach dir. Ich habe geglaubt, dass du mich gehört hast." Sie trug eine weinrote, elegante Stola um die Schultern und der Duft ihres Parfüms erfüllte den Raum.

„Woher weißt du, dass ich hier bin?"

„Ich war bei dir in der Bibliothek. Dort haben sie mir gesagt, dass du etwas früher Feierabend gemacht hast, um Sachen für deine kranke Mutter zu holen."

„Wieso suchst du mich überhaupt?"

„Weil ich dir etwas zeigen möchte. Komm mit!"

Wir fuhren in Salomes Wagen, einem roten, brandneuen Mercedes. Er war so neu, dass man den Geruch der Lederbezüge riechen konnte.

„Was willst du mir zeigen?", fragte ich, als wir uns Manhattan näherten. „Und wo fahren wir eigentlich hin?"

„Das wirst du gleich sehen."

Ich war ein wohlerzogenes Mädchen und sagte: „In Ordnung."

„Hat dir Mum je erzählt, wie sie unseren Vater kennengelernt hat?", fragte Salome plötzlich.

„Ja. Er war der Sohn des Anwalts, der das Familienvermögen in Amerika verwaltete. Er war das Empfangskomitee, das sie von dem Schiff abholte, mit dem sie in die USA einreiste."

„Ich finde das romantisch. Vater erzählte mir, dass er sich sofort in diese unscheinbare, aber rätselhafte Frau verliebt hatte. Sie war viel zu dürr, trug ihre Haare viel zu kurz und war einfach süß."

„Hat er es sofort gewusst? Ich meine, hat er von dir und von Auschwitz gewusst?"

„Anfangs nicht. Zumindest nicht alles. Natürlich wusste er von Auschwitz, von meiner Herkunft jedoch nicht. Sie sprach nie über ihre Zeit im Lager und bestand darauf, dass man es gegenüber Fremden nicht erwähnte. Und keiner war auf die

Idee gekommen, sie danach zu fragen. Das war nichts Ungewöhnliches, denn viele Opfer schwiegen. Damals hatten Medien ein großes Interesse an ihnen, und Mum fürchtete wohl, zu sehr ins Rampenlicht zu geraten. Als sie es endlich erzählte, beschloss die Familie, das Geheimnis für sich zu behalten. Für Fremde legten sie sich eine andere Geschichte zurecht. Alle hatten Angst, dass jemand Mum auf die Spur hätte kommen können und mich ihr wegnehmen würde."

Mir wurde bewusst, dass ich schon die ganze Zeit durch den Mund atmete, weil ich so angespannt war. „Wann hast du es erfahren?"

„Kurz bevor Tante Dimitra starb. Es war ihr letzter Wunsch, dass ich es erfahre."

Mir fielen beinahe die Augen aus dem Kopf. „Dimitra wusste es auch!" Dann waren da plötzlich die vergessenen Bilder in meinem Kopf. Eine Woche vor Dimitras Tod waren wir alle im Krankenhaus. Die Ärzte und Krankenschwestern kamen und gingen in ihr Zimmer. Sie sprachen leise und mit besorgten Stimmen. Man befahl uns Mädchen, aus dem Zimmer zu gehen. Durch die Glasscheibe sah ich, dass Mum stumm vor ihrem Bett stand. Tränen rollten über ihre Wangen. Sie sagte nichts, sondern ergriff Dimitras Hand und nickte langsam. Dann bewegten sich ihre Lippen, aber ich konnte sie nicht verstehen. Als sie wiederkam, nahm sie Salome zur Seite und flüsterte ihr etwas zu. Danach fuhr Mum mit mir nach Hause und Salome blieb.

Ein mitleidiger Ausdruck zeigte sich auf Salomes Gesicht. „Ja. Dimitra wusste es, denn sie war mit Mum in Auschwitz."

Ein Beben ging durch meinen Körper. „Sie war in Auschwitz!?" Jetzt wurde ich böse. „Was habt ihr mir noch verheimlicht?!" Wieso war mir nie eine eintätowierte Nummer aufgefallen? Dimitra musste sie stets geschickt versteckt gehalten haben. Vielleicht unter dem ungewöhnlich breiten Armband, das sie auffallend oft trug?

„Das alles ist nicht so einfach. Unser Familiengeheimnis ist etwas komplizierter. Ich hätte lieber einen Onkel, der Damenunterwäsche trägt!", sagte Salome, während sie vor einem großen, gepflegten Altbau parkte, einem exklusiven Apartmenthaus. „Wir sind da", verkündete sie und gab mir zu verstehen, dass ich aussteigen sollte. Dann begleitete ich sie hinein in ein großes Foyer.

Ein freundlich aussehender, uniformierter Pförtner begrüßte Salome: „Hallo Mrs. Baker", sagte er. „Lange nicht gesehen." Salomes Gesicht nahm einen Ausdruck an, den ich noch nie bei ihr gesehen hatte. Sie wirkte total geschäftig und ernst, als sie ihn zurückgrüßte. Einen ganz kurzen Moment lang betrachtete ich sie, als wäre sie eine Fremde.

„Kennst du hier jemanden?", fragte ich.

Wir stiegen in den Aufzug und Salome drückte den Knopf für die 15. Etage.

„Zwischen uns wird es nie wieder so sein wie vorher, Leni", sagte sie kühl. „Wir können die Geschichte nicht ändern. Dennoch wirst du meine Schwester bleiben. Ich hoffe, dass du das genauso siehst."

Der Fahrstuhl setzte sich in Bewegung.

„Natürlich. Meine Gefühle für dich haben sich nicht verändert. Ich bin nur sehr durcheinander. Fühle mich betrogen."

„Ich verstehe. So habe ich mich auch gefühlt. Es ist eine komische Situation."

„Bizarr, würde ich sagen."

„Bin ich noch deine Schwester?"

„Natürlich."

Sie lächelte rätselhaft. „Das wollte ich nur wissen." Als der Fahrstuhl stehen blieb, folgten wir dem Korridor um eine Ecke bis zu der Tür, an der „Nr. 23" stand. Befremdet schaute ich zu, wie Salome nach einem Schlüssel griff. Sie legte die Hand auf den Türknauf, zögerte jedoch, ehe sie sich zu mir drehte. „Es riecht vielleicht ein wenig. Es müsste wieder gelüftet werden."

Beinahe flüsternd sagte ich: „O.k."

Salome drückte die Tür auf und wir betraten eine schöne, helle und geräumige Altbauwohnung mit Stuck an Wänden und Decken, bodentiefen Fenstern und einer Dachterrasse mit Blick auf den Central Park. Bis auf die voll ausgestattete neue Küche war die Wohnung unmöbliert. Im Wohnzimmer stand nur ein riesiger Kamin.

„Die Wohnung hat drei Schlafzimmer, zwei Badezimmer und einen Abstellraum. Der Wäscheraum befindet sich im Keller, im Abstellraum ist noch ein Waschmaschinenanschluss. Zu dem Haus gehört eine Tiefgarage mit einem privaten Parkplatz. Ein paar Malerarbeiten müssten durchgeführt werden", erzählte Salome, während sie aus dem Fenster schaute.

„Wem gehört die Wohnung?", fragte ich, um einen beiläufigen Ton bemüht.

Salome drehte sich um und tat unbeteiligt. „Anton und ich haben die Wohnung vor langer Zeit gekauft und vermietet. Gefällt sie dir?"

„Ob sie mir gefällt?! Selbst in hundert Jahren würde ich mir solch eine Wohnung nicht leisten können!"

Mit raschen Schritten kam sie auf mich zu und drückte mir die Schlüssel in die Hand. „Gut. Um die Möbel wirst du dich selber kümmern müssen."

„Wie bitte?"

„Um die Möbel wirst du dich selber kümmern müssen!", wiederholte sie lauter als es nötig gewesen wäre.

Ich blickte überrascht auf. „Du lässt mich hier wohnen?"

Salome nickte kurz.

„Ich kann mir die Miete ganz sicher nicht leisten."

Sie verzog die Lippen zu einem kleinen, kühlen Lächeln. „Ich habe mich lange mit Anton unterhalten. Zahl einfach so viel, wie du kannst."

„Das kann ich nicht annehmen."

„Doch, denn ich kann dich nicht in einem schäbigen Einzimmerapartment hausen lassen. Irgendeiner bringt dich dort noch um!"

„Ich verstehe. Aber …"

„Nichts da ‚aber'! Steh da nicht herum wie ein Idiot! Schau dich lieber um. Du wirst neue Möbel brauchen."

„Eine Menge Möbel", murmelte ich und dachte daran, wie wenig ich eigentlich besaß. Die meisten Möbel in meiner alten Wohnung haben meiner Mitbewohnerin Laura gehört. Meine eigene Wohnungseinrichtung war eine bunte Mischung aus gebrauchten, neuen und geschenkten Möbeln. Einiges davon stammte noch aus meinem Kinderzimmer.

Salome sagte: „Uns fällt schon was ein."

Ich konnte nicht anders, als sie zu umarmen.

20

Langsam kam Elsa wieder zu sich. Die Benommenheit wich zurück und sie wurde sich Stück für Stück ihrer Lage bewusst. Mit unsicheren Bewegungen richtete sie sich auf. Das Krankenzimmer war noch da. Ein Teil von ihr hatte gehofft, dass es nicht so sein würde, dass sie irgendwie wieder in ihrem Schlafzimmer aufwachen würde. Es war spät und das kräftige Leuchten des Mondes warf Lichtschatten durch das Fenster. Ihre Augen brauchten einige Zeit, bis sie sich an das schwache Licht gewöhnt hatten.

Vorsichtig schaute Elsa sich um und stellte mit Unbehagen fest, dass sie nicht allein im Zimmer war. Das Geräusch eines Stuhls, der über den Boden geschoben wurde, ließ sie erschrocken herumfahren. Auf der linken Seite des Raumes zeichneten sich dunkle Umrisse einer Gestalt ab.

„Du bist wach, wie schön", sagte eine angenehme Frauenstimme, während die schwarze Gestalt sich auf den Stuhl setzte. Zwei Sekunden später erkannte Elsa mit klopfendem Herzen Hannas schmales, bleiches Gesicht.

Ihre Schwester saß da und lächelte sie an. Sie trug die KZ-Kleidung, die ihr mindestens zwei Nummern zu groß war. Die Ärmel waren mehrfach umgeschlagen.

„Was machst du hier?", fragte Elsa. Sie empfand ihre eigene Stimme als dünn und klanglos. Mit einem Gefühl des Schauderns schlug sie das weiße Laken zurück und setzte sich auf die Bettkante.

Denk nach, Elsa, du musst nachdenken. Kann das sein? Haben sie mir wieder Gift gespritzt?

„Ich habe dir ein paar Sachen mitgebracht", sagte Hanna ruhig. „Ich habe die Schwester gefragt. Sie ließ mich rein, damit ich dir deine Kleider geben kann." Ihre blassen, aufgerissenen Lippen bewegten sich langsam.

„Sachen?" Elsa hörte die Ratlosigkeit in ihrer eigenen Stimme. „Was für Sachen? Du dürftest gar nicht hier sein!" Elsa sah, wie es in Hannas Gesicht arbeitete.

„Es ist in Ordnung. Schau, ich habe sogar deine Lieblingsbluse mitgebracht ..."

„Nichts ist in Ordnung!", fuhr Elsa auf. „Du bist doch tot!" Hanna schwieg. Ihr Blick hatte sich verändert, sie schaute Elsa jetzt kritisch abwägend an. *Warum sieht sie mich so seltsam an? Wieso bohren sich ihre Augen in mein Gesicht?*

Elsa wusste nicht, wie lange sie sich stumm gegenübergesessen hatten, bis Hanna zögernd fragte: „Wie bin ich gestorben?" Sie beäugte Elsa argwöhnisch, doch sie schien es ernst zu meinen.

Elsa schüttelte den Kopf, als könnte sie diese seltsame Frage damit vertreiben. Sie verzog die Lippen zu einem kleinen, kühlen Lächeln. „Das weißt du doch."

Hanna machte ein finsteres Gesicht. „Ich habe dein Tagebuch, Mum", sagte sie. Dann änderte sich das Bild und aus Hannas Gesicht wurde Lenis. Es war Leni, die dort auf dem Stuhl saß, mit Elsas Lieblingsbluse auf dem Schoß.

„Was ..." Elsa stockte einen Moment; alles fühlte sich so seltsam an. Vielleicht war sie gar nicht bei Bewusstsein. Womöglich träumte sie nur.

Wie kann ich nur so real träumen? Was waren das für seltsame Erscheinungen?

Leni machte eine unschlüssige Bewegung, die lustlos und müde daherkam. „Ich habe dein Tagebuch und es schon zum Teil gelesen."

Elsa musste sich zwingen zu reden. Ihre Zunge sträubte sich. Sie konnte nicht über Auschwitz reden. „Woher hast du das Tagebuch?" Ihr Mund war trocken, als sie Leni ungläubig anblinzelte. Dieser Traum, wann hörte er endlich auf? Hatte sie nicht schon genug gelitten?

Leni straffte ihre Schultern. „Salome hat es mir gegeben."

Elsas Kiefer begannen zu mahlen. Sie runzelte angestrengt die Stirn, als sie sich zu erinnern versuchte. „Ja. Aber sicher. Salome."

Leni sah sie mit offenem Mund an. „Warum, Mum? Warum hast du es mir nicht erzählt?"

Elsa sank in sich zusammen und legte die Hände auf ihre Oberschenkel. „Es ... es sind zu viele schmerzhafte Erinnerungen."

Die Falten um Lenis Augen und ihren Mund wirkten plötzlich tiefer und ihre Haut blasser. „Wir haben ein Recht auf die Wahrheit."

Elsa senkte müde den Blick. Als sie ihn wieder hob, sagte sie leise: „Das haben dein Vater und Dimitra auch gesagt.“ *Lasst mich aufwachen! Ich will nicht mehr! Es ist zu viel! Es sind zu viele Erinnerungen.* Sie konnte niemandem sagen, was passiert war. Sie konnte doch niemandem erzählen, was für schreckliche Dinge sie getan hatte.

Ein unergründlicher Ausdruck trat in Lenis Augen, und sie verzog angespannt den Mund. „Da ich das Tagebuch noch nicht durchgelesen habe, habe ich noch so viele Fragen.“

Mit einem erschöpften Seufzen schloss Elsa die Augen. „Ich kann nicht. Ich bin so müde, Leni. So unendlich müde.“

Nachdenklich kniff Leni die Augen zusammen, einen Moment herrschte Stille. „Tante Hanna ist also tatsächlich in Auschwitz gestorben?“

Elsa schluckte und brauchte eine Pause von einigen Sekunden, dann sagte sie: „Ich will nicht darüber reden. Nicht jetzt.“ *O mein Gott, was soll ich bloß tun? Was soll ich tun, damit das aufhört?*

„Wie ist sie gestorben?“

Elsa rührte sich nicht. Die Erinnerung drückte ihr auf die Kehle und schnürte ihr den Atem ab. Sie zuckte mit den Schultern, um anzudeuten, dass es keine Rolle spielte. Sie war tot. Was gab es da noch zu besprechen?

„Du schreibst immer noch Briefe an sie.“

„Das weißt du auch?“

„Ich habe es nur zufällig herausgefunden.“

„Sie ist immer noch bei mir. Das wird sie immer sein.“

„Was ist mit Elli? Du hast gesagt, dass sie dich verlassen hat. Ist sie gestorben, wie Jakob?“

Ein paar Sekunden sah Elsa Leni schweigend an. „Sie ist nicht gestorben.“

Als Leni die Zerstreuung in ihrem Ton bemerkte, verzog sie das Gesicht. „Ist sie nicht?“

Elsa holte tief Luft. „Sie ist geflohen. Sie ist aus Auschwitz am Tag des Häftlingsaufstands geflohen. Ein Soldat verhalf ihr zur Flucht. Seitdem habe ich sie nie wiedergesehen. Ich weiß nicht mal, ob sie es geschafft hat.“

Stirnrunzelnd starrte Leni sie an. „Die Zigaretten, die sie dir gegeben hat, waren also ein Abschiedsgeschenk?“

Elsa nickte stumm.

„Und Erik? Was ist aus Erik geworden?"

„Ich glaube, er wurde bei den Nürnberger Prozessen zum Tode verurteilt. Jedenfalls tauchte sein Name eines Tages in den Medien auf."

Nun nahm Leni ihren Mut zusammen. „Wer ist Salomes leibliche Mutter?" Ihre Stimme zitterte.

„Wie bitte?" Elsas Herz machte einen Satz. Sekunden verstrichen, bis sie glaubte, es wieder schlagen zu hören.

„Ich weiß natürlich, dass du nicht Salomes Mutter bist. Ich weiß, dass Salome nicht meine Schwester ist."

Leise Alarmglocken schlugen in Elsas Hinterkopf. In ihren Augen lag ein unglücklicher Ausdruck. Sie hatte gebetet, dass sie niemals jemand danach fragen würde. Salome war ihr Kind. Salome war ein Geschenk. Elsa war die einzige Mutter, die sie hatte. Übelkeit stieg in ihr auf, das Zimmer begann sich zu drehen. Sie füllte ihre Lungen mit Luft wie eine Ertrinkende. Und dann schien alles wie in Zeitlupe abzulaufen. Leni eilte zu ihr und fing sie auf, bevor sie mit dem Kopf auf dem Boden aufschlagen konnte.

Als ich später nach Hause kam, hatte das Wetter vollkommen umgeschlagen. Es war schon seit einigen Tagen unbeständig: ein Tag lang schwerer Regen, ein Tag strahlender Himmel, und dann wieder Stürme. Beim Verlassen des Krankenhauses in Brooklyn hatte ein leichter Regen eingesetzt, doch er wurde heftiger; als ich mich Manhattan näherte, wurde er bald zum Unwetter.

Während ich mit den Händen über dem Kopf auf meinen Apartmentblock zulief, bemerkte ich eine dunkle Gestalt auf der Treppe. Unter einem Regenschirm verborgen, konnte ich das Gesicht zunächst nicht erkennen. Als mir die Gestalt zuwinkte, kribbelte meine Haut. Es war Jules und ich kam mir plötzlich wie ein unbeholfenes Schulmädchen vor. Ich zog nur eine Augenbraue hoch und sah ihn stumm an. Unter dem grellen Laternenlicht wirkte seine Haut glatt und perfekt. Er war so verdammt schön, dachte ich hilflos. Ich brachte kein Wort heraus.

Jules eilte zu mir und hielt mir den Schirm über meinen Kopf. „Scheiß Wetter", sagte er.

Gemeinsam liefen wir zum Hauseingang.

„Was machst du hier?" Mit zitternden Händen holte ich den Schlüssel aus der Tasche. Ich war ehrlich überrascht. „Ist alles in Ordnung?"

„Ich habe Neuigkeiten für dich."

Stirnrunzelnd sah ich ihn an. „Neuigkeiten? Für mich? Um elf Uhr in der Nacht?" Ich hantierte mit dem Schlüssel herum, bis die Tür quietschend aufging. „Sei mir nicht böse, aber ich habe einen aufreibenden Tag hinter mir. Ich möchte nur noch ins Bett und ..." Erlaubte er sich einen Scherz mit mir?

„Es geht um Erich Hauser", kam es wie aus der Pistole geschossen.

Ich fühlte mich plötzlich wie elektrisch aufgeladen. Meine Müdigkeit war verflogen und meine Neugier geweckt. „Ja? Interessant!" Ich warf ihm einen fragenden Blick zu.

„Nach Feierabend habe ich ein wenig im Archiv gestöbert; ich weiß, wer Erich Hauser gewesen ist. Lass mich rein und ich erzähle dir alles."

Von seinem hochkonzentrierten Gesicht war abzulesen, dass er die Wahrheit sagte. Ich ließ Jules eintreten. Wie üblich trieb sich niemand im Treppenhaus herum. Die meisten meiner Nachbarn waren ältere Leute, die bereits schliefen.

„Klingt nach einem Plan." Ich bemühte mich, mit gedämpfter Stimme zu sprechen. „Ich gebe dir eine halbe Stunde."

Jules nickte. Leise liefen wir zu meiner Wohnung hinauf. Trotz der Unordnung wusste ich, wo ich die Weingläser finden konnte, und kurz darauf hatte ich meinem Gast und mir Wein eingeschenkt. Ich nahm einen großen Schluck und genoss den Geschmack und das betäubende Gefühl.

„Also", setzte Jules an. „Geschichtlich gesehen bin ich da auf etwas Interessantes gestoßen."

„Geschichtlich gesehen? Das verstehe ich nicht", sagte ich.

Jules ließ sich tief in den Sessel sinken. „Erich Hauser war nicht irgendein Lager-Arzt." Er machte eine theatralische Pause, die mich vor Neugierde platzen ließ. Der Regen prasselte inzwischen heftig gegen die Scheiben und das Gewittergrollen war zu einem lauten Krachen geworden. „Er war einer der SS-Ärzte, die medizinische Versuche an Menschen durchführten." Einen Augenblick lang war es vollkommen still.

Dann fragte ich: „So wie Dr. Mengele?" Ich erinnerte mich schlagartig, denn von Josef Mengele hatte ich mal gelesen. Schnell fügte ich hinzu: „Hat er nicht an Zwillingen experimentiert? Er führte diese pseudo-wissenschaftlichen Experimente an ihnen durch. Die Mehrheit der Kinder starb daran."

„Genau. Doch er hat nicht nur an Zwillingen experimentiert. Kleinwüchsige Menschen, Zigeuner und schwangere Frauen gehörten auch zu seinen Versuchsobjekten. Er band Frauen nach der Geburt die Brüste ab, sodass sie ihre Babys nicht stillen konnten. Er wollte wohl herausfinden, wie lange es dauerte, bis das Neugeborene verhungerte."

„Es gibt nichts Perverseres, als wenn Ärzte zu Mördern werden", sagte ich. „Jeder Mediziner muss doch den hippokratischen Eid ablegen."

„In Auschwitz wurde dieser wohl aufgehoben", sagte Jules sarkastisch. „Menschenversuche waren in Auschwitz an der Tagesordnung. Mengele war nicht der Einzige, der die Häftlinge auf diese Weise missbrauchte. Gynäkologen erprobten die Sterilisierung, indem sie Frauen Formalin oder Säure in die Gebärmutter spritzten. Oder man setzte sie starker Röntgenstrahlung aus, damit ihre Geschlechtsorgane verödeten, oder entfernte diese einfach operativ."

Ich brauchte ein paar Sekunden, um die Worte zu verdauen. Sie lagen mir bleischwer im Magen. Stirnrunzelnd hörte ich zu. Ich hing praktisch an Jules Lippen.

„Und da kommen wir zu Dr. Hauser. Er führte seine eigenen kranken Experimente durch. Dr. Hauser war Gynäkologe und arbeitete unter anderem mit Carl Clauberg und Dr. Eduard Wirths in Block 10. Das Gebäude war eine Art Krankenbaracke. Später gingen die Versuche in Block 1 weiter, doch Hauser blieb in Block 10 mit einer Handvoll weiblicher Häftlinge."

Das schnaubende Geräusch aus meinen Nasenlöchern verriet, wie ich mich fühlte. „Was waren das für Experimente?"

„Hauser verödete und verletzte die weiblichen Geschlechtsorgane. Wenn die Opfer dies lebend überstanden hatten, versuchte er anschließend herausfinden, ob die Geschlechtsorgane durch Mutterinstinkt wieder heilten", berichtete er.

„Das verstehe ich nicht", gestand ich.

Jules beugte sich vor, um mir tief in die Augen zu blicken. „Hausers Experimente waren ganz besonders pervers. Nach dem Eingriff bekamen die Frauen ein fremdes Baby, um das sie sich kümmern sollten. Damit fing das eigentliche Experiment an. Hauser ging davon aus, dass durch den Mutterinstinkt bestimmte Hormone ausgeschüttet wurden, die sich positiv auf den Organismus auswirkten. Diese Hormone sollten die Heilungskräfte aktivieren. Wenn sich jedoch kein zufriedenstellendes Ergebnis einstellte und die verstümmelten Geschlechtsorgane nicht zu heilen begannen, wurden die Frauen in die Gaskammer geschickt. Die Babys starben meistens während des Versuchs, da man ihnen nicht ausreichend Nahrung gab. Dies passierte natürlich in fast allen Fällen. Es war ein rein pseudowissenschaftliches Experiment. Die SS-Ärzte hatten die meisten ihrer Opfer direkt von der ‚Judenrampe' ausgewählt, doch Hauser suchte auch im Lager nach Frauen, die besonders krankheitsresistent und robust waren."

Ich sah ihn ungläubig über den Rand meines Glases hinweg an. „Ich glaub das einfach nicht! Und was hat das alles mit meiner Mutter zu tun?"

Die feinen Falten um seine Augen wirkten plötzlich tiefer. „Ich glaube, dass deine Mutter und deine Schwester Opfer von Dr. Hauser waren", kam es zaghaft über Jules Lippen. Sein Blick hatte sich verändert, während er das sagte. Er schaute jetzt kritisch wie ein Forscher, der ein seltenes Insekt beobachtete.

„Das ergibt Sinn. So ist meine Mum an Salome gekommen. Doch wenn das alles wahr ist", ich schluckte laut, „dann ist Erich Hauser ein Kriegsverbrecher!" Nachdem ich das gesagt hatte, beschlich mich ein sonderbares Gefühl. Als hätte ich einen riesigen Felsbrocken ins Rollen gebracht, der nun auf eine Menschenmenge zuraste.

Die Spannung, die im Raum herrschte, glich einer Dampfwolke, die uns die Luft zum Atmen nahm.

Jules schaute mir so fest in die Augen, dass mir schwindelig wurde. „Erich Hauser ist genau wie Mengele die Flucht gelungen. Beide wurden nie für ihre Verbrechen belangt." Jules wiegte den Kopf hin und her und zeigte mit einem vernichtenden Lächeln eine Reihe makelloser Zähne. „Wir sind da an etwas ganz Großem dran, Leni."

„Wir?"

„Ich möchte dir helfen, diesen Bastard zu finden."

„Wieso?"

„Weil es richtig ist."

Trotz der Hitze fühlte ich mich zittrig. Angenehm zittrig. *Ich fange nichts mit Arbeitskollegen an,* sagte ich mir. *Ich fange nichts mit Arbeitskollegen an.* Doch ich wusste, dass ich nicht überzeugend klang.

21

16. Oktober 1944: „Warum bist du nicht an deinem Platz?", schrie der Wachposten in den Graben. Sein Kopf war purpurrot angelaufen und drohte zu platzen. „Was hast du da unten getrieben?!"

Aus dem Graben tauchte Hanna auf, und Elsa sah sofort, dass sie kreidebleich geworden war. „Ich habe Durchfall und musste mal", sagte sie mit zittriger Stimme.

Der Posten packte seinen Stock fester und hieb auf Hannas Schultern ein, so stark, dass sie gleich zu Boden fiel.

„An die Arbeit! Schnell!", schrie er. „Was glaubst du, wo du bist? Du bist nicht zum Rumsitzen hier!" Er war so wütend, dass ihm die Augen aus den Höhlen herausquollen.

Hanna versuchte, sich aufzuraffen, doch der Boden war so matschig, dass sie dabei ausrutschte und in den Schlamm fiel.

„Aha! Du willst wohl nicht arbeiten!" Der Posten verlieh seiner Empörung mit einem kräftigen Tritt in Hannas Brust Ausdruck. Hanna wurde wieder nach unten befördert und fiel in ihre eigenen Exkremente. Dort blieb sie regungslos liegen.

Elsa erstarrte, die anderen Häftlinge hingegen schaufelten unglaublich schnell. Doppelt so schnell wie gewöhnlich. Es war, als ob man einen Film zu schnell vorspulte. Niemand hier hatte Mitleid. Hanna war allein und verlassen, denn niemand wollte Ärger. Selbst Frederika, die ganz in der Nähe stand, machte keine Anstalten, zu helfen.

„Sie will arbeiten, Herr Wachposten!", schrie Elsa, als sie merkte, dass sie nicht auf Frederikas Hilfe hoffen konnte. „Sie will!" Sie eilte zum Graben, nahm Hanna bei der Hand und versuchte, sie hochzuziehen. Sie zog und zerrte an ihr.

Eine Kapo trat heran und befahl ihr etwas, das sie nicht verstand. Sie war ein Mordsweib, mit dem man sich besser nicht anlegte. Sie hatte Arme wie Baumstämme und konnte zuschlagen wie ein Boxer. Elsa war sich nicht einmal sicher, ob diese Kapo überhaupt eine richtige Frau war. Ihr Gesicht war kantig, von fahler Hautfarbe und ihr fehlte jegliche Anmut und weibliche Sanftheit.

„Ich kann nicht mehr", flüsterte Hanna mit absoluter Teilnahmslosigkeit. „Lass mich nur liegen. Sollen sie mich doch zu

Tode prügeln." Ihr Gesicht war mit ihrem Kot verschmiert und ihre glanzlosen Augen blickten unglaublich traurig drein. „Ich bin so schwach, Elsa. Ich schaffe die Arbeit nicht mehr." Elsa nahm sie um die Hüfte, zog sie hoch und zwang sie auf die Beine.

„Sei nicht dumm! Hör auf damit! So etwas darfst du nicht sagen! Nicht einmal denken darfst du es! Hörst du!"

„Ich kann keine Schaufel mehr heben. Ich glaub, das Schwein hat mir die Rippen gebrochen."

Elsa gab nicht auf. „Du musst dich zusammenreißen! Es sind nur noch zwei Stunden. Im Lager bekommen wir was zu trinken und zu essen. Wir können uns ausruhen und dann geht es dir besser."

Hanna blickte nur starr vor sich hin, sie wollte nicht zuhören. Ihr Gesicht wurde immer bleicher, unglücklicher und mutloser. „Seit zwei Tagen habe ich nichts mehr bei mir behalten. Ich habe Hunger und Schmerzen. Ich möchte, dass es aufhört."

Elsa packte Hanna an den Schultern. „Wir müssen es schaffen, Hanna! Wir müssen es für Mama und Papa tun", sagte sie so langsam, wie zu einem begriffsstutzigen Kind.

Unterdessen wurde die Kapo nervös. Sie fragte den Posten, was sie mit dem Mädchen tun sollte. „Soll ich sie auspeitschen?", fragte sie begierig, dabei schwang sie die Peitsche nach hinten, damit sie mit voller Kraft ausholen konnte.

Elsa wusste, was das hieß. Wo diese Kapo zuschlug, wuchs kein Gras mehr. Für Hanna kam es einem Todesurteil gleich.

„Peitsche sie meinetwegen aus", erwiderte der Posten mit einem gleichgültigen Gesichtsausdruck. „Ich muss das Kommando vollzählig zurückbringen, es ist egal, ob tot oder lebendig."

Die Peitsche freudig schwingend kam die Kapo auf Hanna zu. Elsa protestierte: „Sie kann arbeiten!" Sie nahm Hanna am Arm und zog sie zu ihrem Arbeitsplatz. „Du wirst mich nicht alleine lassen!", zischte sie und drückte Hanna die Schaufel in die Hand. „Nur gemeinsam werden wir es schaffen. Denn ich will leben! Ich will mit dir leben. Du bist ein Teil meines Lebens und ich habe nur noch dich."

Hanna schaute sie zweifelnd an, sie war so zierlich, so schmutzig. So verloren. „Ich kann arbeiten", sagte sie matt und begann wieder zu graben.

Elsa atmete erleichtert auf. Sie durfte Hanna nicht verlieren. Nicht auf diese Weise!

Hanna arbeitete stumpf wie eine Maschine, sie hielt die letzten Stunden durch, doch auf dem Rückweg zum Lager musste Elsa sie stützen. Der kräftige Tritt in die Brust hatte Hanna schwer zugesetzt. An der Stelle hatte sich ein riesiger blauer Fleck gebildet, und Elsa hoffte, dass es sich um eine Prellung und nicht um gebrochene Rippen handelte.

„Langsam", bat Hanna, „ich habe solche Schmerzen."

„Ich habe noch Zigaretten. Ich werde sie für eine Salbe tauschen und für deinen Durchfall besorge ich rohe Kartoffeln. Du wirst schon sehen. Im Handumdrehen bist du wie neu!"

Hanna brachte ein schwaches Lächeln zustande. „Das klingt gut. Kannst du auch etwas für meine Haare besorgen? Länger gefielen sie mir besser."

„Für Zigaretten bekommst du hier alles", scherzte Elsa, die sich darüber freute, dass Hanna wieder ein wenig Humor bewies.

Ihr Kommando war eines der letzten im Lager. Alle anderen standen bereits in Reih und Glied auf dem Appellplatz. Als sie die Lagerstraße überquerten, blieben sie kurz neben einer kleinen Gruppe von Männern stehen. Die Männer - vielleicht fünfzehn an der Zahl - waren noch kaputter als sie. Sie waren in grässliche, schmutzige Lumpen gekleidet, einige waren barfuß. Sie hatten eine krumme, steife Haltung und gingen schlurfend mit kleinen unsicheren Schritten.

„Schaut mal, das sind Verrückte", sagte Frederika.

Es waren jammervolle Gestalten, seelisch abgestumpft, heruntergekommen, und Elsa fragte sich, wo sie wohl herkamen, als sich ihre Augen plötzlich auf einen vertrauten Rücken hefteten.

„Umdrehen", hörte sich Elsa flehend sagen.

Der Mann tat es, doch seine Augen glitten gleichgültig über sie hinweg.

Die Erregung betäubte Elsa. „Papa!"

Einen Moment lang wirkte er wegen seines abgestumpften, grauen Gesichts wie ein Fremder. Sein Gesicht sah so eingefallen aus, als habe der Tod bereits begonnen, an ihm zu nagen. Die Augen dagegen wirkten apathisch. Elsa spürte einen Kitzel der Angst; ihre Lippen bewegten sich, aber ihre Kehle war zu trocken. Kein Ton kam heraus. Das war ihr Papa, kein Zweifel!

„Papa", wiederholte sie.

Ein zerstreuter Blick streifte ihr Gesicht, doch die Augen des Mannes schienen sie nicht wiederzuerkennen. Er schüttelte leicht den Kopf, dann wandte er sich ab.

Elsa berührte sanft seinen Arm und erschrak. Sein Fleisch und seine Muskeln waren verschwunden. Er schien nur noch aus Haut und Knochen zu bestehen. „Ich bin es! Elsa! Hanna ist auch hier."

Ein verstörter Blick heftete sich auf Elsas Gesicht. „Was sagst du? Weiß du, wer ich bin?", fragte der Mann mit einer dünnen Stimme. „Kennst du vielleicht meinen Namen? Den Namen haben sie mir weggenommen und ich kann ihn nicht finden."

Fassungslos starrte Elsa ihn an. „Dein Name ist Samuel Goldberg", erwiderte sie mit erstickter Stimme.

Der Mann lächelte zufrieden und nickte. Die Hälfte seiner Zähne fehlte, sie waren anscheinend ausgeschlagen worden.

Was hatten sie mit ihm gemacht?

„Samuel Goldberg", wiederholte er leise und sein Blick huschte wieder ins Leere. Es war ein komisches Gefühl, ihn in diesem Zustand zu sehen. Es ließ Elsa innerlich frösteln. Hanna dagegen standen Tränen in den Augen. „Papa", keuchte sie heiser. „Jetzt wird alles gut. Wir haben dich gefunden."

Er schaute sie an und runzelte die Stirn. „Kennst du vielleicht meinen Namen? Sie haben ihn mir weggenommen und ich kann ihn nicht finden."

„Weitergehen", schrien die Kapos plötzlich und die beiden Gruppen setzten sich wieder in Bewegung.

„Papa", murmelte Hanna verzweifelt. „Mein Papa."

Elsa und Hanna reckten ihre Hälse nach der kleinen Gruppe, die sich immer weiter von ihnen entfernte. Als sie den Appellplatz erreichten, hallten plötzlich Schüsse durch das Lager.

Es waren fünfzehn an der Zahl.

22

2. November 1944: Elsas Kopf tat ihr zum Bersten weh. Das Schreien, das Jammern, das Stöhnen der Mädchen und Frauen zerriss regelrecht die Baracke. Die Luft war abgestanden und roch nach Tod, Exkrementen und Schweiß. Eiskalter, feuchter Wind fuhr unter die Decken, sodass sich Elsas Hände und ihr ganzer Körper klebrig und klamm anfühlten.

Der Typhus hatte sich wie eine ätzende Giftgaswolke in der Baracke ausgebreitet. Die Barackentür ging schon seit zwei Tagen nicht auf und sie erhielten auch keine Brotrationen mehr. Die Frau, die das Brot verteilte, sagte, es werden ohnehin alle sterben und Tote brauchten kein Brot. Auch holte keiner mehr die Leichen ab. Der Gestank von den Kranken und Toten war so ekelerregend, dass sich keine Kapos mehr hineintrauten. Die Fenster wurden verriegelt, um die Krankheit nicht rauszulassen. Nur die Sonne drang schwach durch die Ritzen. Keiner wusste, wie spät es war. Welcher Tag? Auch das wusste keiner.

Elsa hatte Durst, entsetzlichen Durst. Die SS hatte auch die Wasserrationen eingestellt. Obwohl Elsa selbst nicht erkrankt war, durfte sie die Baracke nicht verlassen. Bewaffnete SS-Männer bewachten die Tür. Das war Elsa ganz recht, denn so konnte sie sich um Hanna kümmern, die nicht so viel Glück gehabt hatte wie sie. Sie litt an starken Kopfschmerzen, Durchfall und Schwindel.

Nach zwei Tagen Krankheit und Fieber war sie schmutzig und stank. Da es kein Wasser gab, musste Elsa zu einem Trick greifen: Sie wusch Hanna mit ihrem Urin. Sie musste sie einfach irgendwie sauber halten. Meistens tat sie es dann, wenn Hanna schlief und von alldem nichts mitbekam. Sie schlief viel in letzter Zeit. Dabei ging ihr Atem schnell und laut. So laut, dass Elsa nicht einschlafen konnte. Sie überlegte, wie es sein würde, wenn er nicht mehr da wäre, wenn Hannas Atem stoppte. Sie ihn nie wieder hören würde. Bei diesem Gedanken verspürte sie Panik. Sie spürte, wie die Angst ihr Herz langsam zusammenpresste.

Nein!

Das würde nie passieren. Sie hatten Auschwitz so lange überlebt. Sie würden es noch länger schaffen. Die Alliierten rückten immer näher, die Gerüchteküche brodelte. Bald. Bald wären sie frei!

Elsa strich Hanna zärtlich über den Kopf und erhielt einen gedämpften Seufzer zur Antwort.

„Alles wird wieder gut. Bald ist alles vorbei und wir werden nach Amerika gehen", flüsterte sie.

Hanna öffnete die Augen und schaute zu Elsa auf. Ihr Gesicht war so weiß, dass Elsa dachte, sie hätte einen Geist vor sich. Die Lider hatten einen seidigen Schimmer, wie leicht verdorbenes Fleisch, und die Lippen waren blutleer. „Ja. Und dann fahren wir ans Meer."

Sie beide sehnten sich danach, das Meer wiederzusehen. Beim Gedanken daran wurde die Sehnsucht so stark, dass es wehtat. Hanna hatte das Meer nur einmal gesehen, als sie neun Jahre alt war und sie sich noch nicht verstecken mussten. Die ganze Familie war für eine Woche nach Timmendorf gereist. Es war Sommer; sie durften in den Wellen planschen und so viel Eis essen, wie sie wollten. Das Sonnenlicht hatte ihnen eine zarte Farbe auf die Haut gezaubert. Damals wohnten sie in einem Anwesen direkt am Strand, und der Gesang des Meeres drang in ihre Träume, obwohl die Fensterläden ganz geschlossen waren.

Nachdem Elsa Hanna vielsagend angeschaut hatte, sagte sie: „Wir werden nicht nur ans Meer fahren. Wir werden uns ein Haus direkt am Meer kaufen."

Hanna verzog die Lippen zu einem kleinen, zögernden Lächeln. „Ja. Ich würde gerne am Meer wohnen. Und so viel Eis essen, wie ich will."

„Und das wirst du auch. Du musst nur noch eine Weile durchhalten." Hanna nickte beklommen, denn sie spürte, dass es leichter gesagt, als getan war. Doch eine andere Möglichkeit blieb ihr nicht.

„Ich werde für dich sorgen. Du wirst wieder zur Schule gehen."

„Das ist schön, und danach möchte ich studieren."

„Das wirst du, Hanna. Wenn wir erst in Amerika sind." Die Antwort kam wie ein Reflex, und Elsa merkte, wie sich eine angenehme Ruhe in ihrem Körper ausbreitete.

„Du wolltest früher doch Ärztin werden“, erinnerte Elsa sie.

„Das will ich immer noch.“

„Ihr denkt wirklich, dass wir hier lebend rauskommen?“, fragte Frederika aus der Koje unter ihnen. Auch sie war - wie Elsa - noch nicht erkrankt. Doch gesund sah sie nicht aus. Sie hatte in den letzten Tagen stark abgenommen, ihre Haut war fahl und voller Pocken. „Wenn ihr mich fragt, haben die uns hier zum Sterben dagelassen. Wenn wir nicht an Typhus sterben, dann verhungern wir.“

Sie waren jenseits des Hungers und der Müdigkeit, doch sie lebten immer noch. Elsa zweifelte nicht daran, dass sie überleben konnten.

„So darfst du nicht denken, Frederika “, sagte Elsa. „Wenn die merken, dass hier noch viele gesunde Frauen sind, dann bringen sie uns etwas zu essen. Du wirst schon sehen!“

Frederika fing plötzlich hysterisch an zu weinen. Ihre Schluchzer ließen die Koje erzittern.

Elsa konnte ihren Ohren nicht trauen. „Weshalb weinst du denn?“

Frederika wurde richtig wütend und verzweifelt. „Bist du denn blind, Mädchen?“

Fast wurde Elsa böse. „Wie ist das denn gemeint?“

„Du musst wirklich blind sein! Siehst du denn nicht, dass bis auf uns zwei alle krank sind? Nur wir beide sind übrig. Niemand wird kommen und uns hier rausholen!“

„Halt die Klappe! Halt die Klappe!“, schrie Elsa plötzlich. Sie war selbst über den Wutausbruch erstaunt. Es war sonst nicht ihre Art, derart aus der Haut zu fahren. „Wir werden nicht sterben!“

„Du bist wirklich verrückt! Du hast doch den Verstand verloren!“

„Wir sind Freundinnen“, erinnerte Elsa sie. „Wieso sagst du so etwas Gemeines? Wir werden nicht STERBEN!“

„Schschhh. Um Himmels willen, seid still. Alle!“ Es war eine schwache Stimme aus der hinteren Ecke der Baracke.

„Wir werden hier verrecken und im Krematorium landen! Wir werden alle brennen!“, schrie Frederika.

Ist es wahr, fragten Hannas Augen.

Die Angst in ihren Augen ließ Elsas Hass auf Frederika noch ansteigen. Die ganze Zeit hatte sie in Auschwitz durchgehalten, nur durch die Hoffnung, sie und Hanna würden überleben. Frederikas Worte lähmten ihren Verstand und eine Welle der Panik raste durch ihren Körper.

„Lügnerin! Die Zunge soll dir abfallen!"

Frederika schoss plötzlich aus ihrer Koje. Sie war kreidebleich, Schweiß trat ihr auf die Stirn. Ihr Atem ging ganz flach, ihr Kinn zitterte vor Erregung. Die dunklen, eingesunkenen Augen starrten Elsa hasserfüllt an. Ihr Gesicht und ihr Hals waren feucht von Tränen. „Wie hast du mich eben genannt?!"

„Bitte. Macht nicht so einen Krawall. Es ist gefährlich", wiederholte die schwache Stimme.

Elsa schaute auf Frederika herunter. Sie war keine Schönheit mehr, sie war eine gottlose Furie. Sie hatte die Lippen zusammengekniffen, was sie wie eine Mumie aussehen ließ.

„Lügnerin!", wiederholte Elsa.

Frederika stieß ein bellendes Lachen aus. „Du bist doch vollkommen wirr! Du bist genauso irre wie dein Vater!" Elsa spürte, dass sie kurz davor war, in Tränen auszubrechen. Sie wollte nicht losheulen wegen dieser Sache - wegen ihres Vaters. Er war nicht irre gewesen. Nur verloren.

„Das nimmst du lieber zurück!", zischte Elsa. Die Wut schnürte ihre Kehle zu. In ihrem ganzen Leben war sie noch nie so beleidigt worden!

Selbst in ihrem kaputten Zustand brachte Frederika ein gehässiges Lächeln zustande. „Das werde ich nicht."

Die Barackentür wurde plötzlich aufgerissen. Wachleute gaben laut Befehle: „Ruhe! Haltet die Klappe!" Mitten im Raum zeichneten sich plötzlich zwei dunkle Gestalten mit Mundschutz und vorgehaltener Waffe ab. „Wer schreit hier?" Der Lichtkegel der Taschenlampe traf Frederika. Wie ein aufgescheuchtes Reh stand sie da und konnte sich nicht rühren. „Wer schreit hier?", wiederholte die Wache.

Elsa merkte, wie sich ihr Arm in Bewegung setzte. „Die da, Herr Wachmann!", kam es ihr wie selbstverständlich über die Lippen, während sie auf Frederika deutete. „Die da ist ganz kaputt! Verrückt ist sie! Sie schreit was vom Gas."

Frederika drehte sich wie in Trance zu Elsa um. *Was machst du,* fragten ihre Augen.

Jeder der Wachen nahm sie an einem Arm und führte sie hinaus. Nur Sekunden später ertönte ein Schuss.

23

5. November 1944: „Ich werde heute Nacht sterben", flüsterte Hanna.

Die Stimme holte Elsa aus dem schwarzen Loch, in dem sie immer wieder versank. Die Worte klangen merkwürdig in ihren Ohren. Ein wenig zu leise und geschwächt. Doch statt zusammenzuzucken oder Hanna einen unbehaglichen Blick zuzuwerfen, blieb Elsa einfach liegen. Sie hatte keine Kraft mehr, die Augen offen zu halten. Den Hunger und Durst spürte sie nicht mehr. Sie spürte gar nichts mehr. Von der klirrenden Kälte war ihr Körper ganz steif geworden. Die Nacht hatte sich einen weißen Pelz übergezogen und eine Eisschicht über dem Land ausgebreitet.

Nur noch vereinzelt raschelte in den Schlafkojen das Stroh. Wen der Typhus nicht dahingerafft hatte, der war erfroren oder verhungert. Der Geruch war so beißend, dass Elsa nur noch durch den Mund atmen konnte.

„Warum schläfst du nicht ein bisschen? Ruh dich aus", murmelte Elsa entkräftet. Sie versuchte, die Augen aufzumachen, dann sah sie Hannas Gesicht; ein Gesicht voller Schmerz, Sehnsucht und Traurigkeit. Die Augen waren eingefallen, die Wangenknochen stachen weit heraus. Es war das Gesicht einer Leiche.

„Nein. Denn dann werde ich sterben", flüsterte Hanna.

Elsa setzte sich so auf, dass Hanna den Kopf in ihren Schoß legen konnte. Elsa fielen die Augen wieder zu, sie war unendlich müde. „Das ist Unsinn. Du wirst nicht sterben."

„Du musst keine Angst haben. Ich habe keine."

„Dann bin ich ja beruhigt", murrte Elsa.

„Ich werde über dich wachen. Im Paradies werde ich über dich wachen."

Elsa schüttelte den Kopf. „Sei nicht dumm!" Gott, war sie müde. Ihr Bewusstsein schweifte weiter. Sie flog wie auf Wolken. Und woher kam die plötzliche Wärme? War es ihr Urin oder der Typhus, der sich unter ihr entleerte. Auch egal. Es war warm. Für einen Augenblick fror sie nicht.

„Glaubst du, dass es wehtun wird?"

„Was?"
„Das Sterben."

Elsa sah Hanna mit ausdrucksloser Miene an. „Hör auf damit!" Ihr Kopf fühlte sich an, als würde er ganz locker am Hals sitzen. Sie hatte Mühe, ihn zu halten.

Von unendlich weit her, wie vom Grund eines tiefen Sees, drang eine vertraute, dünne Stimme zu ihr. „Erzähl mir die Geschichte."

Elsa wusste sofort, was damit gemeint war: eine alte Legende. Eine Legende über die Entstehung ihres Nachnamens. Über einen Mann, dem vor langer Zeit ein Wunder widerfahren war. Ihr Vater hatte ihnen oft davon erzählt.

„Lass mich ein wenig schlafen, ja?"

„Bitte. Erzähl mir die Geschichte." Hannas Stimme war so dünn, kaum hörbar. Es versetzte Elsa einen Stich ins Herz. Wie konnte sie ihr etwas abschlagen?

„Schsch, mach die Augen zu und horch", sagte sie schlussendlich. Es war ein altes Ritual zwischen den beiden; Hanna schloss die Augen und Elsa erzählte:

„Vor langer, langer, langer Zeit", murmelte sie, „vor einer wirklich, wirklich langen Zeit gab es in Israel einen Ziegenhirten und seine Frau, die sich nichts sehnlicher als Kinder wünschten. Doch sie bekamen keine.

Jahre vergingen und die Frau begann, sich zu sorgen. ‚Bald sind wir alt und werden wohl keine Kinder mehr bekommen können', sagte sie eines Abends zu ihrem Mann. Am nächsten Tag begannen sie, nach einer Lösung zu suchen. Sie wandten sich an die besten Kräuterweiber und Wunderheiler.

Die Wochen vergingen. Monate vergingen. Mittlerweile war der Hirte ein steinalter Mann, dem die Augen trüb geworden waren und die Ohren taub. Und als nun der Frau die ersten grauen Haare wuchsen, geschah das Wunder: sie erwartete ein Kind. Sie bekamen einen Jungen und der alte Ziegenhirte war überglücklich. Nun hatte er Land, Vieh und einen Erben! Der Ziegenhirte und seine Frau waren stolz auf ihren Jungen und sie liebten ihn über alles.

Nun geschah es aber, dass der alte Hirte plötzlich krank wurde. Der Bub war noch nicht aus der Windel entwachsen, als der Tod an die Tür klopfte. Den alten Hirten stimmte es traurig, denn er wusste, dass er sein lang ersehntes Kind nun verlassen musste.

Schweren Herzens öffnete er dem Tod die Tür. ‚Lass mir noch etwas Zeit', bettelte er, ‚damit ich meinem Sohn beim Heranwachsen zusehen kann.'

‚Ich bin der Tod', sprach der Tod. ‚Ich verschone niemanden und kann auch bei dir keine Ausnahme machen.'

Der alte Hirte sah, dass der Tod eine lange Reise hinter sich hatte. ‚Nun denn', sprach der Hirte, ‚dann iss mit uns wenigstens zu Abend, bevor wir aufbrechen. Du wirkst erschöpft und musst zu Kräften kommen.'

Der Tod war über diese Bitte sehr erstaunt, nahm die Einladung jedoch an. Die Frau setzte ihm die besten Speisen vor und gab ihm den feinsten Wein.

Als der Tod mit dem Hirten aufbrechen wollte, sagte er zu der Frau: ‚Ihr wart sehr freundlich zu mir. Die Menschen fürchten und beschimpfen mich, doch ihr habt mich königlich empfangen. Damit du siehst, dass ich dankbar bin, mache ich dir ein Geschenk.' Er drückte der Frau eine versiegelte Landkarte in die Hand. ‚Mach sie erst auf, wenn dein Bub ein Jüngling ist, so will ich ihn wegen seines Verlustes entschädigen.' Mit diesen Worten ging der Tod mit dem Hirten davon.

Als der Knabe älter geworden war und sich eine Frau nahm, gab ihm seine alte Mutter die Karte. Diese führte ihn hinaus in die Wüste. Drei Tage und drei Nächte durchquerte er sie, ohne etwas gefunden zu haben. Als er schon aufgeben wollte, erblickte er einen großen Berg, der in der Sonne glänzte.

Da klopfte ihm jemand auf die Schulter. Er blickte sich um, und der Tod stand hinter ihm und sprach: ‚Der Berg ist aus Gold und er gehört ganz dir. Er möge dir Reichtum und Macht bescheren.' Mit diesen Worten verschwand der Tod wieder; der Jüngling aber wurde seitdem Goldberg genannt."

Elsa strich Hanna übers Gesicht. „So. Jetzt habe ich dir die Geschichte erzählt. Nun schlaf ein wenig."

Als Antwort hörte sie ein Geräusch. Ein entsetztes, kehliges Keuchen gefolgt von einem heiseren, kurzen Atemstoß. Hannas weit aufgerissene Augen starrten Elsa an. Ihr Brustkorb senkte sich ganz tief, so tief, dass ein knochiges Loch entstand. Elsa wusste, was das bedeutete. Sie hatte es bereits unzählige Male gesehen. Sie wollte weinen, doch sie hatte keine Tränen mehr. Die hatte sie schon längst nicht mehr. Stattdessen nahm sie Hanna in den Arm, so wie es eine Mutter mit einem Säugling tat, und begann, ein Schlaflied zu summen.

„Nun schläfst du doch", flüsterte sie sanft, als sie das Lied beendet hatte. Sie bettete Hanna behutsam in ihre Koje, indem sie sie sorgfältig zudeckte, dann legte sie sich neben sie. „Wir werden gemeinsam auf Papa und Mama warten. Ich lass dich nicht alleine. Das habe ich dir versprochen." Elsa schloss die Augen, ließ sich von der Dunkelheit dahintreiben. „Bald. Bald wird es vorbei sein", flüsterte sie, nachdem sich ein schwarzer Abgrund vor ihr aufgetan hatte.

„Die da ist nicht tot", sagte eine Stimme von weit her. „Und Typhus hat sie auch nicht."

„Egal. Wir haben den Befehl die Baracke niederzubrennen."

Niederbrennen? Elsa konnte nicht einordnen, was dieser Satz zu bedeuten hatte. Sie befahl ihren Augen, sich zu öffnen. Doch sie gehorchten ihr nicht mehr. Einen Moment lang überlegte sie, ob sie vielleicht keine Augen mehr hatte. War sie tot? Oder verrückt? Oder beides?

„Dr. Hauser wird sich für sie interessieren."

Elsa wurde leicht, federleicht, schwebte auf einer Wolke. Hinter sich hörte sie das wohlbekannte Knarren der Barackentür, die aufging und sich wieder schloss. Frische, eiskalte Luft schlug ihr wie ein Faustschlag ins Gesicht und nahm ihr den Atem. Aus Angst zu ersticken, sog sie gierig und in schnellen, keuchenden Zügen die Luft ein. Ihre Lunge schien zu vereisen. Es brannte höllisch in ihrem Brustkorb.

Ein Mann sprach jetzt von weit, von endlos weit her ... Was sagte er? Elsa konnte es nicht verstehen. Stimmte etwas mit ihren Ohren nicht? Sie beschloss, ihren Augen erneut den Befehl zu geben, sich zu öffnen. Und das taten sie.

Ein junger Arzt - gerade Mal dreißig Jahre alt - schaute verdutzt. Er hatte blaue Augen. Blau wie der Himmel. Das blaueste Blau, das sie je gesehen hatte. War er ein Engel? Demnach war sie tot?

„Kannst du mich hören?“, fragte er.

Elsa murmelte: „Ja.“ Ihre Stimme klang nicht wie die einer Toten. Sie war also verrückt.

„Du bist nicht an Typhus erkrankt. Wieso?“

War die Frage an sie gerichtet? Sollte sie darauf antworten? Was sollte sie denn sagen? Sie war doch verrückt!

„Schafft sie in Block 10! Schnell“, bellte der junge Arzt.

„Nein“, bettelte Elsa. „Ich will wieder zurück. Zurück zu meiner Schwester.“ Niemand hörte ihr zu. Der junge Arzt war schon fort, und in der Luft lag der beißende Geruch von Rauch und verbranntem Fleisch. Flammen schossen aus der Baracke. „Nein“, flüsterte sie. „Oh Gott, bitte nicht.“

24

18. November 1944: In den letzten Tagen hatte Elsa sehr hohes Fieber gehabt, doch sie befand sich an einem wunderlichen Ort, an dem man ihr Nahrung, Wasser und Medikamente gab. Sie hatte keine Kraft, ihre Augen offen zu halten. Im Delirium hörte sie das Schreien, das Jammern und das Stöhnen der anderen Frauen. Sie hörte Ärzte und Schwestern und sie hatte wirre Gedanken, sah wirre Bilder hinter ihren geschlossenen Lidern. Bilder von Ärzten, die sie untersuchten, ihr Blut abnahmen und ihren Körper vermaßen. Doch während sie zwischen diesen Bildern schwebte, wuchsen ihre Kräfte.

Nach zehn Tagen sank wie durch ein Wunder ihr Fieber. Kurz darauf wurde sie wach, und als sie ihre Augen aufschlug, sah sie einen weißen Kissenbezug. Sie kniff sie sofort wieder zusammen. Die ungewohnte Helligkeit schmerzte. Es erschien ihr wie ein Traum. Sie lag in einem bezogenen Bett und spürte das Leinen auf ihrer Haut. Wie lange war es her, dass sie in einem richtigen Bett gelegen hatte? Es kam ihr wie eine Ewigkeit vor.

Ihr erster Gedanke war: Sie war nicht mehr in Auschwitz. Der Krieg war zu Ende! Sie war derart erleichtert, dass sie kurz auflachte. Der Krieg war zu Ende und alles war gut. Das war auch der Grund ihrer Genesung. Die Russen hatten sie wieder aufgepäppelt.

Sie setzte sich so hastig auf, dass sie fast ohnmächtig wurde. In ihrem Kopf drehte sich alles. Doch sie hatte nur noch einen Gedanken: Wo war sie? Mit weit aufgerissenen Augen überprüfte sie ihre Umgebung. Sie befand sich in einem Krankenblock mit belegten Krankenhausbetten. Darin lagen Frauen, die schliefen oder vor Schmerzen stöhnten. Es roch nach Verbänden und frischem Blut. Doch wo waren die Ärzte und Schwestern, die sich um die Kranken kümmerten?

Sie entdeckte ein Klemmbrett, das am Fußende des Bettes hing. Als sie danach griff, explodierte in ihrem Bauch ein Schmerz, der sie laut aufstöhnen ließ. Sie schloss die Augen und atmete tief durch, wartete, dass der Schmerz abebbte und aufhörte gegen ihre Schädeldecke zu klopfen. Im nächsten Moment hielt sie inne. Ihre Arme waren voller blauer Flecken und

Einstichlöcher. Jetzt war sie verwirrt; es fiel ihr schwer, einen halbwegs klaren Gedanken zu fassen.

Wieso waren ihre Arme so zugerichtet? Welcher Stümper war da am Werk gewesen?

Sie atmete tief ein, packte das Laken und hob es an. Sie zog ihren Arm so schnell zurück, als hätte sie in ein Wespennest gegriffen. Sie lag in einer klebrigen, stinkenden Blutlache. Zögernd griff sie nach unten, legte die Hand zwischen ihre Beine. Hatte sie ihre Periode bekommen? Der Schmerz im Bauch explodierte erneut. Sie krümmte sich.

Das Geräusch von eiligen Schritten ließ sie erschrocken herumfahren. Ein Pfleger lugte durch den Vorhang. Zwei Sekunden später erkannte Elsa mit klopfendem Herzen Janusz' Gesicht. Sie war also immer noch in Auschwitz. Der Krieg war noch nicht vorbei!

„Du bist Elsa. Wir kennen uns aus der Krankenbaracke, stimmt's?", fragte Janusz mit gesenkter Stimme.

Elsa nickte gequält. „Ich habe … ich habe meine Periode. Die Schmerzen sind sehr schlimm", stöhnte sie. Der Schmerz nahm ihr die Luft zum Atmen.

Janusz schüttelte den Kopf und sah aus, als hätte er Mitleid mit ihr. „Nein. Du hast deine Periode nicht."

„Was ist mit mir passiert? Wieso blute ich?"

„Du hattest einen Eingriff."

Wovon redete er?

„Eingriff? Weshalb?" Elsa verstand überhaupt nichts mehr. War ihr Gesundheitszustand so schlimm gewesen? „Ich kann mich nicht erinnern! Ich hatte keinen Eingriff. Ich weiß nicht einmal, wie ich hierhergekommen bin."

„Du warst im Delirium. Der Arzt, Dr. Hauser, hat ihn vorgenommen, weil er herausfinden wollte, weshalb du nicht an Typhus erkrankt bist."

„Aber wieso blute ich dann da unten?", fragte Elsa ungläubig.

„Hör mir zu, Elsa", Janusz' Stimme wurde unvermittelt lauter. „Ich kann nicht viel für dich tun, aber ich werde versuchen, es dir so erträglich wie möglich zu machen." Er griff in seine Kitteltasche und holte zwei Tabletten heraus. „Nimm die hier!

Die sind gegen Schmerzen und Entzündungen", flüsterte er. „Schluck sie schnell runter und erzähl keinem davon! Zu niemandem ein Wort!"

Elsa saß schweigend da, während sie versuchte, ihre Gedanken zu sammeln. Weshalb sollte sie eine Entzündung bekommen? Das alles ergab immer noch keinen Sinn. Sie hatte ganz sicher nur ihre Periode!

Zögernd griff sie nach den Tabletten und steckte sie in den Mund.

Janusz reichte ihr ein Glas Wasser zum Nachspülen. „Jetzt leg dich hin und schlaf noch ein bisschen. Dr. Hauser wird dich bald holen, bis dahin musst du wieder bei Kräften sein."

Elsa hatte das Gefühl, dass das Bett hin und her schwankte. Vielleicht lag das an den Tabletten oder der schlechten Luft. „Was hat er mit mir vor?", flüsterte sie.

„Tut mir leid. Das weiß ich nicht."

Er log.

„Wird er mich wieder wegen des Typhus testen?" Elsas Zunge war auf einmal ganz pelzig und schwer. „Weil ich nicht daran erkrankt bin?" Sie ließ sich zurücksinken. Ihr Kopf war so schwer, dass sie ihn nicht mehr aufrechthalten konnte.

Janusz deckte sie zu. „Du bist daran erkrankt. Die Krankheit verlief bei dir nur anders. Du bist sehr stark."

„Ja. Das hat unser Arzt auch gesagt." Sie schloss die Augen. Eine angenehme Wärme breitete sich in ihrem Körper aus. „Ich werde so gut wie nie krank", murmelte sie benommen. Der Schmerz flaute ab. Sie fühlte sich leicht und schwebte.

„Was immer auch passiert, du darfst nicht schreien, Elsa. Schrei einfach nicht!" Die Stimme kam von weit her. Von so weit her, dass Elsa es für einen Traum hielt. Ganz sicher war es nur ein Traum. In Wahrheit war sie tot. Sie war mit Hanna gestorben. Scheinbar gab es gar kein Paradies, nur eine bizarre Zwischenwelt. Eine Zwischenwelt, in der das Leiden kein Ende nehmen wollte – wenn es überhaupt je ein Ende nahm.

Vielleicht musste man doch über den Fluss Styx ins Totenreich reisen? Leider hatte Elsa keine Geldmünze, um den Fährmann Charon zu bezahlen.

Dumm!

Steckte sie deswegen hier fest? Dabei wäre sie so gern bei ihrer Familie.

Sie musste eingeschlafen sein, denn sie schreckte auf, als grobe Hände sie packten und hochzerrten. Ihre Augenlider flatterten und ihr Blick fiel auf zwei Pfleger. Jeder Pfleger nahm sie an einem Arm und zog sie auf die Beine. Der Schmerz im Bauch ließ sie beinahe ohnmächtig werden.

„Nein!“ Sie kreischte förmlich. „Ich kann doch nicht laufen! Ich habe Schmerzen.“

Sie drückten fester zu, zogen sie. Elsas Füße schleiften über den Boden, als sie sich in Bewegung setzten. Sie drehte den Kopf und konnte die abgestumpften, leidenden Gesichter der anderen Frauen sehen. Wieso half ihr niemand? Sie mussten doch merken, dass sie gegen ihren Willen weggebracht wurde.

Sie wurde auf einen Gang hinausgeschleppt. Kaum waren sie an der nächsten Ecke abgebogen, ging eine Tür zum Behandlungsraum auf und Dr. Hauser erschien an der Schwelle. „Legt sie auf den Behandlungsstuhl“, befahl er den Pflegern.

Elsa sah sich zum ersten Mal einem gynäkologischen Stuhl gegenüber und erschauderte. Was hatte der Arzt mit ihr vor? Ging es hier nicht um Typhusuntersuchungen?

„Ich bin im verkehrten Raum“, jammerte Elsa, doch niemand schenkte ihren Worten Beachtung. Stattdessen wurde sie von den Pflegern aufgefordert, sich auf den Untersuchungsstuhl zu setzen und die Beine zu spreizen.

Beine spreizen? Sie war vor Schmerzen kaum fähig, sich zu rühren.

„Bewegung! Sonst wirst du vergast!“, bellte einer der Pfleger.

Widerwillig befolgte Elsa die Anweisung. Kaum dass sie auf dem Stuhl saß, begann der Arzt mit der Untersuchung. Elsa hatte fürchterliche brennende Schmerzen und das Gefühl, als ob ihr Unterleib auseinandergedrückt wurde. Sie wimmerte und jammerte wie ein kleines hilfloses Kind, doch dann erinnerte sie sich daran, was Janusz gesagt hatte.

Sie durfte nicht schreien.

Wie gelähmt saß sie da und ihr wurde speiübel. Entsetzen und Ekel schnürten ihr die Kehle zu. Mühsam sog sie die Luft ein; sie wagte nicht, an sich runterzuschauen. Sie suchte nach einer Erklärung für das alles. Diese Ahnungslosigkeit machte sie wahnsinnig.

Dann hörte sie den Arzt sagen: „Objekt ist noch Jungfrau und blutet stark nach der ersten Einspritzung."

Elsa brauchte ein paar Sekunden, um zu begreifen, dass die Worte an den Pfleger gerichtet waren. Dieser schrieb sie eilig auf.

„Zweite Einspritzung folgt. Wenn die Blutung erneut auftritt, wird das Objekt voraussichtlich binnen fünf Stunden sterben. Erhöhe die Dosis um ..." In diesem Augenblick öffnete sich eine Schleuse in Elsas Kopf und ihr Bewusstsein wurde von einer abscheulichen Wahrheit geflutet. Für sie gab es aus Auschwitz kein Entkommen! Wenn sie nicht an Hunger und Kälte starb, dann an grauenhaften Experimenten.

Sie begann, hysterisch zu schreien. Ihre Stimme war schrill, hoch und von Angst gelähmt zugleich.

Dr. Hauser sprang auf und schlug ihr ins Gesicht. Ihr Kopf schleuderte zurück und prallte gegen etwas Hartes. Ihr wurde schwarz vor Augen. Benommen registrierte sie den Schmerz, doch nur für einen Augenblick. Ohne jedes Mitleid sah Dr. Hauser auf sie hinab. „Sei still, du Judensau, oder ich schneide dir die Zunge heraus!" Damit setzte er sich wieder. „Erhöhe die Dosis um zehn Milliliter", diktierte er, als sei nichts geschehen.

Als Nächstes bemerkte Elsa die riesige Spritze mit einer trüben Flüssigkeit.

In fünf Stunden wäre sie tot.

Fünf lange Stunden.

Auf einmal wünschte sie sich, es würde schneller gehen. Und da wurde ihr bewusst, dass sie sterben wollte. Sie wollte nicht mehr kämpfen, denn es gab nichts mehr, wofür es sich zu kämpfen lohnte. Ihre Familie war tot. Ihre Verwandtschaft war tot. Sie war nichts als ein Objekt auf einem Seziertisch.

Hauser griff nach der Spritze, führte sie in Elsas Bauch ein und drückte ab. Der Schmerz ließ sie beinahe ohnmächtig werden.

Fünf Stunden.

Jetzt musste sie nur noch warten.

25

New York, Frühjahr 1979
Freitag

Ich saß im *Elektrics* und ließ meinen Blick immer wieder zur Uhr schweifen. Jules wollte sich mit mir um acht Uhr treffen. Es war bereits zwanzig nach. Ich trank den Rest Kaffee, der noch in meiner Tasse war, und blickte durch das vordere Fenster auf die Straße hinaus. Es war ein glasklarer, wolkenloser Tag, einer der Tage, an denen der Himmel so klar war, dass er wie ein künstliches Panoramabild erschien.

Während ich die Straße beobachtete, fragte ich mich, ob Jules mich womöglich vergessen hatte. Er hatte behauptet, dringend mit mir sprechen zu müssen. Bei dem Gedanken musste ich unwillkürlich lächeln. Ich genoss Jules' Gesellschaft und verspürte ein leichtes Kribbeln im Magen, wenn er da war. Ich fand es beeindruckend, wie sehr er sich in meine Geschichte einbrachte. Und es machte mich nervös. Es machte mich nervös, weil ich ihn viel zu sehr mochte.

„Leni, ich möchte dir gerne jemanden vorstellen", hörte ich plötzlich jemanden sagen und wurde aus meinen Gedanken gerissen.

Ich blickte auf und sah mich Jules und einem älteren Herrn gegenüber. Der Mann war nur etwas älter als Mum, er war groß, hatte eine Glatze, gebräunte Haut und wirkte sehr elegant und gepflegt. Seine Augen waren von einem tiefen Braun und wirkten ungewöhnlich ernst, als habe er in einen dunklen Abgrund geblickt; in ihnen spiegelte sich höchste Wachsamkeit wider. Ein nettes Gesicht, dachte ich.

„Das ist David Rosenzweig", erklärte Jules. „Er ist ein guter Freund meines Vaters. Ich habe ihn einmal erwähnt. Erinnerst du dich? In der Bibliothek?"

Aber natürlich, ich erinnerte mich wieder. Jules hatte ihn zwar nicht namentlich erwähnt, doch ich wusste, wen er meinte.

Jetzt streckte mir der Mann die Hand entgegen. Ich nickte schwach. „Sehr erfreut", hörte ich mich konsterniert sagen, während ich seine Hand drückte. Ich blickte aufmerksam vom einen zum anderen.

David Rosenzweig und Jules setzten sich mir gegenüber. Rosenzweig holte eine Zigarettenschachtel raus und bot mir eine Zigarette an. Ich lehnte dankend ab. Er zündete sich eine an, inhalierte den Rauch tief ein und pustete ihn genüsslich in die Luft. „Nun. Sie fragen sich bestimmt, wer ich bin", sagte er, als hätte er meine Verwirrung gewittert. Seine Stimme war fest, klang aber freundlich. Er besaß einen deutschen Akzent, der ihn sehr geheimnisvoll machte. „Ich werde gleich zur Sache kommen, Miss Aronsohn."

Ich merkte, wie ich ungeduldig eine Haarsträhne zur Seite strich.

„Ich bin hier, weil Jules mir Ihre Geschichte erzählt hat." Sein Gesichtsausdruck blieb neutral, während er mich anstarrte.

Ich schaute fragend zu Jules rüber. „Tatsächlich?"

„Das ist schon okay", erwiderte Jules ruhig. „David ist ..."

„Ich bin Nazijäger", verkündete David Rosenzweig. Er hielt einen Moment inne, als erwartete er eine Antwort. Als ich jedoch kein Wort herausbrachte, fuhr er mit fester Stimme fort: „Ich gehöre einer Organisation an, die sich darauf spezialisiert hat, nach NS-Verbrechern zu fahnden, um sie der Justiz zu übergeben. Wir wollen eine Wiedergutmachung für die Opfer des NS-Regimes."

Jules sah David Rosenzweig eine Weile an, dann nickte er. „David kann dir helfen, Dr. Hauser zu ergreifen."

Mein Oberkörper straffte sich. „Das ist ja fantastisch!"

„Hauser lebt ganz sicher unter einem falschen Namen und seine Familie deckt ihn. Ein simpler Blick ins Telefonbuch reicht da nicht", meinte Jules.

Dann sahen sich Jules und David Rosenzweig schweigend an, bis Jules schließlich sagte: „Wir werden die Hilfe deiner Mutter brauchen." Er machte eine kurze Pause. „Glaubst du, sie schafft das?"

Ich nickte. Mir war klar, auf was er anspielte. „Ich werde mit ihr sprechen. Ich finde es heraus."

David Rosenzweig musterte mich mit beunruhigender Intensität. „Wenn die Sache ins Rollen kommt, wird es ernst.

Wenn es uns gelingt, Hauser zu fassen, kommt es zum Prozess. Es wird kein Kinderspiel. Ihre Mutter wird zur Hauptzeugin. Sie wird sich unangenehmen Fragen stellen müssen."

„Ja. Verstehe." Meine Stimme klang steif, mechanisch.

Rosenzweig blieb skeptisch: „Ihre Mutter hatte einen Nervenzusammenbruch, ist das richtig?"

„Meiner Mutter geht es bereits besser. Sie wird heute entlassen."

„Es ist von äußerster Wichtigkeit, dass Ihre Mutter ihre Glaubwürdigkeit nicht verliert", drängte Rosenzweig. „Aus Erfahrung wissen wir, dass die NS-Verbrecher immer noch von ihrer Sache überzeugt sind. Sie glauben, das Richtige getan zu haben, und zeigen nicht die geringste Spur von Reue. Hauser wird jede Schwäche wittern und sie zu seinen Gunsten einsetzen."

Ich spürte, wie mein Mund trocken wurde. „Meine Mum ist eine starke Frau." War sie das?

Rosenzweig musterte mich einen Moment lang. „Ausgezeichnet. Ich werde bald Kontakt mit ihr aufnehmen." Er schrieb sich etwas auf. „Gut", sagte er dann. „Ich bereite mich vor und werde den Fall Dr. Hauser an das Team weiterleiten."

Ich benötigte ein paar Sekunden, bis ich seine Worte begriff. „Wieso tun Sie das alles für eine wildfremde Person?", hörte ich mich verwundert fragen.

Rosenzweig sah mich eine Weile schweigend an. Wir fochten ein wortloses Blickduell aus und ich fragte mich, ob ich mit meiner Frage zu weit gegangen war. Schließlich legte Rosenzweig seinen linken Arm auf den Tisch, krempelte den Ärmel seines Hemdes hoch und präsentierte mir eine eintätowierte Nummer. Er deutete mit der Kinnspitze darauf. „Ich weiß, wozu Menschen fähig sind."

Ich nickte schwach. „Sie waren also auch in Auschwitz." Die Worte klangen merkwürdig in meinen Ohren. Ein wenig schrill, ein wenig erstickt.

„Ich habe meine gesamte Familie verloren. Fünfzig Verwandte. Meine schwangere Frau wurde direkt in die Gaskammer geschickt. Dabei habe ich die ganze Zeit in Auschwitz auf sie gewartet."

Die ehrliche Antwort verblüffte mich. Das war so schrecklich, dass ich nicht wusste, was ich darauf erwidern sollte.

Was sagte man jemandem, der seine gesamte Familie verlorenen hatte? Dessen schwangere Frau vergast wurde! Ein „Herzliches Beileid" reichte da bei Weitem nicht aus. Ich brauchte einen Augenblick. „Es tut mir leid, dass Ihnen das zugestoßen ist."

Rosenzweig zeigte Mitgefühl: „Und es tut mir leid, dass es Ihrer Familie zugestoßen ist. Sie haben bestimmt auch viele Angehörige verloren."

Wie merkwürdig das klang. Ich lächelte und schwieg. So hatte ich das noch nie betrachtet. Schaudernd erinnerte ich mich daran, wie ich einmal von einer Klassenkameradin ausgelacht worden war, weil ich nicht an dem Großeltern-Enkel-Tag teilgenommen hatte, einer Veranstaltung in unserer Schule. Im Grunde war es lächerlich gewesen, denn die Mutter meines Vaters hatte noch gelebt. Sie war jedoch eine schrullige alte Dame gewesen, die in einem Altersheim gewohnt hatte. Doch außer ihr waren alle tot. Mein Vater hatte noch eine Schwester, doch sie lebte in Australien.

War auch ich ein Holocaustopfer? Ja, dachte ich benommen. Auch mir hatte man die Familie weggenommen. Es gab nur wenige Geburtstage. Keine Hochzeiten, Taufen oder Jubiläumsfeiern.

„Der Name meiner Frau war Rosa", sagte David Rosenzweig und sah mir eine Weile in die Augen. Fast machte er den Eindruck, als wollte er mir ein Geheimnis anvertrauen. „Sie war schön, klug und geistreich. Eigentlich war sie viel zu gut, um ihre Zeit mit einem Kerl wie mir zu vergeuden. Wir waren bereits über zwei Jahre verheiratet, als sie zum ersten Mal schwanger wurde. Die Schwangerschaft war gleichermaßen ein Segen und ein Fluch. In Deutschland war es nicht sicher für uns. Doch selbst in gefährlichen Zeiten wagen die meisten Menschen zu hoffen. Doch die Hoffnung brachte uns nicht weiter. Nur sechs Monate später wurden wir verhaftet und nach Auschwitz gebracht. Wohin der Zug fuhr, wussten wir anfangs nicht."

Ich bemerkte, dass Rosenzweig die Fäuste ballte und versuchte, die Fassung zu wahren. Schließlich ließ er sich wieder zurück in seinen Stuhl sinken und griff nach einer neuen Zigarette.

„Erst nach ein paar Tagen hielt der Zug. Die Türen wurden geöffnet und einige zivil gekleidete Männer begrüßten uns freundlich. Man erzählte uns, wir kämen in ein Arbeitslager, Frauen und Männer getrennt. Etwas entfernt standen einige Lastwagen und es hieß, kranke und behinderte Menschen, Mütter mit kleinen Kindern und schwangere Frauen sollten auf die Wagen steigen, da der Weg zum Lager lang sei. Die meisten stiegen bereitwillig auf. So auch Rosa. Sie war viel zu erschöpft von der langen Fahrt, um laufen zu können. Die Autos fuhren direkt in die Gaskammer, aber das wussten wir damals noch nicht. Ich habe meine Rosa nie wiedergesehen."

Ich saß schweigend da, während ich versuchte, diese grausamen Bilder aus meinem Kopf zu verbannen. Ich sah die schöne Rosa direkt vor mir. Der Wind blies durch ihr langes dunkles Haar, der geblümte Rock tanzte um ihre Schenkel, während sie auf den Lastwagen stieg und ihrem Mann zum Abschied winkte.

„Wir sehen uns gleich, Liebling", rief David ihr zu.

Rosa presste die vollen, sinnlichen Lippen zusammen. Sie sah aus, als würde sie gleich anfangen zu weinen. „Ja. Wir sehen uns bald", erwiderte sie.

Vor meinem inneren Auge sah ich den Lastwagen wegfahren. Etwas später kam er an der Gaskammer an. Dort wurden die Menschen von Häftlingen des Sonderkommandos empfangen. Man erklärte ihnen, dass sie nun duschen mussten. In den Auskleideräumen gab es Sitzbänke und nummerierte Kleiderhaken. Die Nummer sollte man sich gut merken, um hinterher seine Kleider schnell wiederzufinden.

Rosa war beruhigt. Ihr wurde sogar beim Auskleiden geholfen, da ihr geschwollener Leib sie ungelenk machte. Ich sah, wie Rosa sich mit einer jungen Mutter unterhielt. Die junge Frau, die ein zweijähriges Mädchen auf dem Arm hielt, gab ihr gut gemeinte Schwangerschafts-Tipps.

Ich stellte mir vor, dass sie sagte: „Gegen geschwollene Beine hilft nur eines: Gönnen Sie Ihren Beinen so oft wie möglich eine Auszeit, indem Sie sie zwischendurch einfach mal hochlegen. Schlafen Sie generell so, dass die Beine erhöht gelagert sind. Zusammengerollte Decken oder Handtücher bewirken Wunder."

„Mir macht der Rücken mehr Probleme." Das hätte Rosa vermutlich hinzugefügt.

„Es wird wieder besser. Da helfen nur warme Bäder", erwiderte die junge Mutter.

Dann sah ich, wie sie in die vermeintlichen Duschräume getrieben und die Türen luftdicht verschlossen wurden. Nun stand die Menge dicht gedrängt und splitternackt zusammen. Langsam machte sich Unruhe wegen der verriegelten Türen breit. Da vernahm Rosa ein Geräusch. Sah sie da kleine Einwurfstellen in der Decke? Sie machte die junge Mutter darauf aufmerksam. Da wurde auch schon etwas hineingeworfen. Für Rosa und die eingeschlossenen Personen begann nun ein qualvoller Todeskampf.

„Leni, geht es dir gut?" Jules Gesicht tauchte in meinem Blickfeld auf.

„Wieso?"

„Nun, so wie du gerade geschaut hast …" Er hielt kurz inne, bevor er weitersprach: „Als wärst du ganz weit weg."

Ich lächelte schwach. „Wie es aussieht, bin ich wieder da." Jules kniff die Augen zusammen und starrte mich an, als glaubte er mir nicht. „Mir geht es gut", beruhigte ich ihn.

Behutsam berührte er meine Hand. „Schön", meinte er. Als seine Finger meine Haut streiften, sprühten Funken. Ich spürte wieder dieses Kribbeln im Magen. Verlegen zog ich die Hand zurück.

David Rosenzweig drückte seine Zigarette aus. „Es wird Zeit für mich", sagte er und erhob sich. „Für heute ist es genug. Wir brauchen unsere ganze Kraft." Er drückte sanft meine Schulter. Ich rechnete damit, dass er noch etwas sagen würde. Doch er ließ mich los und wandte sich schweigend ab.

„Ich begleite David hinaus. Vielleicht kannst du noch etwas bleiben. Wir könnten zusammen was essen", richtete sich Jules mit einem hoffnungsvollen Blick an mich.

Mein Puls beschleunigte sich. Er brachte mich aus der Fassung. „Ich muss zu meiner Mum. Da sie heute entlassen wird, muss ich sie nach Hause fahren", flüsterte ich und drehte mich zum Fenster, aus dem mein eigenes Spiegelbild zurückstarrte. Ich fragte mich, seit wann ich so erschöpft aussah.

„Hast du was dagegen, wenn ich dich begleite?", hörte ich Jules fragen.

Sein Angebot verblüffte mich. Ich lächelte matt. „Das klingt verlockend, doch ich fahre lieber alleine. Es wäre vielleicht etwas zu viel für meine Mum."

„Ich verstehe."

Ich wartete, bis er mit Rosenzweig durch die Tür verschwand, dann beschloss ich, auch zu gehen. Mum wartete sicherlich schon auf mich.

26

Samstag

Elsa trat mit weichen Beinen durch die Terrassentür in den Rosengarten hinter dem Haus. Hier ließ sich die Mittagssonne am besten genießen. Sie setzte sich auf die Bank, hielt das Gesicht in die wärmenden Strahlen und musste an die vergangenen Tage denken. Sie hatte keine Ahnung, wie sich ihre Zukunft gestalten würde. Außer Salome wusste nun auch Leni von Auschwitz. Wie würde sie ihrer Tochter jemals wieder in die Augen schauen können? Elsa seufzte tief und lauschte in die Stille. Nur ein leises Meeresrauschen war zu hören.

„Die Katze ist wohl aus dem Sack", drang Hannas Stimme in ihr Ohr. Elsa schlug die Augen auf. Ihre Schwester saß neben ihr, abgemagert und in KZ-Kleidung.

„Offen gestanden wäre es mir am liebsten, wenn der Sack zugenäht geblieben wäre", erwiderte Elsa.

„Damit musst du dich nicht mehr beschäftigen. Die Wahrheit ist nun raus. Es ist das Beste", antwortete Hanna.

Elsa seufzte. „Ich habe keine Ahnung, was das Beste ist."

„Das kann ich mir denken. Es ist sicher nicht leicht für dich."

„Ja", antwortete Elsa müde.

Hanna schüttelte den Kopf. „Leider ist es deine Pflicht, darüber zu reden. Wir können es uns nicht immer aussuchen, was wir tun wollen. Du wirst über die Eingriffe sprechen müssen."

Elsa betrachtete Hannas blasses Gesicht. „Ich will aber nicht."

„Du musst!"

„Nein. Ich habe das Gefühl, dass ich mit Reden nicht viel ausrichten kann."

Hanna schenkte Elsa ein ermutigendes Lächeln. „Und ob! Du musst darüber reden. Vor allem musst du über den letzten Eingriff sprechen. Du musst erzählen, was Hauser dir da angetan hat."

„Du meinst, abgesehen davon, dass er mich unfruchtbar gemacht hat?", fragte Elsa bitter.

„Er ist da draußen, Elsa, und er hat hunderte Leben auf dem Gewissen. Hast du dich schon mal gefragt, weshalb du überlebt hast?“

Elsa schüttelte den Kopf.

„Du hast überlebt, damit du über alles berichten kannst. Es ist deine Pflicht! Glaubst du, die Toten möchten vergessen werden? Glaubst du, ich möchte vergessen werden? Soll ich umsonst gestorben sein? Wirklich tot sind nur jene, an die sich niemand mehr erinnert! Und an uns erinnert sich niemand mehr!“

„Verstehe“, murmelte Elsa. „Aber …“

„Nein! Du verstehst es eben nicht! Wenn du es tun würdest, würden wir dieses Gespräch nicht führen!“

„Ja, vielleicht“, bestätigte Elsa, verwirrt über diese merkwürdige Unterhaltung.

„Du wirst nicht mehr schweigen, Elsa! Ich verbiete es dir!“, schrie Hanna, den Tränen nah. „Du hast mich verschwinden lassen! Du hast Mama und Papa verschwinden lassen!“

„Ich …“ Elsa schüttelte den Kopf. Hanna sprang auf. Ihr Gesicht war zu einer wütenden Fratze verzerrt. „Du wirst alles erzählen! Das bist du den Menschen schuldig! Du wirst erzählen, was er dir angetan hat!“ Sie packte Elsa an der Schulter und in diesem Augenblick wachte sie auf.

Mit weit aufgerissenen Augen starrte sie Leni an, die sich über sie beugte. „Mum? Alles in Ordnung? Ich habe dich gerufen. Der Kaffee ist fertig.“

Die Sonne stand bereits ganz hoch am Himmel und der Wind hatte sich gedreht. Das Rauschen des Meeres drang nun ganz laut zu ihr herüber. „Ich muss wohl eingenickt sein“, bemerkte Elsa leise. „Ich habe mich hingesetzt und kurz die Augen geschlossen …“

Leni lächelte befangen. „Das sind die Medikamente.“

Elsa kam nicht auf die Idee zu widersprechen, sondern betrachtete in wissbegieriger Faszination Lenis Gesicht. Seit zwei Tagen war sie schon zu Hause und hatte das Gefühl, dass Leni etwas auf dem Herzen hatte.

„Gibt es etwas, worüber du mit mir sprechen möchtest?“, hakte sie nach, als Leni ihr auf die Beine half. Selbstverständlich war sie in der Lage aus eigener Kraft aufzustehen, doch sie genoss die Gegenwart ihrer Tochter zu sehr, um zu protestieren. Es war schön, jemanden um sich zu haben.

„Wie kommst du darauf?“, fragte Leni überrascht.

„Wenn ich dich so ansehe, mein Kind, kann ich manchmal deine Gedanken hören“, bemerkte Elsa.

Leni verzog das Gesicht. „Wie viele von den Tabletten hast du eigentlich geschluckt, Mum?“ Sie gingen gemeinsam ins Haus. In der Küche standen bereits zwei Tassen des frisch gebrühten Kaffees auf dem Tisch.

Als Leni sich an den Tisch setzte, fragte Elsa: „Was beschäftigt dich?“

„Offen gestanden wäre es mir am liebsten, wenn du meine Gedanken nicht hören könntest.“

Elsa griff ein wenig verärgert über ihre reservierte Reaktion nach der Kaffeetasse. Irgendetwas machte Leni in letzter Zeit unerreichbar. „Nun ja. Immerhin bin ich deine Mutter. Das ist mein Job“, sagte Elsa müde.

„Ich ziehe nächste Woche um, Mum“, sagte Leni auf einmal.

„Du ziehst nächste Woche um?“, wiederholte Elsa Lenis Worte. „Wohin?“

„Salome hat mir eine Wohnung besorgt.“

Elsa lehnte sich ein Stück zurück, um Leni zu mustern. „Salome?“

„Offen gesagt ist es mir ein wenig unangenehm, denn ich kann nicht viel zahlen.“

„Verstehe.“ Elsa nickte. „Lass sie nur. Sie tut das aus Herzensgüte. Sie ist ein guter Mensch.“

Leni erhob sich steif und ging zum Kühlschrank. Da sie eingekauft hatte, war er gut gefüllt. „Möchtest du vielleicht etwas essen?“, fragte sie aus Höflichkeit.

„Nein. Danke“, antwortete Elsa, verwirrt über dieses eigenartige Angebot, denn Leni konnte gar nicht kochen.

„Okay“, murmelte Leni.

Ungebeten schoss Elsa der Gedanke durch den Kopf, dass Leni mit ihrer Beichte noch nicht am Ende war. „Hast du noch etwas auf dem Herzen, Liebes?“, fragte sie so beiläufig wie möglich.

Leni beobachtete sie so eindringlich, dass Elsa den Eindruck bekam, sie könnte Lenis Gedanken wirklich lesen. Ihre Tochter nahm wieder am Tisch Platz und legte ihre Hand auf die ihrer Mutter. „Langsam machst du mir Angst, Mum. Da gibt es tatsächlich etwas, worüber ich mit dir reden muss." Plötzlich zuckte eines von Lenis Augen und Elsa bekam es mit der Angst zu tun.

Hatte Leni womöglich schlechte Neuigkeiten? Elsa spürte, wie ihr Atem schwerer ging. War Salome etwas zugestoßen? Oder ihren Kindern?

„Mum, ich habe dein Tagebuch weitergelesen. Ich weiß von den Experimenten."

Trotz der Wärme im Raum erschauderte Elsa. Plötzlich spürte sie die Last der letzten Jahrzehnte auf ihren Schultern und die Traurigkeit darüber, dass sie allein und hilflos war.

„Da ist noch etwas. Ich habe jemanden kennengelernt, der uns helfen kann, Dr. Hauser zu finden. Der Mann heißt David Rosenzweig und er ist Nazijäger. Ich habe mir gedacht, dass es das Beste ist, wenn wir uns hier zu Hause treffen", erklärte Leni mit überraschend fester Stimme.

Die nächsten Sekunden brachte Elsa damit zu, nicht vom Stuhl zu fallen. Als sie den Kopf drehte, um zur Terrassentür hinauszusehen, erfasste sie eine Woge von Übelkeit und Schwindel.

„Mum? Hast du verstanden, was ich gesagt habe?", hörte sie Lenis Stimme wie durch einen Watteberg.

Mühsam richtete Elsa ihren Blick auf Lenis Gesicht. „Ja." Die Worte hingen ruhig im Raum, während sie Leni anstarrte. „Mir ist nur etwas schwindelig", murmelte sie.

„Glaubst du, du schaffst es, mit Rosenzweig zu sprechen?", fragte Leni schließlich leise. Ein paar Sekunden sahen sie sich schweigend an.

„Es tut mir leid", sagte Elsa kopfschüttelnd und schauderte erneut.

Leni warf ihr einen unbehaglichen Blick zu. „Ich weiß, dass er dir schlimme Dinge angetan hat. Ich weiß zwar noch nicht alles, aber das, was ich weiß, ist schlimm genug."

Elsa zuckte mit den Schultern.

„Mum?“ Leni beugte sich vor und legte ihr eine Hand auf die Schulter. „Dir ist doch klar, dass Hauser bestraft werden muss. Er ist ein Verbrecher.“

„Ich … ich habe auch schlimme Dinge gemacht. Ich hätte Salome nie behalten dürfen. Sie ist ein menschliches Wesen und kein kleiner Welpe.“

„Hier geht es nicht nur um dich. Nicht nur um Salome.“

Elsa schwieg.

„Hast du mich verstanden?“, hakte Leni nach.

Elsa zuckte wieder mit den Schultern.

„Natürlich wirst du dich deiner eigenen Vergangenheit stellen müssen. Doch du hast nichts falsch gemacht. Das, was man dir angetan hat, war nicht deine Schuld. Du warst ein Teil von einem medizinischen Experiment.“

Elsa schwieg beharrlich weiter.

„Also gut. Denk darüber nach“, sagte Leni.

Als Elsa die Verbitterung in ihrem Ton bemerkte, verzog sie das Gesicht. Offensichtlich war Leni zu dem Schluss gekommen, dass es sinnlos war, sie umstimmen zu wollen. In der plötzlichen Stille konnte Elsa durch die offene Terrassentür das Meer hören. Es war ein tröstliches Geräusch. Hier hatte sie sich immer sicher und geborgen gefühlt, doch plötzlich konnte sie das alles nicht mehr ertragen.

Könnte sie so leben wie bisher?

Und da schlug ihre Angst in Wut um. Sie begriff, dass sie keine Angst vor Dr. Hauser hatte. Sie hasste den Mann, der ihr das angetan hatte!

„Ich möchte etwas allein sein“, sagte sie nach einem Moment.

Leni lächelte verständnisvoll. „Natürlich.“

„Ich muss nachdenken.“ Ihre Stimme zitterte.

„Sicher.“

Elsa griff nach ihrer Regenjacke. Das Wetter war zwar schön, aber sie wusste, dass es nicht lange anhalten würde. „Ich gehe an den Strand. Ein Spaziergang wird mir guttun“, sagte sie.

Leni runzelte die Stirn. Sie war sich wohl nicht sicher, ob sie ihre Mutter allein lassen konnte.

„Nun schau nicht so. Ich geh beim Nachdenken gern spazieren.“

„Klar. Vielleicht sollte ich dich begleiten ..."

„Ich werde schon nicht tot umfallen", brummte Elsa.

„Gut. Dann koche ich uns währenddessen ..."

„Bemüh dich nicht, Liebes. Das könnte mich nämlich umbringen."

„Mum!", rief Leni entsetzt aus. Seufzend räumte sie die leeren Tassen weg und stellte sie in die Spüle.

„Tja, wenn ich mit deinem Nazijäger sprechen soll, muss ich wohl am Leben bleiben", sagte Elsa und blinzelte Leni an, während sie in ihre Gummistiefel schlüpfte. Sie spürte, wie Leni in sich hineinlächelte, als sie das Haus verließ.

Als Elsa zwei Stunden später nach Hause kam, war Leni nicht allein. Ein junger, äußerst attraktiver Mann war bei ihr. Die beiden saßen am gedeckten Esstisch und der Duft nach Essen lag in der Luft.

Leni wirkte besorgt, als Elsa ins Esszimmer trat. „Ich habe mir schon Sorgen gemacht", platzte es aus ihr heraus, während sie nervös an ihrer Halskette herumzufingern begann. „Wir haben gekocht und warten seitdem auf dich."

Eine Weile stand Elsa benommen da und wusste nicht, was sie von der ganzen Sache halten sollte. Da war Leni. Das gute Porzellan. Und ein unbekannter Mann. Hatte sie etwas verpasst?

Lenis Begleiter löste letztendlich die peinliche Stille. „Eigentlich habe ich gekocht. Leni hat nur zugesehen. Das kann sie gut."

„Ja. Darin ist sie wirklich gut", bestätigte Elsa, die sich die Verwirrung nicht anmerken lassen wollte. „Mit wem habe ich das Vergnügen?"

Der junge Mann schoss eifrig vom Stuhl hoch. „Mit Jules Stiles." Er reichte ihr die Hand. „Ich bin ein Arbeitskollege Ihrer Tochter."

Leni wollte lächeln, aber ihre Miene wurde eher zu einem nervösen Grinsen.

Na. Das Mädchen benahm sich aber albern, schoss es Elsa durch den Kopf. „Und Sie haben gekocht?", hakte sie nach, da sie sich nicht ganz sicher war, ob sie das alles richtig verstanden hatte. Die neuen Medikamente machten ihr ein wenig zu schaffen.

„Ja", bestätigte Jules.

„In meiner Küche?"

„Ja. Natürlich", sagte Leni gereizt. „Wir haben nur die eine."

„Ursprünglich wollten wir bei mir kochen", erklärte der junge Mann, „doch Leni wollte Sie heute nicht allein lassen, also habe ich mich angeboten."

„Und Sie sind sicher, dass Leni nur zugesehen hat?", erkundigte sich Elsa.

Jules hielt inne und tat so, als müsse er scharf nachdenken. „Ja. Ich bin mir sicher."

Elsa zog nur eine Augenbraue hoch und sah ihn stumm an. „Dann können wir es uns ja schmecken lassen."

Leni wurde rot. Dann musterte sie Elsa mit strengem Blick. „Mum, warum musst du so …" Sie gab es auf und sprach den Satz nicht zu Ende. Sie strich sich das Haar hinter die Ohren und schüttelte zerknirscht den Kopf. „Dir geht es scheinbar wieder gut", murmelte sie.

Elsa verzog die Lippen zu einem kleinen, kühlen Lächeln, sagte aber nichts.

Jules räusperte sich. „Ich bin nicht nur ein Freund von Leni. Ich bin auch ein Freund von David Rosenzweig", sagte er.

Elsa runzelte die Stirn. „Verstehe. Nun. Setzen wir uns doch. Ich habe Hunger." Sie unterdrückte einen Seufzer. „Sie sind also mit meiner Geschichte vertraut?", fragte sie dann mit einer rauen Stimme.

Jules nickte. Leni schilderte kurz, was vorgefallen war, als sie im Krankenhaus war.

Elsa wusste, dass Leni ihre Verärgerung ahnte, weil ihre Tochter die Sache nicht für sich behalten hatte. Nun aber war der Stein ins Rollen gekommen und nicht mehr aufzuhalten. Für einen Moment schwiegen alle. Elsa spürte, wie ihre Wut so rasch verrauchte, wie sie gekommen war. Im Grunde wusste sie, dass der Augenblick der Wahrheit eines Tages kommen würde. Und sie wusste, dass sie mit erhobenem Haupte hindurch musste.

Eine Viertelstunde später genossen sie Jules Kochkünste – Frittata mit Süßkartoffeln. Er war ein wirklich guter Koch, dachte Elsa.

Beim Essen erzählte Jules ein wenig von sich. Während Elsa ihm zuhörte, bemerkte sie, dass Leni schon wieder sehr albern aussah. Unruhig zupfte sie an ihrer weiten Tunikabluse, offenbar unschlüssig, wie sie sich verhalten sollte. Es war unverkennbar: ihre Tochter mochte Jules. Und da Elsa nicht blind war, sah sie sofort, dass Jules auch Leni mochte. Ob die beiden von ihrer gegenseitigen Zuneigung wussten? Scheinbar nicht. Noch nicht, dachte Elsa und lächelte in sich hinein. Die beiden gaben ein sehr hübsches Paar ab.

Nach dem Essen räumte Leni das Geschirr ab und setzte Kaffee auf.

Elsa nippte an ihrem Kaffee und zwang sich, ihre Tochter anzusehen. „Weißt du noch, wie du mich nach Salomes Eltern gefragt hast?", fragte sie. Leni nickte. „Es ist nicht ganz so, wie du denkst. Die Geschichte ist weitaus komplizierter. Es wird Zeit, dass du die ganze Wahrheit erfährst."

27

23. November 1944: Elsas liebste Jahreszeit war der Herbst. Sie liebte es, wenn die Blätter von den Bäumen fielen. Wenn die Tage trüber wurden. Wenn die Welt langsam in den Winterschlaf fiel.

Davon träumte sie. Sie träumte, dass sie über einen blätterbedeckten Boden lief. Der Herbstwind spielte mit ihren Haaren. Streichelte ihr Gesicht. Lachend drehte sie sich um die eigene Achse. Währenddessen flog ihr Blick an den kahlen Bäumen vorbei. Sie fühlte sich so frei wie noch nie.

In ihrem Traum schrie sie: „Ich bin im Paradies." In dem Augenblick flog ihr Blick erneut an den kahlen Bäumen vorbei und sie bemerkte einen Schatten, der sich näherte. Sie blieb abrupt stehen und sah sich Auge in Auge Dr. Hauser gegenüber. Er grinste sie an und sagte: „Objekt fünf hat die Injektion überlebt. Das Experiment beginnt."

Augenblicklich wachte sie auf. Sie blieb auf dem Rücken liegen und bewegte sich nicht. Ein lodernder Schmerz stieg von ihrem Unterleib auf und jagte durch sie hindurch. Die Kälte drohte, ihren ganzen Körper zu lähmen. Umgehend begann die Erinnerung an den Traum zu verblassen. Der blätterbedeckte Boden, der Wind, der mit ihrem Haar spielte, verschwammen vor ihrem geistigen Auge. Stattdessen tauchten die Bilder der Krankenbaracke in ihrem Gesichtsfeld auf. Die kahlen Wände. Die vernagelten Fenster. Die kranken, leidenden Frauen.

Dann hörte sie ein Atmen.

Nicht das schnelle, fiebrige Atmen einer Leidensgenossin, sondern das ruhige, gleichmäßige Atmen eines Babys. Vorsichtig drehte Elsa den Kopf zu Seite. *Ich schlafe,* sagte sie sich. *Es ist ein Traum.*

Da lag ein Baby neben ihr. Es war nur wenige Wochen alt. Sein Haar war hell, die Augen dunkelblau. Es war eingepackt wie eine kleine Mumie. Das Baby wandte den Kopf, um Elsa anzusehen, gab aber keinen einzigen Laut von sich.

Elsas Benommenheit wich nur langsam. Der Schmerz in ihrem Unterleib glich einer Wolke, verschleierte alles und machte jeden klaren Gedanken unmöglich. Sie hatte jegliches Gefühl für Zeit verloren. Sie fühlte sich sterbenskrank und fiebrig.

Lange Minuten verstrichen, bis sie glaubte, ihren Verstand verloren zu haben. So musste es sein! Es war alles nur Einbildung! In Auschwitz gab es keine Babys.

Elsa ließ den Kopf auf das Kissen zurücksinken, starrte lange gegen die Decke, dann drehte sie sich dem Baby zu. Es war noch da und schlief. Sie starrte es aus glasigen Augen an. Vorsichtig stupste sie es von der Seite an. Großer Gott! Es fühlte sich real an! Es war ein echtes Baby.

Mit ihrem Verstand war somit alles in Ordnung. Jemand musste sie mit der Mutter des Kindes verwechselt haben, schoss es ihr durch den Kopf.

Sie stemmte sich mühsam hoch und ließ den Blick durch den Saal schweifen. Würde sie eine mögliche Mutter ausfindig machen können? Der Saal war nicht voll besetzt und ein neues Gesicht konnte sie auch nicht erkennen.

Vielleicht hatte jemand das Baby nur kurz abgelegt?

Ja. So musste es wohl sein.

Elsa war zu kaputt und müde, um sich über die Fehler anderer Leute Gedanken zu machen. Irgendeiner würde das Baby schon holen. Sie konnte die Augen schließen und weiterschlafen. Das war ein guter Plan, wie Elsa fand.

Von Fieber geschüttelt schlief sie ein.

Doch dann wurde Elsa wach, weil das Baby brüllte. Der spitze, scharfe Schrei des Säuglings tat ihr in den Ohren weh. Sie spürte, wie ihre Nackenhaare sich aufrichteten. Am liebsten hätte Elsa sich die Ohren zugehalten, aber sie war vom Schmerz und Fieber wie gelähmt.

Das Gesicht des Kleinen war purpurrot und es sah regelrecht wütend aus.

Wieso war dieses Baby noch hier?, fragte sich Elsa verärgert. Und wie konnte sie es dazu bringen, nicht mehr zu brüllen? Sie hatte keine Ahnung davon. Geschweige denn Erfahrung. Elsa hatte niemals ein Baby im Arm gehalten.

In einem Anflug von Unbehagen erinnerte sie sich daran, dass Babys ziemlich kompliziert waren. Sie schrien, weil sie Hunger, Koliken oder die Windel voll hatten. Sie schrien, weil sie müde waren oder ihnen langweilig war. Momentan konnte alles auf das Baby zutreffen.

Schließlich kam eine deutsche Schwester angerannt. Sie hatte ein Fläschchen dabei, welches sie Elsa kommentarlos in die Hand drückte.

„Es ist nicht meins", krächzte Elsa. Ihr Mund war vom langen Schlaf und Fieber trocken. „Es ist nicht mein Baby."

„Stell dich nicht dumm! Füttere das Balg!", wischte die Schwester Elsas Einwände beiseite.

„Ich weiß nicht, wie das geht", stottere Elsa mühsam.

„Das findest du schon raus", erwiderte die Schwester kühl.

Elsa, die wusste, dass man den Schwestern und Ärzten nicht widersprach, kam der Aufforderung resigniert nach. Sie stand unter Schock. In dem Fläschchen befand sich kaum Milch. Auch wenn Elsa keine Ahnung von Babys hatte, wusste sie, dass die Milch nicht ausreichen würde. Sie würde das Baby niemals satt machen.

Während Elsa, vom Fieber geschüttelt, sich damit abmühte, dem Baby das Fläschchen zu geben, verschwand die Schwester wieder.

„Du musst es etwas schräger halten", sagte ihre geschwächte Nachbarin.

Es war eine junge Griechin. Sie war keine siebzehn Jahre alt. Ihren Namen wusste Elsa nicht mehr. Ihr hatte man eine Niere herausoperiert. Sie hatte auf einem Tisch gelegen, an den sie festgebunden worden war. Ohne Narkose hatte Dr. Hauser ihren Unterleib geöffnet und ihr eine Niere herausgeschnitten. Das Mädchen hatte noch die Niere in seinen Händen pulsieren gesehen, bevor sie das Bewusstsein verlor. Danach hatte man sie mit der offenen Wunde ins Bett gebracht.

„So?", fragte Elsa. Nur mit Mühe konnte sie die Flasche halten.

„Genau. So habe ich meine kleine Cousine auch immer gefüttert. Pass nur auf, dass dein Baby nicht zu schnell trinkt. Davon bekommt es schreckliche Koliken." Ihr aschfahles Gesicht glänzte unter einem heißen Schweißfilm.

„Es ist nicht mein Baby." Fast wurde Elsa böse.

„Doch. Nun ist es dein Baby", murmelte die Griechin, doch ihre Worte erstarben abrupt, als der Schmerz ihr die Luft nahm.

Im Nu leerte das Baby die Flasche, dann fing es erneut an zu brüllen. Was es irgendwie schlimmer machte. Das Gebrüll tat Elsa noch mehr in den Ohren weh. Sicherlich hatte das Baby noch Hunger. Oder es musste gewickelt werden. Doch dazu war Elsa nicht in der Lage. Jeder Knochen im Leib tat ihr weh. Mit dem letzten bisschen an Kraft, die sie noch hatte, ließ sie sich in das Kopfkissen sinken. Während das Fieber sie immer wieder eindösen ließ, hörte sie das Baby jammern.

Konnte es nicht einfach verschwinden?

Irgendwann, nach einer quälend langen Stunde, beruhigte sich das Baby. Vermutlich war es zu geschwächt, um weiterzujammern. Elsa konnte es recht sein, so konnte sie entspannt die schweren Augenlider schließen.

Eine Hand legte sich vorsichtig auf ihren Handrücken. Sie öffnete die Augen. Es war Janusz. Sie war so erschöpft, dass sie ihn gar nicht hatte kommen sehen. Er drückte ihr ein paar Tabletten an den Mund und zwang sie, diese runterzuschlucken. „Wir müssen dafür sorgen, dass das Fieber runtergeht", flüsterte er. „Ich konnte in den letzten zwei Tagen nicht kommen, deswegen hast du das Fieber bekommen."

Er gab ihr ein Glas Wasser und sie trank es halb aus. Das Wasser war kühl und gut, aber viel bekam Elsa nicht runter. Sie hatte das Gefühl, sich sonst übergeben zu müssen. Die Tabletten hinterließen einen bitteren Geschmack auf der Zunge.

„Wieso tust du das für mich?", fragte sie.

„Ich bin Arzt und muss Menschenleben retten", erwiderte er knapp. „Die Nazi-Ärzte mögen ihren hippokratischen Eid vergessen haben. Ich habe es jedoch nicht getan."

„Danke."

„Du musst mir nicht danken."

„Du warst sicher ein guter Arzt", murmelte sie schwach.

Janusz lächelte ein wenig traurig. „Ich habe meinen Job gerne getan."

„Hast du eine eigene Praxis gehabt?"

„Nein. Ich habe im Krankenhaus gearbeitet."

„Wieso bist du in Auschwitz?"

„Ich bin ein politischer Häftling. Das ist eine lange Geschichte."

„Hast du Familie?"

„Eine Frau und zwei Kinder. Sie warten zu Hause auf mich", sagte er mit sanfter Stimme, was darauf schließen ließ, dass Janusz sie sehr vermisste.

„Du riskierst sehr viel", bemerkte Elsa.

„Meine Frau wird das verstehen", sagte er leise.

„Meine Familie war nicht besonders gläubig, aber ich danke Gott für deine Hilfe."

Das Baby meldete sich wieder. Es gab einen undefinierbaren Laut von sich.

„Was ist das für ein Baby?", flüsterte Elsa.

Janusz lächelte schwach. Ein grimmiges Lächeln, ein wenig zu böse. „Das haben die von der Rampe weggeholt. Seine Mutter ist ganz sicher tot."

„Wieso? Wieso tun die so etwas?"

Er betrachtete sie mitfühlend. „Weil sie es können."

„Das Baby schreit andauernd."

Janusz nickte. „Das soll es auch."

Elsa war verstört. „Wie bitte? Das Baby soll weinen?"

Janusz Miene verdüstert sich. „Ja. So sollst du Muttergefühle für das Kleine entwickeln."

Elsa wollte Gewissheit. Sie deutete auf das winselnde Bündel. „Die wollen, dass ich es lieb habe?" Elsa schämte sich für den Gedanken, aber sie wollte das schreiende Baby am liebsten aus dem Fenster werfen. Sie hatte doch genug mit sich selbst zu tun.

Janusz nickte: „Sie überlegen sich immer neue kranke Experimente." Sie hörte die Ratlosigkeit, die sich in seinen Grundton mischte.

„Das Baby bleibt also bei mir?"

Janusz nickte erneut. „Und du musst so gut wie möglich für das Kleine sorgen. Das ist sehr wichtig. Hörst du?"

„Und wenn ich das Baby nicht will?", brummte sie und machte sich nicht die Mühe, ihre schlechte Laune bezüglich des Schreihalses zu verbergen.

Janusz runzelte die Stirn. „Ich fürchte, keiner wird nach deiner Meinung fragen."

Elsa beäugte Janusz misstrauisch. „Ich werde gezwungen, mich um das Kleine zu kümmern?"

„Wir alle werden zu irgendwas gezwungen."

Ihre Wut verging allmählich, doch zurück blieb ein Gefühl tiefster Hoffnungslosigkeit. Aber schließlich konnte das Baby nichts dafür. „Wie heißt es?"

„Ich weiß es nicht. Ich weiß nicht einmal, ob es ein Junge oder Mädchen ist …" Irgendjemand rief nach Janusz. Sofort stand er stramm, dann eilte er hinaus, ohne sich zu verabschieden.

Elsa blickte auf das Baby. Es schien genauso ratlos wie sie. „Was soll ich nur mit dir anfangen?", fragte sie mit hohler Stimme. Doch darauf schien das Baby auch keine Antwort zu haben.

28

25. November 1944: Zum Glück war alles vorbei! Ihre Beine waren nicht mehr an den Gynäkologenstuhl gefesselt, während Dr. Hauser mit blutigen Instrumenten und dreckigen Händen in ihr rumstocherte. Ohne Betäubung hatte sie sich früh morgens einer schmerzhaften Untersuchung unterziehen müssen. Dabei diktierte Hauser seinen Assistenten den Befund: „Objekt fünf zeigt eine deutliche Reaktion auf die Injektion."

In der Luft lag der Geruch nach Blut und menschlichen Ausdünstungen. Elsa wusste, dass sie es war, die so stank. In der Krankenbaracke gab es einen Waschraum, und sie schwor, sich zu waschen, sobald es ihr etwas besser ging.

„Die Injektion hat das Gewebe zerstört. Die Entfernung der Eierstöcke wird nicht vonnöten sein ...", berichtete er, während er mit einem langen ekligen Werkzeug in ihr herumstocherte. Die Schmerzen raubten ihr beinahe den Atem.

„Was haben Sie mit mir gemacht?", wagte Elsa zu fragen. „Was haben Sie mir gespritzt?"

„Die Heilung bei Objekt fünf hat eingesetzt", kommentierte Hauser, als sei Elsa gar nicht da. „Das Ergebnis ist zufriedenstellend."

Elsa wusste, dass sie die Heilung nur Janusz zu verdanken hatte. Sie wusste zwar nicht, mit welchen Medikamenten er sie versorgte, aber es ging ihr wesentlich besser. Das Fieber war weg und die Schmerzen wurden erträglich.

„Strenge Bettruhe wird weiter angeordnet."

Fast atmete Elsa erleichtert auf. Solange man im Bett bleiben musste, kriegte man bessere Verpflegung. Es gab einen dünnen Griesmehlbrei statt Wassersuppe, eine normale Brotration und schwarzen Tee.

Hauser zog endlich das lange eklige Instrument aus ihr heraus. Doch dann fing er an, mit aller Kraft auf ihrem Bauch herumzudrücken. Sie schrie vor Schmerz und merkte erschrocken, wie sich ihre Blase löste. Blutiger Urin rann an ihr herunter. Hauser gab dem Assistenten ein Zeichen, worauf dieser wie ein Schoßhündchen angerannt kam, um Elsa ein Tuch in den Mund zu stopfen.

Nachdem Hauser mit der Arbeit fertig war, durfte sie sich setzen und das Tuch aus dem Mund entfernen. Er nahm gegenüber Platz und lächelte merkwürdig abwesend. „Du wirst keine Kinder bekommen können“, begann er ohne Umschweife. „Dafür habe ich gesorgt. Ich hoffe für dich, dass du nie Kinder haben wolltest. Jetzt musst du nur noch gesund werden, dann wird alles gut.“

Vor Entsetzen konnte Elsa nichts sagen. Sie gab sich keine Mühe mehr, die Tränen zurückzuhalten. Sie rannen ihr über die Wangen.

„Deine Genesung entscheidet darüber, ob du lebst oder stirbst.“ Elsa nickte, dann durfte sie gehen.

Ein Pfleger schleifte sie zurück ins Bett, wo sie vor Schmerzen gekrümmt regungslos liegen blieb. Zum Glück schlief das Baby, sodass sie sich ein wenig ausruhen konnte. Es schlief ohnehin sehr viel in letzter Zeit. Kein Wunder bei der geringen Essensration. Elsa gab schon etwas von ihrem Brei ab, aber das reichte bei Weitem nicht.

Eine Stunde nach der Untersuchung kam eine Schwester mit einem Fläschchen und Windeln für das Baby. Jetzt erst fiel Elsa auf, dass das Baby, seit sie es neben sich gefunden hatte, gar nicht gewickelt worden war.

„Kannst du mir helfen?“, bat sie die junge Griechin. Ihr Name war Rena, fiel Elsa wieder ein.

Dank Janusz ging es Rena ein wenig besser. Ihr aschfahles Gesicht hatte ein wenig Farbe bekommen und sie war kräftig genug, um ein paar Schritte zu gehen. So schleppte sie sich aus ihrem Bett und ging Elsa zur Hand. Gekonnt zog sie das Baby aus. „Glückwunsch! Es ist ein Junge“, murmelte sie.

Elsa war erschrocken, wie mager der Kleine war. Er war nicht nur wie eine Mumie eingepackt. Er sah auch wie eine aus. Seine Glieder waren steif, und wenn er sich bewegte, wirkte es spastisch. Mit zitternden Fingern streichelte Elsa die weiche Haut an seinem Bein. Wie zart sie doch war.

Die Windel war vollkommen durchnässt und voller Kot. Wunde Stellen hatten sich am Gesäß gebildet.

„Am besten reibst du die Wunden mit schwarzem Tee ein“, erklärte Rena. „Oder lässt ihn öfter für kurze Zeit ohne Windel liegen. Aber wirklich nur kurz. Es ist kalt." Das konnte Rena wohl laut sagen. Es war zwar nicht so kalt wie in den anderen Baracken, aber man fror dennoch.

„Kennst du das alles von deiner Cousine?", fragte Elsa, die jede Handbewegung genau studierte. Sie war fasziniert, wie geschickt Rena war. Im Nu war der kleine Po sauber.

„Ja. Ich habe mich oft um sie gekümmert. Sie war praktisch wie eine Schwester für mich."

„Wo ist deine kleine Cousine jetzt?", erkundigte sich Elsa.

„Sie wurde mit uns zusammen deportiert. Sie war erst drei beim Transport." Rena musste nicht weiter sprechen. Elsa wusste, was mit kleinen Kindern nach der Ankunft geschah.

„Das tut mir leid. Was ist mit dem Rest deiner Familie?"

„Außer mir, meinem Zwillingsbruder und meiner Mutter hat man alle in die Gaskammer geschickt."

„Du hast einen Zwillingsbruder?"

„Ich hatte einen", sagte Rena leise. „Anfangs waren wir bei Dr. Mengele. Er hat alle möglichen Untersuchungen an uns durchgeführt. Er hat uns gemessen, gewogen, unsere Gliedmaßen verglichen. Uns Blut abgenommen. Uns nach Krankheiten untersucht. Dann hat er meinen Bruder kastriert."

Elsa meinte, sich verhört zu haben. „Er hat was getan?"

„Er hat ihn kastriert", wiederholte Rena leise.

Elsa riss erstaunt die Augen auf. „Wieso?"

Rena zuckte mit den Schultern. „Vielleicht wollte er aus ihm ein Mädchen machen, um zu sehen, ob er mir ähnlich wird. Mein Bruder hat den Eingriff nicht überstanden." Rena brach ab. Sie wollte nicht weiter darüber sprechen.

Vor Entsetzen konnte Elsa nichts sagen. Erst nach einer Weile bekam sie ihren Mund wieder auf. „Wo ist deine Mutter?"

„Sie arbeitet in der Kleiderkammer", flüsterte Rena.

„So ein Glück! Sie hat es warm und etwas Warmes zum Anziehen kann sie auch organisieren." Aber sicher, dachte Elsa, das musste die Frau sein, die sich gelegentlich abends in die Baracke hineinschlich und Rena Essen oder Unterwäsche mitbrachte. Sie war eine kleine, zierliche Frau mit großen, schwarzen Augen und einem Damenbart. Elsa beneidete Rena darum, dass sie eine Mutter hatte, die noch am Leben war. Eine Mutter, die sich um sie kümmerte.

„Willst du dem Kleinen einen Namen geben?", fragte Rena, als sie mit dem Wickeln fertig war.

Elsa verneinte. Sie hatte keine Lust, sich einen Namen zu überlegen.

„Dann gebe ich ihm einen Namen", verkündete Rena. „Ich taufe ihn auf den Namen Salomon. So hieß mein Bruder."

„Von mir aus. Mir ist es gleich, wie der Kleine heißt", gab Elsa zurück.

„Was ist mit deiner Familie?", erkundigte sich Rena.

Elsas Herz verkrampfte sich. „Ich habe niemanden mehr", entgegnete sie und lächelte traurig. Sie brachte es kaum über sich, den Satz „Sie sind alle tot" auszusprechen, nicht einmal in Gedanken.

Jetzt war es Rena, die verstummte. Nach einer Weile sagte sie: „Jetzt hast du ja Salomon."

„Von Babys verstehe ich nicht viel. Und ich glaube, dass er bei dieser mickrigen Essensration nicht lange am Leben bleiben wird."

„Du solltest zu den Polinnen gehen. Sie können dir für das Baby etwas organisieren."

„Polinnen?" Elsa verstand nicht ganz.

Rena deutete auf den gegenüberliegenden Saal. „Dort liegen politische Gefangene. Es sind Frauen vom Warschauer Aufstand. Eine ist schwanger, zwei haben erst kürzlich ihre Babys bekommen und eine hat ihr kleines Kind dabei. Ihre Verpflegung ist besser als die von Juden. Ich bin sicher, dass sie dir helfen können."

Das klang verlockend, doch momentan war Elsa nicht in der Lage dazu. „Ich werde deinen Vorschlag im Hinterkopf behalten", sagte sie also.

„Sie sind ganz nett, auch wenn sie kaum Deutsch verstehen", entgegnete Rena.

Das war aber kein Problem, dachte Elsa. Viele Insassen sprachen mehrere Sprachen und so unterhielt man sich schon mal auf Französisch oder gar Englisch. Manchmal auch nur mit Händen und Füßen, und die Sprache verstand jeder.

„Ihr müsst nur so lange ausharren, bis die Russen hier sind", meinte Rena.

Mit skeptisch gerunzelter Stirn sah Elsa sie an „Das höre ich schon seit meiner Ankunft", brummte sie. „Dabei habe ich noch keinen einzigen Russen gesehen."

„Ja. Es wird viel erzählt. Doch diesmal stimmen die Gerüchte. Sie werden uns bald befreien."

„Na dann ..."

„Die Deutschen werden immer nervöser."

Elsa legte sich hin und deckte Salomon zu. Sie wollte nichts mehr von Befreiung wissen. Mittlerweile glaubte sie nicht mehr daran. Und eins hatte sie in Auschwitz gelernt. Auch hier gab es Klatschweiber. „Was glaubst du wohl, was die mit uns machen werden, wenn die Sowjets hier sind?", fragte sie grimmig. „Glaubst du, die Nazis lassen uns am Leben? Nach alldem, was sie uns angetan haben?"

Rena wurde blass. „Glaub, was du willst! Aber ich werde bald frei sein", sagte sie.

Doch da irrte sie sich. Später am Abend wurde sie von den SS-Leuten abgeholt. Sie durchquerten lärmend den Krankensaal, gingen gezielt auf Renas Bett zu und befahlen ihr, sofort mitzukommen.

„Was habt ihr mit mir vor?", wisperte Rena.

Das ist nicht gut, dachte Elsa panisch. In der Baracke ließen sich so gut wie nie SS-Leute sehen.

„Du gehst wieder arbeiten", erwiderte einer der SS-Männer. Renas Augen wurden feucht. „Ich kann nicht arbeiten. Ich habe eine offene Wunde."

„Verdammt richtig", meinte Elsa leise. Da musste ein Irrtum vorliegen.

„Das ist ein Befehl!", brüllte der SS-Mann. Dann wurde sie von beiden Seiten an den Ellenbogen gepackt, aus dem Bett gezogen und hinausgeschleift. Rena schrie irgendetwas auf Griechisch. Doch es war kein lauter Aufschrei, der aus ihrer Kehle drang, sondern nur ein kraftloses Wimmern.

Glühende Hitze breitete sich wie Flammen in Elsas Körper aus. Sie könnte die Nächste sein! Sie drückte Salomon an sich. Renas Wimmern verklang, es folgte eine düstere Stille. Elsa betrachtete das winzige Geschöpf in ihren Armen und begriff, dass nur der Kleine sie am Leben hielt. Wie auch immer der Plan von Dr. Hauser aussah, Salomon war der Grund, weshalb man sie am Leben ließ. Dann erinnerte sie sich an Janusz' Worte: „Du musst so gut wie möglich für das Kleine sorgen." Elsa hatte das damals nicht verstanden, und es wäre ihr nie in den Sinn gekommen, dass dieses Baby eine Art Symbiose mit ihr bildete. Genau wie Rena und ihr Bruder Salomon. War der eine weg, hatte der andere ausgedient.

„Alles wird gut", flüsterte sie dem Kleinen zu. „Du wirst schon sehen. Wir beide packen das schon." Doch da ahnte sie bereits, dass sie nicht nur das Baby, sondern auch sich selbst belog.

29

2. Dezember 1944: Die Schwester hatte Elsa so viel Blut abgenommen, dass sie beinahe die Besinnung verlor. Mit Entsetzen beobachtete sie, wie sich unzählige Ampullen mit dem roten Lebenssaft füllten. Sie überlegte einen kurzen Moment lang, dass sie eigentlich gar nicht so viel Blut besitzen konnte. Denn wenn sie tatsächlich so viel davon hatte, dann müsste sie jeden Augenblick tot umfallen. Noch eine Ampulle und sie wäre dahin. Komischerweise lebte sie noch, obwohl es ihr sehr schwerfiel, nicht einfach loszulassen. *Sterben ist schwer, Leben noch mehr,* dachte sie bei sich.

Nachdem man Elsa ordentlich angezapft hatte, befahl man ihr, sitzen zu bleiben. Eine gefühlte Ewigkeit später stand wie aus dem Nichts plötzlich ein Fotograf im Raum. Elsa überlegte, dass sie kurz weggetreten sein musste. Sie starrte ihn eine Weile an, unsicher, ob er auch real war. Für einen Moment kam sie sich albern vor. Natürlich war der Fotograf real.

Er und Hauser tauschten ein paar Sätze aus, denen Elsa allerdings vor lauter Schwindel nicht folgen konnte. Anschließend platzierte Hauser sich hinter Elsa, und der Fotoapparat blitzte. Das Licht schmerzte derart in ihren Augen, dass sie mühsam blinzelte. Ihre Augen brauchten einige Zeit, bis sie sich wieder an das Tageslicht gewöhnt hatten.

„Ich bin mit deinen Fortschritten sehr zufrieden", sagte Hauser hinter ihr. Elsa konnte sein merkwürdig abwesendes Lächeln spüren. „Wie geht es dir?"

„Mir geht es schon viel besser", murmelte sie benommen. Sie spürte Hausers Hand auf ihrer Schulter und erschauderte. Mit einem Mal war es ein paar Grad kühler.

„Das ist gut. Sehr gut sogar."

Elsa wollte etwas antworten, aber sie brachte vor Erschöpfung kein Wort heraus.

Nach einigen Minuten erschien eine stämmige Krankenschwester, um Elsa aus dem Raum zu scheuchen. Wie betrunken schleppte Elsa sich an der kahlen, grauen Wand entlang. Sie hatte das Gefühl, als würde sie auf einer Schaumstoffmatte laufen: ihre Knie sackten bei jedem Schritt ein.

Einmal war sie so sturzbetrunken gewesen, dass sie unterwegs nach Hause den Halt verlor, sich nicht länger aufrecht halten konnte und auf alle viere gesunken die Treppe hochgekrochen war. Dieses einmalige Erlebnis schien sich nun zu wiederholen. Zumindest fühlte es sich so an.

In diesem Zustand der Scheinbetrunkenheit kämpfte sie sich zu ihrem Saal vor. Schon von Weitem nahm sie die fremde Frau auf ihrem Bett wahr, hielt sie jedoch für eine Wahnvorstellung. Und das aus gutem Grund. Die Frau trug keine Sträflingskleidung, war gut genährt und ungewöhnlich hübsch. Ihr flachsblondes Haar trug sie zu einem Zopf, wodurch ihr herzförmiges Gesicht hübsch betont wurde.

Sie war dabei, Salomon die Flasche zu geben, als Elsa wankend in den Saal hineingestolpert kam. Aus irgendeinem Grund sprang die Frau hoch, lief auf Elsa zu und griff ihr unter die Arme. Elsa spürte den kalten Boden unter ihrem Gesäß. Normalerweise setzte sie sich nicht auf die kalten Dielen, aber unerklärlicherweise tat sie es nun. Wahrscheinlich deshalb, weil der Boden unter ihr nachgab. Die Frau redete auf Polnisch auf sie ein, doch woher sollte Elsa plötzlich Polnisch verstehen? Die Frau half ihr auf die Beine und führte sie netterweise zum Bett.

Nun fand Elsa ihre Stimme wieder. „Wer bist du?“, krächzte sie.

„Jestem Janka“, erwiderte die Frau und deutete auf sich. „Janka.“

„Ich bin Elsa.“ Kurz wurde ihr schwarz vor Augen.

„Elsa“, wiederholte Janka, dann deutete sie auf Salomon. „Jak się twoje dziecko nazywa?“ Elsa konnte sich denken, dass Janka sie nach dem Namen des Babys fragte.

„Salomon“, erwiderte sie also. Sie hörte sich an, als würde sie durch Watteberge sprechen.

„Name ist schön“, meinte Janka mit einem aufrichtigen Lächeln. Es sah ein wenig verschwommen aus.

„Womit fütterst du ihn?“, fragte Elsa, doch die junge Polin verstand nichts. Daher deute Elsa auf die Flasche. „Was ist da drin?“

Nun schien Janka zu verstehen. Ihr wunderschönes Gesicht war erfüllt von Entschlossenheit, und ihre blassblauen Augen glänzten wie zwei Sterne. „Mleko matki", sagte sie beinahe verschwörerisch. Das verstand Elsa wiederum nicht. Janka tippte auf ihre eigene Brust. „Mleko." Nun fielen Elsa ihre prallen Brüste auf.

„Ach! Du gibst ihm Muttermilch!", hörte sie sich sagen. „Dann hast du auch ein Baby?" Was für eine blöde Frage, dachte Elsa im selben Augenblick. Woher sollte Janka sonst die Muttermilch herhaben? Offenbar verstand sie die Polin nicht, wofür Elsa sehr dankbar war.

Janka erwiderte nur: „Milch gut." Dann blickte sie Elsa so intensiv ins Gesicht, dass sie ihre Verzweiflung spüren konnte. „Baby krank."

Elsa schüttelte heftig den Kopf und rückte ein wenig zurück, als fürchtete sie, Jankas Worte könnten wahr sein. „Nein. Er ist nur ein wenig dürr. Er muss gut essen." Elsas Stimme hatte sich zu einem kaum wahrnehmbaren Flüstern gesenkt.

„Baby krank", wiederholte Janka.

„Nein. Nur hungrig."

„Nie. Dziecko jest poważnie chore."

„Was?"

„Baby ernst krank."

„Wie meinst du das?" Doch entweder verstand Janka sie nicht, oder sie wollte nicht verstehen.

Elsa wandte sich Salomon zu. Dieser machte sich hungrig über die Flasche her. Sie versuchte, sich derweil an ein paar polnische Worte zu erinnern, die sie im Lager aufgeschnappt hatte. Das angestrengte Denken machte sie ein wenig klarer im Kopf. „Dziękuję", sagte sie nach einer Weile. Das hieß „Danke", weswegen Janka strahlte.

„Prosze bardzo." Das wiederum hieß „Bitte sehr", weswegen nun Elsa ihrerseits strahlte. Na, das lief doch gut.

„Wo kommst du überhaupt auf einmal her?", fragte Elsa, doch Janka schüttelte verwirrt den Kopf. Der Satz schien zu kompliziert zu sein. Elsa versuchte es anders. „Wo schläfst du?"

Kurz zögerte Janka, doch dann deutete sie auf den gegenüberliegenden Saal.

„Ach! Dann bist du eine Aufständische! Kommst du aus Warschau? Ich meine, aus Warszawa?"

Janka entbrannte beinahe. Sie hatte wunderschöne Grübchen, bemerkte Elsa. „Tak. Jestem z Warszawy." Sie hielt kurz inne, schien nach den richtigen Worten zu suchen. „Ja. Aus Warszawy."

Das Gespräch mit Janka tat Elsa gut. Es lenkte sie von dem Schwindelgefühl ab. „Davon hat mir Rena erzählt. In Warschau gab es einen Aufstand."

„Rena?" Janka wurde hellhörig.

„Ja. Rena. Die Griechin." Elsa deutet auf das leere Nebenbett. „Sie war meine Nachbarin." Janka nickte und Elsa bekam das Gefühl, dass die Polin etwas wusste. „Hast du Rena gesehen?" Janka schwieg. Doch sie schwieg nicht, weil sie Elsa nicht verstand. Sie schwieg, weil sie etwas zu verbergen hatte. „Geht es Rena gut?", hakte Elsa nach. Wieder schwieg Janka, doch ganz sicher wusste sie, was Elsa von ihr wollte. „Man hat sie nämlich mit einer offenen Wunde arbeiten geschickt", fuhr sie also unbeirrt fort. „Das kann uns allen passieren ..."

„Rena nicht mehr da", sagte Janka plötzlich. „Rena tot." Sie fixierte Elsa mit einem funkelnden blauäugigen Blick. „Tut mir leid."

„Nun ja, schließlich hat sie nicht wirklich eine Überlebenschance gehabt." Elsa war erstaunt, wie kalt sie diese Nachricht ließ. Ihre Selbstbeherrschung eckte bei Janka an. Sie sagte zwar nichts, doch Elsa konnte es ihr ansehen. Scheinbar kannte sie das Leben außerhalb der Krankenbaracke nicht. Sie hatte keine Ahnung, was dort draußen vor sich ging. Sie trug nicht mal Sträflingskleidung und nach ihren langen Haaren zu urteilen, hatte sie sich auch nicht der gängigen Aufnahmeprozedur unterziehen müssen.

„Viele Menschen sterben", meinte Elsa. „Das hier ist kein Ort, an dem man lange lebt."

Als Janka mit dem Füttern fertig war, machte sie Anstalten zu gehen, doch Elsa hielt sie am Ärmel fest. „Wer hat dich eigentlich geschickt?" Die Polin verstand sie nicht. „Wieso bist du hier?"

„Janusz hat erzählt. Ich habe viel Milch."

„Kommst du wieder?"

Janka nickte, bevor sie ging.

Nachdem Salomon satt und zufrieden einschlief, schleppte Elsa sich in die Latrine. Dort gab es kaltes Wasser, mit dem man sich notdürftig waschen konnte. Dank Janusz besaß Elsa einen Lappen, den sie als Waschlappen nutzte, zwei Paar Unterwäsche, die sie abwechselnd wusch und ein kleines Stückchen Seife. Dies war ihr allergrößter Schatz.

Schließlich, nachdem sie sich und ihre Sachen gewaschen hatte, ging sie ins Bett zurück.

In der Ferne hörte man immer wieder Gewehrsalven. Wie so oft sorgten sie für Gerüchte, dass die Rote Armee herannahte. Aber nichts passierte - wie immer. Elsa dachte gar nicht mehr über die Befreiung nach. Eigentlich dachte sie an gar nichts mehr. Vielleicht lag es an dem Brot, das sie jeden Abend aßen und das vermeintlich ein Beruhigungsmittel enthielt, um die Frauen ruhig zu stellen. Möglich wäre es. Denn die wenigen verbliebenen überlebenden Frauen im Saal dösten vor sich hin oder starrten zur Decke.

Am Anfang war der Saal noch voll mit stöhnenden, klagenden Frauen gewesen. Doch nun war nur noch eine Handvoll übrig. Die meisten sind an den Folgen der Operationen gestorben oder wurden wieder zur Arbeit geschickt.

Gelegentlich, wenn die Aufseherinnen schliefen, kam die eine oder andere an Elsas Bett geschlichen. Manchmal wollten sie nur reden oder hatten etwas zum Tauschen dabei. Richtige Freundschaften wurden nicht geschlossen. Die Frauen hatten genug mit sich selbst und ihrem Leid zu tun.

Manchmal kamen auch Angehörige in die Baracke geschlichen. Oft hatten sie etwas dabei. Essen, Kleidungstücke, Dinge, die sie irgendwo aufgetrieben hatten. Eigentlich dachte Elsa, dass sie auf derartige Hilfe nicht hoffen könnte, doch an jenem Abend im Dezember kam völlig unerwartet Renas Mutter in die Baracke gehuscht. Nachdem sich die Aufseherinnen zurückgezogen hatten, stahl sie sich auf leisen Sohlen hinein. Sie hatte ein paar Sachen aus der Kleiderkammer mitgehen lassen: eine Strickjacke, dicke Socken und ein paar warme Babysachen.

„Ich habe die Sachen gesehen und gleich an dich und dein Baby gedacht, mein Liebchen." Sie sprach gebrochen Deutsch mit starkem, griechischem Akzent, doch Elsa hatte keine Mühe, sie zu verstehen. Die Griechin war bemüht, langsam und deutlich zu sprechen. „Sieh nur, wie hübsch die Sachen für das Baby sind." Es handelte sich um eine ganze Garnitur: ein kunstvoll gestricktes Jäckchen, Hose, Pullover, Mütze und Handschuhe mit schönem, osteuropäischem Muster. „Die Sachen kommen ganz sicher aus Ungarn."

„Ja. Die sind wirklich hübsch. Die Sachen werden Salomon schön warm halten." Sie mochte gar nicht daran denken, was mit dem kleinen Besitzer dieser Kleidungsstücke geschehen war. Neben der Garnitur hatte die Griechin noch zwei kleine Strampler mitgebracht. Sie waren aus grobem Stoff und robust.

Die Strickjacke für Elsa hatte ganz sicher einem Mann gehört, aber das war ihr egal. Die Jacke war aus dicker, grauer Wolle und erfüllte ihren Zweck. „Das ist wirklich lieb von Ihnen", murmelte Elsa. „Das hätten Sie nicht machen müssen. Schließlich bringen Sie sich in große Gefahr ..."

„Papperlapapp", fuhr ihr die Griechin energisch ins Wort. „Gefahr? Ganz Auschwitz ist eine Gefahr! Wenn mich die Nazis schon erschießen müssen, dann wegen einer guten Tat. Du und dein Baby brauchen die Sachen dringender als die Deutschen."

„Sie kennen mich doch kaum ..."

„Da ich Rena nicht mehr habe ..." Sie schluckte hörbar. „Ich muss mich doch um jemanden kümmern", flüsterte sie, „sonst gehe ich vor die Hunde." Es musste wirklich schwer für sie sein, dachte Elsa, sie hatte immer Kinder um sich gehabt und nun war sie ganz allein auf der Welt.

„Ich habe auch niemanden mehr", meinte Elsa in der Hoffnung, es würde die Griechin trösten.

„Da siehst du's, mein Liebchen." Sie tätschelte Elsas Hand. „Dann können wir uns doch gegenseitig um uns kümmern." Die Idee gefiel Elsa. Es wäre doch schön, so etwas wie eine Mutter zu haben. „Nenn mich ruhig Dimitra. Wenn du Sie zu mir sagst, fühle ich mich sehr alt. Dabei bin ich noch keine vierzig."

Elsa bedankte sich noch einmal bei der Griechin, die nun auch gehen musste. Dimitra versprach, so schnell wie möglich wiederzukommen, und Elsa zweifelte nicht daran. Die Griechin schien eine aufrichtige, herzensgute Frau zu sein, und Elsa schloss sie sofort ins Herz. Sie hoffte nur, dass Dimitra nicht zu leichtsinnig wurde oder gar den Verstand verlor. Im Auschwitz verlor man schnell den Verstand. Genauso schnell wie sein Leben.

30

9. Dezember 1944: „Wer seid ihr?" Der Bauer knurrte wie ein hungriger Wolf. Es klang bedrohlich.

David Rosenzweig blickte missmutig zu Boden. Das unfreundliche, rote Gesicht des Bauern gefiel ihm nicht. David war durchgefroren und halb verhungert. Drinnen im Bauernhaus konnte er beinahe die Wärme des Ofens fühlen. Was würde er für ein warmes Plätzchen und Essen geben! Wie lange war es her, dass er etwas im Magen gehabt hatte? Drei Tage? Und die Leute hatten nichts Besseres zu tun, als sie fortzujagen wie räudige Hunde.

„Was wollt ihr hier?", knurrte der Bauer, der sich keine Mühe gab, seine Abneigung zu verbergen. Konnte man es ihm verübeln? Er wurde mitten in der bitterkalten Nacht aus dem Bett geholt, um sich mit zwei Landstreichern rumplagen zu müssen. Zwei stinkenden, runtergekommenen Streunern, wohlgemerkt.

Auf ihren schmutzigen Händen zeigten sich erste Erfrierungen. Und selbst in dem trüben Lampenlicht konnte er erkennen, wie abgewetzt ihre Kleidung war. Der eine trug sogar einen gestreiften Pyjama unter der verschlissenen Strickjacke. Einen Pyjama bei unter zwanzig Grad minus und regen Schneetreibens! Der andere trug einen schmierigen, staubigen Nazimantel. Doch wie ein Nazi sah er nicht aus. Dazu war er viel zu abgemagert und fremdländisch. Der Mantel war ganz sicher geklaut. Was für ein Pack! Es war nicht das erste Mal, dass Landstreicher bei ihnen auftauchten, aber diese beiden waren ganz speziell.

„Schlaf und eine warme Mahlzeit", erwiderte Marek.

Der Bauer, der von ihrem Gestank nun langsam wach wurde, zwinkerte. „Wo kommt ihr bloß her?"

„Aus Auschwitz. Wir sind geflohen", sagte David, der ein wenig Polnisch sprach. Für den Fall, dass die beiden auf der Flucht getrennt wurden und David sich allein durchschlagen musste, hatte Marek seinem Freund Polnisch beigebracht.

Der Bauer ließ beinahe die Öllampe fallen. „Auschwitz, sagst du? Auschwitz ist doch weit über hundert Kilometer entfernt." Sein Ton ließ darauf schließen, dass er die beiden für Schwindler hielt.

„Deswegen brauchen wir auch ein wenig Schlaf und eine warme Mahlzeit", versuchte Marek, ihm deutlich zu machen.

Der Bauer drückte Marek die Öllampe unter die Nase und ließ sie über seinen Körper wandern. Das war ja gar kein Pyjama, den er trug. Das war eine Art Sträflingskleidung. Jetzt erkannte er auch, wie mager der Bursche war. Er wirkte krank.

„Jesus, Maria und Josef", johlte plötzlich eine Frauenstimme aus dem Inneren. „Nun lass sie doch rein, Olek! Du siehst doch, dass die Fremden wirklich Hilfe brauchen." Hinter dem Bauer erschien eine Frau. Eine kleine, untersetzte Frau mit einem Zopf, der ihr fast bis zur Hüfte reichte. Im Gegensatz zu dem Bauer hatte sie ein freundliches, offenes Gesicht.

Olek zwinkerte erneut und strich über das vom Schlaf zerzauste Haar. „Ihr seid wirklich aus Auschwitz. Seid ihr Juden?"

Marek antwortete: „Ich bin kein Jude. Mein Freund dagegen schon."

„Man hört Gerüchte über Auschwitz", sagte die Bäuerin, dabei zog sie den Morgenmantel fester um sich. „Dort bringen sie Juden um."

Marek nickte: „Ja, es ist wahr. Doch dort bringen sie nicht nur Juden um. Die Nazis bringen jeden um."

Der Bäuerin stockte beinahe der Atem. „Die armen Geschöpfe. Gott sei ihrer Seele gnädig", sagte sie.

Einen Augenblick zögerte Olek, doch dann ließ er sie in sein Haus eintreten. Über eine große Diele gelangten sie in die Küche, wo sie am Tisch Platz nahmen. In der Küche war es nahezu tropisch warm. Der Ofen glühte noch, und als die Bäuerin neue Holzscheite hineinwarf, loderte das Feuer richtig auf. Anschließend machte sie sich daran, den Tisch zu decken. Aus der Vorratskammer brachte sie selbstgemachte Wurst und Käse. Olek dagegen schenkte jedem selbstgebrannten Wodka ein.

„Das wärmt euch auf", sagte er und trank als Erster.

Während sich David und Marek gierig über das Essen hermachten, bereitete die Bäuerin einen Badezuber vor. Olek bestand darauf, dass die beiden sich wuschen, bevor sie sein Gästebett benutzten.

„Um es freiheraus zu sagen: Meine Schweine riechen besser", teilte er ihnen mit. Dieser offensichtliche körperliche Verfall tat Mareks und Davids Würde aber seltsamerweise keinen Abbruch. Sie waren mittlerweile daran gewöhnt. „Wie ist euch überhaupt die Flucht gelungen?", fragte Olek, der sich zum dritten Mal nachschenkte. „Wenn die Gerüchte stimmen, dann kommt niemand lebend aus Auschwitz raus." Nun wandte sich auch die Bäuerin, die sich am Badezuber zu schaffen machte, um und blickte neugierig in die Runde.

Marek und David tauschten Blicke aus. Ihre Augen begannen zu lachen. Dann sagte Marek: „Die Geschichte wird euch gefallen."

Vor etwa einem Monat stand für David Rosenzweig endgültig fest: Er würde fliehen, denn er wusste, dass es sonst mit ihm zu Ende gehen würde. Das Sonderkommando sollte liquidiert werden. Da seine Schwester nicht mehr lebte und er sich endlich eingestand, dass auch Rosa nicht mehr am Leben war – er wusste schließlich, was im Lager mit schwangeren Frauen geschah – hielt ihn nichts mehr in Auschwitz.

Was das Motorrad anging, von dem Marek vor Monaten gesprochen hatte, so hatte sich die Sache in Rauch aufgelöst. Und das im wahrsten Sinne des Wortes. Der Häftling, der das Motorrad besorgen wollte, wurde beim Klauen erwischt, erschossen und durch den Kamin gejagt.

„Dann werden wir eben zu Fuß laufen", hatte David gesagt.

„Zu Fuß? An dutzenden Wachmännern vorbei? Hast du etwa einen Tarnumhang für mich?", brummte Marek.

„Du hast doch selber gesagt, dass du hier rausspazieren wirst. Also spazieren wir raus."

„Wie willst du das anstellen?"

Im Inneren des Lagergeländes, erklärte David, gab es eine Kiesgrube, in der sich ein Versteck bot. Dort müssten sie sich ein bis zwei Tage verstecken. So lange, bis die Wachen die Suche nach ihnen erfolglos aufgaben. „Dann kriechen wir heraus. Ich in meiner SS-Uniform. Du in der Sträflingskleidung. Am Kragen gepackt werde ich dich zum Tor führen. Als Held, der dich gefunden und gepackt hat, versteht sich."

„Lass hören. Was willst du am Tor tun? Freundlich anklopfen?"

„Nein. Freundlich erklären, dass ich dich draußen erschießen will. Ich weiß von einer Grube. Dort stellen sie die Gefangenen hin und schießen ihnen ins Genick."

„Das ist ziemlich gewagt."

„Wir können es wenigstens versuchen. Sie werden uns so oder so erschießen", hatte David damals erwidert.

„Vor knapp zwei Wochen haben wir es gewagt", sagte Marek zu Olek.

„Ihr seid aus Auschwitz hinausspaziert?" Olek wollte seinen Ohren nicht trauen.

David nickte. „Die Nazis haben uns die Maskerade abgenommen. Die Wachen haben uns tatsächlich passieren lassen. Anscheinend werden die Nazis immer schlampiger. Das liegt wohl an der vorrückenden Roten Armee."

„Hier seid ihr jedenfalls sicher. Die Rote Armee ist viel zu nah, als dass sich hier ein Nazi her trauen würde. Ihr könnt so lange bleiben, wie ihr wollt. Ein paar helfende Hände können wir auch gut gebrauchen", sagte die Bäuerin.

„Unsere Söhne sind im Krieg", erklärte Olek. „Gott allein weiß, wann sie wiederkommen."

Die Bäuerin verzog das Gesicht. „Und ob sie überhaupt wiederkommen", fügte sie hinzu.

„Wir hassen die Nazis und helfen gern", meinte Olek.

Marek antwortete nicht sofort. Seine Wangenmuskeln schienen einen Augenblick wie versteinert. Denn so viel Hilfsbereitschaft waren die beiden nicht gewöhnt. Auf ihrer Flucht hatten sie die unterschiedlichsten Menschen kennengelernt. Die meisten hatten ihnen zwar etwas zu essen gegeben, doch dann hatten sie weiterziehen müssen. Die Angst vor den Deutschen war unter den Bauern einfach zu groß.

Dann nahm Marek sich zusammen und bedankte sich.

David entging nicht, dass er dabei Freudentränen in den Augen hatte. Er hielt sich anscheinend nur mit Mühe davon ab, ihnen freien Lauf zu lassen. David wusste, dass sein Freund mit den Kräften am Ende war. Er sehnte sich nichts mehr herbei, als eine feste Bleibe und ein Dach über dem Kopf. Zumindest so lange, bis der Krieg zu Ende war und er nach Hause konnte. Seine Familie wohnte in der Nähe von Allenstein, irgendwo in den Masuren. Marek schwärmte oft von der Landschaft. Und den hübschen Mädchen.

„Wir werden euch so gut helfen, wie wir können", sagte David. „Wir sind gute Arbeiter." Er klopfte seinem Freund auf die Schulter. „Sehr gute Arbeiter."

„Das ist gut. Seitdem unsere Söhne weg sind, kommen wir mit der Arbeit nicht nach. So. Und nun wascht euch!" Die Bäuerin drückte Marek und David ein Stück Seife und ein Handtuch in die Hand. Dann verschwand sie im angrenzenden Zimmer, um die Betten für die Gäste zu machen.

Olek schenkte den beiden Wodka nach. „Und morgen erzählt ihr mir alles über Auschwitz. Über alles, was ihr dort gemacht habt und so."

David und Marek wagten es nicht, Olek in die Augen zu schauen. Das, was sie in Auschwitz getan hatten, musste ihr Geheimnis bleiben. Niemand würde ihnen glauben.

„Ja. Wir erzählen dir ein wenig davon", murmelte Marek.

Sie prosteten sich zu. Nach dem letzten Gläschen zog sich Olek zurück und ließ die Männer allein in der Küche.

David betrachtete den Badezuber und konnte sich beim besten Willen nicht daran erinnern, wann er das letzte Mal in warmem Wasser gebadet hatte. Das erschien ihm so lange her und unwirklich, dass ihm Tränen in die Augen schossen.

Und dann begann er zu weinen.

31

14. Dezember 1944: Salomon war tot. Er musste irgendwann in der Nacht gestorben sein, denn als Elsa aufwachte, war sein Körper bereits eiskalt und steif. Elsa konnte nichts mehr für ihn tun. Sie zog ihm die hübschen Sachen aus (sie fand, dass sie viel zu schade für den Kamin waren) und wickelte ihn in ein Tuch.

Eigentlich hatte sie seinen Tod kommen sehen. Obwohl Janka ihm häufig Muttermilch gab, nahm der Kleine einfach nicht zu. Und wenn Elsa Janusz darauf ansprach, wand er sich heraus. „Er ist halt so dünn. Das wird mal ein langer Lulatsch", waren seine Worte. Ganz sicher wusste er schon längst, welches Schicksal Salomon erwartete, und wollte Elsa nicht beunruhigen.

„Janka hat gesagt, dass er krank ist", meinte Elsa. Janusz nickte, sagte aber nichts. „Was hat er für eine Krankheit?" Elsa blickte zu ihm auf und sah ihm fest in die Augen. „Sag es mir."

Janusz schüttelte den Kopf. „Ich weiß es nicht", sagte er schließlich. „Vermutlich ist es eine Erbkrankheit. Doch für eine genaue Untersuchung und Behandlung fehlen mir die Mittel."

„Wirklich?" Elsa klang überrascht und nicht ganz überzeugt. Schließlich hatte Janusz ihr auch geholfen. Die Wunden verheilten und sie begann, sich kräftiger zu fühlen.

„Zerbreche dir nicht deinen hübschen Kopf. Manchmal können wir dem Schicksal nicht entkommen", versuchte er sie zu trösten.

An jenem Morgen, als um sechs Uhr früh die Leichen eingesammelt wurden, gingen ihr die Worte erneut durch den Kopf. Sie lauschte ihren rasenden Gedanken, während Salomon mit den anderen Leichen fortgeschafft und ins Krematorium gefahren wurde. Was hielt das Schicksal nun für sie parat? Jetzt, da sich Salomons Schicksal erfüllt hatte, war sie an der Reihe. Da die Symbiose unterbrochen war, war sie kein Teil mehr von ihm.

Auf die Antwort musste sie nicht lange warten. Etwas später tauchte eine deutsche Schwester auf und bellte Elsa an: „Mach dich bereit. Du gehst wieder arbeiten."

Widerwillig packte Elsa ihre sieben Sachen und sackte wie betäubt auf dem Bett zusammen. Ein Gefühl von Panik ergriff sie und versetzte ihr einen derben Stich in die Magengrube. Die

Zukunft breitete sich sichtbar vor ihr aus und sie konnte darin nichts, aber auch gar nichts finden, das sie am Leben halten würde. Seltsamerweise fühlte sie sich deshalb kein bisschen schlechter. Ihr Schicksal war anscheinend, vor Kälte und Erschöpfung zu sterben. Dagegen konnte sie nichts tun. Es war wie Janusz sagte: Manchmal konnte man dem Schicksal nicht entkommen.

Sie fragte sich, in welches Kommando man sie schicken würde. Der Winter war bitterkalt und sie hoffte, dort arbeiten zu können, wo es warm war. Durch die Ritzen der verrammelten Fenster konnte sie die armen Seelen sehen, die täglich an der Baracke vorbeimarschierten. Halb verhungert und erfroren, in Lumpen gekleidet, stapften sie in den Holzpantoffeln durch den Matsch. Die Dächer der Baracken waren weiß, aber nicht die Lagerwege. Die Schritte der vielen Häftlinge hinterließen nur Schlamm, der dann wieder gefror. Das Laufen in den Holzpantoffeln wurde dann zu einer Herausforderung.

Einmal beobachtete Elsa, wie eine Frau entkräftet über den gefrorenen Matsch stolperte und liegen blieb. Erst gegen Abend schaffte man ihren bereits erfrorenen Kadaver weg. Nun fragte sie sich, ob ihr dasselbe Schicksal blühte.

Elsa mochte den Winter nicht, sie sehnte sich nach den Tagen, wenn Sonnenstrahlen Auschwitz und die armen Seelen endlich wärmen würden.

Gefühlte zwei Stunden später (in Wirklichkeit war es wohl eine halbe Stunde) stand Dr. Hauser plötzlich vor ihr. Er lächelte wie immer merkwürdig abwesend, doch Elsa lächelte nicht zurück. Seine Anwesenheit hatte ganz sicher nichts Gutes zu bedeuten.

„Wo ist das Baby?“, fragte er.

Elsa zögerte etwas, bevor sie sagte: „Das Baby ist heute Nacht gestorben.“ Vielleicht war es die Stille, die sie verunsicherte. Obwohl es gar keine wirkliche Stille war. Sie hörte den Wind, der um das Gebäude toste, das leise Stöhnen und Atmen der Frauen. Plötzlich fröstelnd rieb sie ihre Handflächen aneinander.

Hauser sagte nur: „Da hast du mal wieder Schwein gehabt. Du bleibst hier. Wir sind noch nicht fertig.“ Dann ging er.

Elsa brauchte ein paar Minuten, um die Nachricht zu verarbeiten. Steif saß sie da, fühlte sich wie vom Donner gerührt. Eisige Kälte breitete sich in ihrem Innern aus. Um ganz ehrlich zu sein, wollte sie doch lieber gehen. Ganz sicher hatte Hauser noch etwas mit ihr vor. Schließlich ging er davon aus, dass das erste Experiment erfolgreich war. Ihre Wunden waren dank Janusz gut verheilt.

Die nachfolgenden Stunden erlebte sie in einem Zustand zwischen völliger Abgestumpftheit und Trauer. Eigentlich hatte sie keine Lust mehr, irgendetwas zu empfinden. Salomon hatte sie davon abgehalten, den Verstand zu verlieren. Doch Salomon war nicht mehr da und vielleicht war es ja gut, den Verstand zu verlieren. Der Zeitpunkt schien perfekt. Oder vielleicht sollte sie sich bei der nächsten Gelegenheit ein Messer schnappen und es sich in den Hals rammen? Es war nicht das erste Mal, dass sie darüber nachdachte. Ein schöner sauberer Schnitt an der Kehle entlang. Um wie viel einfacher wäre es, wenn sie jetzt aufgäbe?

Sie legte sich auf die Seite und zog ihre Knie bis zum Kinn an. Wie lange würde es dauern, bis sie den Verstand verlor? Wie lange würde Elsa noch etwas empfinden? Sie schloss die Augen und versuchte, sich die andere Variante vorzustellen. Sie versuchte sich vorzustellen, wie sie sich das Messer in den Hals rammte. Es wäre so schmerzhaft, dass sie den Schnitt nicht ganz zu Ende bringen könnte. Dieser wäre jedoch tief genug, um die Hauptschlagader zu verletzen. Das Blut würde nur so herausspritzen und irgendwann wurde man ohnmächtig. Vielleicht überkam einen Panik oder Hysterie beim Anblick des vielen Blutes. Oder vielleicht fühlte man sich gelöst vom Schub des Adrenalins. Vielleicht fühlte man sich auch von dem Gedanken berauscht, bald bei seinen Liebsten zu sein. Diese Vorstellung verströmte in Elsa ein Gefühl der Ruhe, das sie einschlafen ließ.

Am Abend kam Dimitra vorbei und weckte sie sanft. „Ich habe das von Salomon gehört“, flüsterte sie. „Du darfst jetzt nicht aufgeben, Liebchen.“ Sie setzte sich aufs Bett und bettete Elsas Kopf in ihren Schoß. „Bald ist alles vorbei. Du wirst schon sehen. Bald sind wir frei. Man munkelt sogar, dass die Nazis Auschwitz räumen wollen."

„Und wo soll ich hin? Ich habe nichts mehr! Vielleicht ist es besser zu sterben." Jetzt spürte Elsa, wie sich Dimitras Körper versteifte.

„So was darfst du nicht sagen! Wenn ich noch einmal etwas Derartiges aus deinem Mund höre, versohle ich dir den Hintern!", schimpfte sie leise. „Darin habe ich Erfahrung. Wo ich zuschlage, wächst kein Gras mehr! Glaub mir das, Liebchen!"

Bei dem Gedanken, wie Dimitra ihr den Hintern versohlte, musste Elsa kurz schmunzeln. „Du hast doch auch niemanden mehr. Was willst du tun, wenn du frei bist?", fragte sie.

„Ich werde ganz neu anfangen. Ich verlasse Europa und gehe nach Amerika."

Elsa fielen plötzlich die Pläne ihres Vaters ein. Daran hatte sie seit einer gefühlten Ewigkeit nicht mehr gedacht. „Ich auch. In New York habe ich einen Onkel."

Dimitra strich ihr sanft über den Kopf. Elsas Haar war inzwischen nachgewachsen und bildete einen feinen, goldenen Flaum. „Dort fahren wir gemeinsam hin, versprochen."

„Du kommst mit nach New York?"

„Ja. Ich werde dich begleiten. Dort wollte ich immer schon hin." Und dann begann sie, von New York zu erzählen. Sie berichtete von schwindelerregend hohen Wolkenkratzern, von gigantischen Straßen und bunten Lichtern, von pulsierendem Leben und dröhnendem Großstadtlärm, von der Hektik und Eile, die die Bewohner antrieb.

Elsa schloss die Augen und stellte sich vor, dort zu sein. Mitten in der Menschenmenge, die geschäftig die Straße hinunter eilt. Vorbei an überdimensionalen Wolkenkratzern. Vorbei an riesigen Schaufenstern. In einer Stadt, in der sie die sein konnte, die sie war.

Elsa lag in Dimitras Armen und lauschte ihrer Stimme, bis sie einschlief.

32

New York, Frühjahr 1979
Sonntag

Ich packte gerade ein paar Umzugskartons zusammen, als das Telefon klingelte. Ich hatte mich so sehr konzentriert, dass ich erschrocken zusammenzuckte. Ich erwartete keine Anrufe und konnte mir sowieso nicht vorstellen, wer mich am Sonntag anrufen sollte. Ich nahm beim dritten Klingeln ab und sagte meinen Namen in den Hörer.

Auf der anderen Seite der Leitung meldete sich eine freundliche Frauenstimme, die ich schon irgendwo gehört hatte. „Hallo. Ich weiß nicht, ob Sie sich noch an mich erinnern. Ich bin die Kellnerin aus dem *Elektrics*. Sie haben sich letztens nach einem unserer Kunden erkundigt." Auf einmal war ich voll bei mir und stand pfeilgerade. „Ich habe mich mit einer Kollegin unterhalten. Der Mann, den Sie suchen, heißt womöglich Peter Miller."

Ich bat sie, kurz zu warten, preschte zu meinem Schreibtisch und holte Stift und Papier. „Peter Miller, sagen Sie?", krächzte ich ins Telefon. Eilig schrieb ich den Namen auf. „Die Adresse wissen Sie nicht zufällig?"

Kurz herrschte Stille in der Leitung. „Nein. Tut mir leid."

„Oh. Tja", sagte ich enttäuscht. „Zumindest habe ich seinen Namen."

„Ich kann Ihnen zwar nicht sagen, wo Peter Miller wohnt. Ich kann Ihnen aber sagen, wo er arbeitet."

„Aha!" Mein Herz klopfte heftig gegen meine Rippen.

„Miller ist Arzt. Kinderarzt, glaube ich."

„Kinderarzt?", fragte ich etwas ungläubig. Gänsehaut kroch meinen Rücken hoch. „Und Sie wissen, wo er arbeitet?"

„Ja. Sie dürfen aber niemandem verraten, dass Sie die Info von mir haben", flüsterte sie plötzlich. „Ich könnte meinen Job verlieren."

Ich versprach es ihr hoch und heilig und sie gab mir die Anschrift des Krankenhauses, in dem Miller arbeitete. Das Krankenhaus lag nicht weit vom Restaurant.

„Sie sind ein Goldschatz!", rief ich.

Die Kellnerin wünschte mir viel Erfolg und legte auf. Eine Weile starrte ich den Zettel an. Ich starrte und starrte, bis der Name Peter Miller vor meinen Augen verschwamm. Dann erst begann ich, Rosenzweigs Nummer zu wählen. Doch schon nach zwei Sekunden hielt ich inne und legte den Hörer auf die Gabel. Ich senkte den Blick wieder auf den Zettel. Ich konnte spüren, wie mein Gesicht heiß wurde. Unter meinen Achseln prickelte der Schweiß.

Nein. Ich würde David Rosenzweig noch nicht kontaktieren. Zuerst musste ich mich vergewissern, dass es sich bei Peter Miller tatsächlich um Hauser handelte. Ich musste ihn mit meinen eigenen Augen sehen!

Meine Hände waren schweißnass, als ich zwei Stunden später das Krankenhaus betrat. Es herrschte reges Treiben. Krankenschwestern und Ärzte huschten über die Korridore. In der Nähe des Haupteingangs parkten Krankenwagen. Krankenbahren wurden raus- und reingeschoben und die Notärzte versorgten ihre Patienten im Laufschritt. Die Sessel im Wartebereich hinter der Trennwand waren alle besetzt. An den Telefonkästen hingen Besucher und Patienten. Ein Mann mit einem Infusionsständer telefonierte scheinbar mit seiner Frau. Eine Hochschwangere versuchte, ihren Mann zu erreichen.

Am Empfangstresen in der Eingangshalle saß eine dickliche, ältere Frau mit kurz geschnittenem grauem Haar. Schnurgerade ging ich auf sie zu. Auf ihrem Gesicht erschien ein bemühtes Lächeln. Das Lächeln einer Frau, die bereits seit zehn Stunden an ihrem Arbeitsplatz klebte. „Wie kann ich Ihnen helfen?", fragte sie. Ihre Stimme klang klar und angenehm und für ihr Alter erstaunlich jugendlich.

Ich zögerte. „Hi. Hat Dr. Miller heute Dienst?" Ich bemühte mich um eine ruhige Stimme.

„Da muss ich erst nachsehen." Und schon drehte sie sich um und griff zielstrebig nach dem Dienstkalender. Sie stellte keine Fragen und wollte auch sonst nichts wissen.

Mein Nacken prickelte. Meine Finger klopften ungeduldig gegen die Tresenplatte. Die Zeit zog sich wie Kaugummi. Vermutlich hatte Miller keinen Dienst und die ganze Aufregung war umsonst. Oder schlimmer noch: Es gab gar keinen Dr. Miller und die Kellnerin hatte sich geirrt. Als ich mich umsah, waren der Mann mit der Infusion und die schwangere Frau fort. Ich fragte mich, ob die Schwangere ihren Mann erreicht hatte.

Das Telefon am Empfang klingelte plötzlich. Während die Empfangsdame nach dem Hörer griff, sagte sie zu mir: „Dr. Miller ist auf Station C, vierter Stock, rechter Flügel." Dann sprach sie in den Hörer.

Ich ging zum Aufzug, und als sich die Türen schlossen und die Kabine nach oben zu fahren begann, trocknete ich mir meine feuchten Hände an meiner Jeans ab. Neben mir stand ein Mädchen und schlürfte an einem Milchshake. Ihre Mutter hatte eine ernste Miene aufgesetzt. Außer den beiden war niemand mehr im Aufzug, und als die beiden im zweiten Stockwerk ausstiegen, war ich allein. Die nächsten Sekunden verbrachte ich damit, meinem eigenen Herzschlag zu lauschen. Unheilverkündend hämmerte es gegen meine Rippen.

Okay. Ich schaffe das schon, dachte ich. *Es geht schließlich bloß darum, einen Blick auf Dr. Miller zu werfen. Ich werde ihn nicht ansprechen.*

Im vierten Stock stieg ich schließlich aus. Es roch nach Desinfektionsmittel und sauberer Wäsche. Von der Hektik unten war hier nichts zu sehen. Besucher saßen mit ihren Angehörigen im Besucherbereich. Kinder spielten friedlich im Spielraum. Am Spielraum bog ich rechts ab, und die Räumlichkeiten kamen mir seltsamerweise dermaßen bekannt vor, dass es unheimlich war. Bevor ich es sah, wusste ich, dass an den Wänden handgemalte Kinderbilder hingen. Ich wusste auch, dass die Wände leuchtend grün gestrichen waren und auf dem Linoleum Bodenaufkleber in Form von Pfotenabdrücken klebten. Und plötzlich füllten sich meine Erinnerungslücken.

Als ich neun war, hatte ich einen Blinddarmdurchbruch gehabt, von dem es hieß, er sei lebensgefährlich gewesen. Tatsächlich wurde ich im Notarztwagen in dieses Krankenhaus eingeliefert. Vier Tage hatte ich auf dieser Station verbracht. Einem Mädchen wurden die Mandeln herausoperiert und sie spuckte den ganzen Tag Blut. Ein Junge lag mit einem fürchterlichen

Beinbruch in seinem Bett und war bis zum Schenkel eingegipst. An das alles hatte ich nicht mehr gedacht!

Normalerweise glaubte ich nicht an Vorsehung, doch der Zufall war wirklich merkwürdig. Ob Miller damals auch schon auf der Station tätig war? Das wäre zu verrückt!

Plötzlich ging eine Zimmertür auf und ich hörte Frauenstimmen. Schnell wandte ich mich den handgemalten Bildern zu und tat so, als würde ich sie betrachten. Tatsächlich aber beobachtete ich aus den Augenwinkeln die zwei Krankenschwestern, die mit vollen Bettpfannen auf den Flur hinaustraten. Und da wusste ich, dass ich auf der richtigen Spur war. Die blonde Krankenschwester war Millers junge Begleitung. Auch wenn sie eine Schwesternuniform und die Haare zu einem strengen Dutt trug, erkannte ich sie wieder.

Lachend verschwanden die beiden jungen Damen in der Toilette und beachteten mich gar nicht. Meine Bluse klebte mir mittlerweile am Rücken. Ich hatte gar nicht gemerkt, wie angespannt ich die ganze Zeit war. Erneut rieb ich meine Hände an meiner Jeans ab. *Was, wenn mich jemand fragte, was ich hier trieb,* dachte ich. Konnte ich es erklären? Allerdings war es nicht gerade wahrscheinlich, dass mich jemand fragen würde. Es war Sonntag und ein typischer Besuchstag. Eine Menge fremder Leute trieb sich im Krankenhaus rum.

Eine Gestalt huschte plötzlich an mir vorbei. Ich drehte mich nach ihr um, konnte aber nur noch die Rückseite erkennen. Es handelte sich um einen Arzt mit meliertem Haar. Mehr konnte ich nicht sehen. Da hörte ich auch schon das Signal des Aufzugs. Ich eilte dem Arzt nach, doch die Fahrstuhltüren schlossen sich vor meiner Nase. Ich fluchte leise und schlug krachend dagegen.

Miller war entwischt!

Wo wollte er bloß hin? Fuhr der Fahrstuhl nach oben oder unten? Da fiel mir ein, dass ich im Eingangsbereich eine Kantine gesehen hatte. Sicherlich wollte er dorthin. Letztlich gab es nicht so viele Aufenthaltsorte für einen Kinderarzt. Das kam mir zumindest in den Sinn.

Ich entdeckte das Treppenhaus und beschloss, die Treppe zu nehmen. Tatsächlich hatte ich erwogen, auf den Fahrstuhl zu warten, doch das hätte zu lange gedauert. Ich musste Miller so schnell wie möglich einholen. Ich rannte zum Treppenhaus und kam mir plötzlich ziemlich dämlich vor. An einem Sonntagnachmittag hatte ich scheinbar nichts Besseres zu tun, als einem Phantom hinterherzujagen. Ich fühlte mich zwar wie eine Idiotin, beschloss jedoch, weiterzumachen. Die Sache war zu wichtig!

Schwitzend erreichte ich das Erdgeschoss. Plötzlich sprang die Tür auf und erwischte mich mit voller Wucht am Kopf. Mir wurde schwarz vor Augen. Mit meiner linken Hand packte ich den Türrahmen, doch meine Finger glitten weg. Ich sah, wie ein Mann auf mich zugestürzt kam.

„Hoppla!", sagte er. „Da hat es aber jemand eilig."

Sein Gesicht verschwamm vor meinen Augen. Als er sich über mich beugte, merkte ich, dass ich auf dem Boden lag. Ich hätte mir nie träumen lassen, dass mich jemand einmal mit einer Tür k.o. schlagen würde.

Als das Gesicht des Mannes immer näher und näher kam, wurde das Bild schärfer. Und dann sah ich Dr. Hauser über mir hocken.

Fünf Minuten später saß ich im Untersuchungszimmer, und obwohl es mir deutlich besser ging, war ich wie betäubt. Ich ließ zu, dass Dr. Miller alias Dr. Hauser mich untersuchte. Er leuchtete mit einem Lämpchen in meine Augen. Prüfte meine Reflexe und bat mich, ein paar Koordinationsübungen zu machen. Dabei schaute er mich mit seinen stechenden blauen Augen an, und ich wollte nur noch weg von ihm.

„Sie haben keine Gehirnerschütterung", stellte er zufrieden fest und schenkte mir ein Lächeln. Seine tiefe, melodiöse Stimme klang merkwürdig akzentfrei. Von seiner deutschen Vergangenheit war nichts mehr zu spüren. Er hatte sich angepasst. Wie ein Parasit an seinen Wirt. Ganz sicher tat er alles dafür, um nicht aufzufallen. Um seine Spuren zu verwischen.

„Es hat sich auch nicht so angefühlt", erwiderte ich so freundlich, wie es die Situation erlaubte. Ich versuchte immer noch, meine Fassung wiederzugewinnen. Mein Herz schlug schnell und fest. Er ahnte nicht, wer ich war! Er ahnte nicht, dass ich von seiner Vergangenheit wusste! Er ahnte nicht, dass sich sein Foto in meinem Besitz befand!

Er lächelte mich auf eine merkwürdige Weise an. „Das mit der Tür tut mir wirklich leid. So was Peinliches."

Erkannte er nicht die zarten Züge meiner Mutter in meinem Gesicht?

„Kein Problem."

Konnte er sich überhaupt noch an seine Opfer erinnern?

„Die Behandlung geht selbstverständlich aufs Haus." Er zwinkerte mir zu. „Wie heißen Sie?"

Ich entschloss mich, nicht darauf einzugehen. Stattdessen schnappte ich mir meine Tasche. „Verzeihung. Ich muss gehen."

„Ja. Verstehe. Sie haben es ja ziemlich eilig gehabt."

Meine Nackenhaare stellten sich auf. „Genau." *Ich habe es eilig, von hier zu verschwinden. Ich habe es eilig, dir in den Arsch zu treten, du Nazi-Bastard.*

„Machen sie es gut. Und seien Sie mit Türen vorsichtig."

Ich antwortete nicht gleich. Schließlich sagte ich: „Mache ich. Ich habe vor, den Fahrstuhl zu nehmen." Ich ging, ohne mich noch einmal umzudrehen.

Ich weiß nicht mehr, wie ich es bis zum Auto schaffte. Ich weiß nur noch, wie ich vor dem Haus parkte, in meine Wohnung rannte und nach dem Telefonhörer griff, um David Rosenzweig anzurufen.

Nachdem ich auch meine Mutter und Salome angerufen hatte, klingelte es an meiner Tür. Es war Jules und ich weiß noch, wie ich dachte: *Das ist der schönste Anblick an diesem Tag.* Dann fiel ich ihm auch schon um den Hals.

„Alles wird gut", flüsterte er mir zu. Dann küsste er mich. Ich erwiderte den Kuss und mein einziger Gedanke war: *Scheiße, jetzt werde ich kündigen müssen.*

33

27. Dezember 1944: Weinend kauerte Janusz neben Elsas Bett. Sie schlief. Oder war bewusstlos. In welchem Zustand sie sich auch befand, er dauerte schon sechs Stunden an. Das Bettlaken war in Höhe ihrer Hüfte blutig. Er wusste auch, wieso, doch er wollte die Erinnerung an das, was er gerade mit ansehen musste, verdrängen.

In Janusz' Kindheit hatte es eine Zeit gegeben, da hatte er sich gefürchtet. Vor Gespenstern, vor der Dunkelheit und vor allem vor dem seltsamen Nachbarn, von dem es hieß, er würde kleine Kinder essen. Seine Angst wurde verstärkt, als ihm ein Junge von dem deutschen Serienmörder Fritz Haarmann erzählt hatte. Er soll junge Burschen in seine Wohnung gelockt, umgebracht und zu Wurst verarbeitet haben. Danach hatte Janusz wochenlang Albträume. Er träumte von abgeschnittenen Gliedmaßen und Würsten aus menschlichen Fingern. Doch die Albträume, die ihn in Auschwitz quälten, hatten einen realen Hintergrund. Und nun wurde ihm noch mehr Stoff für seine Träume geliefert.

Janusz hatte bereits viel gesehen: Hungerödeme, Krätze und Noma-Geschwüre, die halbe Gesichter zerfressen hatten, Operationen bei vollem Bewusstsein, Kastrationen. Doch das, was Hauser Elsa gerade angetan hatte, übertraf alles. Und dabei hatte alles so gut für Elsa ausgesehen. Die letzten Tage verliefen ruhig. Sie musste sich lediglich regelmäßigen Untersuchungen unterziehen. Sie war wieder bei Kräften und halbwegs stabil.

Und dann …

Janusz spürte eine Hand auf seinem Arm. „Janusz? Was ist passiert?", drang eine schwache Stimme an sein Ohr. Elsa war wieder wach.

Janusz konnte sie nicht ansehen. Er konnte es einfach nicht. Aus Scham, dass er ihr nicht helfen konnte. Aus Scham, dass er zuließ, dass Hauser sein Meisterwerk - wie er es nannte - vollbringen konnte. Mit dem Handrücken wischte er sich die Tränen weg. „Ruh dich aus", sagte er sanft.

„Weinst du etwa?"

Über diese Frage musste Janusz beinahe lachen. Elsa musste höllische Schmerzen haben und fragte ihn, ob er weinte. „Nein. Ich ... ich ..."

„Hatte ich wieder einen Eingriff?", unterbrach Elsa ihn. Ihre Stimme war nicht mehr als ein Flüstern.

Janusz wollte nicht darauf antworten. „Schlaf ein wenig", sagte er so einfühlsam wie möglich.

„Wieso habe ich Schmerzen?" Ihre Stimme brach.

Auch diesmal gab er keine Antwort. Sie würde es früh genug erfahren. „An was kannst du dich erinnern, Elsa?"

Sie antwortete nicht. Vermutlich stoppten in ihrem Kopf alle Gedanken. Und das aus gutem Grund. Janusz hatte ihr heimlich ein leichtes Anästhetikum injiziert. Die Dosis war jedoch fraglich, da er schnell handeln musste. Er hatte keine Ahnung, wie viel Elsa mitbekommen hatte. Sicherlich hatte sie noch gemerkt, wie Hauser sie an den gynäkologischen Stuhl gefesselt und nach dem Skalpell gegriffen hatte. In einem unbeobachteten Moment hatte Janusz, der gezwungen war, Hauser zu assistieren, ihr heimlich die Spritze injiziert. Hauser war so auf seine scheußliche Arbeit konzentriert, dass er davon ausging, Elsa sei bewusstlos geworden.

„Dr. Hauser hatte irgendetwas vor. Ich ... ich sollte mich einer letzten Untersuchung unterziehen. Mehr weiß ich nicht."

Er wollte eine Operationsmethode ausprobieren, die an afrikanischen Frauen praktiziert wurde, erinnerte sich Janusz, doch da hatte er noch keinen blassen Schimmer gehabt, was Hauser damit meinte. Bis er es sah.

„Ich brauche Wasser."

„Aber sicher." Er fuhr sich erneut mit dem Handrücken übers Gesicht, dann richtete er sich auf.

„Du siehst schrecklich aus", murmelte Elsa. „Und du hast doch geweint, Lügner."

„Polnische Männer weinen nicht", entgegnete Janusz, dann holte er Wasser und reichte Elsa ein volles Glas. Sie trank ein paar Schlucke.

„Dann bist du wohl ein miserabler polnischer Mann."

Janusz lächelte gezwungen. „Na. Wenn meine Frau das nur hört." Er tätschelte Elsas Hand.

„Ich bin sehr müde“, murmelte sie.

Janusz brauchte keine weitere Erklärung. Das waren die Nachwirkungen des Anästhetikums. Vermutlich hatte er ihr viel zu viel verabreicht.

„Erzählst du mir jetzt, was Hauser mit mir gemacht hat?“

Mit einem tiefen Seufzer ließ sich Janusz auf das Bett sinken. „Schlaf ein wenig. Ich erkläre es dir später.“

„Ist es schlimm?“

Schlimm? Nein. Das, was Hauser mit ihr angestellt hatte, brauchte eine neue Definition.

Elsa blickte zu ihm auf, fuhr sich mit der Zunge über die aufgesprungenen Lippen und schluckte. „Ist es sehr schlimm?“

Janusz schwieg aus Respekt vor ihr. Er hatte keinen blassen Schimmer, wie er es ihr erklären sollte. Während seiner Laufbahn als Arzt hatte er viele Hiobsbotschaften überbringen müssen, doch das war ein Härtefall. „Alles zu seiner Zeit. Ich sehe später noch einmal nach dir.“

„Versprichst du es mir?“

„Natürlich. Polnische Männer halten ihr Wort.“

„Genauso wie sie niemals weinen?“

„Du bist ein schlimmes, schlimmes Mädchen.“ Allmählich fühlte er sich schwach. Die Anstrengung des Gesprächs zehrte an seiner Energie.

Elsa schloss die Augen. Es dauerte ein, zwei Minuten, dann war sie eingeschlafen.

Als Janusz am Abend nach Elsa sah, schlief sie immer noch. Zufrieden stellte er fest, dass Dimitra bei ihr war. Sie war eine gute Seele, die sich wie eine Mutter um Elsa kümmerte. Nach Salomons Tod war sie es, die Elsa wieder auf die Beine half, die ihr Mut zuredete, sie versorgte.

Nun beobachtete er, wie sie die blutigen Laken zur Seite schob und die Stirn runzelte. Ihr Blick war erst fragend, dann fassungslos. Entsetzt schlug sie sich auf den Mund. Wie betrunken taumelte sie ein paar Schritte nach hinten. Dann entdeckte sie Janusz und sah ihn fragend an.

Was hat er mit ihr gemacht?, sprachen ihre Augen. *Was zum Teufel ist das?*

In Janusz' Kopf hallten Hausers Worte nach: „In Afrika ist das ein Fest, ein tägliches Ritual. Man führt es durch, damit die Mädchen sittsam bleiben. Damit heilt man Hysterie und exzessives Masturbieren. Diese Mädchen empfinden keine Lust und geben sich keinem Mann mehr hin. Findest du nicht, dass es ein geeigneter Eingriff für eine Jüdin ist, Janusz?"

„Wir müssen es ihr schonend beibringen", raunte Janusz Dimitra zu.

Sie stand regungslos da. Die Farbe war ihr aus dem Gesicht gewichen. „Das arme Mädchen", ihre Stimme brach und sie schniefte. Mit dem Ärmel wischte sie sich die Nase. „Das arme Ding. Wie viel muss sie noch ertragen?"

„Auschwitz wird bald evakuiert. Sie werden die Häftlinge auf einen Marsch schicken."

„Ja. Das habe ich schon gehört. Ich werde mich verstecken, Janusz. Ich ... ich gehe auf keinen Marsch."

„Ein interessanter Gedanke."

„Ja, das mache ich wirklich. Elsa nehme ich mit."

„Hauser wird alle Versuchspersonen töten", sagte Janusz leise.

Dimitra kniff die Lippen zusammen. „Wie bitte?"

Das ist das Beste für sie, dachte Janusz. *Diese armen Geschöpfe werden nie in Frieden leben können.* „Er wird ihnen eine tödliche Spritze verabreichen. Das habe ich ihn sagen hören."

Dimitra krallte ihre Finger in seine Schulter. „Du musst Elsa helfen! Bei Gott, ich hoffe, du kannst ihr helfen!"

Janusz schüttelte den Kopf.

„Du kannst ihr doch helfen?"

„Ich weiß es nicht."

„Bitte." Dimitra kämpfte gegen Tränen an. Sie sah ihn flehend an.

„Das wird sehr schwer", begann Janusz.

Trotz der Kälte bildeten sich Schweißperlen auf Dimitras Stirn. „Du kannst sie nicht sterben lassen!", wisperte sie.

„Ich werde es nicht verhindern können."

Dimitra holte aus und schlug ihm mit der flachen Hand ins Gesicht. „Nein! Du wirst es verhindern! Meine Elsa wird nicht sterben! Nicht nach all dem, was sie durchmachen musste!" Im selben Augenblick brach sie weinend zusammen. Janusz nahm sie in die Arme. Dimitra war so klein, dass ihr Kopf ihm bis an die Brust reichte. Sie schmiegte sich an Janusz wie ein kleines Kind an seine Mutter. Dabei schwankte sie leicht. „Es tut mir leid, Janusz", wimmerte sie. „Es tut mir leid."

„Es ist in Ordnung."

„Du bist so ein guter Mensch."

Er wiegte Dimitra in seinen Armen. „Wir machen alle viel durch." Sie kam ihm so klein und zerbrechlich vor. Dabei war sie nur ein paar Jahre älter als er.

„Ich hätte dich nicht schlagen dürfen."

„Es ist alles gut." Er strich ihr über den Kopf. „Komm, ich bringe dich zurück in deine Baracke", schlug er vor.

Mit dem Ärmel wischte sich Dimitra über die Augen. „Du bist ein Engel, Janusz."

„Nun übertreibst du!" Ganz sicher war er kein Engel. Ein Engel hätte Hauser gestoppt. Ein Engel hätte Hauser persönlich in die Hölle geschickt. Das alles stand nicht in Janusz' Macht.

Als sie in die Kälte hinaustraten, wehte ihnen ein eisiger Wind entgegen. Dimitra zog sich sogleich den breiten, braunen Wollschal über den rasierten Kopf. Vereinzelte Schneeflocken wirbelten im Mondlicht.

Das Lager, bedeckt von einer leichten Schneeschicht, hätte friedlich wirken können, wären nicht unter den Wehen die halbgefrorenen Leichen auszumachen gewesen. Sie waren nackt und ihre Körper ausgehungert. Unter dem Schnee wirkten sie wie groteske, blasse Schaufensterpuppen.

Dort werde ich auch bald liegen, dachte Janusz. Der Gedanke an seine Frau und Kinder ließ ihm das Herz zusammenschrumpfen. Würde seine Frau nach der Befreiung kommen, um seine Leiche zu identifizieren? Würde man seine Leiche zwischen den Leichenbergen überhaupt wiederfinden?

„Der Winter ist nichts für mich", sagte Dimitra plötzlich und riss Janusz aus seinen Gedanken. Diese Äußerung wurde durch ihre blau angelaufene Nasenspitze unterstrichen. Und die Baracken würden ihr keine Linderung verschaffen. Sie waren unbeheizt und der eiskalte Wind pfiff unerbittlich durch die Ritzen zwischen den Bretterwänden.

Janusz wusste, dass die Temperatur in der Nacht auf minus dreißig Grad fiel.

„Ich sterbe, wenn es zur Räumung kommt. Das überlebe ich nicht“, sagte Dimitra wie im Selbstgespräch, als wolle sie sich für ihre Entscheidung, nicht an der Evakuierung teilzunehmen, entschuldigen. „Was ist mit dir, Janusz? Wirst du mit der SS mitgehen?“ Sie fragte das so, als hätte Janusz eine Wahl.

Er zuckte mit den Schultern. „Vermutlich werden sie mich vorher töten.“

„Das darfst du nicht sagen. Sei nicht so melodramatisch.“ Dimitra schenke ihm einen vernichtenden Blick.

Janusz lachte bitter. „Vielleicht habe ich ja Glück und sie schicken mir einen Wagen, der mich bis vor meine Haustür bringt.“

„Das will ich hoffen.“

„Ich auch, Dimitra. Ich auch“, sagte er, obwohl er ganz genau wusste, was ihm bevorstand. Erst würden sie die Versuchspersonen töten, dann die Häftlingsärzte. Niemand würde ihm einen Wagen schicken, der ihn vor seiner Haustür absetzte.

„Wo willst du dich verstecken, Dimitra?“, fragte er, während er in seine Hände hauchte.

Sie zog den Schal enger um ihren Kopf. Sie wagte kaum noch, ihm in die Augen zu blicken. „Bist du mir böse, wenn ich es dir nicht verrate?“, fragte sie leise. Im Dämmerlicht der Nacht wirkten ihre Augen schwarz. Janusz schüttelte den Kopf. Dimitra war vorsichtig. Das war in Ordnung. Schließlich kannten sie sich nicht besonders gut. „Ich verrecke lieber in meinem Versteck als mitzugehen“, fügte sie hinzu.

„Ja, es ist ein harter Winter. Ganz sicher brennen bei mir zu Hause in allen Stuben die Öfen.“

„Ich würde meine Seele für einen Ofen geben.“

„Meine Frau sitzt jetzt sicher am Kamin und strickt Mützen und Handschuhe für die Kinder.“

Auf einmal herrschte großes Durcheinander, denn nackte Frauen, gefolgt von Aufseherinnen und Hunden, kamen über die Lagerstraße angerannt. Die Frauen kamen aus den Duschen, wo sie nach dem Waschen nackt und barfüßig zurück in ihre Baracken gehen mussten. Oft war es ein weiter Weg, mindestens ein Kilometer. Janusz wusste, dass die meisten von ihnen sich eine Lungenentzündung zuziehen würden.

„Los! Los!“, brüllten die Aufseherinnen.

Janusz handelte geistesgegenwärtig und zog Dimitra von der Straße runter. Bei den Aufseherinnen konnte man nie wissen. Angestachelt von purem Wahnsinn ließen sie sich noch etwas einfallen, um arglose Häftlinge zu quälen. Das alles war schon vorgekommen. In Auschwitz musste man zusehen, wie man überlebte. Tat man es nicht, bedeutete es den sicheren Tod. Einmal hatte Janusz mit ansehen müssen, wie Aufseher drei Häftlinge zwangen, sich auszuziehen, um stundenlang in der Kälte zu verharren. Nur einer hat die Tortur überlebt. Die anderen beiden sind erfroren.

Den Rest des Weges verbrachten sie schweigend. Als sie Dimitras Baracke erreichten, sagte Janusz leise: „Gute Nacht.“

„Gute Nacht“, antwortete Dimitra. „Und denk dran, dass du die ganze Zeit in Elsas Nähe bleibst!“

Janusz nickte. Das wollte er tun. Schon aus dem Grund, um nicht erneut geschlagen zu werden. Dimitra hatte nämlich einen verdammt festen Schlag.

34

29. Dezember 1944: Elsa hockte in der Ecke der Latrine und versuchte, ruhig zu atmen. Die Luft schien gefroren zu sein, sodass sich ihre Lungen scheinbar mit Eis füllten. In fiebrigen, kurzen Stößen ließ sie sie aus ihrem Mund entweichen. Das Gefühl von Ohnmacht drohte mit jedem Atemzug stärker, sie zu überwältigen.

Die Temperatur in der Latrine betrug kühle acht Grad. An den Außenscheiben hatten sich Frostblumen gebildet. Der eiskalte Wind drang durch die Fensterritzen und fegte durch den Raum. Doch es war nicht die kalte Luft, die sie benommen machte. Es waren die Schmerzen. Schmerzen wie diese hatte sie - soweit sie sich erinnern konnte - noch niemals empfunden. Nicht einmal nach den ersten Eingriffen.

Das hier war anders. Ihr gesamter Genitalbereich war ein blutiger, zusammengenähter Klumpen Fleisch. Ihre Finger glitten unter ihren Kittel und am Schenkel hinauf zu ihrem Schoß. Sie musste die Zähne zusammenbeißen, um einen Schrei zu unterdrücken. Noch hatte sie Kraft genug, um nicht zu schreien. Wieso war sie da unten zugenäht?, fragte sie sich fassungslos.

Gelähmt vor Entsetzen, die Hand klebrig vom Blut, konnte sie sich nicht rühren. Erst als sie Schritte hörte, wagte sie es, den Kopf zu heben. Es war Janusz.

„Hier bist du also", sagte er ruhig. „Ich habe überall nach dir gesucht."

Elsa streckte ihm die Hand entgegen und zeigte ihm die blutigen Finger.

„Geht es dir gut?", fragte Janusz leise.

„Ich kann nicht pinkeln, Janusz." Ihre Lippen bewegten sich kaum. Janusz nickte. „Wieso kann ich nicht mehr pinkeln? Der Urin kommt nur tröpfchenweise raus."

„Ich weiß", sagte er, als würde die Tatsache, dass er es wusste, alles besser machen. „Kannst du aufstehen?"

Aufstehen? Sie wollte gar nicht aufstehen. Am liebsten hätte sie sich für alle Zeiten hier verkrochen. „Lass mich", murmelte sie.

Janusz kam auf sie zu, dann ging er in Hocke und schob die Arme unter sie. „Ich bringe dich wieder ins Bett", sagte er, während er sie behutsam hochhob. „Der Boden ist eiskalt."

„Ich blute", flüsterte Elsa. „Du machst dich nur schmutzig."

Doch da hielt Janusz sie bereits in seinen Armen. Er trug sie durch den Flur in den Saal. Vorsichtig legte er sie ins Bett. „Bequem?", fragte er fürsorglich.

Elsa nickte. „Sagst du mir jetzt, was mit mir los ist?"

„Ja", sagte er, als hätte er schon geahnt, dass sie ihm die Frage erneut stellen würde. Sein Gesicht nahm einen Ausdruck an, als hätte ihn sein Geist verlassen und nur noch eine leere Körperhülle zurückgelassen. Er drückte ihre Hände so fest, dass es wehtat. „Elsa, du kennst dich doch mit der weiblichen Anatomie aus, oder?"

Elsa schluckte, bevor sie antwortete: „Ja. Ich denke schon."

„Gut." Janusz nickte zufrieden, dann sah er sie mit abwesenden Augen an. „Hauser hat eine sogenannte Beschneidung an dir vorgenommen."

„Was ist das?", flüsterte sie.

Janusz schloss die Augen und versuchte, sich an das zu erinnern, was er heimlich in Hausers Aufzeichnungen gelesen hatte. „Eine Beschneidung ist im Grunde nichts anderes als weibliche Genitalverstümmelung. Sie wird hauptsächlich in Afrika praktiziert. In allen Gesellschaftsschichten, auch wenn sie bei der ärmeren Bevölkerung häufiger vorkommt. Es gibt verschiedene Formen der Beschneidung. In der Regel werden die Klitoris und die inneren und äußeren Schamlippen weggeschnitten, darüber hinaus wird die Vagina bis auf eine kleine Öffnung zugenäht, die der Mann vor dem sexuellen Verkehr aufschneidet." Für den Bruchteil einer Sekunde wirkte Janusz aufrichtig traurig.

Elsa schüttelte heftig den Kopf. „Wieso? Wieso machen die das?"

„Nun. Die Klitoris und Schamlippen werden häufig als schmutzig angesehen. Das Beschneidungsritual dient dann der Reinigung. Da die Männer in diesem Kulturkreis sittsame Frauen suchen, gilt die Beschneidung als Voraussetzung für eine

Heirat. Diese Frauen empfinden keine Lust mehr, verstehst du? Sie bleiben enthaltsam und ihrem Ehemann treu."

„Mein Gott! Und das hat Hauser auch mit mir gemacht? Er hat mir alles weggeschnitten?" Tränen rannen über Elsas Gesicht. Sie konnte kaum glauben, was sie da hörte.

Mit gerunzelter Stirn sah Janusz sie an. „So wie ich es gesehen habe, hat er nicht alles weggeschnitten. Er hat dir nur die äußeren Schamlippen entfernt und deine Vagina bis auf eine kleine Öffnung zugenäht."

Vor Entsetzen konnte Elsa den Mund nicht mehr schließen.

„Du hattest noch großes Glück."

„Glück?!", schrie Elsa fassungslos. „Ich brauche eine Stunde, um zu pinkeln!" Stille trat ein.

Janusz schaute sie abwägend an. „Die Öffnung kann man später öffnen. Wenn das alles vorbei ist, gehst du zum Arzt ..." Seine Stimme brach. Wie sollte er ihr am besten Mut zusprechen? „Habe ich dir eigentlich je von meiner Frau erzählt?"

Elsa schniefte laut. „Nein. Das hast du nicht und bist mir immer ausgewichen. Hat sie etwa zwei Köpfe?"

Janusz lächelte bemüht. „Nein. Sie hat keine zwei Köpfe. Sie ist wunderschön."

„Wie heißt sie?"

„Magda."

„Komischer Name."

„Werd bloß nicht frech."

Elsa errötete. „ Entschuldigung", murmelte sie.

„Weißt du, wie ich sie kennengelernt habe?" Da es eine rein rhetorische Frage war, antwortete Elsa nicht. „In der Praxis meines Vaters. Sie war seine Patientin."

„Aha."

„Sie war bei ihm in Behandlung, weil eine Engelmacherin gepfuscht hatte."

„Sie war schwanger?"

„Ja. Es ist aber nicht so, wie du denkst."

„Was denkst du, was ich denke."

„Dass sie ein leichtes Mädchen gewesen ist."

„Wieso war sie dann schwanger?" Elsa konnte Janusz nicht ganz folgen. „War sie verheiratet?"

Janusz schwieg kurz. Er schien nach den richtigen Worten zu suchen. „Nein. Sie war nicht verheiratet. Magda hatte einen Onkel. Das war der Bruder ihrer Mutter. Dieser Onkel hatte eine Vorliebe für Magda."

„Das verstehe ich nicht."

„Er hat sie unsittlich angefasst."

Elsa errötete. „Oh. Verstehe."

„Dann war es passiert. Mit sechzehn wurde sie von ihm schwanger."

„Mein Gott."

„Magdas Mutter - eine fanatische Katholikin - wollte es vertuschen und schleppte ihre Tochter zu einer Engelmacherin. Hm, jedenfalls hieß es danach, Magda könne keine Kinder mehr bekommen."

„Und das hast du alles gewusst, bevor du sie geheiratet hast?"

„Natürlich. Es hat mir nichts ausgemacht. Ich liebte sie so, wie sie war."

„Aber ihr habt doch Kinder."

Janusz nickte langsam. „Genau. Magda wurde irgendwann doch schwanger. Ihr Körper hat einfach nur ein paar Jahre gebraucht, um sich von dem Eingriff zu erholen."

„Wieso erzählst du mir das?"

Einen Augenblick lang war Janusz still. Dann sagte er: „Wenn das vorbei ist, wird alles gut. Du wirst schon sehen."

„Die Geschichte ist doch ausgedacht."

„Nein, Elsa. Die Geschichte ist wahr."

„Sicher?"

„Ganz sicher."

„Und du meinst, alles wird gut?"

„Du wirst dich wieder erholen. Vielleicht kannst du später Kinder bekommen."

„Nein. Ganz sicher werde ich nicht mit Männern ausgehen! Ich möchte nicht, dass mich irgendjemand so sieht!"

„Wenn du den Richtigen triffst, wird das keine Rolle spielen."

„Ich bin ein Monster!"

„Nein. Du bist eine wunderschöne, junge Frau."

„Wer möchte denn so eine Frau wie mich?" Elsa klang, als würde sie gleich anfangen zu weinen.

Janusz zog eine Grimasse. „Wer hätte denn so eine Frau wie Magda gewollt? Eine Frau, die von ihrem Onkel geschwängert worden war."

„Du bist eine Ausnahme, Janusz."

„Ich glaube, das ist nicht richtig. Für jeden Topf findet sich ein passender Deckel."

„Mach mir nichts vor, Janusz. Ich werde nie heiraten. Nie Kinder bekommen." Sie schwiegen eine Weile, während sie das Schneetreiben durch das Fenster beobachteten.

„Hast du heute Nacht die Kanonen gehört?", fragte Janusz. Ohne eine Antwort abzuwarten, fuhr er fort: „Sie waren sehr nah. Wenn sie weiter so schnell vorankommen, dann ist alles in zwei Wochen vorbei."

„Janusz?"

„Ja."

„Ich möchte allein sein."

Janusz schaute sie eine Weile an. „Natürlich." Es fiel ihm sichtlich schwer, sie zu verlassen, doch er ging.

Irgendwo draußen ertönte heftiges Kanonenfeuer. Für einen Bruchteil der Sekunde wurde die Erde erschüttert. Elsas Bett vibrierte.

Ja, bald war alles vorbei, dachte Elsa. Doch ihre Freude darüber stellte sich nur spärlich ein. Sie war sich nicht sicher, ob sie den Krieg überleben wollte.

Nachmittags wurde Elsa zu Hauser gebracht. Er ließ sie in dem gynäkologischen Stuhl Platz nehmen, um sein Werk zu bewundern. Während er an ihr herumhantierte, die wunden Stellen betastete und die Nähte begutachtete, war Elsa bemüht, nicht zu schreien. Gegen die Tränen konnte sie allerdings nichts tun. Ungehindert rannen sie ihr die Wangen herunter. Ihr war über die Maßen kalt und sie konnte nicht aufhören zu zittern.

„Ich finde, es ist ziemlich gut geworden", meinte Hauser. Nach einer Weile fragte er: „Hast du Schmerzen?"

Elsa zögerte. Sie wusste, dass Jammern bestraft wurde. Doch dann entschied sie sich gegen eine Lüge und gab zu: „Ja. Starke

Schmerzen." Jetzt erwartete sie einen Schlag ins Gesicht, doch Hauser rührte sich nicht.

„Dann werden wir etwas dagegen unternehmen", bemerkte er. Elsa meinte, sich verhört zu haben. Sie traute sich jedoch nicht, nachzufragen. „Und wir müssen verhindern, dass sich die Stelle entzündet."

Jetzt konnte Elsa doch nicht an sich halten und fragte: „Wie bitte?"

Es war vollkommen still. Dann schaute Hauser auf und lächelte Elsa an, als wollte er mit ihr flirten. Elsa war sich nicht sicher, ob das ein gutes oder schlechtes Zeichen war. Sein ganzes Gesicht begann zu lächeln. Sie sah einen vollkommen anderen Mann vor sich.

„Wie wäre es, wenn ich dir ein Geheimnis verrate?" Elsa überlegte, ob es klug war, darauf zu antworten. Vermutlich nicht. Sie ließ Hauser weitersprechen. „Ich weise dich gern auf das Offensichtliche hin; ich habe mir ganz viel Mühe bei dir gegeben." Der Kerl verstümmelte sie und erzählte ihr anschließend, er hätte sich ganz viel Mühe bei ihr gegeben? „Die ganze Arbeit soll doch nicht umsonst gewesen sein. Findest du nicht?" Elsa hielt es für eine rhetorische Frage und antwortete nicht. Doch das war ein Fehler. „Findest du nicht?", fragte Hauser mit vor Wut zitternder Stimme, sodass Elsa zusammenfuhr.

Sie nickte. „Ja. Natürlich", sagte sie schnell, um einen Wutausbruch zu verhindern. Solange Hauser zwischen ihren Beinen hockte, wollte sie nichts riskieren.

Hauser schwang sich vom Hocker und beugte sich direkt über Elsas Gesicht. „Und aus dem Grund will ich auch die Früchte meiner Arbeit sehen. Du bleibst so lange in meiner Obhut, bis die Wunde vollkommen ausgeheilt ist. Natürlich werde ich dafür sorgen, dass sie schnell und gut verheilt." Er lächelte sie freundlich an. „Du hast großes Glück. Weißt du auch, wieso?" Langsam schüttelte Elsa den Kopf. „Dann verrate ich dir noch ein Geheimnis. Es gelangen keine Nahrungsmittel mehr ins Lager. Die normalen Häftlinge hungern. Dazu kommen die Kälte und Krankheiten. Das hier ist das Beste für dich."

Das war verrückt.

Doch Elsa wusste, dass ihr dieser Wahnsinn für die nächsten Wochen Nahrung und Sicherheit bieten würde. Sicherheit, die es für die anderen Häftlinge nicht gab. Sie konnte sich nun als privilegiert bezeichnen. Und das war gut.

35

17. bis 19. Januar 1945: Elsa wurde aus dem Schlaf gerissen. „Wach auf", ertönte ein dringliches Flüstern. Die Stimme gehörte Janusz, wie auch die Hand, die an ihrer Schulter rüttelte. Elsa öffnete die Augen. Der Saal war dunkel, aber sie konnte trotzdem Umrisse erkennen.

Janusz sah auf sie herunter. Sein Gesicht war blass und voller Sorge. Schon seit Tagen war er aufgekratzt und unruhig. Immer mehr Häftlinge mussten auf Befehl der SS die Baracken verlassen, um sich einem Marsch anzuschließen, der tief ins Landesinnere von Deutschland führte. Das Lager leerte sich immer mehr, doch zu Elsas Verwunderung war bis jetzt niemand gekommen, um sie abzuholen.

Eigentlich war es ihr ganz recht. Sie wollte die Baracke ohnehin nicht verlassen. Ihr ging es verhältnismäßig gut, auch wenn die Tage in Block 10 quälend lang waren. Die wenigen verbliebenen Frauen verbrachten die meiste Zeit in den Untersuchungsräumen, kamen halb tot wieder - oder gar nicht. Sie waren immer in Angst um ihr Leben, und Elsa war froh, dass Hauser sein Wort gehalten hatte. Für sie wurde tatsächlich gut gesorgt. Solange ihre Wunde nicht verheilt war, hatte sie nichts zu befürchten.

Nunmehr war auch sicher, dass der Tag der Befreiung immer näher rückte. Aus dem Fenster hatte sie die Kolonnen beobachtet. Die meisten Häftlinge hatten nichts als Lumpen am Leib und der Winter war unerbittlich. Dabei waren sie jetzt schon mehr tot als lebendig. Die meisten von ihnen trugen Holzschuhe ohne Strümpfe. Andere hatten sich Lappen um die Füße gewickelt. So wollte Elsa nicht enden.

Sie stöhnte auf. „Weshalb weckst du mich? Sind wir dran? Müssen wir marschieren?"

„Nein. Wir müssen nicht marschieren. Ich habe etwas für dich."

„Ich habe so fest geschlafen", murmelte Elsa.

„Es ist wichtig."

„Wieso?"

„Vielleicht rettet es dir das Leben", sagte er eindringlich.

„Was?“ Elsa setzte sich auf.

Janusz drückte ihr die Hand an die Lippen und stopfte ihr eine bittere Tablette in den Mund. „Schluck die runter“, befahl er leise. Bevor sie protestieren konnte, war die Tablette schon in ihrem Hals.

„Was hast du mir gegeben?“

Seine Stirn zog sich in Falten. In der Dunkelheit wirkte sein Gesicht geisterhaft blass. „Wir werden uns nie wiedersehen, Elsa. Nicht in diesem Leben.“

„Was sagst du da?“

„Ich habe alles versucht, um den Menschen hier zu helfen“, gab er in fast schon verzweifeltem Ton von sich.

„Ich weiß.“

„Ich konnte nicht jedem helfen.“

„Das ist nicht schlimm.“

„Vielleicht kann ich dich retten.“ In diesem Augenblick ging das Licht an. Die Handvoll Frauen, die noch übrig waren, blickten schlaftrunken auf. „Tut mir leid. Mehr kann ich für dich nicht tun“, flüsterte Janusz aufrichtig mitfühlend und verschwand.

Elsas Gedanken wurden durch das Getrappel rennender SS-Männer unterbrochen. Ein Trupp aus Ärzten und der SS kam in den Saal geströmt. „Klappe halten und den rechten Arm ausstrecken!“, brüllten die Männer.

Ehe die Frauen begriffen, wie ihnen geschah, bekamen sie eine Injektion in den Oberarm.

„Was …“, setzte Elsa an, doch da kam schon Hauser.

„Jetzt wirst du schlafen“, sagte er freundlich. „Für immer.“

Den Stich spürte sie nicht. Nur die Benommenheit, die plötzlich einsetzte. Dann fiel sie in ein tiefes, bodenloses Loch.

Elsa erwachte nur langsam. Ihr Bewusstsein rotierte träge, versuchte sich aus einem dichten Nebel zu befreien. Es folgte dem Geruch nach Erbrochenem und ihr Geist tastete sich nur langsam an die Oberfläche vor. In einer geisterhaften Stille hörte sie sich selbst atmen. Ihr Körper registrierte die Lage. Sie war im Bett und zugedeckt. Ihr Kopf ruhte auf einem Kissen. Doch etwas war anders. Die Veränderung bemerkte sie bereits, bevor sie die Augen aufschlug. Der Geruch war eigenartig. Abgesehen von dem Erbrochenen schmeckte die Luft süßlich. Ekelerregend süßlich. Sie öffnete die Augen und schloss sie augenblicklich wieder. Die Helligkeit schmerzte. Eine Weile noch hielt sie ihre Augen geschlossen, bevor sie einen erneuten Versuch unternahm, sie zu öffnen. Es war taghell und die gleißenden Sonnenstrahlen fluteten den Saal. Wie lange war sie bewusstlos gewesen?

Einen Tag?

Zwei Tage?

Sie hatte schrecklichen Durst und Hunger. Der Geschmack in ihrem Mund war ekelhaft, und an ihrem Gesicht klebte Erbrochenes. Vorsichtig richtete sie sich auf und schob die Decke zurück. Im Saal war es eiskalt und der Wind fegte herein. Benommen sah sie sich um und erschrak. Die anderen Frauen waren tot. Sie sahen zwar aus, als würden sie nur schlafen, doch die graue, eingefallene Haut zeugte vom Tod.

Wieso hatte niemand die Leichen entsorgt?

Elsa schwang die Beine aus dem Bett, stand auf und tapste zum Fenster. Dann blickte sie hinaus in das Schneetreiben. Die Nazis waren weg. Zumindest schien es so. Sie sah keine Wachen, keine SS, stattdessen herrschte eine gespenstische Stille. Der meiste Schnee lag unberührt da und kein einziger Weg war freigeschaufelt worden. Das Lager war verlassen!

Jetzt war sie auf sich selbst gestellt. Bei diesem Gedanken verkrampfte sich Elsas Magen. Wie lange musste sie auf Rettung warten?

Was, wenn das noch Tage dauerte?

Was, wenn es noch Wochen dauerte?

Adrenalin pulsierte durch ihre Adern. Zitternd atmete sie tief durch. Sie musste vorsorgen. Sich organisieren. Für den Fall, dass sie im Alleingang losmarschieren müsste, musste sie vorbereitet sein.

Sie trat einen Schritt zurück. Ihr Spiegelbild wurde deutlich von der Glasscheibe reflektiert und zeigte das erschöpfte Gesicht einer Totgeglaubten. Ihre Augen waren zwei dunkle Punkte. Ihre roten Haare standen wild von ihrem Kopf ab. Und dann noch die geisterhaft blasse Haut.

Sie ging zum Bett rüber und suchte nach ihren Habseligkeiten, die sie unter der Matratze gehortet hatte. Es war noch alles da: der warme Pullover, Socken, Wollstrümpfe, Unterwäsche, die Babykleidung.

Das alles hatte ihr Dimitra besorgt. Der Gedanke an die mütterlich-liebevolle Frau versetzte ihr einen Stich im Herzen. War sie noch in Auschwitz? Verharrte sie noch in ihrem Versteck oder war sie von der SS entdeckt worden?

Dimitra und einige andere Häftlinge wollten sich in Löchern verstecken, die sie zuvor unter den Bodenbrettern gegraben hatten. Elsa glaubte jedoch nicht wirklich an den Erfolg dieses Plans, da sie die Gründlichkeit der SS-Leute gut kannte.

Doch die Hoffnung starb bekanntlich zuletzt.

Elsa wusch sich das Gesicht, dann zog sie alles an, was sie besaß. Sie musste etwas zu essen und trinken organisieren. Draußen war es eiskalt. Einen Mantel, Mütze, Schal oder feste Schuhe besaß sie nicht. Da sie aber dringend warme Schuhe brauchte – sie trug noch immer die unbequemen Holzpantoffeln – beschloss sie, die übrigen Räume zu durchstöbern. Plötzlich fielen ihr die Polinnen ein. Waren die auch noch hier? Vermutlich nicht. Sie waren bestimmt auf den Marsch geschickt worden, doch vielleicht hatten sie etwas dagelassen. Sie hatten gute Sachen besessen.

Elsa überlegte, ob sie sich irgendwie bewaffnen sollte. Nur für den Fall, dass die Nazis eine SS-Wache zurückgelassen hatten. Doch was konnte sie schon gegen eine bewaffnete Wache ausrichten?

Elsa versuchte, so leise wie möglich zu sein, während sie durch die Baracke schlich. In einigen Untersuchungsräumen herrschte Chaos. Die Möbel waren umgeworfen, Medizinschränke geplündert und Aktenschränke ausgeräumt worden. Sie ahnte, dass die Ärzte Auschwitz in großer Eile verlassen haben mussten. Sie sah Hauser buchstäblich vor sich, wie er in einer Nacht- und Nebelaktion Patientenakten eilig ins Auto verfrachtete.

In den Untersuchungsräumen konnte Elsa nichts Brauchbares finden. Und sie wollte keine umgestürzten Schränke aufrichten, um unnötigen Lärm zu vermeiden. Sie war immer noch skeptisch, was die Wachen anging. Die Nazis waren einfach viel zu organisiert, als dass sie alles stehen und liegen lassen würden.

Schließlich ging sie zu den Polinnen.

Ihr Atem stockte kurz, als sich ein schreckliches Bild in ihre Augen brannte: Ein Saal voller polnischer Frauen - darunter auch Janka - und Kinder, die mit Löchern in den Schädeln auf dem Fußboden oder auf ihren Betten lagen, umgeben von getrocknetem Blut. Die Nazis hatten ihnen vermutlich eine Pistole gegen die Schläfe gehalten und abgedrückt.

Wieso überraschte sie der Anblick nicht?

Elsa erwischte sich dabei, wie sie auf Jankas Stiefel starrte. Janka lag auf der Seite quer über dem Bett, ihre knapp fünf Monate alte Tochter im Arm. Ihre Schuhsohlen starrten Elsa entgegen. Sie hatten in etwa die gleiche Schuhgröße und die Schuhe waren in einem brauchbaren Zustand. Zumindest würde sie in Jankas Stiefeln besser durch den Schnee laufen können als in den Holzpantoffeln.

War sie nun wahnsinnig? Wie konnte sie bei diesem Anblick an Jankas Schuhe denken?

Spielte es eine Rolle?

Janka brauchte ihre Schuhe nicht mehr. Elsa dagegen schon. Sie blieb unschlüssig stehen. Irgendwo hatte sie gelesen, dass man wegen des „Leichengifts“ keine Kleidungstücke von Toten anziehen solle. Durch den Verwesungsprozess schieden Leichen Stoffe aus, die auf den lebenden Organismus giftig wirkten.

Elsa kam näher. Jankas Kopf war zur Seite geneigt. Ihre Augen geöffnet. Wäre da nicht das viele Blut auf dem Laken gewesen, würde sie lebendig wirken. Genau wie ihre Tochter, die noch lebendiger wirkte. Das war beinahe unheimlich.

Elsa kam zu dem Schluss, dass durch die Kälte der Verwesungsprozess noch nicht eingesetzt hatte. Behutsam fing sie an, Janka die Schuhe auszuziehen. Ihr Körper war steif und die Gelenke ließen sich kaum biegen. Nach einer, wie Elsa schien, langen Zeit, hatte sie es geschafft. Sie holte tief Luft. Ihre Lungen fühlten sich an, als wären sie geschrumpft. Das war ein Stück harter Arbeit gewesen.

Sofort zog sie die Stiefel an, die wie angegossen passten. Es war eine Wohltat, feste Schuhe an den Füßen zu tragen. Elsa ging ein paar Schritte auf und ab.

Himmlisch!

Sie stieß ein trockenes Lachen hervor.

Auf einmal ertönte hinter Elsa ein Babywimmern. Sie wandte sich um. Alles schien friedlich.

Sie spürte einen Anflug von Angst. *Ich habe wahrscheinlich Wahnvorstellungen,* dachte Elsa. *Hier gibt es nur Leichen. Ziemlich tote Leichen.*

Elsa beschloss, sich schnell nach brauchbaren Sachen umzusehen und wieder zu verschwinden. Sie filzte die Matratzen und die Laken und durchstöberte die Schränkchen. Als sie die Taschen der toten Frauen durchsuchte, hörte sie erneut ein Baby.

Elsa hielt inne.

Das war keine Einbildung. Keine Wahnvorstellung.

Sie hörte das Baby laut und deutlich.

Der Laut kam aus Jankas Nähe. Vielmehr kam der Laut von Janka.

Dann fiel Elsa Jankas Tochter ein. Der Name der Kleinen wollte ihr einfach nicht einfallen. Janka hatte ihn einmal genannt, doch der polnische Name war einfach zu kompliziert gewesen.

War es Małgorzata? Agnieszka? Grażyna? Er wollte Elsa einfach nicht mehr einfallen.

Sie ging zu Jankas Bett und drehte ihren Körper auf den Rü cken. Eine lange Zeit - zumindest kam es ihr so vor - starrte Elsa auf die Matratze. Sie brauchte eine Weile, um das Bild zu verarbeiten, das sich ihr bot. Und sie brauchte eine Weile, um zu begreifen, dass es real war. „Das ist unmöglich!", murmelte sie.

Das Baby lag mit geöffneten Augen da und starrte Elsa an. Sein Mündchen machte schmatzende Geräusche. Es lebte! Irgendwie hatte Janka es geschafft, es mit ihrem Körper gegen die Kugeln abzuschirmen. Das Baby war quicklebendig! Es schaute Elsa mit großen, blauen Augen an. Die Augen verblüfften sie. So rund und lebendig.

„Oh Baby", sagte Elsa. „Ich kann dich nicht hierlassen. Deine Mama ist tot." Elsa nahm die Kleine an sich. Sie prägte sich die Details ein. Zarte Augenbrauen und ein kleiner, herzförmiger Mund. Wie wunderschön sie war! So zart und zierlich! „Ich habe keine Ahnung, was ich nun mit dir machen soll, aber hierlassen kann ich dich nicht. Wir beide haben scheinbar mehr Glück als Verstand. Also bleiben wir vorerst zusammen. Was meinst du, Baby?"

Die Kleine gluckste leise, dann schloss sie die Augen. Die langsamen Atemzüge verrieten, dass sie eingeschlafen war. Einen Augenblick lang konnte Elsa sie nur anstarren. Es glich einem Wunder, dass die Kleine am Leben war. Und Elsa wusste, was ihr und dem Baby bevorstand.

Hunger.

Kälte.

Verzweiflung.

Hoffnung gab es dennoch. Das Mädchen war nicht mehr auf Muttermilch angewiesen und sie schien gesund und kräftig zu sein. Vielleicht lebte das Baby lange genug. Zumindest so lange, bis die Rote Armee kam. Danach konnten sich die Russen um sie kümmern. Eine Mutter für sie finden. Elsa fand, dass es ein guter Plan war. Das war sie Janka schuldig.

Nun musste sie nur noch etwas Essbares auftreiben.

Sie eilte hinaus und stieß auf dem Korridor gegen jemanden, der in eine Wolldecke gewickelt war. Sie war im Begriff, sich zu verteidigen, als sie plötzlich Dimitra erkannte.

„Du lebst!", schrie diese plötzlich wie eine Wahnsinnige. „Mein Gott! Janusz hat es geschafft!"

Sie umarmten sich. Während sie sich gegenseitig festhielten, glitten sie zu Boden. Sie weinten und lachten. Elsa hat noch nie so viel Erleichterung und Liebe empfunden.

„Janusz hat mir versprochen, alles zu tun, um dich zu retten", sagte Dimitra immer wieder. „Die Nazis wollten alle vergiften." Das musste die Tablette gewesen sein, dachte Elsa, sie hatte das Gift irgendwie neutralisiert.

„Wo ist er? Wo ist Janusz jetzt?", fragte Elsa.

„Sie haben ihn auf den Marsch mitgenommen."

„Der arme Janusz."

„Für Janusz können wir nur beten."

„Für Janusz und für uns."

„Für uns wird alles gut, Liebchen. Ich habe eine verlassene Kapo-Baracke gefunden, in der es einen Ofen gibt." Ihr Blick fiel immer wieder auf das schlafende Baby in Elsas Arm. „Dort sind wir sicher. Dort haben wir es warm. Wir werden alle leben. Das spüre ich."

Dann ertönte plötzlich Artilleriefeuer und brachte die Fenster der Baracke zum Beben. Auch einzelne Schüsse im Lager waren zu hören.

„Die SS kommt manchmal wieder und erschießt Häftlinge", murmelte Dimitra. „Wir müssen vorsichtig sein. Komm. Und auf dem Weg erklärst du, woher du das Baby hast, Liebchen."

Da wusste Elsa, dass es noch nicht vorbei war. Der Kampf ums Überleben ging weiter. Die Rote Armee mochte vor den Toren Auschwitz' sein, doch der Feind war immer noch mitten unter ihnen.

36

20. bis 27. Januar 1945: Zwischen den ununterbrochenen Schüssen und Bombenabwürfen versuchten Dimitra und Elsa zu überleben. Sie waren noch immer am Leben, gesund, aber voller Angst. Seit Tagen war Auschwitz nahezu menschenleer. Die Baracken lagen verlassen da. Stumme Zeugen einer grausamen Zeit. Andächtig verharrte Elsa vor dem Fenster und spürte den vergangenen Schmerz und die Qualen. Qualen, die nun scheinbar ein Ende hatten.

Die weiße Schneedecke blieb über den Lagerstraßen liegen. Es gab kaum mehr jemanden, der darüber lief.

Das Lager konnten sie nicht verlassen, weil ringsum Kämpfe tobten. Sie befanden sich inmitten einer Kampfzone. Selbst im Lager musste man auf der Hut sein, denn die eine oder andere Granate flog einem schon mal über den Kopf. Verirrte Gewehrkugeln trafen jeden, der in ihren Radius geriet. Zudem kehrten immer wieder SS-Leute zurück und töteten die Überlebenden.

Einmal, als Elsa auf dem Weg war, Essen aufzutreiben, hatte sie mit ansehen müssen, wie eine junge Frau von SS-Leuten erschossen wurde. Zwei Frauen verließen gerade die Küche, als Elsa dabei war, aus ihrem Versteck zu kriechen. Als die Frauen, bepackt mit Kartoffeln, vor die Tür traten, standen sie plötzlich zwei SS-Leuten gegenüber, die mit Gewehren auf sie zielten. Zu Elsas Entsetzten war eine der Frauen hochschwanger. Langsam, Schritt für Schritt, gingen die Frauen an den SS-Leuten vorbei. Dann fiel plötzlich ein Schuss. Eine der Frauen - diejenige, die nicht schwanger war - fiel tot zu Boden. Die Schwangere ging unbeirrt weiter, bis sie hinter einer Baracke verschwand. Lange blieb Elsa in ihrem Versteck hocken. Erst als ihre Glieder vor Kälte ganz starr waren, wagte sie es herauszukommen.

Doch mittlerweile waren Elsa und Dimitra ganz gut im Organisieren. Elsa hatte sich gnadenlose Selbstdisziplin antrainiert. Überschäumende Gefühle konnten ihnen gefährlich werden. Sie handelte wie ein Soldat, kannte Schleichwege und war ganz gut darin, sich zu verstecken. Ihr Überlebensinstinkt setzte sich unumstößlich durch. So fand sie einmal große Gefäße mit Sauerkraut, ein anderes Mal stieß sie im Keller auf einen riesigen Berg Mehl. In der Küche wiederum konnte sie einige Karotten und Kartoffeln auftreiben. In Block 1 fanden Dimitra und sie sogar eine Packung Baby-Ersatzmilch.

Aus dem Mehl buken sie einfache Brotfladen und aßen sie mit Sauerkraut. Das Baby fütterte Elsa fortan mit einem Kartoffel-Karottenbrei und Ersatzmilch, welche es gierig runterschlang. Trotz der Vorräte hatten sie immer noch sehr wenig zu essen. Sobald sie etwas fanden, verzehrten sie es bis zum letzten Krümel. Was nicht besonders klug war, denn die Leute im Lager sprachen immer wieder von vergifteten Lebensmitteln, die die Nazis zurückgelassen hatten, damit die Gefangenen daran starben. So hörte Elsa eine Geschichte von zwei jungen Frauen, die in das Vorratslager der Nazis eingebrochen waren. Dort sahen sie Speisen auf dem Tisch, die unglaublich appetitlich aussahen. Von Hunger getrieben, machten sie sich über das Essen her. Kaum waren sie fertig, fielen sie auch schon tot zu Boden.

Wegen der Kämpfe und der SS-Leute blieben sie vorwiegend in der Baracke, die sie mittlerweile häuslich eingerichtet hatten. Bereits am ersten Tag ihres Wiedersehens gingen sie an einen Ort, der von den Nazis „Kanada" genannt wurde. Dort bewahrten sie alle Kleider, Decken und Schuhe, die sie von den Gefangenen weggenommen hatten, auf. Die Sachen türmten sich mittlerweile berghoch bis zur Decke. Stundenlang durchstöberten sie die Kleiderberge nach brauchbaren Sachen, warmen Decken, Kleidern, Schuhen und Windeln. Vollbepackt und neu eingekleidet kehrten sie zurück.

Mit der Kapo-Baracke hatten sie wirklich Glück, auch wenn draußen wie drinnen Minustemperaturen herrschten. In den Fenstern der Baracke gab es Glasscheiben, ein Bett mit einer trockenen Strohmatratze, einen Ofen und eine kleine Kochnische. In der Kochnische fanden sie einfaches Blechgeschirr und eine große Schüssel. Diese war gut zum Baden und Wäschewaschen geeignet.

Mittlerweile waren sie verdreckt und unansehnlich. Elsa hatte sich bis jetzt nur mit kaltem Wasser waschen dürfen. Richtig sauber wurde sie dabei nicht. Dimitra hatte auf ihrem Streifzug durch „Kanada" ein duftendes Stück Seife gefunden, das sofort Verwendung fand. Es war herrlich, das warme Wasser und die Seife auf der Haut zu spüren.

Eine alte Holzkiste wurde zum Babybett umfunktioniert, und Jankas Tochter schlief darin wie ein Stein. Im Allgemeinen war sie ein ruhiges Kind, das sich nur meldete, wenn es Hunger, die Windel voll oder Langeweile hatte. Nachts schlief sie durch und mittags machte sie ein Nickerchen.

„Du solltest ihr einen Namen geben. Du nennst sie dauernd ‚Baby'. Das kann doch nicht gut sein für die Kleine", hatte Dimitra eines Abends gesagt.

An den Abenden verharrten sie still vor dem Ofen und sparten Kraft für den nächsten Tag, an dem sie etwas zu essen auftreiben mussten. Oft knurrten ihnen die Mägen. Manchmal schloss Elsa dann die Augen und versuchte, sich an das letzte Mal zu erinnern, als sie Fleisch gegessen hatte. Als sie die Augen wieder öffnete, erwischte sie sich beim Sabbern.

„Darum sollen sich die neuen Eltern kümmern. Ganz sicher kommt sie – falls ihre Familie nicht gefunden wird – in ein Waisenhaus, und weil sie noch so jung ist, wird sie schnell adoptiert", hatte Elsa erwidert.

„Ich werde dieses Jahr vierzig. Wenn ich nicht so alt wäre, würde ich sie nehmen, Liebchen", sagte Dimitra plötzlich und schaute Elsa mit einem merkwürdigen Blick an. „Wenn ich so alt wäre wie du, würde ich sie nehmen."

„Sei nicht dumm! Was soll ich schon mit einem Baby? Ich habe doch nicht einmal einen Mann."

„Ich sage ja nur, was ich machen würde."

„Ich bin nicht wie du. Ich bin nicht einmal dazu bestimmt, Mutter zu werden. Ich werde nie Kinder haben." Damit war das Thema beendet und sie sprachen nie wieder darüber.

Die nächsten Tage verbrachten sie in ihrem normalen Überlebenstrott. Essen organisieren. Feuerholz sammeln. Wasser aus der Weichsel schöpfen. Sich nicht erschießen lassen. Des Weiteren gingen die Gerüchte um, dass das gesamte Lager in die Luft gesprengt werden sollte. Die SS wollte alle Spuren beseitigen. Einige glaubten jedoch nicht, dass die Nazis es wagen würden, da die Russen ihnen dicht auf den Fersen waren.

Eines Morgens wachte Elsa in einer völligen Stille auf. Zum ersten Mal seit Wochen war die Luft erfüllt von einer absoluten Lautlosigkeit. Das Artilleriefeuer war verstummt. Die Kanonen schwiegen. Sie schaute aus dem Fenster, konnte jedoch nichts entdecken. Es schneite recht heftig und Auschwitz lag unter einer weißen Decke.

„Etwas geschieht da draußen", sagte Dimitra, die gerade dabei war, Brotfladen zu backen. „Ich weiß jedoch nicht, ob es gut oder schlecht für uns ist."

„Vielleicht haben die Russen die Deutschen zurückgeschlagen", meinte Elsa, die nach der Kleinen schaute. Sie schlief tief und fest.

„Oder die Deutschen die Russen", brummte Dimitra.

„Lass uns rausgehen."

„Lass uns lieber warten."

Elsa unterdrückte ein Schaudern. Waren sie womöglich schon befreit worden? Dimitra blieb skeptisch.

Den restlichen Tag verbrachten sie in der Baracke. Sie badeten und wuschen Wäsche. Anschließend machten sie eine Bestandsaufnahme ihrer Nahrungsvorräte: Das Mehl ging zur Neige, die Karotten waren aufgebraucht, und nur noch drei Kartoffeln waren übrig. Die Stille und der Schnee hielten an. Trotz des Ofens fror Elsa. War es aus Furcht oder vor Kälte?

Irgendwann im Lauf des Nachmittags kam eine Frau an ihrer Baracke vorbeigerannt und schrie: „Wir sind frei! Wir sind frei!" Elsa stürzte durch die Tür nach draußen. Sie bemühte sich, durch das Schneegestöber hindurchzuschauen.

„Kannst du etwas sehen?", fragte Dimitra.

„Nein. Ich sehe nichts."

„Vielleicht war die Frau irre."

„Gut möglich."

„Momentan sind alle sehr unruhig."

„Lass uns wieder reingehen. Wir lassen nur viel zu viel kalte Luft rein."

Und dann sahen sie plötzlich über die Schneedecke Sowjetsoldaten auf sie zukommen. In Uniformen und Umhängen stampften sie lautlos durch den Schnee. Elsa kniff die Augen zusammen, denn sie war sich nicht sicher, ob sie womöglich halluzinierte. Doch als aus den scheinbar ausgestorbenen Baracken Häftlinge herausströmten und den Soldaten um den Hals fielen, begriff Elsa, dass sie nicht halluzinierte. Sie hörte Jubelschreie, Lachen und Weinen. Kinder umringten die Soldaten.

Sie waren frei!

Wirklich frei!

„New York wartet schon auf uns", sagte Dimitra hinter ihr.

„Ich würde nicht einmal nach Deutschland zurückkehren, wenn es das letzte Land auf Erden wäre", presste Elsa durch die Zähne. „Dorthin will ich nie mehr zurück, Dimitra."

„Das musst du auch nicht. Wir bleiben zusammen", meinte die Freundin. Elsa fiel Dimitra weinend in die Arme. „Du bist doch jetzt meine Familie!", flüsterte sie. „Ohne dich wäre ich nicht mehr." Sie hielten sich fest in den Armen und fingen an, vor Freude zu weinen.

37

2. bis 10. Februar 1945: Ein paar Tage später wurden Elsa und Dimitra mit einem Pferdefuhrwerk zu einem etwa vierzig Kilometer entfernten Kloster gebracht. Der Transport bestand aus Kindern, Müttern und Alten. Auch Elsa schloss sich ihm an, weil ihr ein sowjetischer Soldat versichert hatte, dass man sich dort um Jankas Tochter kümmern würde. Die Nonnen führten unter anderem ein Waisenhaus, in dem das kleine Mädchen unterkommen könne.

Im Kloster wurden ihre Personalien aufgenommen, danach bekamen sie ein hübsches, sauberes Zimmer, in dem sich zwei Betten mit sauberen weißen Laken, eine Babywiege und eine Kommode befanden. In der Kommode lagen saubere Kleidung und Unterwäsche.

Elsa starrte auf die frische Kleidung und wagte nicht, sie anzufassen. Sie konnte unmöglich solche sauberen Sachen anziehen. Trotz der regelmäßigen Katzenwäsche war sie immer noch verdreckt, stank und war verlaust.

Von ihrem Fenster im zweiten Stock aus konnten sie einen Teil des großen Gartens erkennen, der teilweise unter einer weißen Schneedecke lag. Sie waren sprachlos. Nirgendwo waren Stacheldrahtzäune oder Wehrtürme zu sehen! Das Einzige, was das Kloster vermittelte, war eine unglaubliche Ruhe.

Jankas Tochter blieb vorerst bei Elsa. Bis dahin wollten die Nonnen nach Jankas Familie fahnden. Die Kleine wurde untersucht, gewogen, gebadet und angezogen. Später durften auch Elsa und Dimitra baden, um anschließend von den Läusen befreit zu werden. Zum ersten Mal seit Monaten fühlte Elsa sich richtig sauber und traute sich nun, die neue Kleidung anzuziehen.

Als sie in den Spiegel blickte, zuckte sie zusammen. Dort erblickte sie eine junge, dürre Frau in einem hübschen Wollkleid, Strümpfen und feinen Schuhen. Sie war die Häftlingskleidung so gewöhnt, dass sie nicht mehr wusste, wie sie in normaler Kleidung aussah. Ihr Haar war mittlerweile gut nachgewachsen, und nachdem eine junge Nonne es gestutzt hatte, sah es nicht mehr ganz so wirr auf ihrem Kopf aus. Ihr Gesicht wurde umrahmt von einer adretten Kurzhaarfrisur. Beklommen stellte sie fest, dass sie damit wie Peter Pan aussah. Wie der Peter Pan auf dem Umschlag ihres Kinderbuchs. Es fehlten nur noch die grüne Kleidung und der Hut. Ansonsten gefiel sie sich ganz gut. Auch Dimitra bot mittlerweile einen schnittigen Anblick. Obwohl sie fast vierzig war und Kinder geboren hatte, war sie immer noch grazil.

Die Tage im Kloster verliefen ruhig und nach einem festen Zeitplan. Morgens um sieben gab es Frühstück. Um zwölf gab es Mittagessen, um fünf Abendessen. Die Mahlzeiten wurden in kleinen Portionen serviert, da zu viel Essen auf einmal für die ausgehungerten Häftlinge nicht gut war. Inzwischen wusste Elsa, dass man auch an zu viel Essen sterben konnte, daher mussten die Nonnen das Essverhalten streng überwachen.

Von anderen Frauen, die ebenfalls aus Auschwitz kamen, erfuhren sie, dass sie das Kloster verlassen durften, um in die Stadt zu gehen. Da weder Elsa noch Dimitra Polnisch sprachen, verzichteten sie darauf.

Das Kloster war riesig und es gab viel zu sehen und zu entdecken. Es gab wunderschöne Gemälde von der Jungfrau Maria und dem Jesuskind, gigantische Kruzifixe, schöne Altäre und lange düstere Gänge, die in breite Treppen mündeten. Die Farbe an den Wänden splitterte großflächig ab. Auf dem Boden waren große, graue Steinfliesen in ungewöhnlichen Mustern verlegt. Das war ein merkwürdiger und zugleich faszinierender Ort. Und jeden Tag galt es, einen neuen Raum zu entdecken.

Während die Nonnen und die sowjetischen Soldaten nach Angehörigen der überlebenden Häftlinge fahndeten und mit lebenden Verwandten Kontakt aufnahmen, wurden diese gepflegt und aufgepäppelt. Ausreisen wurden für die gesünderen organisiert. Elsas Onkel – und einziger lebender Verwandter – sollte in New York kontaktiert und Dimitras Familie ermittelt werden. Dimitra erfuhr jedoch nur das, was sie bereits wusste: Niemand von ihrer Familie war mehr übrig.

Am fünften Tag ihrer Ankunft wurde Elsa zur Mutter Oberin gerufen. Die Oberin war eine ältere, Deutsch sprechende Frau mit strengem Gesicht, hochgewachsen und schlank, und sie jagte Elsa Angst ein. In der schwarzen Nonnenkluft wirkte sie wie ein Gespenst, und da Elsa noch nicht vielen Nonnen begegnet war, nahm sie gebührenden Abstand. Sie hatte absolut keine Ahnung, wie man sich einer Mutter Oberin gegenüber verhielt. Machte man einen Knicks? Küsste man ihre knochige Hand?

Da ein freundlicher Gruß nicht schaden konnte, sagte sie so höflich wie möglich: „Guten Tag, Frau Oberin."

Der Raum, in dem sie empfangen wurde, war karg und einfach eingerichtet: ein Schreibtisch, Schrank, zwei Besucherstühle und ein Kruzifix an der Wand. Die Wände waren weiß getüncht und der letzte Anstrich mochte Jahre zurückliegen. Das Fenster zeigte auf den verschneiten Innenhof, auf dem ein paar Kinder einen Schneemann bauten.

Die Oberin saß hinter dem Schreibtisch und wirkte wie eine übergroße Krähe. „Guten Tag, Elsa. Setz dich bitte." Das kurze, amüsierte Aufflackern in den Augen der Nonne ließ Elsa vermuten, dass die Anrede Frau Oberin nicht ganz korrekt war.

Wie auf Knopfdruck nahm Elsa im Besucherstuhl Platz.

Die Oberin setze sich eine Drahtbrille auf die Nase und betrachtete Elsa prüfend. „Für dich ist Post gekommen." Sie griff in die Schublade und holte ein kleines Päckchen heraus.

Elsa starrte sie entgeistert an. Wer sollte ihr schon Post schicken? „Verzeihen Sie, sind Sie sicher?", hakte sie nach.

„Kennst du Klaus von Bergmann?", fragte die Oberin. Elsa nickte heftig. Mit einem Mal hatte sie einen Kloß im Hals und konnte nichts sagen. „Das Päckchen ist von ihm", klärte die Oberin sie auf.

Wie hatte Klaus sie gefunden? Hatte er gewusst, dass man sie nach Auschwitz deportiert hatte? Hatte er sie über das rote Kreuz ausfindig gemacht?

„Deine Eltern haben bei ihm ein paar Sachen zurückgelassen. Die sollst du nun haben." Sie schob das kleine Päckchen über die Schreibtischplatte Richtung Elsa.

Mit zittrigen Fingern griff Elsa danach und legte es in ihren Schoß. Es fühlte sich fremdartig an. „Danke schön", murmelte sie, unfähig, einen klaren Gedanken zu fassen. Was sollten ihre Eltern dagelassen haben?

„Nun. Willst du es nicht öffnen?"

Elsa tat gelassen. „Ich öffne es später." In Wahrheit wollte sie nicht, dass die strenge Oberin sah, was im Päckchen war. Ganz sicher waren es ganz persönliche Dinge. Dinge, die Elsa womöglich zum Weinen brachten.

Es dauerte eine Weile, bis die Oberin wieder das Wort ergriff. „Ich habe leider keine guten Neuigkeiten, was das kleine Mädchen angeht." Elsa verzog den Mund. Was hatte das zu bedeuten? Sie wagte es nicht, die strenge Oberin zu fragen. Stattdessen wartete sie geduldig ab, bis diese fortfuhr. „Im Lager konnten keine Unterlagen über eine Janka gefunden werden."

Elsa sackte in sich zusammen. Das war nicht gut, sie hatte gehofft, dass das kleine Mädchen zu ihrer Verwandtschaft konnte.

„Wir nehmen an, dass die Nazis viele Unterlagen vernichtet haben. Es gibt viele Kinder, viele Waisen, die wahrscheinlich nie ihren Familien zugeordnet werden können." Elsa schaute ratlos drein, sagte aber nichts. Die armen Kinder, dachte sie nur. „Das ist wie die berühmte Suche nach der Nadel im Heuhaufen. Nach einem Baby, das vermutlich erst in Auschwitz geboren wurde, wird keiner fragen. Niemand wird es suchen. Niemand außer der Mutter weiß, dass es existiert." Ein Kind schrie draußen. Die Kleinen bewarfen sich nun mit Schneebällen. „Momentan haben wir Hunderte scheinbare Waisen. Kinder, die wir unterbringen müssen. Kleine Kinder brauchen eine Familie. Eine Mutter und kein Waisenhaus ..." Die Oberin hielt kurz inne. „Du hast erzählt, dass du nach Amerika möchtest, nicht wahr? Zu deinem Onkel." Elsa nickte. Eigentlich sollte er in New York bereits verständigt worden sein. Ganz sicher durfte sie bald ausreisen. „Dann wirst du dort sicherlich ein gutes Leben führen", meinte die Oberin.

„Ich hoffe es", erwiderte Elsa.

Die Oberin schaute Elsa lange an. „Jedenfalls gehe ich davon aus. Du bist nicht allein. Du hast deine Freundin Dimitra und deinen Onkel. Du wirst bei ihm wohnen, ein Dach über dem Kopf haben. Genug zu essen. Eine Arbeit."

Elsa hörte aufmerksam zu, obwohl sie nicht recht wusste, worauf die Oberin hinauswollte. „Ich habe etwas Geld geerbt, also gehe ich davon aus, dass ich zumindest einen guten Start haben werde", hörte Elsa sich sagen.

„Kennst du deinen Onkel gut?"

„Das letzte Mal habe ich ihn gesehen, da war ich noch ein kleines Mädchen."

„Er weiß also nicht viel über dich?"

„Nein. Wir sind uns praktisch fremd."

Die Oberin sah Elsa lange nachdenklich an. „Was, wenn du ein Leben verändern könntest?"

Elsa verstand nicht ganz. „Wie bitte?"

„Ich stelle die Frage anders: Was, wenn du ein Leben retten könntest. Würdest du es tun?"

Verdutzt antwortete Elsa: „Wenn es in meiner Macht stünde, würde ich es tun. Natürlich würde ich ein Leben retten."

„Es liegt in deiner Macht."

Elsa verstand wieder nicht. Vielleicht lag es ja daran, dass sie noch so schwach und unterernährt war. „Was liegt in meiner Macht?", hakte sie nach.

„Ich glaube, dass die Wege des Herrn unergründlich sind."

„Damit kenne ich mich nicht aus", gestand Elsa.

Die Oberin hob ungläubig die Brauen. „Bist du denn nicht gläubig?"

„Meine Eltern waren nicht besonders streng."

„Dennoch bist du ein guter Mensch, Elsa. Das spüre ich. Du hast ein gutes Herz."

„Mag sein. Man muss aber nicht gläubig sein, um ein guter Mensch zu sein. Auch unter den Gläubigen gibt es viele schwarze Schafe."

„Fürwahr. Du bist eine kluge junge Frau."

„Danke."

„Nun. Wie dem auch sei. Du hast das kleine Mädchen an dich genommen und es ernährt, obwohl du selbst nichts zu essen hattest. Du hast es beschützt, obwohl du selbst nicht in Sicherheit warst."

„Ich konnte sie ja nicht sterben lassen", sagte Elsa nüchtern.

„Andere hätten es zugelassen. Ich habe schon viel in meinem Leben gesehen, Elsa. Deine Tat ist etwas Besonderes."

„Nun. Für mich ist es etwas Selbstverständliches. Ich brauche kein Lob."

„Du bist sehr bescheiden. Das ist gut." Einen kurzen, eindringlichen Moment lang spähten wässrige, alte Augen in Elsas Seele. „Ist dir aufgefallen, dass das kleine Mädchen dir ähnelt? Niemand würde Fragen über seine Herkunft stellen. Du gehst gut mit der Kleinen um. Wenn sie weint, hört sie sofort auf, wenn sie dich sieht. Wenn sie nicht einschlafen kann, so schläft sie in deinen Armen ein. Es scheint fast so, als hätte sie eine Mutter. Eine gute Mutter. Wirst du sie denn nicht vermissen?" Die wässrigen, alten Augen bohrten sich immer tiefer in Elsas Seele.

Mit einem Mal wusste Elsa nicht, was sie denken sollte. Darüber hatte sie sich noch keine Gedanken gemacht. Ein Leben ohne die Kleine wäre am Anfang ganz sicher nicht einfach. Schließlich hatte Elsa sich an das Mädchen gewöhnt. An das Füttern, Wickeln, Baden und Liebkosen. Bei dem Gedanken, das alles aufgeben zu müssen, machte ihr Magen einen dreifachen Salto. „Worauf wollen Sie eigentlich hinaus?"

„Ich dachte nur ...", die Oberin hielt kurz inne, bevor sie weitersprach. „Du sollst wissen: Falls du mit dem kleinen Mädchen hinausspazierst, wird dich keiner aufhalten. Ich kann es dir jedoch noch leichter machen. Ich kann dir eine Urkunde aushändigen, die besagt, dass das kleine Mädchen deine Tochter ist."

„Ich soll sie adoptieren?" Tief in ihrem Herzen spürte Elsa eine wohlige Wärme. Sie war sich ihrer Gefühlen bis dato nicht sicher gewesen. Zu sehr war sie damit beschäftigt gewesen, in Auschwitz zu überleben. Doch seitdem sie etwas zur Ruhe gekommen war, ging Merkwürdiges in ihr vor. Obwohl ihr Verstand berechtigte Zweifel hervorbrachte, waren ihr Bauch und ihr Herz einer anderen Meinung.

„Mit der Adoption würde es leider nicht klappen. Nur verheiratete Paare dürfen Kinder adoptieren."

„Das verstehe ich nicht recht."

„Nun. Du musst wissen, dass wir dich als ‚Mutter mit Kind' aufgenommen haben. Als Mutter mit Kind würden wir dich wieder gehen lassen. Niemand wird Fragen stellen. Viele Frauen haben im Krieg ihre Ehemänner oder Verlobten verloren. Dein Geheimnis wäre bei uns sicher."

„Dürfen Sie das? Ich meine, dürfen Sie die Wahrheit verschweigen?"

„Aber nein! Doch es ist so, wie ich schon sagte, die Wege des Herrn sind unergründlich. Ich denke, dass es der Weg ist, den er für dich bestimmt hat. Ich kenne deine Geschichte, Elsa. Ich weiß, dass die Nazis dir die Fähigkeit genommen haben, Kinder zu bekommen. Gott gab sie dir wieder. Nun, zumindest in einem weiter gefassten Sinne. Und ich finde, dass du die richtige Mutter für die Kleine bist. Ich handle nicht im irdischen Auftrag. Ich handle im Auftrag des Herrn. Niemand außer dir, mir und Gott muss es erfahren."

Elsa wusste nicht, was sie darauf erwidern sollte. „Ich denke darüber nach", murmelte sie. Doch im Grunde ihres Herzens wusste sie, dass sie sich bereits entschieden hatte. Sie musste nicht mehr darüber nachdenken. Der Gedanke, von Jankas Tochter getrennt zu werden, brach ihr das Herz.

Die Oberin lehnte sich in ihrem Stuhl zurück und verschränkte die Arme. Scheinbar hatte sie übersinnliche Fähigkeiten und konnte Gedanken lesen, denn sie sagte: „Nun braucht die Kleine noch einen Namen."

„Darüber habe ich mir noch keine Gedanken gemacht."

„Dann wird es Zeit. Ich brauche einen Namen für die Urkunde."

Elsa nickte. Dann hörte sie sich sagen: „Salome. Sie soll Salome heißen."

„Salome? Welch ein ungewöhnlicher Name."

„In Auschwitz kannte ich einen kleinen Jungen. Er hieß Salomon. Nach ihm soll sie benannt werden. So bleibt er mir immer in Erinnerung."

„Du hast dich weise entschieden, Elsa. Nennen wir sie also Salome. Salome Goldberg."

Elsa fand, dass der Name richtig gut klang. Elsa und Salome Goldberg. Mutter und Tochter. Sie hatte eine Tochter! Obwohl sie nie Kinder bekommen könnte, hatte sie eine Tochter!

„Du sollst wissen, dass wir deinen Onkel in New York noch nicht verständigt haben. Das wollte ich erst nach unserem Gespräch in Angriff nehmen. Ganz sicher wird er die Ausreise für dich organisieren und schließlich muss er wissen, dass du nicht allein kommst."

„Ja. Verstehe." Sie war eine alleinstehende Mutter, dachte Elsa. Ein junges Mädchen, dessen Verlobter angeblich im Krieg umgekommen war. Genau. Das war sie.

Als alles besprochen war, verabschiedete Elsa sich und wollte gerade gehen, als die Oberin sie an der Tür aufhielt: „Da gibt es noch etwas", flüsterte sie. „Wir haben in Auschwitz etwas gefunden. Ich finde, du solltest es haben. Vielleicht wirst du es irgendwann in der Zukunft brauchen." Sie griff nach Elsas Hand und drückte ihr eine Fotografie hinein.

Elsa presste die Lippen zusammen. Es war ein Foto von ihr und Dr. Hauser. Sie konnte sich noch lebhaft daran erinnern, wie es aufgenommen wurde. Der Schmerz in Elsas Innerem wütete heftig. „Vielen Dank. Ich werde gut darauf aufpassen." Ihre Stimme war rau und brüchig. Sie wusste, ihre Kraft ließ nach.

Ihre Augen brannten, als sie wieder in ihr Zimmer lief. Dimitra war mit der Kleinen unterwegs und sie hatte das Zimmer für sich allein. Sie ließ sich aufs Bett fallen und öffnete hastig das Päckchen. Darin befand sich ein wenig Geld, Mutters gute Ohrringe, Ring und eine besonders teure Kette, ein Familienfoto, das an Elsas Geburtstag entstanden war und vier gelbe Sterne: die, die sie früher an der Kleidung tragen mussten.

Ihren Stern erkannte sie sofort, denn er hatte einen kleinen Brandfleck. Der Fleck war entstanden, als sie heimlich geraucht hatte.

Nun brach ihr Widerstand und sie konnte ihre Tränen nicht länger zurückhalten. Der Inhalt des Päckchens war alles, was noch von ihrer Familie übrig war. Und nur das Foto zeugte davon, dass sie überhaupt jemals eine Familie besessen hatte.

38

New York, Spätsommer 1979
Dienstag

Die Menge, die sich vor dem Gericht und auf der Straße versammelt hatte, blieb ruhig. Die Menschen blickten andächtig zum Gerichtsgebäude und beobachteten die Fenster. Auf der Straße patrouillierten Polizisten und vor dem Gerichtseingang standen scharenweise Fotografen, die Kameras im Anschlag. Hinter der dicht gedrängten Menschenmenge standen Übertragungswagen mit Tontechnikern und Reportern aus aller Welt. Die Fernsehsender hatten bereits seit Wochen über den Fall berichtet. Über den Nazi-Arzt, der unter falschem Namen in Amerika lebte und unbehelligt als Kinderarzt tätig war. Daraufhin kamen immer mehr interessierte Zuschauer zum Gerichtsgebäude.

Die Story von dem „Nazi-Doktor" verdrängte Politik und Naturkatastrophen aus den Schlagzeilen. Kein Artikel und Bericht verzichtete auf ein Bild des charismatisch wirkenden älteren Herrn. Eines Herrn, dessen Nachbarn von seiner Freundlichkeit und Hilfsbereitschaft schwärmten. Dessen Tochter, die als Krankenschwester im selben Krankenhaus tätig war, nichts von der Vergangenheit des Vaters ahnte. Besonnen erzählte sie von einer geborgenen Kindheit in einer Vorstadt von New York. Von einem liebevollen Vater, der manchmal zu Stimmungsschwankungen neigte, der aber nie gewalttätig geworden war. Sie berichtete von Familienausflügen, Geburtstagsfeiern und gemeinsamen Festen. Seine von ihm geschiedene Ehefrau wollte sich anfänglich nicht äußern. Dann stellte sich heraus, dass die Vergangenheit des Ehemannes der Grund für die Scheidung war. Obwohl die Ehefrau von der Nazi-Vergangenheit ihres Mannes wusste und damit nicht leben konnte, kam es zu keiner Anzeige. Offensichtlich war ihr nicht bewusst, dass Mord nicht verjährt.

Die ausgesandten Reporter, die nun vorm Gerichtsgebäude standen, hielten den ständigen Informationsfluss weiter am Laufen.

„... heute um zehn Uhr vormittags sollen die letzten Zeugen vernommen werden ..."

„... es wurden keine Mühen gescheut, um Zeugen aus aller Welt einfliegen zu lassen ..."

„... die Identität des Kronzeugen, der in Auschwitz für Dr. Hauser arbeiten musste, ist noch unbekannt ..."

„... die Hauptbelastungszeugin, Elsa Aronsohn, hat gerade das Gebäude betreten ..."

„... Elsa Aronsohn, die in Auschwitz Opfer von grausamen Experimenten wurde, hat soeben gegen ihren Peiniger ausgesagt ..."

„... der Prozess nähert sich seinem Ende. Die Opfer hoffen auf ein schnelles Urteil ..."

„... ‚Ich habe nur meine Arbeit getan', sagte der Angeklagte in einem Interview. ‚Unbegreiflich, wie man so von Mord und Verstümmelung reden kann' ..."

„... ‚Hey, vielleicht sollte ich auch nur meine Arbeit tun und dem Schweinepriester den Schädel einhauen', sagte ein Zuschauer ..."

Elsa saß in der Vorhalle auf einer Bank, die große Uhr fest im Blick. Rosenzweig verspätete sich. Er sprach von einem Zeugen, der den seit Wochen andauernden Prozess beenden sollte. Offenbar kannte er ihn aus Auschwitz. Überhaupt war Elsa erstaunt, wie viele Zeugen Rosenzweig aufgetrieben hatte. Noch mehr war sie darüber erstaunt, dass sie noch lebten. Dass sie die Qualen überlebt hatten.

Sie hatte gerade ihre Aussage gemacht und war heilfroh, es hinter sich gebracht zu haben. Offensichtlich hatte es ihrem seelischen Wohlbefinden gutgetan. Elsa hatte sich wirklich angestrengt. Immer wieder hatte sie sich zur Konzentration ermahnt, als sie über ihre Qualen in Auschwitz sprach. Sie bemühte sich, mit einer festen, aber keineswegs aggressiven Stimme zu sprechen. Nicht zu hoch und schrill. Sie wollte nicht den Eindruck erwecken, labil oder schwach zu sein. Sie hatte es sogar geschafft, Hauser anzusehen – ihm in die Augen zu sehen. Er sah sie aufrecht an, doch sein Blick schien konsterniert. Scheinbar konnte er nicht begreifen, dass es wirklich passierte.

Dass man ihn wegen seiner „aufgetragenen Arbeit“ - wie er es in den Interviews genannt hatte - verurteilte.

Elsa berichtete auch von der Zeit nach Auschwitz. Von den Eingriffen, die die Beschneidung rückgängig gemacht hatten. Dabei beobachtete sie, wie die Geschworenen Hauser verachtende Blicke zuwarfen. Unterdessen wurden inkriminierende Fotos verteilt, die aus Auschwitz und Hausers Sammlung stammten und ähnliche Fälle dokumentierten. Elsa sah den Ekel über die Mienen der Geschworenen huschen. Hauser schien nun allmählich zu begreifen, dass seine Lage ziemlich real und heikel war.

Nach ihrer Aussage bat Elsa darum, hinausgehen zu dürfen. Sie konnte nicht noch mehr Drama ertragen. Vor der Tür atmete sie tief durch.

Als sie dann auf der Bank Platz nahm, ertappte sie sich dabei, wie sie an Dimitra dachte. Wie lange hatte sie nicht mehr an ihre gute Freundin gedacht? War sie doch wie eine Mutter für sie gewesen. Wie gerne hätte sie Dimitra jetzt bei sich. Hätte der Krebs sie nicht geholt, wäre sie dieses Jahr fünfundsiebzig geworden. Sie hätte mit ansehen können, wie Hauser verurteilt wurde.

„Alles wird gut“, flüsterte Leni. Elsa drehte sich zu ihr um, und Leni schenkte ihr einen Blick voller Liebe und Zuneigung. Ihr bildhübsches Gesicht erinnerte sie plötzlich an Hanna. Sie konnte genauso lieb schauen.

Leni trug ein hübsches Kostüm und ein Paar Pumps. Ihre Haare waren im Nacken ordentlich geknotet und sie wirkte reif und erwachsen. Seit ein paar Wochen war sie mit Jules zusammen. Die neue Wohnung und der neue Freund taten ihr sichtlich gut.

Elsa merkte gar nicht, wie angespannt sie war. Sie atmete tief durch. „Es ist die ganze Aufregung. Die Reporter. Das Warten.“ Ihre Augen blickten in die Ferne und waren ganz starr.

„Du machst das super, Mum“, sagte Salome, die dazugestoßen war. „Wir sind sehr stolz auf dich.“ Sie war so schön wie immer, tadellos gekleidet in einen Hosenanzug und ein Paar Plateauschuhe mit unglaublich hohen Absätzen. Ihre Haare waren ordentlich geföhnt und die Fingernägel frisch lackiert.

Wegen des Presserummels blieb ihr Mann mit den Kindern zu Hause. Sie verfolgten den Prozess sicher im Fernsehen.

Elsa drückte ihre schmale Hand. „Danke, Schatz. Das bedeutet mir viel." Sie konnte sich glücklich schätzen, so eine tolle Tochter zu haben.

Seitdem Salome von ihrer wahren Herkunft wusste, hatte sich an ihrer Mutter-Tochter-Beziehung nichts geändert. Salome blieb Salome. Eine ruhige, besonnene Frau mit einer klaren Vorstellung vom Leben. Sie hatte ihre Mutter schon immer vergöttert und daran hatte sich nichts geändert. Sie hatte verstanden, dass sie Elsa ihr Leben verdankte. Dass sie dank ihr eine unbeschwerte und geborgene Kindheit hatte. Eine Familie. Sie verdankte es Elsa, nicht in den Armen einer toten Frau gestorben zu sein.

Im Flur tauchte endlich David Rosenzweig auf. Er war in Begleitung eines älteren Herrn. Er war hager und groß. Sein gepflegter Bart und das graue, kurze Haar ließen sein Gesicht ein wenig streng und verbittert wirken. Doch die Augen hinter der runden Drahtbrille lachten ungewöhnlich lebhaft. Und genau diese Augen ließen Elsa innehalten. Sie kannte diese Augen! Aber woher?

„Lange her, was?", sagte der Unbekannte auf Deutsch. Die Hände in den Jackentaschen, ging er langsam auf Elsa zu. Er trug einen eleganten Anzug und um den Hals hatte er ein Seidentuch geschlungen. Obwohl der Mann Elsa kaum bekannt vorkam, verriet ihn seine Aussprache.

„Janusz?" Elsa sprang auf.

„Besuch aus Polen", kündigte David Rosenzweig an. Elsa hielt sich die zitternden Hände vor den Mund. „Das kann nicht sein!" Wie selbstverständlich wechselte sie in die deutsche Sprache.

„Polnische Männer sind nicht so leicht totzukriegen", erwiderte Janusz mit Tränen in den Augen. Er konnte den Blick nicht von Elsa reißen.

„Jüdische Frauen auch nicht", sagte Elsa und fiel Janusz um den Hals. Warme Tränen rannen ihr über die Wangen.

Janusz packte ihre Taille, hob sie hoch und drehte sich mit ihr um die eigene Achse. Als er endlich zum Stehen kam, schauten sie sich lange in die Augen, als würden sie ihrer Wahrnehmung nicht trauen.

„Ich hätte nie gedacht, dass ich dich je wiedersehen würde", sagte Elsa schließlich.

„Ging mir genauso. Ich habe oft an dich gedacht. Ich habe mich gefragt, ob du überlebt hast …"

„Nur mit deiner Hilfe, Janusz."

„Du hattest einen starken Überlebenswillen."

„Du aber auch. Schließlich hast du den Todesmarsch überlebt."

„Nur mit knapper Not."

„Und nun bist du hier. Der geheimnisvolle Zeuge, von dem alle reden?"

Janusz nickte. „Hauser hat einen verhängnisvollen Fehler gemacht: Er hat mich am Leben gelassen. Ich habe ihm oft assistieren müssen. Ich weiß, was er getan hat. Ich kenne alle seine Gräueltaten."

Elsa nickte kaum wahrnehmbar mit dem Kopf. „Dafür wird er büßen müssen."

Ein Lächeln huschte über Janusz Gesicht. „Ja. Das wird er. Ganz sicher." Er nahm ihre Hände und drückte sie fest. „Es ist so schön, dich zu sehen. Du musst alles über dich erzählen. Sind die zwei wunderschönen Damen deine Töchter?", fragte Janusz und lächelte sie an.

Vor lauter Aufregung hatte Elsa doch glatt ihre Kinder vergessen! Fast hätte sie gelacht. Beide standen da wie bestellt und nicht abgeholt und beobachteten die Szenerie mit einer Mischung aus Neugierde und Anspannung. Sie hatten ihre Mutter nie Deutsch reden hören. Zudem verstanden sie kein Wort. Das musste ein kleiner Schock für sie sein.

Elsa streckte die Arme nach ihnen aus und bat sie, näher zu kommen. „Das ist meine jüngste, Leni, und das ist meine älteste, Salome", stellte sie ihre Töchter nacheinander vor.

Janusz gab beiden einen Handkuss. „Sehr erfreut", sagte er in einem holprigen Englisch. Beide mussten kichern. Janusz altmodische Art gefiel ihnen scheinbar. Eine Weile sah er sie schweigend an. „Habe ich dir nicht gesagt, dass du eines Tages Kinder bekommst? Deine Jüngste ist dir wie aus dem Gesicht geschnitten“, sagte er schließlich. „Aus der Ferne dachte ich schon, sie wäre du.“

„Vielleicht brauchst du nur eine neue Brille“, scherzte Elsa.

„Ich bin Augenarzt. Mit meiner Brille ist alles in Ordnung.“ Janusz legte Salome beide Hände auf die Schulter und schaute sie direkt an. Er studierte ihre Gesichtszüge, als würde er etwas lang Verlorenes darin suchen. „Und du hast die Augen deines Bruders“, sagte er in seinem holprigen Englisch.

Salome wich zurück. Hilfe suchend wandte sie sich an ihre Mutter. „Mum? Kann er das noch einmal auf Deutsch wiederholen?“ Scheinbar traute sie seinen Englischkenntnissen nicht.

In Elsas Kopf drehte sich alles. „Soll das heißen …“

Janusz nickte. „David Rosenzweig hat mich über Salomes Herkunft in Kenntnis gesetzt. Ich weiß, dass sie Jankas Tochter ist.“ Er schluckte und brauchte eine Pause von einigen Sekunden, bevor er sagte: „Ich habe Salomes Familie gefunden.“ Die Worte hingen in der Luft. „Salome hat einen Bruder. Er ist fünf Jahre älter als sie und lebt in Kanada“, sagte Janusz und Elsa übersetzte.

Salomes Finger krümmten sich zu einer Faust. „Ich habe wirklich einen Bruder?“

David Rosenzweig, der die Szene schweigend und abseits stehend beobachtet hatte, trat näher. „Wir müssen leider los, Janusz. Wir sind die Nächsten.“ Er hakte sich bei Janusz ein und ging mit ihm in Richtung Gerichtssaal. „Und nach der Verhandlung werden wir Salome von ihren Eltern erzählen“, sagte Rosenzweig so laut, dass Elsa und ihre Töchter es hören konnten.

39

Mittwoch

Ich schreckte aus dem Schlaf hoch. Schweißtropfen brannten mir in den Augen und ich wischte mir mit dem Handrücken übers Gesicht. Die Sonne stand bereits am Himmel und durchflutete das Schlafzimmer. Warme Sonnenstrahlen fielen auf meinen Körper und wärmten meinen Rücken. Mein Blick fiel auf den Radiowecker. Zehn vor elf, so lange hatte ich ewig nicht mehr geschlafen. Es musste an der Erschöpfung der letzten Tage liegen. An den Überraschungen und Wendungen. An der Spannung und dem Nervenkitzel.

Ich musste an den grauhaarigen Mann mit Bart denken, der Janusz hieß und der Retter meiner Mutter war. Ich habe ihn mir ganz anders vorgestellt. Kräftiger, kleiner und nicht wirklich real. Mir fiel beinahe die Kinnlade herunter, als er plötzlich leibhaftig im Gerichtsgebäude stand. Er war doch real. Nach dem Krieg war er zu seiner Familie zurückgekehrt. Später eröffnete er eine Praxis in Danzig. Nach dem Tod seiner Frau vor fünf Jahren widmete er sich dem Schreiben und veröffentlichte zwei Bücher über Auschwitz.

Und er hat noch mehr vollbracht.

Janusz gab Salome ein Stück ihrer Identität zurück und schenkte uns eine neue Familie. Salomes leibliche Mutter hatte Janusz viel über sich verraten. So viel, dass er ihre Spur zurückverfolgen konnte.

Folgendes erfuhren wir über Janka: Janka hieß eigentlich Janina Nowak. Sie heiratete jung, doch schon drei Jahre nach der Geburt ihres Sohnes Filip brannte ihr Mann mit einer anderen durch. Ein erneuter Schicksalsschlag traf sie, als ein Jahr später die Deutschen mit dem Befehl eintrafen, die Frauen aus Jankas Dorf zur Zwangsarbeit zu rekrutieren. Darunter waren auch ihre Mutter und eine Schwester. Wie durch ein Wunder gelang Janka und dem kleinen Filip die Flucht. Sie schaffte es, bei einer Cousine und deren Mann unterzutauchen.

Unglücklich über den Verlust ihrer Familie, beschloss sie, sich der polnischen Heimatarmee anzuschließen. Den kleinen

Filip ließ sie schweren Herzens bei der Verwandtschaft zurück. In der Heimatarmee verliebte sie sich in den charismatischen Juden Szymon. Und es kam, wie es kommen musste: Sie wurde schwanger. Ihr Glück währte jedoch nicht lange. Während des Warschauer Aufstands wurden beide gefangen genommen und nach Auschwitz deportiert. Als Jude hatte Szymon keine Chance. Er wurde vor Jankas Augen exekutiert. Janka, die zu diesem Zeitpunkt hochschwanger war, brachte ein wenig später eine kleine Tochter zur Welt, die sie auf den Namen Florentyna taufte.

Als Polin hatte Janka gewisse Privilegien in Auschwitz. Sie durfte sogar an ihre Cousine schreiben. Die Schwangerschaft verschwieg sie jedoch, aus Angst, dass die SS die Briefe abfing und so von der jüdischen Herkunft ihrer Tochter erfuhr. Sie hatte schnell begriffen, dass sie dieses Geheimnis für sich behalten musste. Ironischerweise kam die SS dahinter, weswegen sie Janka erschoss. Die anderen Frauen mussten sterben, weil sie - so mutmaßte die SS - Jankas Geheimnis kannten und darüber schwiegen.

Während meine Mum Jankas Tochter aufzog, flüchtete Jankas Cousine mit ihrem Ehemann und Filip in den fünfziger Jahren vor dem Kommunismus nach Kanada.

Als junger Mann studierte Filip Architektur, heiratete und gründete eine Familie. Während er sein Leben lebte, ahnte er nicht, dass er nicht allzu weit entfernt eine Halbschwester hatte. Verblüffenderweise hatte er Hausers Prozess in Kanada mitverfolgt, da ihm die Haft seiner Mutter in Auschwitz bekannt war. Als er dann von seiner Halbschwester erfuhr, soll er in Tränen ausgebrochen sein. Nun wollte er so schnell wie möglich nach New York kommen.

Als ich Geräusche aus der Küche hörte, zuckte ich innerlich vor Freude zusammen. Eine wohlige Wärme durchströmte mich. Das war Jules und ich konnte immer noch nicht glauben, dass wir zusammen waren. Natürlich habe ich meinen Job wegen unserer Beziehung nicht gekündigt. Wir harmonierten so gut, dass die gemeinsame Arbeit ohne Probleme klappte. Es war nicht schwierig für uns beide.

Jules erzählte mir später, dass das Tagebuch meiner Mutter uns auf magische Weise zusammengeführt hätte. Ich sei ihm bereits am ersten Tag aufgefallen. Er habe nur auf die passende Gelegenheit gewartet, mich anzusprechen. Und dann kam das Tagebuch. Es fiel im rechten Augenblick auf den Boden.

Als ich nach dem Morgenmantel griff, fiel mein Blick auf eine aufgeschlagene Tageszeitung auf der Kommode. Die Schlagzeile und der darunter stehende Artikel sprangen mir sofort ins Auge:

SS-ARZT VERURTEILT

Auch knapp fünfunddreißig Jahre nach Ende des Zweiten Weltkriegs müssen mutmaßliche NS-Verbrecher mit Strafen rechnen. Der ehemalige Auschwitz-Arzt Dr. Erich Hauser, der seit 1947 unter falschem Namen in den USA lebt, wurde nun aufgrund der Schwere seiner Verbrechen zu lebenslanger Haft verurteilt.

Hauser hatte sich an grausamen Menschenexperimenten beteiligt und zählt neben Dr. Josef Mengele zu den grausamsten Kriegsverbrechern der damaligen sowie heutigen Zeit.

Die Hauptbelastungszeugen waren Elsa A. und Janusz S.

Der Pole Janusz S., selbst Arzt, war als politischer Gefangener dazu gezwungen worden, Hauser bei seinen menschenverachtenden Experimenten zu assistieren. Seine Aussage gab den Ausschlag für die Verurteilung des NS-Arztes …

Ach ja. Das war gestern, erinnerte ich mich. Gestern hatten die Richter das Urteil bekannt gegeben.

Ich warf mir den Morgenmantel über und ging in die Küche. Der Esstisch war gedeckt und Jules war gerade dabei, Kaffee zu kochen.

„Hallo Babe“, sagte er, umarmte mich und gab mir einen Kuss. Seine Lippen waren weich und fühlten sich fantastisch an. „Setz dich. Ich habe Frühstück gemacht.“ Jules trug nur eine Pyjamahose und war barfuß. Die Sonnenstrahlen fielen auf seinen nackten, muskulösen Oberkörper und ich entdeckte die feinen Kratzer auf seiner Brust. Ich errötete leicht, denn ich musste an die letzte Nacht denken. Sofort zogen sich alle meine Muskeln in meinem Unterleib zusammen.

Jules schien ungeheuer feine Antennen zu haben. Als ob er meine Gedanken gelesen hätte, fragte er mit einem anzüglichen Grinsen: „Wie hast du geschlafen?“

„Gut, danke.“

„Ich habe Muskelkater.“

„Wo hast du denn Muskelka…“ Ich errötete erneut, als mich sein forscher Blick traf. „Verstehe. Das hältst du also für einen Muskel.“

Seinen Augen blitzten. „Deine spitze Zunge gefällt mir.“ Und wieder dieses anzügliche Grinsen.

Ich nahm am Esstisch Platz. Die neue Wohnung war so ungewohnt, dass ich mich noch wie eine Fremde darin fühlte.

„Deine Mum hat angerufen“, eröffnete Jules, als er mir Kaffee einschenkte.

„Wieso hast du mich nicht geweckt?“

„Du hast so friedlich und entspannt ausgesehen.“

„Was wollte meine Mum?“

„Wir sind heute Abend zum Essen eingeladen.“

„Zur Feier des Tages?“

„So ist es. Wir feiern Hausers Verurteilung.“

„Sehr schön. Dann muss ich mich ganz besonders nett anziehen.“

„Von mir aus brauchst du gar nichts anzuziehen.“

„Den anderen wird es vermutlich etwas ausmachen.“

„Vermutlich schon.“

„Einen Slip sollte ich schon tragen, meinst du nicht?“, sagte ich mit einem lasziven Blick.

„Schuhe würden auch reichen.“

„Einigen wir uns auf Schuhe und einen Slip.“

„Die beiden Sachen stehen dir bestimmt auch sehr gut.“ Jules schaute mich ganz verliebt an, und mir wurde vor Freude ganz schwindelig. Dann beugte er sich vor und flüsterte mir zu: „Lass uns wieder ins Bett gehen.“

Ich musste schmunzeln. „Von dort komme ich doch gerade.“

„Dann müssen wir es eben auf dem Esstisch treiben.“

„Geht nicht. Der ist doch gedeckt.“

Er legte den Kopf etwas schief. „Du bist ja eine echte Spielverderberin.“

„Du wirst dich daran gewöhnen müssen." Ich nippte an meinem Kaffeebecher, ohne die Augen von ihm abzuwenden.

Er strich mir mit dem Zeigefinger sanft über die Wange. „Ich fasse es nicht. Eines Tages werde ich eine Spielverderberin heiraten."

Bei dem Gedanken wurde ich rot. „Das klingt vielversprechend. Aber das kannst du noch gar nicht wissen. Wir sind erst seit ein paar Wochen zusammen."

Jules grinste mich an und ließ die Finger über mein Dekolleté gleiten. „Es ist mein Ernst. Das weiß ich."

„Na schön. Dann wirst du aber ein paar Spielverderberkinder bekommen. Bei uns in der Familie gehen die Kinder nach der Mutter."

Jules sah mich erstaunt an. „Du möchtest Kinder?"

„Nur, wenn sie nach mir gehen."

Er sah mich abwägend an. „Damit kann ich leben."

Er küsste mich zärtlich auf den Mund und da war ich mir sicher, dass ich von Jules Kinder haben wollte.

Kinder, die unsere Geschichte weitertragen würden.

Um Punkt acht Uhr betraten wir ein uriges Lokal. Mum hatte für das Treffen ein gemütliches Restaurant mit familiärem Flair ausgesucht. Mir gefiel es. Es war ein wenig altmodisch und romantisch: rustikale Holzstühle, geblümte Stofftischdecken, Vasen mit roten Rosen und Vorhängen an den Fenstern. Im Hintergrund spielte eine leise Orchestermusik und die Kellner waren tadellos gekleidet: weißes Hemd, schwarze Weste und eine Fliege.

Bis auf drei Pärchen war das Lokal leer. Wir saßen an einem großen Tisch am Fenster. David Rosenzweig kam mit seiner (zweiten) Frau und Salome mit ihrer Familie. Janusz und Mum hatten sich ein Taxi zum Restaurant geteilt. Damit waren wir eigentlich vollzählig. Doch vier Plätze am Tisch waren noch frei.

Mum bestellte zwei Flaschen Champagner, dann erhoben wir die gefüllten Gläser und stießen an. Verschiedene Trinksprüche wurden ausgebracht.

„Ich wünschte meine verstorbene Frau Rosa und meine Schwester Frederika könnten diesen Abend miterleben", sagte Rosenzweig und blickte gedankenverloren in die Runde.

„Beide sind in Auschwitz umgekommen", klärte Jules die nicht eingeweihten Gäste auf; streng genommen wusste nur Salomes Mann Anton noch nichts davon. „Seine Frau Rosa wurde vergast und seine Schwester erschossen."

Anton nickte, während ich völlig gedankenlos sagte: „Mum, du kanntest doch auch eine Frederika, die erschossen wurde. Ist das nicht ein seltsamer Zufall?" Ich nippte an meinem Champagner und dachte mir nichts weiter dabei, als Rosenzweig zu Anton sagte: „Meine Schwester kam um den 23. September 1944 nach Auschwitz. Sie hätte das Lager sicherlich überlebt, wäre da nicht der Typhus gewesen. Die SS vernagelte regelrecht die verseuchten Baracken. Die Erkrankten starben, die Gesunden wurden einfach erschossen. Frederika war gesund. Sie hätte leben können."

Meine Mutter ließ beinahe ihr Champagnerglas fallen, das ich ihr vorsichtig abnahm. „Alles in Ordnung?", flüsterte ich ihr zu.

Sie nickte. Kurz sah es so aus, als würde sie anfangen zu weinen. Sie erhob sich vom Stuhl, stellte sich kerzengrade hin und sagte mit bebender Stimme: „Ich bin schuld an Frederikas Tod, David. Ich habe sie umgebracht." Sie schaute Rosenzweig fest in die Augen, während ihr Tränen übers Gesicht rannen. „Ich würde mich ja entschuldigen, doch für diese Tat gibt es keine Vergebung. Ich habe Ihre Freundschaft nicht verdient, David!"

Dieser Zufall war eine grausame Schicksalsfügung; es handelte sich um dieselbe Frederika! Nun wäre ich beinahe in Ohnmacht gefallen.

Am Tisch wurde es gespenstisch still. Betretene Gesichter blickten Mum entgegen. Sie tat mir so leid, dass ich nach ihrer Hand griff, doch sie zuckte zurück. Waren wir dazu verdammt, in einem endlosen Albtraum gefangen zu sein?, fragte ich mich, während meine Mum nach ihrer Handtasche griff.

„Ich bin nicht der Mensch, für den ihr mich haltet. Ich gehe jetzt besser."

Rosenzweig sagte nichts, stattdessen erhob er sich langsam vom Stuhl. Dabei hatte er die Handflächen so fest auf die Tischplatte gepresst, dass seine Fingerknöchel weiß hervortraten. Ich rechnete schon damit, dass er über die Tischplatte sprang und meiner Mutter an die Gurgel ging. Doch nichts dergleichen geschah. Rosenzweig sagte ruhig: „Ich haben Ihnen bereits verziehen, Elsa."

Meine Mutter zuckte zusammen, als hätte sie eine deftige Ohrfeige verpasst bekommen. „Wie bitte?"

„Ich weiß bereits seit geraumer Zeit, dass Sie meine Schwester kannten. Wissen Sie, es hat eine Weile gedauert, bis ich dahintergekommen bin. Na ja, streng genommen bin nicht ich dahintergekommen, sondern Janusz …"

„Ich verstehe nicht", stammelte meine Mutter.

„Setzen Sie sich, dann erkläre ich es Ihnen." Ungelenk, wie eine schlecht gesteuerte Marionette, ließ sich Mum auf den Stuhl fallen.

„Eigentlich ist es ganz einfach zu erklären, Elsa. Als Sie damals aus der Typhus-Baracke auf die Krankenstation gebracht worden sind, haben Sie im Delirium gesprochen. Anscheinend plagten Sie starke Gewissensbisse wegen Frederika, denn Sie haben andauernd von ihr gesprochen. Und Sie müssen wissen, dass Janusz ein guter Zuhörer ist. Und sein Gedächtnis und seine Kombinationsgabe sind einfach ausgezeichnet." Meine Mutter wurde so blass, dass sie mit der hinter ihr liegenden Wand verschmolz. „Tatsächlich habe ich es in Erwägung gezogen, Sie darauf anzusprechen."

„Wieso haben Sie es nicht getan?"

„In Auschwitz waren wir andere Menschen, Elsa. Es hat uns verändert. Sie haben keine Schuld an Frederikas Tod. Genauso wenig wie ich Schuld am Tod der Seelen habe, die ich in die Gaskammer geführt habe. Die Nazis haben sie umgebracht. Die Nazis haben auch Frederika umgebracht." Rosenzweig ging um den Tisch, beugte sich zu meiner Mutter und drückte ihr einen Kuss auf die Stirn. Ich habe Ihnen verziehen. Nun müssen Sie sich selbst verzeihen. Versprechen Sie es mir?" Meine Mutter nickte und schien regelrecht erleichtert, als wäre eine Last von ihren Schultern genommen worden. Eine tonnenschwere Last.

Unterdessen brachte der Kellner die Speisekarte. Und dann lockerte sich die Atmosphäre wie von selbst. Ich ahnte noch nicht, dass dieser Abend in wenigen Minuten noch ein weiteres unvorhergesehenes Ereignis für uns bereithielt.

Während ich die Speisekarte studierte, sah ich aus den Augenwinkeln eine vierköpfige Familie das Restaurant betreten. Der Vater wandte sich an einen hilfsbereiten Kellner, seine Ehefrau und die zwei Töchter blieben an der Eingangstür stehen. Das etwa zwölfjährige Mädchen fiel mir jedoch sofort auf.

Ich schaute sie an und musste blinzeln: An der Tür stand Salomes kleine Doppelgängerin. Dasselbe herzförmige Gesicht. Die gleichen blonden, langen Haare. Dieselbe Mimik und Gestik. Ich weiß noch, wie ich Salome den Ellenbogen in die Seite stieß und sagte: „Das ist doch verrückt. Schau dir mal die Kleine an." Und dann sah ich, wie der Vater plötzlich in unsere Richtung winkte. Zuerst dachte ich, er hätte uns verwechselt, doch als Salome sich plötzlich erhob und zum Gruß nickte, begriff ich, dass er uns meinte.

Mum hob ihre perfekt geformten Augenbrauen. „Freunde von dir?", fragte sie.

Salome schaute uns mit einer feierlichen Miene an. „Mum, Leni", sagte sie mit einer festen Stimme, ihre roten Lippen zitterten und sie umfasste die lange Perlenkette. „Darf ich euch meinen Bruder Filip und seine Familie vorstellen?"

Mum starrte Salome einen ganz kurzen Moment lang an, als wäre sie eine Fremde. Die plötzliche Erleuchtung traf sie wie ein Schlag.

Als ich in Filips Gesicht blickte, sah ich sofort die Ähnlichkeit zwischen den beiden und mir wurde bewusst, dass ich den Atem anhielt. Es bestand keinerlei Zweifel daran, dass die beiden verwandt waren.

Filip lächelte in die Runde. „Hallo", sagte er, „sehr erfreut euch alle kennenzulernen." Und dann war der Bann gebrochen. Wir fielen uns in die Arme, drückten und küssten uns. Lange saßen wir im Lokal, aßen, tranken und tauschten Geschichten und Bilder aus. Es war, als wären unsere Familien nie getrennt gewesen. Für uns begann ein neues Leben. Ein Leben voller Wunder und Hoffnung.

Epilog

Gegenwart

Es gab keine Turbulenzen und keine Zwischenfälle, sodass die Maschine pünktlich in Krakau landete. Während das Flugzeug in den Sinkflug überging, kramten meine Tochter Stella und mein Sohn Daniel, die hinter mir saßen, in ihrem Handgepäck. Sie waren auf der Suche nach ihren Handys, um nach der Landung ihre Nachrichten abzuhören.

Daniel hatte seine schwangere Ehefrau und Tochter und Stella ihren Verlobten zurückgelassen. Ich wusste, dass es den beiden nicht leichtgefallen war. Daniel war seit fünf Jahren verheiratet und seine Frau und er waren praktisch nie getrennt gewesen. Stella war seit vier Jahren in festen Händen und die beiden hingen wie Pech und Schwefel aneinander. Ich war also erstaunt, dass Stella der Reise zugestimmt hatte.

Kurze Zeit später setzte die Maschine sanft auf, rollte über die Landebahn und kam zum Stehen.

Jules drückte meine Hand und lächelte. „Ich weiß nicht, wie es dir geht, Babe, aber mein Hintern ist eingeschlafen.“ Während die Fluggäste zum Ausgang drängten, wuchtete Jules seinen Körper aus dem Sitz und massierte sein Gesäß.

Ich staunte immer noch aufs Neue, wie gut Jules in seinem Alter aussah. Sein Haar war zwar nicht mehr so dicht wie früher, doch dafür war es immer noch dunkel, frei von grauen Stellen. Außerdem trieb er viel Sport und war top in Form. Da konnte ich nicht mithalten, denn ich hatte im Laufe der Jahre ein wenig Speck angesetzt. Es war nicht viel, aber genug, um über den Winter zu kommen. Meinen guten Genen hatte ich jedoch zu verdanken, dass meine Haut immer noch straff und jugendlich wirkte.

Die Fluggäste waren hauptsächlich Rückreisende und das Stimmengewirr war kaum zu verstehen. Wir ließen ihnen den Vortritt und stiegen als Letzte aus.

Eine Stunde später drängten wir mit unserem Gepäck zum Ausgang. Dort entdeckten wir einen etwa vierzigjährigen, großen Mann, der ein Schild mit unserem Namen schwenkte. Obwohl ich den Mann vorher nie gesehen hatte, erkannte ich ihn sofort; es war Januzs Enkel Lukas. Mit einem breiten Lächeln trat ich ihm entgegen.

Er lächelte zurück und umarmte uns nacheinander. „Vielen Dank, dass Sie meine Einladung angenommen haben", sagte er in nahezu perfektem Englisch. Seine Züge waren weich und jugendlich, doch der lichte Haarkranz verriet sein wahres Alter.

„Offen gesagt gefiel uns die Tatsache, dass Sie der Kurator in Auschwitz sind", sagte Jules.

„Ich kann Ihnen wirklich viel zeigen. Auch Ihre Mutter habe ich oft eingeladen …", setzte Lukas an.

„Sie wollte nie nach Auschwitz zurück", sagte ich schnell. „Und wir wären schon viel früher gekommen, doch meine Mutter …"

„Ja. Ich weiß. Ihr Verlust tut mir aufrichtig leid."

Ich schluckte meine Tränen herunter. „Sie war schon sehr alt. Das Ende war vorhersehbar."

Lukas nickte. „Dennoch war sie Ihre Mutter. Der Verlust ist immer schmerzhaft." Er nahm meinen und Stellas Koffer und wies auf einen schwarzen Mercedes, der auf der anderen Straßenseite stand. „Sie werden in meinem Wochenendhaus unterkommen. Es ist nichts Besonderes, ein Holzhaus, doch es bietet Platz für vier Personen, ist voll ausgestattet und ruhig gelegen. Dort werden Sie sich die eine Woche prächtig erholen. Ein junges Mädchen aus dem benachbarten Dorf wird für Sie putzen und einkaufen, falls Sie möchten."

„Vielen Dank, Lukas", sagte ich.

„Keine Ursache. Trotz der Entfernung war Ihre Mutter eine treue Freundin meines Großvaters. Bis zu seinem Tod sind sie in Kontakt geblieben."

Stella, Daniel und Jules nahmen auf dem Rücksitz Platz. Ich setzte mich nach vorn.

„Wir werden etwa fünfundvierzig Minuten bis zur Hütte brauchen", sagte Lukas und startete den Wagen. „Von dort ist es nicht weit nach Auschwitz."

Während der Fahrt schaute ich mir die Landschaft an. Polen war irgendwie wild und ursprünglich. In den kleinen Dörfern schien seit dem Krieg die Zeit stehen geblieben zu sein. Die kleinen Ortschaften waren grau in grau und beinahe menschenleer. Traktoren und alte Autos rosteten auf den Höfen vor sich hin, Hunde liefen herrenlos durch die Straßen, alte Männer saßen biertrinkend vor kleinen Tante-Emma-Läden. Seit Polens EU-Beitritt, erzählte mir Lukas, hätte sich vieles verändert. In seiner Kindheit hatten noch Pferdekutschen den Weg gekreuzt.

Ich zückte meine Kamera und begann, Bilder zu schießen. Wegen einer kürzlichen Hüftoperation konnte Salome nicht mitfliegen, deshalb hatte ich ihr versprochen, viele Bilder zu machen.

Je weiter wir fuhren, desto bergiger wurde die Landschaft, und als wir schließlich an Lukas Hütte ankamen, fühlte ich mich nach Kanada zurückversetzt. Die Landschaft ähnelte stark der Gegend, in der Salomes Bruder wohnte. Die Kinder hatten dort oft die Sommerferien verbracht.

„Da staunen Sie, wie?", fragte Lukas, als er den Mercedes in die Einfahrt lenkte.

Lukas Hütte war im Trapper-Stil erbaut und lag an der Weichsel zwischen zwei großen Bergen. Das Rauschen eines nahe gelegenen Wasserfalls drang an meine Ohren.

„Wenn Tante Salome hier wäre, würde sie Augen machen", meinte Stella. „Vielleicht kannst du hier endlich dein neues Buch anfangen, Ma."

Lukas hob interessiert die Augenbrauen. „Sie schreiben?"

Ich wurde rot. „Bis jetzt nur Kinderbücher. Doch nun habe ich vor, die Geschichte meiner Mutter aufzuschreiben. Dazu werde ich ihre Aufzeichnungen verwenden."

Das gefiel Lukas außerordentlich. „Wird auch mein Großvater darin vorkommen?"

„Ja. Denn er ist ein Teil der Geschichte."

Lukas öffnete die Eingangstür und führte uns hinein. Von dem geräumigen Wohnraum und der Küche hatte man einen wunderschönen Blick auf die Weichsel. Der Garten jenseits der großen Veranda wirkte gepflegt. Mit bunten Beeten und der glatt gemähten Rasenfläche zog er sich bis an den Fluss.

„Ich lasse Ihnen ein wenig Zeit, um sich von dem Jetlag zu erholen. Übermorgen hole ich Sie dann ab und zeige Ihnen Auschwitz."

Lukas verabschiedete sich und fuhr nach Hause. Wir zogen uns in die Schlafzimmer zurück und fielen todmüde ins Bett. Die Koffer packten wir erst später aus.

Den Tag verbrachte ich wie im Delirium. Ich war keine junge Frau mehr und das Alter klopfte ab und zu bei mir an. Doch nach einem langen Bad ging es mir etwas besser.

Es war ein heißer Tag und wir gingen zu Fuß ins Dorf. Dort aßen wir zu Mittag. Wir bestellten uns Pierogi: mit Fleisch gefüllte Teigtaschen, die nach mehr schmeckten. Danach ging es wieder in die Hütte zurück. Während Daniel und Stella sich in die Sonne ans Flussufer zurückzogen, legten Jules und ich uns eine Stunde schlafen.

Als Lukas uns am nächsten Tag wie versprochen abholen kam, steckte mir der Jetlag immer noch in den Knochen. Etwas besser ging es mir, als wir auf dem Parkplatz der Gedenkstätte Auschwitz ankamen.

Nur wenig später standen wir vor dem eisernen Tor mit der weltbekannten Aufschrift „ARBEIT MACHT FREI". Die dahinterstehenden Backsteingebäude wirkten unscheinbar. Unschuldig. Ich verspürte einen Stich im Herzen. Hier hatte also die Geschichte meiner Mutter begonnen! Genau an dieser Stelle muss sie auch gestanden haben. Die Backsteingebäude im Blick.

Ich verweilte vor dem Tor, unfähig, mich zu rühren. Hinter diesem Tor befand sich also der Ort, an dem so viele Menschenleben ausgelöscht worden waren. Eine jahrelang unentdeckte Todesfabrik, in der industrieller Massenmord verübt wurde. Der Ort, den ich nur aus dem Tagebuch meiner Mutter kannte. Und ich fragte mich abermals, wie ein ganzes Volk wegschauen konnte. Wie die Menschen solch eine riesengroße Einrichtung übersehen konnten. Wie sie den Ascheregen ignorieren konnten. Es müssen doch Tonnen von Asche gewesen sein!

Ich atmete tief durch. Es roch nicht nach Tod. Unpassenderweise roch es nach Wiesenblumen. An uns marschierte eine Touristengruppe vorbei, und ich merkte, dass ich im Weg stand.

„Sind Sie bereit, Leni?", fragte Lukas und reichte mir hilfsbereit die Hand. Ich ergriff sie und hakte mich bei ihm unter.

„Ja", flüsterte ich heiser. „Ich bin bereit für eine Zeitreise."

Mit einem Mal wurde mir bewusst, dass ich Teil einer Geschichte war, die selbst Hollywood nicht erfinden konnte. Ich war ein Teil von Auschwitz. Ein lebender Beweis, dass der Plan der Nazis nicht aufgegangen war. Und vor allem war ich kein Beobachter mehr, sondern ein Teil einer Erzählung. Ich war ein Kapitel in einem Buch.

Das alles ging mir durch den Kopf, als ich das Tor passierte.

„Wie soll Ihr Buch eigentlich heißen?", fragte mich Lukas.

„Elsas Stern", erwiderte ich. „Einfach nur: Elsas Stern."

Nachwort der Autorin

Als Erstes möchte ich ein Dankwort aussprechen. Mein Dank geht an all die Menschen, die mutig genug waren, ihre Erlebnisse in Auschwitz zu schildern. Diese Menschen öffneten mir ein Fenster nach Auschwitz. Ich sah die Häftlinge leiden, weinen und sterben. Und ich litt, weinte und starb gleich mit. Als ich die Buchidee erarbeitet hatte und wusste, welche Fakten ich recherchieren muss, ahnte ich noch nicht, wie viele Tränen ich vergießen würde.

Mein Dank geht auch an das acabus-Team. Ich danke dafür, dass der Verlag an mein Projekt glaubte und meiner Geschichte die Chance gab, erzählt zu werden.

Dank an meinen Ehemann, der mir riet, endlich etwas „Vernünftiges" zu schreiben. Diesen Vorschlag nahm ich mir zu Herzen. Er führte mich in die NS-Zeit und zu Elsa.

Auch wenn Sie jetzt vielleicht enttäuscht sind: Der vorliegende Roman ist ein rein fiktionales Werk mit lediglich historischem Hintergrund. Elsa entsprang meiner Fantasie. Ich bin mir jedoch sicher, dass sich viele Auschwitzhäftlinge in Elsa wiederfinden werden. Die Qualen, die Elsa und ihre Mithäftlinge im Lager ertragen mussten, entstammen nämlich nicht meiner Fantasie. Sie entstammen dem Wahn eines perfiden Regimes.

Zu Beginn war ich mir nicht sicher, ob das Thema NS-Zeit nicht etwas zu heikel ist; schließlich war ich nicht dabei, und die, die dabei waren, schweigen oft beharrlich. Doch da kam mir eine denkwürdige Begegnung zu Hilfe: Eines Tages saß ich neben einem älteren Mann, der in eine Zeitschrift bzw. einen Artikel vertieft war. In dem Artikel ging es um Hermann Göring und seinen Bruder Albert, der ein entschiedener Gegner des Nationalsozialismus war und vielen Verfolgten zur Flucht verhalf. Da ich den Artikel höchst interessant fand, schielte ich immer wieder hinein. Dem älteren Herrn war mein Interesse nicht entgangen und so fragte er: „Sie sind doch so ein junges Mädchen. Da interessieren Sie sich noch für solche Sachen?"

„Nun", sagte ich, „in letzter Zeit lese ich viel über die NS-Zeit."

Da schaute mich der nette Mann lange an und erwiderte: „Darüber brauchen Sie sich doch nicht den Kopf zu zerbrechen. Die Sache ist doch schon längst vergessen."

Dieses kurze Gespräch gab mit letztendlich den entscheidenden Anstoß, diese Geschichte auf jeden Fall zu erzählen. Eins habe ich während meiner Recherchen gelernt: Es gibt nicht den ewig bösen Deutschen. Es gibt den ewig bösen Nazianhänger, und da er auf der ganzen Welt vertreten ist, müssen wir dafür sorgen, dass die „Sache" nicht vergessen wird. Denn nur so können wir verhindern, dass sich derartige Ereignisse erneut wiederholen.

Und somit ist dieses Buch all denen gewidmet, die nicht vergessen wollen. Und auch all denen, die sich wieder erinnern möchten.

Nur Mut!

Agnes Christofferson, Juli 2014

Doris Ryffel-Rawak

Auf Spurensuche am Río de la Plata

Aufzeichnungen einer jüdischen Emigration nach Uruguay

Buch-ISBN: 978-3-86282-189-1

BuchVP: 13,90 EUR
260 Seiten
Paperback
13,5 x 19,5 cm

Die totkranke Noemi bittet ihre Tochter Mirjam, ihre Asche nach Uruguay zu bringen; dem Land, in dem sie als Tochter deutsch-jüdischer Emigranten geboren wurde.

Gunnar W. Richter Johansen

Der Soldat, den niemand haben wollte

Buch-ISBN: 978-3-86282-183-9

BuchVP: 12,90 EUR
176 Seiten
Paperback
14,0 x 20,0 cm

1942. Der 20jährige Walter Richter ist in Norwegen stationiert. Inmitten des Kriegsalltags entwickelt sich eine schwierige Liebe zu einem norwegischen Mädchen.

Weitere Titel zum Thema Holocaust
aus dem acabus Verlag

Torkel S Wächter

32 Postkarten. Post aus Nazi-Deutschland
Das Schicksal einer jüdisch-deutschen Familie aus Hamburg

Buch-ISBN: 978-3-86282-292-8

BuchVP: 14,90 EUR
180 Seiten
Paperback
14,5 x 21 cm

32 Original-Postkarten von den Großeltern des Autors, Minna und Gustav Wächter, berichten über die Machtergreifung der Nationalsozialisten und die Folgen für sie und ihre drei Söhne.

André Biakowski

Obiad - Mehr als nur Mittagessen
Mein Jahr in Polen mit Überlebenden des Holocaust

Buch-ISBN: 978-3-86282-198-3

BuchVP: 12,90 EUR
172 Seiten
Paperback
13,5 x 19,5 cm

Lodz, meine Heimat auf Zeit. Ein Jahr als Freiwilliger. Ein Wort begleitete mich täglich: Obiad. Es öffnete mir die Türen zu Überlebenden der Ghettos und Konzentrationslager.

Die Autorin

Agnes Christofferson , geboren 1976 in Deutsch Eylau, Polen, lebt seit ihrem zwölften Lebensjahr in Deutschland. Nach abgeschlossener Berufsausbildung folgten Heirat und die Geburt eines Sohnes. Bereits seit der Jugend begleitet sie das Schreiben und seit 2008 ist sie als Autorin tätig: Unter dem Pseudonym Julienne Christofferson erfolgten diverse Veröffentlichungen in Anthologien und Zeitschriften sowie ein Beitrag als Co-Autorin eines Drehbuches und vier Romane.

Agnes Christofferson lebt mit Ehemann, Sohn und Hund in Herford, Nordrhein-Westfalen.